지은이 | 미몽(mimong)
펴낸이 | 권순남
펴낸곳 | (주)마야·마루출판사

1판1쇄 인쇄일 | 2015년 12월 2일
1판1쇄 발행일 | 2015년 12월 4일

등록일자 | 2008년 1월 7일
등록번호 | 제310-2008-00001호

주소 | 서울시 노원구 상계 1동 1049-25 신영산업 BD 602호
대표전화 | 02-2091-0291
팩스 | 02-2091-0290
이메일 | marubooks@hanmail.net

978-89-280-6532-5(03810)

값 9,500원

• 저자와 협의하여 인지를 붙이지 않습니다.
• 잘못된 책은 교환하여 드립니다.

「이 도서의 국립중앙도서관 출판시도서목록(CIP)은 서지정보유통지원시스템 홈페이지(http://seoji.nl.go.kr)와 국가자료공동목록시스템(http://www.nl.go.kr/kolisnet)에서 이용하실 수 있습니다.」
(CIP제어번호:CIP2015032139)

미몽(mimong) 지음

-contents-

프롤로그 …007

0. 열일곱 …015
1. **아**마도 반란 …060
2. **직**구를 던져야 …093
3. **도**미노처럼 …128
4. **서**로의 눈에 …171
5. **재**채기보다 숨기기 어려운 것 …202
6. **희**대의 순애보 …247
7. **가**만히 들여다보면 …278
8. **너**에게 이보다 더 많은 …303
9. **만**들 비서 …334
10. **사**실 조금은, 아주 조금은 …375
11. **랑**데부 ren·dez·vous …396
12. **해**일처럼 …424

에필로그 1. 반란의 끝 …456

에필로그 2. 1+1=3 …466

작가 후기 …480

프롤로그

선선한 바람이 불어오는 정오.

아직 나오지 않는 잘난 상관 덕분에 점심시간이 되었지만 사무실 앞을 지키며 길게 하품을 하던 윤찬은 멀지 않은 곳에서 들리는 구두 소리에 몸을 바로 세웠다. 또각또각 소리는 조금 더 확실해졌고 이내 구두 소리의 주인이 모습을 드러냈다.

"어? 양 실장님."

곧 나타난 건 윤찬의 직속상관인 젊은 비서실장이었다. 본부장의 고약한 성질머리를 고분고분 받아 주고 와이프처럼 아주 소소한 것까지 챙겨 주는, 그가 아는 사람 중 가장 순한 양 같은 사람, 양서윤 실장이었다.

흔치 않게 먼저 휴가계를 쓰고 휴가를 보내는 중인 서윤의 등장에 윤찬은 의아했지만 반갑게 다가섰다. 그녀는 늘 그랬듯 선한 미소를 지으며 물었다.

"점심시간인데 아직 있어요?"

여전히 꼬박꼬박 해 주는 존댓말에 그가 배시시 웃었다.

"본부장님이 아직 사무실에 계셔서요. 그런데 휴가 기간 아니십니까?"

"맞아요. 본부장님한테 드릴 말씀이 있어서. 시간 더 지나기 전에 점심 먹고 와요."

"그게, 아직 안에 계신데……."

그러면서 슬쩍 지갑을 챙긴다.

"다녀와도 괜찮아요. 밥 못 챙겨 먹는 게 제일 서러워."

윤찬의 얼굴이 환하게 밝아졌다.

"역시 실장님밖에 없다니까요."

사람 마음을 제대로 간파하는 상관이었다. 꼬르륵거리는 배를 붙잡고 밖으로 나서려는 윤찬을 보던 서윤은 막 모퉁이를 돌아가는 그를 불렀다.

"윤찬 씨."

눈을 동그랗게 뜨고 멈춘 윤찬이 '네, 실장님.' 하고 보자 그녀는 잠시 먼 곳을 보다 말했다.

"앞으로도 본부장님 잘 부탁해요."

"예?"

"까다롭지만 은근히 제 옆에 있는 사람은 잘 챙기니까, 윤찬 씨만큼 좋은 사람 못 봤거든."

뜬금없이 그게 무슨 소리인가 싶었지만 그는 머리를 긁적이며 머쓱하게 웃었다.

"어려운 일은 다 실장님이 처리해 주시잖아요. 저야 그냥 옆에서 따라 하는 것뿐인데요, 뭘."

쑥스러운 듯 홍조까지 보이는 윤찬에게 서윤은 웃으며 손을 들었다. 묘한 느낌이 드는 인사였다.

안으로 들어선 서윤은 눈에 익숙한 본부장실을 한 번 빙 둘러보았다. 이 본부장실은 아무리 생각해도 사람 혼자 쓰기엔 지나치게 넓었다. 괜한 공간 낭비라는 늘 하던 생각을 하고 이 공간의 주인에게 시선을 옮겼다.

"뭐야, 너?"

대뜸 반말을 찍 내뱉는 것은 절대 고칠 수 없을 것이다. 그녀는 담담히 묵례를 했다.

갑작스러운 서윤의 등장에 들고 있던 책을 덮은 그가 의아하다는 듯 물었다.

"안 하던 휴가 받아 가더니 좀이 쑤셨나 봐?"

언뜻 들으면 빈정거리는 것 같았지만 그게 평소 말투임을 알기에 개의치 않았다. 서윤은 어깨를 으쓱거렸다.

"그럴지도 모르죠."

"휴가 끝내러 온 거면 가서 정윤찬이 한 업무 좀 확인해 봐. 오타 검사도 제대로 못하는 게 뭘 하겠다고 그러는지."

혀를 차며 업무부터 안겨 주는 그, 재희를 보며 서윤이 고개를 저었다.

"누누이 말씀드리지만 그런 말투는 삼가시는 게 좋습니다. 윤찬 씨만큼 제대로 일 맡아 주는 사람 흔치 않습니다."

"없었어도 충분히 잘 살았어."

"죄송하지만 저는 윤찬 씨 덕분에 훨씬 잘 살았습니다만. 정말 좋은 사람입니다."

습관적으로 재희의 책상과 그가 마신 커피 잔을 정리하던 서윤은 어느새 코앞으로 다가온 검은 그림자에 깜짝 놀랐다. 재희는 못마땅하게 올라간 눈매로 그녀를 빤히 내려다보곤 으르렁거렸다.

"내 앞에서 누구든 좋단 소리 지껄이지 말라고 했을 텐데."

푹, 한숨이 나왔다. 이 비뚤어진 심술은 대체 어디서 생겨 먹은 심보일까.

평소라면 '실언입니다.' 하고 주눅 든 소리를 해야 할 서윤이었다. 그러나 오늘은 조금, 아니 많이 달랐다. 그를 올려다보는 얼굴이 무표정했다. 그렇다고 뭔가 크게 달라진 것 같진 않았지만 그녀는 한 걸음 물러나며 말했다.

"바보 같은 소리 말고 잠깐 얘기 좀 해."

존칭을 거둔 말에 재희는 만족스러운 눈을 했다.

"지금도 충분히 하고 있어."

"이건 일방적인 거고. 제대로 하자고 하는 거야."

단호하게 말을 이은 서윤은 사무실에 있는 탕비실로 들어가 따뜻한 물 한 잔을 내와 재희의 손에 쥐여 주었다.

"커피 대신 물 마셔. 그리고 기침 안 하는 거 보니까 감기 기운 있던 건 떨어진 것 같네."

"별것도 아닌 걸 가지고."

"웃겨. 기침 한 번만 하면 바로 넘어가는 사람이."

"그렇게 걱정되는 사람이 왜 하필 이때 휴가야?"

투정처럼 들리는 어리광. 사무실을 돌아다니며 커튼을 친 서윤은 몸을 돌려 재희를 똑바로 바라보았다.

"걱정이랄 건 없지. 내 할 일을 하려는 것뿐이니까."

"……어련할까."

가늘어진 눈이 짜증을 담았다. 고개를 돌리고 물을 마시는 그를 차분하게 보았다. 목울대가 움직이고 고맙게도 물을 한 잔 깔끔하게 마신다. 기관지가 안 좋은 재희가 하루 1리터씩 물을 마시게끔 습관 들인 건 서윤이었다.

이런 사소한 것들마저 당연한 것처럼 정착되어 있다니. 새삼스럽게 신기하단 생각이 들었다. 재희를 알게 된 것이 17살 때, 어느덧 13년이나 지났다. 강산이 한 번 변할 정도의 긴 시간이 지났지만 워낙 바쁘게 살아와 오래 지났단 생각은 하지 못했다.

하아. 길게 숨을 내쉬고 그가 컵에서 입술을 뗄 때 그녀의 입이 열렸다.

"유학 갈 생각이야."

평소와 다름없는 말투에 재희의 표정이 조금 늦게 멈칫했다. 그리고 이내 머리를 쓸어 넘기며 삐딱하게 섰고 그가 그러거나 말거나 서윤은 제 할 말만 이어 나갔다.

"이번에 휴가 받은 것도 주변 정리 좀 하느라 그랬었어. 당장 갈 수 있는 건 아니지만 아주 늦지 않게 갈 것 같아. 오늘 온 건 일 그만두겠다는 얘기 하려고 온 거야. 내가 보던 업무 대부분 윤찬 씨가 맡아서 할 수 있으니까 특별히 인수인계를 할 것도 없어. 부족하다 싶으면 나와서 관리할게."

이번엔 재희의 입에서 한숨이 나왔다. 컵을 내려놓고 책상에 걸터

앉은 그는 손을 휘휘 저었다.

"쓸데없는 소리 할 거면 다시 가. 가서 잠이나 자라."

나름 화내지 않고 이성적으로 말해 주었지만 서윤은 그것이 고맙지 않은 모양이었다.

"딱 13년 걸렸어. 오지 않을 것 같았는데 오긴 온다. 너나 회장님이나 너무 큰 은혜를 베풀어 주셨는데."

"대체 뭘 말하는……."

결국 드러난 짜증을 입에 담던 그가 딱딱하게 굳어 멍하니 그녀를 보았다. 서윤은 옅게 미소 지으며 고개를 끄덕였다.

"그래. 고맙게도 이제 끝났어."

그녀는 홀가분한 표정이었다. 아쉬움 따위는 없는 것처럼 곧게 서서 어깨까지 오는 머리카락을 귀 뒤로 넘기고 특유의 순한 미소로 아주 간단히 재희의 속을 긁었다. 그의 심장이 빠르게 뛰었다.

"정말 끝난 거야."

알 수 없는 허무함이 느껴지는 혼잣말이 길었던 인연의 종지부를 찍는다. 어떻게 보면 이건 악연이었다. 처음부터 꼬여 버린 연이 지지부진하고 질척하게 이어져 버린 것으로 서윤에겐 늘 무거운 벽돌처럼 느껴진 연결 고리였다.

무엇보다도 항상, 아주 오래전부터 늘 하고 싶었던 말을 할 수 있게 되었다는 것에 서윤은 감사함이 들었다. 눈 한 번 깜빡이지 않고 자신을 보는 재희와 시선을 맞춘 그녀는 마른 입술을 움직였다.

"여전히 염치없지만, 너무 늦어 버렸지만 이제는 해야 할 것 같아서. 그동안은 내가 감히 말할 수 있는 입장이 아니었으니까, 그래서."

재희는 여전히 말이 없었다. 거울을 보고, 자기 전에도 늘 생각하고 연습해 봤던 말인데 막상 당사자에게 하려니 잘 나오지 않는다. 서윤은 눈을 아래로 살짝 내리며 망설였다.

"뭐라고 해야 하지…… 그냥 넌 나한테 가장 아픈 손가락이기도 하고 기억하기 싫은 과거이기도 하고, 잊었으면 하기도 해. 또…… 아, 정리가 안 된다. 그냥 단도직입적으로 말할게."

말을 이으며 상처로 가득했던 재희의 얼굴이 아직도 눈에 선했다. 무례하고 모욕적인 말을 쏟아 내는 서윤에게서 돌아서던 게 이따금 꿈에서도 나왔다. 지금 생각하면 별것 아닐 것이지만 그땐, 그 어렸을 땐 세상이 무너진 듯 아팠던 일이었다.

그때보다 많이 달라진 서로지만 서윤은 돌아가지 않았다. 다른 변명도 없었다.

"정말 미안했어. 어떤 사정이 있건, 어떤 상황이었건 내가 했던 건 경솔하고 바보 같은 짓이었어. 정말로, 정말로 미안해."

"……."

"그때, 네 고백을 그런 식으로 거절한 거."

"양서윤."

"앞으로 다시 연락을 할지, 아니면 그냥 끝날지는 모르겠지만 후회는 안 해. 아니, 내가 어떻게 감히 후회를 하겠냐마는……. 그래도 내가 처음은 몰라도 마지막은 너한테 나쁜 인연은 아니었으면 좋겠다는 욕심으로 이 말을 꼭 하고 싶었어. 그뿐이야. 욕해도 좋고, 때려도 좋아. 이제 와 그게 다 무슨 소용이냐고 말해도."

너무도 하고 싶었던 말이다. 다시 오지 않을 재희의 열일곱에 준 상처에 대한 사과와 그리고.

"미안했고 진심으로, 정말로……."

그리고 이다음, 더 하고 싶은 말이 있었지만 서윤은 꾹 참았다. 그 말을 함으로써 편해질 자신을 알기에 차마 그 말만큼은 할 수가 없었다.

"일단 오늘은 이만 갈게."

또 무슨 말이 나올까 겁을 내는 사람처럼 서윤은 재희의 부름에 대답하지 않았다. 친구를 대한다기보다 은인을 대하듯이 허리를 깊이 숙여 감사를 표한 그녀는 돌아서 나갔다.

문 닫히는 소리가 들렸고 재희는 조금 전까지 서윤이 서 있었던 자리를 보았다. 넓다고 여긴 적 없는 사무실이 공허했다. 그의 두 손이 제 얼굴을 가렸다. 무서울 정도로 고요한 침묵이 주변을 감쌌고 한참이 지난 뒤에야 숨소리가 들렸다.

잠깐이지만 숨조차 쉬지 않고 감정을 갈무리했다. 그렇지 않으면 당장 따라 나가 서윤을 잡아 세우고 무슨 짓이라도 할 것 같아서였다.

가장 귀한 것을 잃은 사람처럼 탁하게 변했던 눈이 다시 색을 찾았다.

"누구 마음대로."

나지막하게 읊조린 재희는 그녀의 손길이 닿아 있는 커튼으로 눈을 돌렸다. 계절이 무색하게 햇살이 따사로웠다. 따스함이 느껴진다. 마치 양서윤처럼.

그래, 누구 마음대로.

"날 두 번이나 차."

이건, 반란이었다.

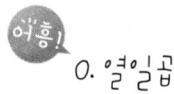
0. 열일곱

중3, 겨울방학을 한 달쯤 남겼던 어느 날 지방으로 이사를 가야 할 것 같다는 아빠의 말에 그녀는 언제 가느냐부터 물었다.

놀라움이나 아쉬움이 아니라 숨길 수 없던 기쁨 때문이었다. 어째서 이사를 가야 하는지, 무슨 일이 생겼는지는 중요하지 않았다. 그저 지옥 같던 곳을 빠져나갈 수 있다는 것만으로도 충분했다.

지옥. 서윤에게 있어 학교는 말 그대로 지옥이었다.

교실에 들어갈 때 겁을 내지 않아도 되고 자리에 앉으며 뭐가 사라졌는지 걱정하지 않아도 된다는 게 좋았다. 점심시간에 몰려드는 비웃음이나 히죽대는 소리를 듣지 않아도 된다는 게 행복했다. 우연을 가장한 고약하고 몹쓸 행동들에 이리저리 치이지 않을 수 있다는 것이, 그저 기뻤다.

중학교에 입학함과 동시에 함께 다니던 친구가 있었다. 그 친구가 소위 논다 하는 아이들에게 괴롭힘을 받기 시작했고 가장 친한 친구의 따돌림을 두고 볼 수 없어 무서웠지만 감쌌다. 그러나 돌아온 건 장난을 가장한 무자비한 따돌림과 친구의 배신뿐이었다.

쾌활했던 성격과 자존감이 밑바닥으로 떨어졌다. 절대 지지 않을 거라는 강단과 떳떳함으로 무장하고 그들의 행동을 무심한 척 대했지만 학교에서 돌아오면 방에 틀어박혀 이불을 움켜쥐고 울음을 터트렸다. 서윤은 어렸고 상처는 지워지지 않을 만큼 길고 컸다.

중학교 3년 내내 서윤은 누구와 대화를 하지도, 어울리지도 못했다. 부모님께도 선생님께도 말하지 못한 고통. 왕따, 그게 그녀였다.

그렇게 지방으로 내려와 새로 시작하게 된 생활은 남다를 수밖에 없었다. 더 이상 혼자 지내는 것이, 상처받지 않은 척, 당당한 척 가면을 쓰지 않아도 되는 게 너무 행복해서 다른 의미로 혼자 눈물을 훔쳤었다.

혼자 있지 않아도 돼. 친구를 만들 수 있어. 서윤에겐 무엇보다 그게 중요했다.

때문에 다시는 혼자가 되고 싶지 않다는 욕심에 서윤은 제 앞에 선 또래의 남자아이를 배려하는 방법을 몰랐고 생각하지도 못했다. 그저, 가까스로 생긴 친구들을 다시 잃고 싶지 않았을 뿐.

그녀는 경솔했고 부족했으며 잔인했다.

"너 같은 애가 제일 싫어."

목소리는 떨렸지만 발음은 정확했다. 그리 작은 목소리도 아니어서 주변에 즐비하게 선 아이들의 눈에도 놀라움이 가득해졌다. 웅성웅성, 혼란이 일어났다.

"뭐?"

딱 두 걸음쯤 떨어져 선 남자아이, 서재희는 자신이 잘못 들은 건 아닌가 싶은 눈치였다. 당황한 듯 주변을 둘러보다 심상치 않은 분위기에 잘못 들은 게 아니라는 걸 확실하게 알았다. 곧 재희의 얼굴이 붉어졌다.

"이 말 하려고 여기까지 부른 거냐?"

심장이 당장 터질 것 같았다. 분명 상처받았을 거야, 상처받았어.

바로 사과를 하고 싶었지만 서윤은 입을 꼭 다물고 대답하지 않았다. 머릿속엔 친구 가영이 했던 말만 계속해서 반복되고 있었다. 서윤의 목울대가 크게 한 번 움직였다. 목이 아플 정도로 크게 침을 삼키고 고개를 들자 싸늘해진 재희의 얼굴이 보였다. 솔직히 말해 무서웠지만 서윤은 그저 입을 열 뿐이었다.

"네가 고백하면 누구라도 받아 줄 줄 알았다면 큰 오산이야. 미안한데, 나는 너 싫어. 싸가지 없고 재수 없고 거만하고. 처음부터 싫었어. 너, 진짜 별로야."

"……설마 너 지금 이게 내 말에 대한 대답이라고 하는 거냐?"

진짜 서재희가 양서윤한테 고백한 거야?

누군가 말했고 웅성거림은 커졌다. 은연중에 떠돌던 소문이 사실이 되었다는 것을 의미한 순간, 재희의 뒤에 선 한 사람이 서윤의 눈에 들어왔다. 가영이었다. 가영의 눈 밑이 붉었다. 당장이라도 울 것처럼 보였고 서윤은 가슴이 철렁 내려앉았다. 마음이 조급해진 그녀가 재희에게 대답했다.

"맞아."

복도는 이미 시장처럼 시끌벅적해졌다.

입학하자마자 교내에서 가장 유명해진 서재희가, 숱한 고백을 받

앉아도 들은 척도 하지 않던 그 서재희가 먼저 고백을 했다는 것도 놀라운데 고백받은 상대가 제대로 망신을 주고 있는 현장. 망신 정도가 아니라 이건 모욕 수준이었다. 아무리 재희가 또래보다 몸집이 크고 어른스럽다고 해도 결국 상처받을 수밖에 없을 정도로.

미안하지 않을 리가 없었다. 이런 말을 굳이 이렇게 사람들이 많이 다니는 곳에서 하고 있는 것이, 하지 않아도 될 말을 하고 있는 것이 미안해 목구멍까지 따끔거렸다. 그러나 가영이 이쪽을 보고 있었다. 제대로 하라는 듯이, 마지막까지 확실히 하라고 말하는 듯이.

미안해. 미안. 정말 미안해.

어렸던 서윤은 다른 이의 상처를 안아 줄 겨를이 없었다. 이미 입어 흉터로 남은 제 마음의 상처가 다시 벌어지지 않게 하는 것만으로도 벅차고 힘거웠다.

"전부터 생각했어, 너 정말 별로라고. 자기밖에 모르고 이기적이고 남들 휘두르는 게 당연하다고 생각하는 부류잖아. 사실 그 고백도 불쾌해. 다시 그러지 말았으면 좋겠어."

주먹을 꼭 쥐고서 마지막 말까지 하고 나자 주변은 완벽하게 침묵으로 휩싸였다. 동물원 원숭이라도 된 기분으로 온갖 시선들을 받아 냈다. 따끔따끔한 눈길들이 서윤을 탓하고 있었다. 그리고 지금껏 살아오며 동정 따위를 받아 본 적 없는 재희는 수많은 동정과 몇몇의 비웃음을 받아들여야 했다.

재희의 주변에 사람이 많은 건 사실이었다. 그러나 그가 멋대로 사람을 휘두르거나 이기적으로 군다는 건 틀린 말이다. 비위 맞추듯 굽실거리는 건 주변에 붙은 승냥이들이 자처한 일이었다. 그러니 서윤의 말은 틀린 말이었다.

하지만 지금 재희에겐 그 말이 틀리건 맞건, 또 어떠한 시선이 오건 상관없었다. 그깟 것 무시하면 그만이었다. 그저 서윤의 말 한마디 한마디에 생각하는 것 이상으로 충격과 상처를 받고 있었을 뿐. 재희는 아랫입술이 짓이겨지도록 깨물었다.

사람이 사람을 처음 본 순간부터 좋아할 수 있다는, 과학적으로 설명할 수 없는 그런 감정이 저에게도 있음을 알게 해 준 사람, 양서윤. 좋아한다는 말을 스스럼없이 할 수 있게 한 것도 양서윤. 보고만 있어도 좋고 생각만 해도 기쁘고 잠이 들기 직전까지 이름을 부르고 얼굴을 떠올리게끔 만든 것도 양서윤.

그리고 경험해 보지 못했던 아픔과 실연을 최악의 방법으로 안겨 준 것 또한 양서윤.

"너."

재희의 차가운 목소리가 서윤의 가슴에 가시처럼 박혔다. 더 할 수 있는 말이 없었다. 몸이 떨려 오는 느낌이 들어 두 손을 앞으로 모아 꽉 쥐었다.

처음으로 받아 본 고백을 이런 식으로 대한 자신이 미웠지만 그래도 이것으로 다시 따돌림을 당하지 않아도 된다는 생각에 기뻐하고 말았다. 마치 그것을 읽은 듯 재희는 짧은 말을 남겼다.

"최악이다."

그 말을 끝으로 그는 몸을 돌려 버렸다. 길목을 막았던 아이들은 사납고 거친 재희의 눈에 얼른 길을 텄고 복도에 남은 서윤은 메아리처럼 도는 말을 곱씹었다.

최악이다.

부정할 수 없는 것이었기에 그녀는 고개를 숙였다.

"고마워, 서윤아. 오해해서 미안해."
 서윤의 손을 잡은 가영이 환하게 웃었다. 참 예쁘고 고운 미소에 서윤은 어색하게 웃었다. 주변에선 과했던 서윤의 행동에 대해 힐난하는 소리가 심심찮게 들렸다. 예상했던 일이지만 기분이 좋을 수는 없었다. 가영 역시 주변의 그런 소리를 들었는지 코웃음을 치고 위로라도 하는 양 말했다.
"애들이 욕하는 건 내가 금방 가라앉게 해 줄게. 피자건 뭐건 돌리면서 네가 돌렸다고 하면 될 거야. 몇 번 돌리지 뭐."
 생활에 여유가 있는 가영에겐 대수롭지 않은 말이었다. 순수하게 정말 그렇게 하면 될 거라 생각하는 가영을 보며 서윤은 고개를 저었다.
"괜찮아."
"부담스러워하지 마. 이런 거 별거 아냐. 너 위해서 하는 건데 뭐."
"아니."
"……."
"하지 마."
 확고한 말에 가영은 눈을 크게 떴다. 왜 서윤이 거부하는지 이해하지 못하는 눈치였다.
"내가 잘못한 거니까. ……내가."
 피자를 돌리건 말건 그것으로 상처를 준 서재희가 자신을 용서할 일은 아니니 말이다. 완전한 거절에 가영은 꽤 배알이 꼬인 모양이었다.

"……아, 그래?"

기껏 도와주겠다는데 거절하는 모양새를 자존심 세우는 것으로 생각한 듯했다. 뒤로 조금 물러나 등을 의자에 기댄 가영이 살짝 퉁명스러워진 말투로 말했다.

"근데 좀 대단하다. 어떻게 그렇게 토씨 하나 안 틀리고 똑같이 말했어? 진짜 그렇게 말할 줄은 몰랐어. 재희 상처 많이 받은 것 같던데…… 서윤이 네가 좀 심했던 것 같긴 해."

우습지도 않은 소리였다. 사실 이 사달을 만든 원인의 7할은 가영에게 있었다. 재희에게 했던 서윤의 말은 거의 전부 가영이 하라며 시킨 것이기 때문이었다. 서윤은 억울한 소리를 해 대는 가영에 무언가가 울컥 올라왔지만 입술을 깨물며 삼켰다.

"그래."

일의 시초는 지난주 하교를 준비하던 오후였다.

집을 가기 위해 짐을 꾸리던 서윤의 앞에 얼굴은 몇 번 봤지만 말 한 번 섞어 본 적 없는 재희가 나타났다. 학교에서 가장 유명한 바로 그 서재희였다.

아직 어린 소년, 잘생김보단 예쁘단 말이 어울릴 정도로 고운 선을 가진 소년은 큰 키를 가지고 있었고 그런 재희를 코앞에서 본 서윤은 아무런 말도 하지 못했다. 그리고 재희는 '처음'이라는 것을 티 내듯 아직 아이들이 많은 교실에서 당당하게 말했다.

'널 좋아해.'

바보 같을 만큼 순진하고 직선적인 말에 교실은 일순 침묵에 휩싸였다.

 멍하니 선 서윤의 눈동자가 흔들렸다. 순간 가슴이 터질 듯이 뛰기 시작했고 귓불부터 빨갛게 달아올랐다. 처음으로 받아 보는 고백이었다.

 얼마나 지났을까, 비명을 닮은 소란이 일어났고 서윤이 심장의 떨림을 받아들이기 전, 사납게 박힌 시선에 얼굴이 창백해졌다. 가영이었다. 가영은 눈에 보일 정도로 몸을 파르르 떨다 빠르게 사라졌고 서윤의 낯빛은 완전히 질려 버렸다. 재희의 고백이 어떤 마음인지 생각할 겨를 따윈 없었다.

 가영이 재희를 좋아하고 있다는 건 꽤 오래전에 알고 있었다. 재희만큼이나 유명한 가영은 입학하기 전부터 재희를 알고 있었던 것 같았다. 집안끼리 알고 있는 사이라며, 재희의 집이 얼마나 부자인지까지 모두 알려 주었고 곧 고백할 거란 말도 들었다. 그런 재희가 저에게 고백을 했다. 많은 아이들이 있는 곳에서 한 고백에 조용히 거절할 수조차 없었고 그 사실은 순식간에 퍼져 나갔다. 어긋남은 한순간이었다. 그리고 여리고 어린 이들은 상처에 취약했다.

'갑자기 재희가 널 좋아한다는 게 말이 안 되잖아. 내가 먼저 좋아한다고 하니까 욕심났어? 그래? 너 진짜 재수 없어. 그러고도 친구야? 어떻게 그래? 너 왕따 당했었다고 해서 친구 해 주고 같이 놀아 줬는데, 어떻게 날 배신해!'

 그런 말을 듣기 위해 제 이야기를 했던 건 아니다. 가장 친한 친구라고 생각해서 했던 말이었다. 마구잡이로 할퀴는 말에 화를 냈어야 했다. 그러나 가영의 성난 외침에 서윤은 덜컥 겁을 먹었다. 그렇게 가지고 싶었던 친구를 또 잃고 혼자 보내야 할 시간이 두려웠다. 충분히 아팠고 충분히 힘들었던 시간을 다시 겪고 싶지 않았다.
 가영은 그렇게 할 수 있었다. 가영의 곁에 있음으로 많은 친구가 생겼고 모두에게 '친구'라는 말을 듣기 시작했기에 서윤은 바보같이 화조차 내지 못하고 미안하다고 하고 말았다.

 '그럼 확실히 거절해. 다른 애들 다 보는 앞에서, 재희가 다시 너한테 다른 마음 못 가지게 제대로 거절하라고. 네가 진짜 내 친구라면 그렇게 하란 말이야!'

 다른 것을 생각할 수 없었던 마법의 단어, 친구.
 고개를 끄덕여 버린 서윤을 가영은 인형을 부리듯 모든 상황을 만들어 냈다. 재희를 불러내고 해야 할 말을 전해 주고 그것을 지켜보았다. 최악이란 소리를 들은 서윤에게 고맙단 말을 해 대며.
 "가면서 맛있는 거 사 줄게. 뭐 사 줄까? 고기 먹을래? 그래, 고기 먹자."
 반짝이는 눈은 즐거움으로 가득했다. 벌써 함께 갈 친구들을 물색하는 가영을 보던 서윤의 고개가 아래로 내려갔다. 울고 싶은 마음이었지만 다행히 울지는 않았다. 후회만이 계속해서 그녀를 괴롭게 만들고 있었다.

 '최악이다.'

최악이었다.

　　　🐑

　가영의 말대로 주변의 말들은 금방 사라졌다.
　아무리 유명하고 인기가 많아도 결국은 타인. 심지어 재희를 시기 질투하던 남학생들은 반대로 서윤에게 호감을 갖기 시작했으나 정작 서윤은 그날 이후 단 한 번도 편하게 보낼 수가 없었다. 오히려 더더욱 마음이 무거워졌다.
　그저 푹 자고 싶은 마음뿐이었고 며칠 내내 학교가 끝나면 곧장 집으로 향했다. 학교에서 20분쯤 걸리는 집에 도착한 서윤은 낡은 아파트답게 삐걱 소리 나는 문을 열었다. 전에 살던 좋은 집과는 비교할 수 없는 허름하고 오래된 아파트는 굳이 부모님이 뭔가를 말해주지 않아도 집안사정이 얼마나 안 좋아졌는지를 대변하고 있었다.
　"다녀왔……."
　집에 들어서며 습관적으로 인사를 했다. 이 시간엔 부모님 모두 일을 하고 있다는 걸 알면서도 인사를 하던 서윤은 바로 보인 신발 두 개에 얼른 고개를 들었다.
　엄마와 아빠의 신발을 보고 괜히 마음이 뭉클해진 서윤은 얼른 안방으로 향했다. 학교에서의 일을 말할 수는 없지만 일단 엄마의 얼굴을 보고 어리광이라도 부리고 싶어서였다. 이내 가까워진 안방 안에서 들리는 대화 소리에 잠시 걸음을 멈췄다. 보지 않아도 부모님의 목소리라는 건 알 수 있었다.
　"이제 뭘 어떻게 해야 하는지 모르겠어. 반년도 넘게 쉬는 날 없이 일했는데, 이게 뭐야. 아무것도 달라진 게 없잖아. 서윤이 급식비도 밀린 거 알아? 이제 애 밥도 못 먹인다고. 도대체 뭘 더 해야 하는 거야."

울음이 섞인 엄마의 목소리에 서윤의 심장이 철렁 내려앉았다. 순간 숨 쉬는 소리라도 들릴까 봐 얼른 입을 막았다.

"나 너무 힘들어. 정말 도망가고 싶어……. 매일 손 다 찢어지도록 설거지하면 뭐 해, 이자도 못 내는걸. 당신 허리 부서지도록 짐 나르면 뭐 하냐고. 당장 생활할 돈 하나도 없고 거지꼴인데. 서윤이 고생 하나 모르고 자란 애야. 그런데, 그런 애가 엄마 아빠 생각한다고 불평 하나를 안 해. 그 착한 것이 방이라고 책상도 못 들여 놓고 밥상을 책상처럼 쓰는데 사 달란 말도 안 한다고. 그런데…… 그런데."

결국 눈물을 터트린 엄마의 울음소리가 들렸다.

가슴이 벌렁벌렁 뛰었다. 뿌리박은 듯 자리에 서서 숨만 들이켜며 침을 삼켰다. 무엇인지 정확히 알 수 없었지만 단순히 힘들다, 무엇하다 정도로 치부할 수 있는 것이 아님을 알 것 같았다.

무서웠고 두려웠다. 무언가 큰일이 벌어졌는데 그걸 감당할 수 없음을 본능적으로 알기에 겁을 집어먹었다.

"여기 나가면 어디서 살아. 어디서 살아야 돼. ……뭘 해야 하는 거야."

"다시 일 찾아볼게. 금방 찾을 수 있어."

"이제 와서 뭘. 당신 나이 안 적어. 평생 사무실 일 한 사람을 어디에서 써 줘. 막노동판에서도 안 받아 준다고."

"서윤 엄마."

"탓하고 싶지 않아. 어차피 우리 잘못이니까 누굴 탓해. 근데……

근데 뭘 해야 하는 건지 이젠 모르겠어. 둘이 벌어도 겨우 이자 갚는데 나 혼자 이제 어떻게 해. 딱 목매달고 죽는 게 더 편할 거 같은데……."

"그런 소리 말아. 서윤이 생각해서라도 그런 생각은 하면 안 돼. 우선 서 회장님 댁을 찾아가 보자. 그분 그렇게 모진 분이 아니라니까 선처를 부탁하는 거야. 일부러 그런 것도 아니고 잠깐이라도 시간을 달라고 하면."

"억이 뉘 집 개 이름도 아니고 대체 그걸 어느 세월에 갚아, 대체!"

한 걸음, 한 걸음 뒤로 물러나기 시작한 서윤은 들어왔던 그대로 다시 집 밖으로 나갔다. 넋을 잃은 것처럼 느리게 걷던 걸음이 빨라졌고 어느새 그녀는 엘리베이터 대신 계단을 헐레벌떡 뛰어 내려가고 있었다.

"콜록, 콜록."

아파트 중간쯤 내려오고 나니 숨이 막혔다. 기침으로 막힌 숨을 풀어내느라 주저앉은 서윤의 눈앞이 노랗게 변했다.

하늘도 보기 힘든 미로 안에 갇힌 기분이 되었다. 분명 아는 거리인데 눈에 잘 들어오지 않았다. 뒤에 멘 가방이 돌이라도 얹은 것처럼 무거워졌다.

두 무릎에 얼굴을 묻고 눈을 감았다. 저릿저릿한 심장이 빠르게 뛰었다.

착한 딸. 아무것도 묻지 않고 불평하지 않는 딸.

엄마는 그렇게 말했지만 미안하게도 자신은 그렇게 착하지 않았다. 단지 알고 싶지 않았을 뿐이었다. 지금 이렇게 도망쳐 버린 것처럼 알아봐야 할 수 있는 게 없으니 모르는 게 나았을 거라 생각했을 뿐이다.

최악을 보고 싶지 않아서 차악을 선택하는 아주 계산적이고 못된 딸이었다.

엄마의 울음소리가 귀에서 들리고 이명처럼 한 목소리가 확실하게 머리를 울렸다.

'너, 최악이다.'

다시 따돌림을 당하기 싫어서 다른 사람을 상처 주었고 내가 힘들고 싶지 않아서 부모님의 고통을 모르는 척했다.

"내가 제일 나빠……."

아무에게도 들리지 않을 혼잣말을 중얼거린 서윤은 입술을 깨물었다.

학교에서도 그랬듯 이번에도 서윤이 할 수 있는 건 아무것도 없었다.

"그래서 재희가……."

재희, 재희. 며칠 내내 같은 내용의 말을 하고 있는 가영이었지만 누구 하나 지겹단 말을 하진 않았다. 처음엔 동일하게 시작되었던 관계가 시간이 지날수록 갑을을 만들어 냈고 그게 당연하다 여겨진 상황이었다.

그건 서윤도 마찬가지였다. 다만 며칠 동안 같은 이야기를 듣는다는 사실을 인지하지 못할 정도로 다른 생각에 빠져 있다는 게 아이들과 다른 점이었다.

멍하니 책상만 보며 들고 있는 샤프만 괴롭히던 서윤은 뒤늦게 주변의 잡음이 사라진 걸 알아차렸다. 한창 재잘재잘거리던 소리가 사라져 고개를 들자 턱에 꽃받침을 한 가영이 입술을 쭉 내밀고 투덜거렸다.

"재희 얘기 해서 기분 상했어? 네가 재희 싫어하는데 눈치 없이 막 말해서."

직설적인 질문에 서윤이 미간을 좁히며 고개를 저었다.

"아니, 전혀. 아무 상관없어."

"상관없는 게 아닌 것 같은데? 내 얘기 일부러 아예 안 들었잖아."

"오해하지 마. 그냥 잠깐 다른 생각 한 것뿐이야."

"내가 얘기하는데 다른 생각을 한다고?"

"……."

"역시 너 뭔가 좀 이상하다. 재희랑 그 일 있는 후로."

가라앉은 눈으로, 무언가 읽어 내려는 듯이 제법 날카롭게 보는 가영이었다. 어쩐지 팽팽한 기류에 긴장하듯 눈치만 보는 다른 친구들을 보며 서윤은 머리가 아파 왔다. 안 그래도 무언가 잘못되었다는 생각이 사라지질 않아 곤란한데 괜한 것까지 신경 쓰고 싶지 않았다.

"그래, 알았어. 미안해."

결국 나온 서윤의 사과에 그제야 가영의 눈이 풀리며 다시금 예쁜 눈을 만들었다.

"아니야. 괜찮아."

어긋나고 있음을 알 것 같은데, 그것을 바로잡을 용기가 생기지 않아서 가슴에 막힌 돌이 점점 더 커져만 갔다. 이어지는 이야기 소리가 또 멀어져 갔고 불안하게 뜯기는 입술엔 상처가 가득했다.

공허함이 가슴을 두드렸다.

중학교 때와는 완전히 달라진 생활이었다. 밥 먹으러 갈 때면 대여섯이 넘는 많은 친구들과 함께 몰려갔다. 다른 반인 친구들과 심심찮게 인사했고 얼굴도 잘 모르는 아이들이 먼저 인사를 하곤 했다.

부러움과 동경이 담긴 눈.

늘 바라고 꿈꿨던 것인데 앞서 가는 친구들의 뒷모습을 보면서 서윤의 걸음이 느려졌다. 그토록 바라고 기다렸던 순간이다. 그러나 서윤은 이것을 조금도 즐기지 못했다. 맞지 않는 신발을 신은 것처럼 힘들고 버거웠다.

혼자 멀어진 서윤을 아는지 모르는지 친구들은 앞으로 나아갔다. 함께 가려던 걸음은 완전히 멈춰졌다. 바닥을 디디고 선 발끝이 미세하게 떨리고 있었다. 계절과 어울리지 않는 강한 바람이 친구들과 서윤의 사이를 갈라놓듯 불어왔다.

"흑."

모퉁이로 사라지는 친구들을 부를 틈도 없이 길게 부는 바람에 흐트러진 머리를 잡던 서윤의 손에서 종이로 된 급식 카드가 날아갔다. 그게 있어야만 밥을 먹을 수가 있어 잃어버리면 안 되는 종이였다.

"어, 어!"

황급히 날아가는 것을 잡기 위해 몇 걸음 달려 손을 뻗는 서윤의 손이 막 날아간 종이를 잡았을 때, 거의 동시에 반대쪽 손이 잡혀 잡아당겨졌다. 놀랄 틈도 없이 당겨진 몸이 낯선 몸에 닿았고 커진 눈으로 위를 올려다보자 한번 세게 꽉, 안던 팔이 거칠게 그녀를 밀어냈다.

 결국 바닥에 엉덩방아를 찧고 만 서윤의 옆으로 운동장으로 내려가는 구령대 계단이 보였다. 계단이 있는 방향은 조금 전 서윤이 종이를 잡기 위해 달려가던 곳이기도 했다.

 어안이 벙벙해 고개를 올리자 종잡을 수 없는 행동을 보인 장본인, 재희가 더러운 것을 만진 것처럼 제 팔을 털어 내고 있었다. 화악, 얼굴이 붉어졌다.

 절대 마주치고 싶지 않은 인물인 재희를 이럴 때 마주쳐 버린 것이 창피하고 부끄러웠다. 게다가 꽉 끌어안기기까지 했으니, 얼굴이 홧홧하게 타오르는 기분이었다. 그녀는 서둘러 자리에서 일어났다. 고맙다는 말을 할 염치도 없어 동갑내기임에도 고개를 한번 꾸벅 숙이고 돌아섰다. 재희의 주먹이 세게 쥐어졌다.

 사람들 틈에 있는 서윤을 거짓말처럼 찾아내 따라온 것도 열 받고 그딴 취급을 받아 놓고도 뛰는 심장도 짜증 나고 거지같은 계집애와 닿은 것만으로도 귓불이 뜨거워질 정도로 붉어지는 것도 화가 났다. 그리고 가장 화가 나는 건 저에게 등을 돌린 서윤이었다.

"양서윤."

 결국 서윤을 부르고 만 재희는 멈췄지만 돌아서지 않는 그녀의 뒷모습을 보며 천천히 말했다.

"왜 그딴 식으로밖에 못한 건지 말해."

 어쩌면 진작 물었어야 했을 질문을 건넸다. 두발 자유인 학교라 묶지 않고 흔들리는 검은 생머리가 눈에 들어왔다. 처음 봤을 때처럼 참 예쁘게도 흔들리고 있었다.

 대답 없이 선 서윤에 괜히 조급해진 재희가 어금니를 물며 거칠게 말을 이었다.

"아무리 내가 엿 같고 거지같았어도, 굳이 꼭 그렇게까지 했어야 하는 이유."

너를 좋아한다고 말한 나를 세상에서 가장 더러운 짓을 한 죄인으로 만들어야 했던 이유. 그래야 아직 내가 널 좋아하고 있는 이 거지같은 상황을 조금이라도 이해할 수 있을 테니까.

잇지 못한 말을 삼키며 거짓말이라도 좋으니 무슨 이유라도 말하라 강요하고 싶었다. 어떤 말도 안 되는 상황이 오더라도.

하지만 서윤은 아무런 말도 하지 않았고 뒤도 돌아보지 않았다. 허탈함으로 차 버린 가슴에 재희는 이를 갈았다.

"꺼져."

말을 듣기가 무섭게 서윤의 걸음이 움직였다. 꼭 무서운 것을 뒤에 둔 사람처럼 헐레벌떡 달리고 달려 모퉁이를 돌았고 순간 힘이 풀려 벽에 등을 기댔다. 가슴에서 서러운 감정이 화수분처럼 솟구쳤다. 푹 숙인 고개 끝에 서윤이 중얼거렸다.

"쪽팔려서 어떻게 말해."

꾸역꾸역 올라온 감정에 눈가가 시큰거렸다.

"왕따 당하고 싶지 않아서 그랬다고…… 어떻게 말해."

이미 눈앞이 일렁거렸지만 그녀는 꾹 참아 냈다. 울고 싶은 마음이 들었지만 그런 만큼 울고 싶지 않았다. 이런 제 상황보다 집의 사정이 훨씬 더 힘들고 고통스러울 테니까. 부모님이 더 울고 싶을 테니, 이런 것으로 울고 싶지 않았다.

한번 느낀 미묘한 온도 차는 계속해서 이어졌다. 달라진 것이 없는 것 같은데 자꾸만 실금이 가 그 사이로 미약한 바람이 스며드는 듯했다. 확신할 순 없지만 아니라고 단언할 수도 없는 관계는 곤욕스러울 만큼 어려웠다.

"맞다. 서윤아, 아까 너 점심시간에 없을 때 오늘 노래방 가기로 했거든. 가영이 용돈 받았다고 쏜대."

가영과 함께 친해진 민정이 가방을 싸고 있는 서윤에게 말했고 서윤은 저도 모르게 가영이 있는 곳으로 시선을 돌렸다. 때마침 이쪽을 보고 있던 가영이 혀를 한 번 차더니 곤란한 듯 웃었다.

"서윤이는 안 갈 텐데 뭐하러 말했어. 괜히 거절하기 민망하게."

피가 싹 식어 버리는 기분이었다. 완벽한 방패막이가 세워진 듯, 가영은 가방을 메고 민정의 팔짱을 끼며 말했다.

"서윤이는 노래방 싫어하니까, 그냥 우리끼리 가자."

"아니, 그건 좀."

"또 생각하는 데 우리가 방해하면 안 되잖아."

보란 듯이 비꼬는 말에 민정은 눈을 찌푸리며 서윤과 가영을 번갈아 보다 어깨를 으쓱거렸다.

"그럼 나도 오늘은 집에 갈래. 사실 좀 피곤했거든. 서윤아, 가자."

"어? 아, 어어."

당황스럽지만 거절할 이유는 없었다. 마저 가방을 정리하고 멘 서윤은 고약하게 변한 가영의 눈을 보며 더욱 혼란스러워졌다. 그건 가영을 향한 혼란이 아닌 스스로를 향한 혼란이었다.

나는 왜 너와 함께하는 걸까.
나는 정말 너의 친구가 맞는 걸까.

집안의 사정은 점점 더 나빠지기만 했다. 부모님은 매일 어디를 그렇게 다녀오는 것인지 자정이 훨씬 넘어서야 들어와 겨우 쪽잠을 자고 해가 뜨기도 전에 나갔고 늘 잠에서 깨 있으면서도 서윤은 배웅도, 마중도 하지 못했다.

마음에 벽돌이 하나하나 쌓여 갔다. 실금이 간 아래는 벽돌의 무게에 점점 더 벌어져 더욱 많은 바람이 들어오고 있었지만 그것을 어떻게 막아야 하는지 알 수 없었다.

친구들과 있는 시간보다 혼자 생각에 빠져 있는 시간이 늘어나기 시작하면서 함께 노는 것은 고사하고 가영과 대화하는 일도 거의 없어졌다. 가영과 멀어지니 주변 아이들과도 멀어지고 학급 내의 관계도 허물어졌다. 유일하게 민정만이 별다를 것 없이 그녀를 대할 뿐이었다.

책상에 앉아 펼쳐 놓은 책을 의미 없이 바라보기를 한참, 앞자리 의자로 민정이 앉았다. 그리고 무엇을 하나 보듯 서윤의 시선을 따라 고개를 내리다 그녀를 불렀다.

"있잖아, 서윤아."

가만히 고개를 들자 서윤을 본 민정은 고민하듯 말을 아끼다 결정한 듯 입을 열었다.

"사과하고 싶으면 그냥 가서 해."

뜻밖의 말에 순간 바보가 된 듯했다. 민정이 이해한다는 듯 고개를 끄덕이며 말을 이었다.

"솔직히 나라면 못하겠지만 너 얼굴에 쓰여 있어. 서재희한테 사과하고 싶어 죽겠다고."

"……."

"그리고 가서 말해. 괜히 오해받아서 이러고 있지 말고. 애들 앞에서 그런 꼴 당하고도 보복 같은 것도 안 하고 아무 말 없는 거 보면 서재희는 지금 네 상황 이해해 줄 것 같거든."

마치 모든 것을 알고 있는 사람처럼 말하는 민정에게 어떤 말도 쉬이 하지 못했다. 정곡을 찔린 것처럼 따끔따끔거렸다.

사과하고 싶다.

……그래, 그거였다.

다른 무엇보다도 서윤은 계속해서 재희에게 말하고 싶었다. 왜 이런 상황이 되었는지에 대한 변명 따위가 아니라 입에 담는 순간부터 가슴을 에게 해 버린 제 실수에 대한 사과 말이다.

정말로 미안하다고 말하고 싶었다.

어쩐지 목이 메어 아무 말 못하고 입술만 벙긋거리는 서윤에 민정은 턱을 괴고 긴 한숨을 쉬다 자조적으로 중얼거렸다.

"다른 애들은 모르겠는데, 난 좀 이해가 가. 왕따 당한 게 잘못은 아닌데 그냥 무섭잖아. 내가 잘못한 거 아닌데도 꼭 내 잘못처럼, 내 행동이 잘못되어서 당한 것처럼 느껴지니까."

"민정아."

서윤은 갑갑하게 막혔던 가슴이 녹아 가는 게 느껴졌다. 누구에게도 말하지 못했지만 말하지 않아도 알아준 것. 부모님에게도 하지 못했던 것을 알아주는 사람이 있다는 사실만으로도 마음이 벅찼다.

"이번 건 이가영 잘못이 80프로야. 그러니까 나머지 분량만큼 사과하고 와. 그리고 그때 말리지 못한 거 미안. 그땐 나도 좀 무서웠거든. 가영이 말에 토 달면 왕따 당할 거 같아서."
"민정아."
"응."
"고마워. 진짜, 정말 고마워."
 후에 어떤 상황이 오더라도, 만약 다시 따돌림을 당한다 하더라도 민정이만큼은 미워하지 않을 수 있을 것 같았다.
 민정의 저 모습은 예전, 중학교 때 가장 친했던 친구를 감싸 줬던 자신의 모습과 닮아 있었다. 스스로의 판단으로 내린 가장 옳은 것을 찾아가는 것에 스스럼이 없던 나. 긴 따돌림에 잃어버리고 애초에 없었던 것처럼 여겨졌던 그때의 양서윤.
 사과를 한다고 해서 달라질 게 없다는 것은 알고 있다. 재희의 마음을 그렇게 다치게 하고 말 한마디로 풀 수 없다는 것, 안다. 이런다고 부모님의 사정이 좋아지는 것도 아니라는 것도. 하지만 해야겠다.
"사과해야겠어."
"무슨 사과?"
 때맞춰 교실에 들어선 가영이 사나운 얼굴로 다가와 두 사람을 보다 특유의 예쁜 미소를 그리며 물었다.
"뭔데? 나 빼고 무슨 얘기 했어?"
 속일 것 없이 서윤은 그대로 대답했다.
"서재희한테 사과해야 할 것 같아."
"……그러니까 대체 무슨 사과."
"네가 시킨 대로 내가 한 말. 그게 얼마나 등신 같은 짓이었는지, 제대로 사과해야 할 것 같아."
 순식간에 굳어 버린 가영의 얼굴은 이미 그녀가 어떤 생각을 하는지 알게 했다. 고맙게도 가영은 표정은 물론 말로도 확실하게 제 생각을 토해 냈다.

"미쳤어? 시킨 건 몰라도 한 건 넌데 거기에 왜 내가 끼는 건데?"

다시 한 번 묻는다.

나는 왜 너와 다니는 걸까.

나는 정말 너의 친구가 맞는 걸까.

그렇게 물었을 때 대답은 의외로 쉽게 나왔다.

더는 가려진 것 없이 가시처럼 퍼붓는 말에도 상처를 받지 않는 자신을 느낄 수가 있었다. 신기했다. 마음을 정하고 답을 내리며 가영에 대한 저와의 관계를 결론짓고 나니 더는 아무것도 아닌 것이 되었다.

처음부터 가영과는 친구가 아니었기에 상처받을 이유가 없었다. 답은 그것이었고 망설일 이유 또한 없다.

"네가 시켰다든가 하는 얘기는 안 해. 그냥 사과만 하는 거야. 서재희가 내 사과를 어떻게 받아들일지 모르는 거잖아."

"하지 마."

"비켜."

"하지 말라고."

"대체 왜 이렇게까지 하는 건데."

"하지 말라면 하지 마!"

"이가영."

"서재희가 아직 너 좋아……!"

비명처럼 내지른 말에 교실이 완전한 침묵에 휩싸여 버렸다. 서둘러 입을 틀어막고 눈치를 본 가영은 꿀꺽 침을 삼키곤 억지로 말을 이어 나갔다.

"……조, 좋아하면 어떻게 해!"

어색하기 그지없었지만 감히 다른 이야기를 예상할 수 없었던 서윤은 단호하게 말했다.

"그럴 리 없어."

"그래도 하지 마. 어차피 상관없잖아. 하건 말건 너랑 재희가 화해할 수 있는 그런 게 아니라고."

"사과라도 해서 속을 조금이라도 가라앉히려고 그래. 너무 많은 일이 있어서, 그래서 이렇게라도 해야 내가 편해질 것……."

다 말할 순 없지만 한때는 친구라고 생각했었던 관계이니 조금이라도 알아주길 하는 마음에 홀린 감정이었다. 내가 너무 힘들어서, 이기적이라도 사과라는 것을 해 아주 약간이라도 마음을 토해 내고 싶은 것. 그것만이라도 해 주길 바란다는 뜻으로. 하지만 가영은 더욱 싸늘해졌을 뿐이었다.

"가서 말이라도 걸어 봐. 내일부터 너 예전처럼 따 시킬 거니까."

"……."

"무섭지? 예전에 별의별 일 다 겪었다면서. 맞기도 했다며. 여기도 똑같아지는 거야. 그때랑 똑같이, 아니 그보다도 더 심하게. 나는 그렇게 할 수 있어. 지금도 너 싫어하는 애들이 얼마나 많은 줄 알아? 재희한테 그따위로 해 놓고 지금까지 멀쩡히 다니는 게 다 내 덕이라고. 내가, 내가 네 친구라서."

손으로 교실을 휘저으며 오기를 부리는 가영의 모습이 미안하지만 조금도 무섭지 않았다. 왜 그렇게 두려워하고 무서워만 했던 걸까. 어차피 나는 변하지 않을 거고 이가영은 내 친구가 될 수 없는데.

"누가 친구야. 그런 거 함부로 말하지 마. 나 네 친구 아니야."

서늘한 한마디에 가영의 입술이 조개처럼 다물렸다. 뒤통수를 맞은 사람처럼 멍하니 저를 보는 눈에 서윤이 웃었다.

"끼리끼리 논다는 말을 이제 알 것 같아."

이해하지 못한 가영이 한 걸음 물러났다. 그녀는 차갑고도 확실하게 말을 이었다.

"나도 최악인데, 너도 어지간히 최악이다. 최악끼리 논 거야."

재희의 말처럼 자신과 가영 모두 최악일 뿐이다. 서윤은 가영을 밀어내고 교실 밖으로 향했다. 머리는 이미 재희의 반이 몇 반인지를 떠올리고 있었고 그런 그녀를 가영은 붙잡으려는 양 악다구니를 질렀다.

"왜 왕따 당했는지 알겠네! 봐, 왕따 당하는 애들은 다 이유가 있는 거라니까? 아무것도 없으면서 자존심만 있어서는, 재수 없어 진짜! 그래, 가 봐! 가 보라고!"

이만 하고 멈추고 싶었으나 결국 끝장을 보게 만드는 것을 보면 가영도 대단한 부류이긴 했다. 막 문밖을 나가던 서윤이 다시 돌아와 가영의 바로 앞에 섰다. 가녀리고 작은 가영과 달리 키가 큰 서윤은 처음으로 친구라 여겼던 아이를 내려다보았다. 묘한 희열이 스쳤다. 가슴이 뜨거웠다.

"왕따를 시키는 너희 부류가 똑같은 거지. 어떻게 감히 그걸 비교해?"

실금으로 가득했던 마음의 벽이 완전히 부서지고 그 틈으로 시리다고 생각했던 바람이 시원하게 쏟아진다. 서윤의 눈에 망설임은 없었다. 똑바로 응시하며 행여나 가영이 듣지 못할까 또박또박 말한다.

"하는 행동이 잘못된 건 아는데, 그걸 바꾸고 싶지는 않고. 옆에서 누가 바른말을 하면 거기에 찔려서 왕따 시키는 거지. 안 그래? 너희가 틀리고 내가 옳다는 걸 상기시키니까. 지금 하는 네 꼴이 쪽팔리다는 걸 인정해야 하는 거잖아."

"……."

"너 같은 걸 친구로 두느니 그냥 혼자 지내고 말아."

서윤은 그대로 몸을 돌려 금방 교실 밖으로 사라졌다.

상상할 수 없는 모욕감에 가영은 몸을 부들부들 떨었다. 겪어 보지 못했던 창피함이 입술마저 떨리게 했고 가영은 손톱이 살갗을 파고들도록 세게 손을 말아 쥐고서 명령했다.

"오민정, 애들한테 문자 돌려. 저년 내일부터 왕따라고. 아니, 전따라고."

"네가 해."

"……뭐?"

"거기에 내 이름 끼워서."

두말도 않고 고개를 돌린 민정은 통쾌한 눈웃음과 함께 자리에 앉아 이어폰을 꽂았다. 어쩐지 처음으로 진짜 '양서윤'을 만난 기분이었다. 이내 좋아하는 노래를 틀며 창밖을 보던 민정은 문득 떠오른 것에 아차 싶었다.

"근데 오늘 서재희 안 나왔다고 들은 것 같았는데."

일이 기이하게 돌아가고 있음을 모르고 교실을 박차며 나선 서윤은 재희를 향해 달려갔다. 단 하나를 빼고는 아무 생각도 나지 않았다. 그저 딱 하나만이 머리를 채웠다.

사과를 하자. 사과를, 제대로 사과를 하자. 미안했다고, 정말로 미안했다고.

재희가 사과를 받아 주는 것은 바라지 않았다. 재희의 상처가 아주 조금이라도 아물기를 바라며 서윤은 목적지에 도착했고 터질 것 같은 심장을 갈무리했다.

"제대로 말해야 돼."

더듬지 말고 확실하게 말해야 한다. 그래야 재희의 상처가 조금은 나아질 수 있을 테니까. 그녀는 차분히 숨을 고르고 교실 문을 열었다.

문을 열자마자 낯선 방문객을 향해 시선들이 쏟아졌다. 그 시선들에 부담감을 느끼며 잠시 목을 가다듬은 서윤은 얼른 주변을 둘러보았다. 그러나 늘 존재감 넘치는 재희는 교실에 없었다. 곧 수업 시작할 시간에 없는 그에 당황한 서윤은 자신을 보고 수군거리는 학생 중 하나를 잡고 물었다.

"미안한데, 서재희 어디 있는지 알아?"

얼마 전 학교가 떠들썩하게 망신을 줘 놓고 이제 와 재희를 찾는 그녀를 황당해하는 눈이었다. 하지만 지금 그것을 신경 쓸 겨를 없는 서윤은 잠시 대답을 머뭇거리는 학생에게 한 번 더 물었고 그는 머리를 긁적이며 대답했다.

"오늘 집안일 있다고 안 나왔는데."

"안 나왔어?"

하필이면 오늘 딱 나오지 않은 재희에 한숨이 나왔다. 어쩜 일이 꼬여도 꼭 이렇게 중요할 때만 꼬이는 건지. 눈을 찌푸린 그녀는 곧 떠오른 생각에 말을 이었다.

"그럼 혹시 서재희 전화번호를 좀······."

재희의 번호라도 받아 전화를 할 생각으로 묻던 그때 주머니에 있던 휴대폰이 울렸다. 징징, 바쁘게 울리는 진동에 휴대폰을 들어 올렸다. 액정에는 엄마라는 글자가 떠 있었다.

 하얀 커튼을 젖히자 보인 건 팔과 다리에 깁스를 하고 살보다 더 많은 공간을 차지한 반창고를 덕지덕지 붙인 얼굴을 한 아빠의 모습이었다. 계절에 맞지 않게 온통 땀에 젖어 온 서윤을 향해 아빠는 그나마 멀쩡한 다른 손을 들어 흔들었다.
"뭘 그렇게 열심히 뛰어왔어. 집에서 보면 되는 건데."
 민망함을 감추려는 듯 어색하게 웃는 아빠를 보며 간신히 숨을 돌린 서윤은 겨우 입을 열었다.
"팔하고 다리, 부러지신 거예요?"
"부러지긴. 금만 좀 갔다더라. 별거 아냐."
"왜 그런 건데? 어디서 떨어지신 거예요? 아니면 교통사고? 그것도 아니면."
"일단 진정해 봐. 아빠 괜찮다니까."
 몇 번이고 괜찮다 말하는 아빠였지만 모습을 보면 그런 소리가 나오지 않는다. 입술을 꽉 깨문 그녀는 혹 만지면 아플까 손가락만 꼼지락거리다 주변을 둘러보았다.
"……엄마는요?"
 일단 아빠의 상태를 보느라 급한 마음에 뒤늦게 엄마를 찾았다. 아빠는 대수롭지 않게 말했다.
"일하고 있지. 사실 너도 굳이 올 필요 없었는데 네 엄마가 쓸데없이 연락한 거야."

머리가 핑, 하고 도는 기분이었다. 온갖 타박상에 팔다리가 금 가는 중상을 입었는데 일을 하고 있다니. 다급한 목소리로 아빠가 크게 다쳤다고, 어서 병원으로 가 보란 말에 뛰어왔건만 정작 엄마가 없단 것이 황당했다.

"그게 말이 돼요? 어떻게 이런 상황에 일을 한다고!"

확 치밀어 오른 원망에 외치던 서윤의 입이 다물렸다. 엄마가 없다는 것을 단순히 생각하면 무관심으로 치부할 수 있지만 다른 의미로 보자면 이곳에 오지 못할 만큼 절박하게, 일을 해야 한다는 사실을 금방 알 수 있었다.

홧김에 외치다 말을 멈추는 서윤을 보며 아빠는 너털웃음을 흘렸다.

"이러니까 엄마랑 아빠가 우리 딸 믿고 살지."

그 딸이 얼마나 기회주의적이고 계산적인지 알면 분명 실망하실 거다. 그녀는 민망함에 얼른 말꼬리를 돌렸다.

"왜 다치신 거예요."

"그냥 일하다 그런 거야."

너털웃음 얹어 말하지만 눈을 피하고 있었다. 아빠는 뭔가를 숨기거나 거짓말을 할 때면 다른 사람의 눈을 마주치지 못한다. 그리고 서윤은 지금 아빠가 일을 하고 있지 않다는 사실을 알고 있었다.

아빠 일 안 하고 있잖아.

차마 그렇게 말할 수 없기에 고개만 숙였다. 속상해서 나오지 않던 눈물이 이제야 나올 것 같았다. 단순히 학교 일에 전전긍긍하며 다른 사람 상처 준 자신에게 벌을 주는 것처럼 느껴졌다.

"이만 들어가. 아직 학교 다 안 끝났을 거 아니야. 아빠도 이제 괜찮으니까 집에……."

일어나지도 못하는 몸으로 시종일관 괜찮다는 말을 이으며 엉덩이를 들썩거리던 아빠의 눈이 서윤의 뒤를 향하곤 곤란하게 변했다. 그 변화에 서윤이 뒤를 돌았고 거기엔 말끔한 정장을 입은 여자가 있었다. 그녀는 옷매무새를 정리하고 허리를 깊이 숙였다.

"다시 제대로 인사드립니다. 서충호 회장님 비서 이지현 실장입니다."

"아, 아…… 예."

인사만 했을 뿐인데 느껴지는 기운에 부녀가 조금 움츠러든 사이 그녀가 말을 이었다.

"먼저 저희 직원들의 무례에 진심으로 사과드립니다. 회장님 역시 크게 진노하시고 바로 조치를 취하신 상태입니다. 일정상 직접 찾아오지 못하신 것을 매우 안타깝게 여기셨습니다. 회장님을 대신하여 사과드립니다. 죄송합니다."

연습을 한 건지 아니면 본래 말을 잘하는 사람인지는 몰라도 사과를 하고 몸을 바로 세운 그녀가 말을 이었다.

"선생님께 여쭤 보니 적어도 2주 이상 입원하셔야 할 중상이라 하시더군요. 저희 측에서 병실과 모든 치료 및 피해 보상을 드릴 예정입니다. 혹시 보험사와 따로 이야기를 하실 예정이라면 저희도 함께……."

"아니, 그런 건 괜찮습니다. 일부러 이런 걸 노리고 찾아간 건 아니었습니다. 정말입니다."

행여나 오해를 살까 황급히 멀쩡한 손을 휘젓던 아빠는 옆에 선 서윤을 의식했는지 마른 입술을 우물거렸다. 여자는 짧게 고개를 저었다.

"회장님께서 특별히 지시하신 상황입니다."

"저는, 그러니까."

끼어들면 안 된다는 건 알지만 잘못이 없어 보이는 아빠가 자꾸 소극적으로만 나가는 게 답답해 견딜 수가 없었다. 온통 다쳐 놓고 손만 휘젓는 모습에 서윤이 불쑥 물었다.

"저희 아빠가 왜 다치신 거예요?"

"서윤아."

어른들 사이에 끼어든 자신을 작게 질책하는 아빠를 모르는 척 여자에게 시선을 두었고 그녀는 수긍했다.

"고의는 아니었습니다마는 맞습니다. 따님 되시나요?"

"네. 그런데 아빠가 왜 다치신 건지……."

"양서윤."

결국 무섭게 나온 부름에 입이 다물렸다. 서윤이 조용해지자 아빠는 분위기를 바꾸려는 것인지는 몰라도 다시 웃으며 말했다.

"그래도 그 학생이 도와줘서 이 정도입니다. 하하, 어찌나 무섭게 달려드는지 도움을 받는데도 오금이 저릴 정도였으니까요. 아! 괜찮으시다면 그 학생을 꼭 좀 찾아 주십시오. 낮에 거기에 있을 수 있는 학생은 흔치 않을 것 같으니까요."

진심을 다한 부탁이었다. 무섭게 달려드는 장정들 때문에 혼이 빠지도록 얻어맞고 있을 무렵, 이름 모를 학생이 나타나 도와줘 그나마 이 정도에서 멈출 수 있었다. 그리고 학생이 경호원들을 향해 무어라 소리치는 것을 마지막으로 정신을 잃어 이름도 묻지 못했다.

가만히 말을 듣던 여자는 곧 고개를 끄덕이며 대답했다.

"알아보고 연락드리겠습니다."

"꼭 부탁드리겠습니다. 그리고 곧바로 서 회장님도 나와서 상황 보고 병원까지 데려다주셨고 하니 이제 정말 신경 쓰지 않으셔도 됩니다."

"하지만."

길어지는 대화에 서윤은 조금 떨어진 거리에서 가만히 아빠를 보았다. 언제나 호쾌하고 밝은 아빠는 나이 마흔 중반을 넘어가도록 흰머리가 거의 없었다. 동안 중에 동안이라며 나중에 서윤도 동안 소리 들을 거라고, 그렇게 웃던 아빠였다.

그러나 침대에 겨우 앉아 있는 아빠의 모습은 지치고 피곤해 보이는 아저씨. 머리 위를 가득 채운 흰머리는 염색 때를 놓쳐 뿌옇게 보였고 피부는 새까맣고 깊은 주름이 곳곳에 새겨져 있었다.

속상함을 숨기지 못하고 고개를 숙이는 서윤을 보며 여자는 조금 목소리를 낮춰 말을 이었다.

"그럼, 회장님 자택으로 가시겠습니까? 본래 회장님과 만나시려고 하셨다고 들었습니다만."

전혀 예상하지 못했던 말 때문인지 아빠는 나름 차리고 있던 정신이 흔들린 모양이었다. 잠시 눈을 깜빡이다 반문했다.

"그, 그게 정말입니까?"

"만약 양 사장님이 아무것도 원치 않으신다면 자택으로 모시라고 회장님이 지시하셨습니다."

"당연히 갑니다! 당연히…… 아이고!"

벌떡 일어나다 불편한 다리에 다시 앉아 버리고 말았지만 아빠의 눈은 전에 없이 초롱초롱 빛이 났다. 얼른 다가가 아빠의 몸을 부축한 서윤은 전혀 이해하지 못하면서도 빠짐없이 귀에 담았다. 여자는 잠시 시계를 보았다.

"어떻게 보상드릴 수 있는 게 이것이라면 시간을 내시겠다고는 하셨지만."

"가겠습니다! 지금 당장이라도 가겠습니다!"

"하지만 사장님 몸이……."

"이까짓 거 괜찮습니다."

정말 괜찮다는 듯 멀쩡한 팔을 붕붕 흔들어 보이지만 온갖 타박상이 괜찮을 리 없었다. 서윤은 필사적인 아빠를 불안하게 보며 머리를 정리했다. 전에 들었던 이야기와 지금의 상황을 하나하나 조합하면 무언가 가늠이라도 할 수 있을 것 같았다.

얼마 전에 들었던 부모님의 대화 내용. 억 소리가 나는 빚. 그리고 어떻게든 '회장'이라는 사람을 만나려는 아빠와 그 사람이 보낸 듯한 여자. 이 여자가 굳이 사과까지 하는 건 그곳과 관련이 있단 소리다.

"사모님은 안 계십니까? 아무래도 혼자 가시는 건 불편하실 것 같은데."

"혼자라도 전혀 상관없습니다. 자리만 마련해 주십시오."

"차라리 다 나으신 뒤에 다시 약속을 잡으시는 건 어떠십니까. 회장님께서도 그걸 권유하셨습니다. 언제라도 시간을 내신다 하셨으니."

"그렇게까지 많은 시간이 있지 않습니다. 하루만 지나도 어떻게 되는지 아시잖습니까."

"……하아. 이거야 어떻게 해 드려야 할지."

"제가 갈게요!"

불쑥 끼어든 것은 당연히 서윤이었다. 손까지 들며 다급하게 저를 어필한 서윤은 침을 꿀꺽 삼키고 말을 이었다.

"제가 아빠를 따라갈게요. 부축 정도는 제가 할 수 있어요."

"양서윤! 어른들 얘기하는데 자꾸 끼어들지……."

"저 얼마 전에 엄마 아빠 얘기하시는 거 들었어요. 어떤 상황인지 얼추 알고 있다고요. 그렇게까지 숨기지 않으셔도 돼요. 더 말해 달라고도 하지 않을게요. 그러니까 저랑 같이 가요. 꼭 가셔야 하는 일이잖아요."

생각하지 못한 말에 당황한 기색이 역력한 아빠가 멍하니 서윤을 보았다. 알고 있다는 사실을 말하고 싶진 않았지만 이런 상황에서 아빠를 혼자 보낼 수는 없는 일이었다. 아빠를 이 지경으로 만든 곳에 또 보내는 것일지도 모르는데 보낸다? 아마 엄마도 원치 않을 터였다.

서윤의 강단 있는 모습에 아빠는 조금 흔들리는 눈치였다. 그렇다고 정말 어린 딸을 대동하고 싶어 보이지도 않았다. 서윤은 머뭇거리는 아빠 대신 여자에게 부탁했다.

"실례가 되지 않는다면 제가 따라갈 테니 자리 마련해 주세요."

겁먹은 기색도 없이 당당하게 비치는 눈빛이 꽤 좋았다. 여자는 잠시 서 회장의 하나뿐인 손자를 떠올렸다. 그 아이도 이만큼 당당하고 또렷한 눈동자를 가지고 있었다. 진심으로 감탄한 그녀가 살짝 웃었다.

"훌륭한 따님을 두셨습니다."

비꼬는 게 아닌 진심이 담긴 말에 아빠는 결국 고개를 끄덕이고 말았다. 서윤은 안도 아닌 안도와 함께 허리를 숙였다.

그야말로 대궐 같은 집이라는 말이 절로 나오는 공간이었다. 회장님의 집이라고 했으니 텔레비전 속에 나오는 저택 정도로 예상하던 서윤은 어디 조선시대로 뚝 떨어진 것 같은 분위기에 압도되어 버렸다.

도심에서 꽤 떨어진 토지에 주변은 수목원처럼 나무와 풀들이 아름드리 서 있고 길을 따라 가니 예스러우나 낡지 않은 한옥집이 드러났다. 행랑채, 사랑채와 같은 곳들까지 있어 마치 어느 궁을 구경 나온 기분도 들었다.

거기다 미관을 해치지 않도록 현대식으로 풀어낸 곳곳의 디자인과 불편함이 없는 시설들까지 그림처럼 놓여 있었다. 당장 사진이라도 찍어 두고두고 보고 싶을 정도로 아름다운 광경에 아빠가 앉은 휠체어를 밀다 멈추기 일쑤였다. 여자는 곧 응접실 앞까지 두 사람을 이끌고 문 앞에서 말했다.

"회장님께서 먼저 기다리고 계십니다. 편안하게 말씀 나누시면 됩니다."

"예. 서윤이 너는 잠깐 여기 있어."

"네."

아무리 급하더라도 낄 곳 안 낄 곳 구분은 아는 서윤이었다. 휠체어에서 손을 뗀 그녀가 물러서자 기다렸다는 듯 안쪽에서 말이 나왔다.

"손님 기다리게 하지 말고 안으로 모셔. 어린 손님도 같이."

복잡하게 나돌던 사념들을 모조리 삼켜 버리기에 충분한 목소리.

화악, 정신을 빼앗듯 근엄하게 울린 음성에 빳빳해진 서윤이 마른 입술을 말아 물고 어쩔 줄 몰라 하는 사이 문이 열렸다.

소리도 없이 열린 방 안은 집 외관과 달리 현대식이었다. 소파에 테이블, 천장에 달린 조명들까지. 이국적인 느낌이 물씬 풍기는 응접실에선 한눈에도 기운이 남다른 흰머리의 중년 남자가 일어나고 있었다.

"불편한 몸으로 여기까지 오느라 수고가 많았습니다. 사정상 병원까지 찾아가지 못해 미안합니다."

"아, 아닙니다, 회장님. 저야말로 이렇게 신경 써 주셔서 감사드립니다."

휠체어에 앉은 아빠는 당장이라도 자리에서 일어날 듯 엉덩이를 들썩거렸다. 두 어른의 대화에 서윤은 앞에 있는 사람이 이미 몇 번이고 들었던 회장님이라는 것을 알 수 있었다. 그것도 우리나라에서 가장 유명한 대기업 중 하나인 해일그룹의 주인 말이다.

괜히 긴장을 한 서윤이 주춤거리는 사이 자리로 안내를 한 여자는 서윤에게도 앉으라 권유했다. 잠시 그, 서충호 회장이 서윤과 시선을 맞췄다. 사람을 꿰뚫을 듯 깊은 눈동자가 순간 흔들렸다 싶었으나 착각인 듯 금방 멈췄다.

그러고도 좀 더 서윤을 보던 눈이 멀어졌고 서 회장이 말을 이었다.

"응당 해야 할 일을 한 겁니다. 일단 그리 많은 시간이 있는 게 아니라 미안하지만 바로 본론부터 들어가고 싶은데."

보이는 모습만큼이나 목소리에 담긴 강한 기운에 압도되는 듯했다. 불편할 수밖에 없는 자리에서 아빠는 멀쩡한 손의 주먹을 꾹 쥐며 단도직입적으로 말했다.

"다른 건 바라지 않습니다. 부디, 제 불찰로 일어난 이 일에 대해 작은 선처를 부탁드리고자 계속 회장님을 뵙길 바랐습니다."

자신이 들어도 되는 것일까.

그런 생각이 들었으나 이제 와 나간다고 할 수도 없었다. 더욱이 아빠를 혼자 이곳에 두고 싶지도 않았다. 서윤은 조금 더 용기를 내 아빠의 옷자락을 쥐었다. 엄마가 없는 이상, 엄마를 대신할 사람은 자신이라는 안일한 생각을 한 것처럼.

대화는 서윤이 알아듣기 어려운 곳으로 흘러갔다. 드문드문 이해할 수 있는 것과 아예 이해하지 못할 내용으로 이어졌고 서 회장의 눈이 날카로워졌다. 혼자 뜨끔해 움츠러드는 서윤은 아랑곳하지 않는 듯했다.

"영원모직은 해일산업 하청업체 중 꽤 큰 비중을 맡고 있었죠. 우리 측에서도 꽤 신뢰하던 곳이기도 했고. 혹시나 싶어 면밀히 검토해 봤지만 역시 이번 사안에 대해선 뭐라 해 줄 말이 없습니다. 영원모직 측의 실수로 일정이 틀어지며 해일산업 측에서 보낸 내용에 따라 손해배상 청구를 한 것뿐입니다. 그리고 이에 대한 내용은 내가 아닌 해일산업 사장과 대화를 나눌 내용이고. 이게 내가 받은 보고 같은데."

처음과 달리 싸늘해진 어투에 아빠의 어깨가 흔들리는 게 보였다. 서윤은 불안하게 침을 삼켰다.

"……예, 맞습니다. 전적으로 회장님 말씀이 옳습니다."

"사실 나는 왜 양 사장님이 나와 만나려고 하는 건지 잘 모르겠어요. 뭘 바라는지는 모르지만…… 혹시 이번 폭행 사태로 보상금 때문이라면, 그 또한 충분히 해 드릴 예정입니다. 다른 어떤 것도 없이 바라는 모든 것을 해 드리겠습니다."

"선처를 부탁드리고 싶은 것은 다른 것이 아닙니다."

"그럼 왜 계속해서 회사까지 찾아온 겁니까. 결국 이런 사달까지 나지 않았습니까."

매주 바뀌는 경호팀 중 임시로 채용한 학생들 몇이 치기에 서윤의 아빠를 이 지경으로 만들어 놓은 게 오전이었다.

서윤은 아빠의 눈이 제게 와 닿는 것을 보았다. 흔들리던 눈동자가 어느새 굳건하게 의지를 갖는다. 예전, 당당하고 자신감으로 가득했던 아빠의 모습이었다.

"제 딸아이가 있는 곳이지만, 그래서 더욱 양심을 속이고 신의를 버리고 싶지 않습니다. 이런 꼴이 되어 가난한 아버지가 되었을지언정 부끄러운 아버지가 되고 싶진 않으니까요."

필사적으로, 머리를 숙이는 일에 주저하지 않는다. 그 모습을 보면서 서윤은 울고 싶은 것을 있는 힘을 다해 참았다. 멋있었고, 존경스러웠으며 안타까웠다. 열일곱밖에 되지 않은 자신이 너무 싫을 정도로 슬펐다.

"빚은 반드시, 어떻게 해서든 갚겠습니다. 부탁드리고 싶은 것은, 해일산업의 김현석 사장이 요구하고 있는 청구를 철회할 수 있도록 도와 달라 부탁드리는 것이었습니다."

"음? 그건 또 무슨 소리야. 김 사장이 뭘 요구해?"

"현 사태로 벌어진 일 피해로 인한 본인의 정신적 피해 보상과 이미지 실추에 대한 명예훼손 고소입니다."

서 회장은 잠시 말을 멈추고 옆에 선 이 실장을 보았다. 이 실장 역시 황당하단 눈치였다. 처음 듣는 내용에 눈을 찌푸린 서 회장이 아무 말도 못하는 사이 아빠는 서윤의 손을 잡고 말을 이었다.

"다른 것을 떠넘기고 싶지는 않습니다. 이 일로 인해 벌어진 손해는 반드시 갚겠습니다. 그러나 제가 일하는 직장에 대한 압력으로 부당해고를 당하고 고소가 이어지며 다른 생활이 불가능한 상태입니다. 부디, 이것만 도와주신다면 최선을 다해 받으신 손해를 갚도록 노력하겠습니다. 부탁드립니다, 회장님."

늘 새벽마다 어디를 가는 것인지 궁금했지만 묻지 않았다.

어떤 상황인지 어렴풋하게 알면서도 알려 하지 않았다.

진작 묻고 알았더라면, 더 빨리 알았다면 부끄러운 딸이 되지 않았을 것이다. 이렇게 힘든 상황에서도 부끄러운 부모가 되지 않으려는 아빠와 엄마를 알았다면 자신 역시 재희에게 상처를 주는 그런 짓을 하지 않았을지도 몰랐다.

서윤은 아빠가 잡은 손에 몸을 기댔다. 더욱더 서재희에게 사과를 하고 싶어졌다. 어떻게 해서든 그 마음을 달래 주고 싶었다.

"이 실장, 현재 영원모직이 가진 총 채무 금액이 어떻게 되지?"

"여타의 관련 손해배상을 청구해 15억 7,800만 원입니다."

상상을 초월하는 돈에 서윤의 몸이 움찔거렸다. 아빠는 그런 서윤의 어깨를 다독였다. 미안하다고 말하는 듯, 괜찮다는 듯. 흠……. 낮은 콧소리를 내며 손가락으로 소파 팔걸이를 두드린 서 회장이 왜인지 서윤을 향해 시선을 두며 입을 열었다.

"양 사장님은 우리의 실수로 크게 다친 상황입니다. 무분별한 폭행이었으니 충분히 합의금을 요구할 수 있어요. 원하는 금액을 말해 봐요. 괜한 기사까지 실려 이미지 버리고 싶지 않으니 아주 터무니없지만 않으면 합의하리다."

말인즉, 얼마건 간에 말을 하면 그것으로 탕감해 주겠다는 유혹이었다. 아니, 대놓고 말하는 선처 그 자체일 수도 있었다. 무엇을 선택하건 그것은 당신들에게 주겠다는 서 회장의 말 앞에 아빠는 몸을 떨고 있었다.

서윤은 아빠의 손을 세게 잡았다. 그게 무슨 역할을 했는지는 몰라도 파리하던 안색은 본래대로 돌아왔고 이내 평온해졌다.

"오늘 나온 병원비가 17만 원이었습니다."

"……음?"

"깁스는 보험 처리가 안 되더군요. 그러니 10만 원만 부탁드립니다."

어찌 보면 미련하고 정말 바보같이, 답답하기 그지없는 대답 속에 서 회장은 부드럽게 미소를 지었다. 옆에 섰던 이 실장 역시 비슷한 모양새였다.

"부끄럽지 않은 부모 중에 신뢰하지 못할 사람은 없는 법이지. 아가씨."

갑자기 저를 부르는 통에 경기라도 일으킨 듯 흠칫 놀란 서윤이 엉겁결에 바라보자 서 회장은 단호하게 말했다.

"지금 이 모습을 행여 부끄럽게 여기지 말아요. 정말 훌륭한 아버님을 뒀습니다. 백 번 천 번 존경을 해도 모자람이 없는 분입니다."

무엇인지는 모르겠지만 그게 칭찬이라는 것, 좋은 방향으로 가고 있다는 것은 확실하게 알 수 있었다. 서윤은 괜스레 울컥하는 마음을 감추고 고개를 끄덕였다.

"예, 당연히."

역시나 마음에 든다는 듯이 흐뭇한 미소를 감추지 않은 서 회장은 이내 바깥을 향해 손짓했다.

"이다음의 이야기는 어른들끼리 하는 게 좋을 것 같습니다. 이 실장, 이 아가씨는 별관으로 안내해 드려."

"별관엔 도련님이 계십니다."

"재희가? ……그럼 저쪽 안채로."

"예, 회장님."

명령을 받은 이 실장의 눈짓에 잠시 멍하니 있던 서윤이 자리에서 일어났다. 걱정 말라는 아빠의 다독임이 있었지만 그보다도 귀에 들린 낯설지 않은 이름에 당황스러웠다. 소파에서 멀어져 문가로 가며 서윤이 더듬으며 물었다.

"여기 도, 도련님 이름이 재희…… 예요?"

"예? 아아, 예. 회장님 손자 되십니다. 아, 그러고 보니 같은 학교를 다니고 계시군요."

"예?"

"저희 도련님도 아가씨와 같은 학교로……."

열린 문, 낯선 걸음을 걷기가 무섭게 코앞에 닿은 옷자락으로 인해 서윤은 멈출 수밖에 없었다. 고개를 올리기도 전 눈앞에 있던 가슴이 멀어졌고 이 실장은 의아한 눈으로 멀어져 가는 뒷모습을 향해 중얼거렸다.

"도련님?"

저절로 향한 눈이 발견한 건 큰 키와 익숙한 뒷모습이었다. 확신할 수는 없으나 아닐 수도 없는 바로 그 뒷모습이었다.

"……잠깐."

서윤은 본능적으로 걸음을 옮겼다.

'도련님'은 벌써 복도 끝을 지나 멀리 사라져 버렸고 서윤은 뒤에서 당황한 듯 보는 이 실장을 두고 무작정 내달렸다. 지나치게 큰 집은 한참을 달려도 '도련님'을 찾을 수 없게 했다. 그렇게 복도를 달리고 모퉁이를 돌고, 완전히 바깥으로 나간 후에야 서윤은 볼 수 있었다.

"서재희!"

결국 멈추고 마는 재희를.

그 자리에 박힌 듯 멈춰 버린 재희에 서윤의 걸음이 더욱 빨라졌다. 아무 생각도 나지 않았다. 그 순간은 부모님도, 집안의 사정도 생각나지 않았다. 이 순간만큼은 어째서 재희가 여기에 있고 도련님 소리를 듣는 것인지도 개의치 않았다. 재희임을 알게 된 순간 떠오르는 것은 오직 단 하나.

한참을 달려, 맨발로 흙바닥을 밟고서 잡은 재희의 옷자락을 놓치지 않을 듯 세게 쥐었다. 금방 가빠진 숨이 창피할 정도로 크게 났지만 아무래도 좋았다.

이제 제대로, 확실하게 말할 수 있다. 부끄럽지 않은 딸이 되기 위해서라도. 숨을 크게 들이마신 그녀는 길게 뱉어 내며 입을 열었다.

"미안해."

"……."

"네 그 말을 그런 식으로 대해서, 그렇게 만들어 버려서 미안해. 다른 변명은 하지 않을게. 네가 원한다면 뭐라도 해서 화를 풀어 주고 싶어. 아니, 화가 풀리지 않는다고 해도 괜찮아. 조금이라도 마음이 풀릴 수 있는 거라면 뭐든 말해 줘. 정말로 너무…… 너무 미안해."

순수하게 말하고 싶었을 뿐이다.

너에게 미안하다고.

그러나 돌아온 것은 서릿발처럼 차갑고 가시처럼 날이 선 손날이었다. 옷을 잡은 손을 매몰차게 쳐 낸 손이 순식간에 서윤의 앞섶을 쥐었다. 그리고 확, 들어 올려 까치발을 들게끔 하곤 매서운 눈동자로 속삭였다.

"어디까지 최악이고 싶은 건데."

"읏!"

"왜. 너 좋다던 놈이 좀 사는 것 같고, 너한테 도움이 될 거 같으니까 사과할 마음이 생겨?"

숨이 턱 막혀 목구멍이 탁해지는 느낌이었다. 정말로 목이 졸리는 것도 아닌데 다리가 바동거려지고 앞섶이 잡히자 그런 착각이 들었다.

서윤은 재희의 팔을 겨우 잡으며 고개를 저었다. 크게 오해를 한 것 같아서 그걸 먼저 풀어야 할 듯했다.

"……아, 아니야. 나는…… 나는 그냥 정말 사과하고 싶어서, 사실 오, 오늘도 너희 반에 가려다가."

하지만 이번에도 들리지 않는 듯했다. 전혀, 아무것도.

"그 사과가 하필 빚이 져서 온 이 집에서라고."

"그게 아니……."

화를 내고 있다. 이 사과가 들리지 않는 것처럼. 아니, 슬퍼하는 것 같았다. 애써 올린 블록이 무너진 아이처럼.

서윤은 재희가 왜 이렇게 나오는 것인지 그제야 알 수 있었다. 제 마음을 몰라주는 것에 대한 아쉬움이나 억울함보다도 이렇게

밖에 반응할 수 없는 재희가 안타까웠다.

응접실 바로 문 앞에 있었다면 아마 모든 것을 들었을 것이다. 비참할 정도로 바닥에 내몰린 상황에서 모욕을 주고 내친 자신이 이제 와 사과를 한다. 누가 봐도 기회를 노리는 비열한 짓으로밖에 여길 수가 없었다.

서윤을 가장 숨 막히게 하는 것은 잡힌 옷도, 들린 다리도, 억울한 말들도 아니었다. 재희의 '너한테 도움이 될 거 같으니까'라는 말에 '정말 그럴지도 몰라' 하고 생각해 버린 자신의 본심 때문이었다.

"……나는."

어떤 말을 해도 지금 재희에게 들리지 않을 것이다. 그리고 자신 또한 확신할 수가 없다.

지금 내뱉는 변명과 사과가 정말 순수한 것인지.

서윤은 입술을 세게 깨물었다. 어떻게 풀어낼지, 어떻게 시작할지 구분하지 못하고 찾아내지 못하는 두 사람의 한계는 거기까지였다.

재희는 입을 다물고 아무 말도 않는 서윤을 보며 몇 번인지 모를 실망 속에 휩싸였다. 말하지 않으면 쌓이는 오해 속에서 재희의 눈이 파랗게 빛났다.

"사과하고 싶다고. 뭐든, 하겠다고."

달리 대답을 하는 건 아니었지만 부정도 않는 서윤이었다. 차라리 화가 풀릴 때까지 때려 줬으면 싶을 만큼 자기 자신에게조차 실망해 버린 상황 속에서 재희의 이어지는 말은 고마울 정도였다.

묵묵부답, 바라만 보는 서윤의 눈에 재희는 가슴에서 치밀어 오르는 작은 바람을 읊조렸다.

"내 옆에 있어."

잘못 본 것이라, 이 집에 네가 있을 수 없다는 것을 알면서도 찾아간 응접실 앞에서, 네가 있음을 알고 생각했던 가장 깊은 바람.

"내가 시키는 거, 내가 하라는 거, 내가 하자는 거 전부 하면서."

멍청하고 등신 같지만 미련하게도 재희는 이 순간에조차 '양서윤에게 해 줄 수 있는 것'을 찾아가고 있었다.

"기한은 너희 집 빚 반이 갚아질 때까지. 그때가 되면 나머지 반도 변제되는 걸로 말씀드릴 테니까."

밑도 끝도 없는 재희의 말은 또다시 서윤의 마음을 흔들었다. 그건 사과도, 무엇도 되지 않는다고 말하고 싶었다. 그건 그냥 나를 돕는 것에 불과하단 것을 알려 주고 싶었으나 머릿속에 고통스럽게 울먹거리던 엄마의 목소리가 들려왔다.

'나 너무 힘들어. 정말 도망가고 싶어…… 이제 어떻게 해. 딱 목매달고 죽는 게 더 편할 거 같은데…….'

얼마인지조차 가늠되지 않는 돈의 액수. 다친 아빠와 다친 아빠조차 보러 오지 못하고 일하며 울고 있을 엄마.

입술이 떨려 왔다. 당장이라도 눈물이 나올 것 같아서 어금니를 세게 물었고 재희는 재차 말을 이었다.

"농담 아니야. 진짜로 너한테 거래하자고 하는 거야. 여기서 네가 그러자고 하면 당장 이 실장님 불러서 계약서 쓸 테니까."

"……왜? 내가 네 옆에서 뭘 할 수 있는데? 내가 뭘 할 줄 안다고?"

간신히 묻는 말에 재희의 눈동자가 흔들렸다. 문밖에서 들리는 대화에 처음 한 생각은 이것뿐이었다. 어떻게 하면 서윤을 도울 수 있는지에 대한 어처구니없는 제안. 결국 나온 말은 한없이 부끄러운 말뿐이었다.

"몰라."

"……."

"너 끔찍해 미치겠는데, 옆에 있어."

"……."

"그냥 닥치고 내 옆에 있으라고, 이 빌어먹을 계집애야."

운명처럼, 정해진 수순처럼 서윤을 마주하고 이야기를 할 때마다 느낀다.

서윤의 모습에 재희는 여전히 가슴이 뛰고 마음이 아팠다. 그래서 그녀의 눈에서 눈물이 보이는 걸 원하지 않았다. 원망스럽고 밉고 또 끔찍할 만큼 싫은데 그것보다도 더 싫은 건 서윤의 슬픈 눈이다. 처음에도 시선을 앗아 갔던 제 어머니를 닮은, 그래서 눈이 가고 결국 마음을 주었던 양서윤의 눈이다.

어떤 이유라도 좋았다. 중요한 것은 하나였다.

이 아이가 제 곁에 있었으면 좋겠다는 것 단 하나.

1. 아마도 반란

길고 긴 꿈을 꾸었다.

절대 끝나지 않을 것 같은 꿈에 언젠가 이 꿈이 끝나기를 바랐다. 그래서 이 긴 꿈이 끝나면 세상을 다 가진 듯 후련하게 깨어나 기지개를 켜고 밝아 온 아침을 맞이할 수 있을 거라 여겼다.

설마 꿈을 꾸는 것에 익숙해져 정작 깨어난 아침이 허무하고 허전할 거라곤 예상하지 못했다. 꿈에서 깨난 것조차 망각할 정도까지 될 것이라고는 더더욱.

알람이 울리기도 전에 깨어난 서윤은 시계를 보곤 자리에서 일어났다. 뻐근한 몸이 우두둑거리며 울었지만 이미 그녀는 헤어밴드를 하고 화장실로 향하고 있었다.

습관은 무섭다. 따로 생각하지 않아도 몸이 자동으로 움직여 버리니까.

"아, 피곤해."

버릇처럼 피곤하단 말을 중얼거리곤 순서대로 세안을 시작했다. 차가운 물이 남아 있던 졸음을 씻어 내려갔다. 고등학교 졸업하고 10년이나 6시면 일어나서 출근 준비를 하는데 아침에 일어나는 건 항상 어렵다.

"하아아."

이를 닦으며 나온 하품을 거울로 보며 코 옆을 문질렀다.

"팔자주름이……."

아침잠은 여전한데 세월은 갔다고 선이 좀 생긴 것 같았다. 젠장, 낮은 소리를 중얼거리고 입을 헹군 서윤은 못마땅하게 투덜거렸다.

"꽃다운 청춘은 다 갔네."

투덜거려 봐야 변하는 것은 없기에 서둘러 욕실을 나서 준비를 마무리했다. 본래 일찍 일어나는 탓에 아침은 늘 커피 한 잔으로 대신하는 그녀는 밤에 내려놓은 커피를 쭉 마시고 가방을 들었다. 언제나와 같이 시작된 평범한 월요일 아침이었다.

"다녀오겠습니다."

방이 하나뿐이라 좁은 거실을 안방처럼 사용 중인 부모님이 서윤의 인사에 부스스 몸을 세웠다. 그리고 눈을 비비며 시계를 보다 고개를 갸웃거렸다.

"으응? 아침부터 어디 가?"

이상한 걸 묻는 엄마에 서윤은 의아하게 보며 헛웃음을 흘렸다.

"출근이지 어딜 가겠어요. 다녀올게요!"

여느 때와 다름없이 인사를 하고 나가는 서윤의 뒷모습을 보며 엄마는 아직 자리에 누워 있는 아빠를 흔들어 깨웠다.

"왜애……."

"쟤 회사 그만뒀다고 하지 않았어?"

"난 또 뭐라고……. 일이 남아서 좀 더 나가나 보지 뭐. 회사라는 게 뭐 그렇게 쉽게 관둘 수 있겠어?"

"그런가. 기껏 할 일 다 하고 고생 끝났다, 했더니 그게 아닌 모양이네."

"저 알아서 잘하겠지 뭐. 아, 왜 괜히 사람 깨워서 배고프게 만들어. 배고파, 밥 줘."

"됐고 커피 먼저 타 와."

단칼 같은 아내의 말에 눈을 깜빡인 아빠가 진지하게 말했다.

"커피 타 오면 밥 주는 거 맞지?"

평화로운 아침이었다.

부모님의 짧은 만담을 듣지 못하고 나선 서윤은 엘리베이터를 타고 내려가는 동안 간단하게 스트레칭까지 마치고 풀어 내린 머리를 단정하게 돌돌 말아 묶었다. 완벽하게 정돈이 되니 딱 맞춰 1층에 도착했다. 버스 시간까지 앞으로 7분. 오늘도 역시나 딱 맞는 시간이었다.

별다른 생각 없이 아파트 현관을 나선 서윤은 가방을 고쳐 메며 걷다 평소와 다르게 서 있는 고급 승용차 한 대를 볼 수 있었다. 늘씬하게 잘 뽑힌 짙은 남색의 승용차는 그녀가 아주 잘 아는 차종이었다.

"이건 또 무슨 이벤트야."

이 차가 집 앞에 있는 건 1년에 몇 번 되지 않는데 오는 이유는 딱 두 가지였다. 첫째, 차의 주인이 집에 들어가지 않았을 때. 둘째, 급한 일이 생겨 당장 외근 혹은 출장을 가야 할 때.

어느 쪽이건 간에 귀찮은 것이기에 한숨을 쉰 서윤은 운전석으로 가 창문을 톡톡 두드렸다. 짙게 된 선팅과 햇빛 때문에 안에 있는 차주의 모습은 보이지 않았지만 곧 그가 내릴 것임은 알고 있었다. 그러나 열린 건 차문이 아닌 창문이었다.

스르륵, 내려간 창문의 안에는 어쩐지 당황스러운 표정을 한 재희가 있었다.

"제가 운전하겠습니다."

출근 전부터 일하고 싶진 않았지만 함부로 대할 수도 없는 노릇. 나와 달라는 손짓을 하며 한 걸음 물러서자 여전히 운전석에 앉아 있던 그가 뒤늦게 물었다.

"……탄다고?"

황당한 질문에 헛웃음이 났다. 서윤은 고개를 끄덕였다.

"예."

"정말 탄다고?"

이렇게까지 물은 적도 없거니와 이런 침묵이 이어진 적도 없던 터라 낯설기 그지없었다. 하지만 그녀가 할 수 있는 건 그저 고개를 끄덕이는 일뿐. 재희는 눈에 보일 정도로 이상한 얼굴을 하더니 옆을 가리켰다.

"옆에 타."

"예?"

"얼른."

뭐가 그리 조급한지 팔을 뻗어 조수석 문을 열기까지 했다. 이 난데없는 친절에 자꾸 기우는 고개를 겨우 바로 세우며 조수석에 올라타자 그가 불쑥 다가왔다.

"으악!"

반사적으로 나온 비명에도 재희는 물러서지 않고 팔을 뻗어 안전벨트까지 꼼꼼하게 채워 주었다. 전에 없는 이 괴상한 짓에 서윤은 입술을 떨었다.

"뭐, 뭐 하시는 겁니까?"

온갖 감정이 담긴 말에 그는 당당하게 말했다.

"퇴로 막기."

"……예?"

황당한 반문을 하기 전에 문까지 확 잠겼다. 락까지 걸어 버려서 운전자가 열어 주기 전엔 열리지 않게 되었다.

"본부장님?"

"간다."

배기량 자랑하듯 빠르게 속도를 높여 가는 차 안에서 서윤은 도통 알 수 없는 아침을 어떻게든 받아들이려 노력했다. 뭐가 어찌 되었든, 일단 자신은 제 할 일만 하면 되는 일이다.

"우선 시간을 단축할 겸, 오늘 스케줄을 말씀드리겠습니다."

비서로서 가장 중요하게 생각해야 하는 일 중 하나가 바로 이 스케줄 보고다. 하루의 일과를 미리 보고 올림으로써 겹쳐지는 일정이 생기지 않도록 하는 가장 중요한 업무였다. 사실 서윤은 재희의 일주일 스케줄을 모두 암기하고 있지만 혹시나 하는 상황을 대비하여 다이어리를 꺼냈다. 왜인지 오늘은 앞 스케줄이 잘 생각나지 않아서도 그랬다.

자신을 향해 힐끗, 눈길을 주다 다시 앞을 향하는 재희를 모르는 척 다이어리를 펼친 서윤은 잠시 움직임을 멈췄다. 그리고 황급히 다이어리 이곳저곳을 살피다가 벼락을 맞은 듯 입을 떡 벌리고 옆을 보았다.

엄청난 배신감이 매섭게 밀려왔다. 달리는 차가 꼭 그녀를 비웃는 듯했다.

"알고 있었지."

"하나만 해. 반말을 하건, 존대를 하건."

"서재희."

"내가 타라고 한 적 없어. 먼저 탄 건 너야."

틀린 말은 요만큼도 않는 재희였다. 습관이란 것이 이렇게 무서운 것이다. 그만뒀다는 사실도 잊고 항상 하던 대로 씻고 출근을 했다. 심지어 재희의 얼굴을 보고도 깨닫지 못하고서 텅 비어 버린 다이어리를 본 후에야 깨달은 거다.

이렇게 바보 같을 수가 있을까. 정말 맙소사라는 소리가 절로 나오는 상황에 기가 막혀 헛바람을 뱉던 그녀는 심호흡을 하며 다이어리를 덮었다. 그의 고약함에 눈이 흘겨졌다.

"여기 왜 온 거야."

"보시다시피."

"제대로 말하지?"

"잡아오려고."

"뭘 잡아? 내가 가출이라도 했어?"

"그럼. 아니라고?"

당당한 헛소리에 할 말이 쏙 들어갔다.

"내가 집 밖으로 안 나왔으면."

"들어갔지."

"어디를."

대답 대신 때맞춰 유연하게 코너링을 선보이는 재희다. 그 여유로운 얼굴에 한마디 퍼부어 주고 싶은 것을 참고 차분히 앉았다. 쭉 달려가는 차 안에는 침묵이 감돌았고 먼저 입을 연 건 재희였다.

"왜 조용해."

"필요 없는 일에 힘쓰고 싶지 않아서 그렇습니다, 서재희 씨."

"그건 또 무슨 호칭인데?"

"상관도 아니고 친구라기엔 찜찜하지 않습니까. 그러니 내외하시죠."

단호한 일갈에 그는 코웃음을 쳤고 서윤은 담담히 말을 이었다.

"회사 앞까지만이야."

"안 따라 들어오면 키스한다."

"……미쳤지?"

일그러진 그녀의 얼굴에 고개를 잠시 옆으로 돌린 재희가 물었다.

"왜, 여기서 할까?"

이놈 미쳤네. 미친 거 맞네.

팽팽한 긴장감이 안을 가득 채웠다. 차는 조금 더 빠르게 목적지를 향해 달렸다.

해일그룹 산하에서 가장 각광받는 사업 중 하나인 해일디자인은 독창적인 디자인과 섬세한 포인트를 자랑하는 의류 기업이다. 초기 운영 의도에 맞게 20, 30대의 젊은 층에서 선호도가 높은 곳으로 출범한 지 겨우 8년 정도지만 탄탄한 모회사를 둔 덕분에 탄

탄대로를 걸어왔고 현재는 본사 부근 단독 빌딩에 자리를 잡고 자회사를 꾸려 나가는 중이었다.

이렇듯 10년도 되지 않은 해일디자인이 훗날의 해일그룹 금싸라기, 노른자위 따위로 불리고 있는 이유는 다름 아닌 해일디자인의 수장 격인 서재희 본부장 때문이었다.

서재희.

올해 딱 서른이 된 이 젊디젊은 본부장은 누가 봐도 낙하산 인사이지만 어느 누구도 함부로 그에 대한 불만을 제기하지는 못했다. 감히 누가 불만을 토하겠는가. 서재희는 해일그룹 서충호 회장의 유일무이 혈육이자 후계자인 것을.

그나마 다행인 건 서 회장이 금수저 물고 태어났다고 무작정 오냐오냐하며 키운 게 아니라는 점이었다. 하나뿐이기에 오히려 더욱 독하게 후계 수업을 받게 한 것은 물론 서재희 본인 역시 제 조부를 똑 닮아 사업 수완이나 능력이 특출하니 괜히 긁어 부스럼을 낼 사람도 없었다.

어느 정도 연차가 생기고 기회만 닿으면 곧장 본사 중책을 맡아 해일을 이어받을 그를 향한 시선들은 언제나 그렇듯 늘 산재했는데 그 시선들의 끝에는 한 사람이 더 존재했다.

해일그룹 본사에서 파견된 서재희 본부장의 수석비서, 서 본부장의 '양' 양서윤 실장.

흔히들 누군가의 수족을 일컬어 '개'로 지칭하는 것처럼 서윤은 재희의 '양'으로 통했다. 성이 양씨이기 때문인 것도 있지만 단순히 주인을 모시는 그런 의미보다는 다른 사람에겐 몰라도 재희에게만큼은 거절이란 것을 모르기 때문이기도 했다.

서윤은 고등학교를 졸업하고 해일그룹 고졸 취업자들을 위한 특별취업 전형으로 입사를 했다. 이후 발군의 재능을 보이며 6년여 만에 비서실장 이지현 실장의 오른팔이 되었을 때, 낙하산으로 뚝 떨어진 재희는 기다렸다는 듯 서윤을 제 직속 비서로 낚아채 갔다.

이 갑작스럽고 좌천이나 다름없는 인사이동에 불만을 가질 만도 하건만 서윤은 일언반구 하나 없이 자리를 옮겼고 그때부터 전설 아닌 전설적인 순종 비서가 되었다.

서윤은 정말 많은 것을 도맡았다. 이게 비서의 일인가 싶을 정도로 그의 곁에서 진정 수족이 되어 모든 일을 처리하는 것도 모자라 지극히 개인적인 것까지 책임졌다. 그 개인적인 것에 모닝콜과 식사, 약 먹는 시간, 입을 옷과 같은 사적인 일이 가득했으니 오죽했을까.

하지만 노동부에 신고하면 바로 고소 먹을 법한 일조차도 서윤은 불평불만 하나 없이 해냈다. 그게 양이라는 별명을 갖게 한 가장 큰 이유였다. 한때는 와이프가 아니냐는 소리까지 들을 정도였으니 얼마나 대단했는지는 그것으로 설명이 된다.

여하간 그런 양서윤이. 그, 양서윤 실장이.

"잠깐, 이게…… 이게 그러니까. 인천 공장에서 올라온 기획서인데. 어…… 그러니까."

정리한다고 했으나 산더미처럼 쌓인 결재 서류와 부서마다 올라오는 보고, 지역마다 뻗어 있는 공장에서 보내온 기획서들이 위태롭게 흔들렸다. 일단 분류를 해야 하는데 분명 서윤이 곁에 있을 땐 혼자서도 차곡차곡 했음에도 불구하고 아예 엄두가 나질 않았다.

어쩌면 당연한 일이었다. 그땐 실수를 해도 늘 그녀가 곁에 있을 거라는 믿음이 있었기에 막힘없이 했던 거다. 설마 서윤이 회사를 그만둘 거라곤 상상도 하지 못했던 윤찬은 거의 울기 직전이었다. 어디 윤찬뿐일까. 서재희를 알고 양서윤을 아는 사람이라면 다들 기함했을 일이었다. 심지어 일언반구도 없이 그만둬 버린 통에 그녀를 탓하는 이들도 여럿이었다.

워낙에 제 옆에 사람 두는 것을 꺼리는 재희로 인해 지척에 둔 비서는 단둘뿐이었다. 서윤을 대신할 파견비서가 본사에서 내려온다고는 하지만 당장은 불가능하다고 연락이 온 터. 어떻게든 하려고 용을 써 봤으나 돌아온 건 책상 아래로 무너지는 서류들이었다.

서류도 와르르. 마음도 와르르.

윤찬의 가슴이 파르르 떨려 왔다. 군대 갈 때도 눈물이 보이지 않았던 눈시울이 붉어지기 직전, 그는 바닥에 주저앉아 머리를 감싸고 절규했다.

"양 실장님! 제발, 제발 돌아와 주세요! 실장…… 실장님!"

"파일은 색깔별로 정리되어 있으니 일단 색별로 대분류한 뒤에 내용물 확인 후 소분류. 가장 급한 순위부터 차곡차곡 정리하세요."

"……"

"수고."

꿈인가 생시인가. 너무 바란 나머지 환청과 환각을 보는 건 아닐까 싶어 멍해진 윤찬을 향해 웃어 보인 서윤은 이미 사무실 안으로 들어가 버린 재희를 따라 들어섰다.

문을 닫고 들어가자 벌써 재킷을 벗어 소파에 던져 놓은 재희가 조금 신경질적으로 바깥을 가리켰다.

"저거 왜 저렇게 널 좋아하는 건데?"

흔한 질투였다. 워낙에 소유욕 강한 잘난 재벌 3세인지라 제 것이라 생각되는 것에 대한 욕구가 남다름을 알기에 서윤은 어이없다는 양 대답했다.

"좋아할 만한 상관이 너랑 나 둘 중 하나였는데 그럼 널 좋아하겠어?"

가감 없는 말투와 단어 선택에 재희는 영 적응되지 않았다. 일을 그만뒀다고는 하지만 툭툭 던지는 말이 가시다. 그는 마른 입술을 물고 한참 서윤을 보다 말했다.

"휴가 그만두고 내일부터 출근해."

그녀는 어깨를 으쓱거렸다.

"정식으로 사직서 제출했습니다만."

"대체 언제 냈는지 모르지만 수리할 생각 없어."

"그럴 줄 알고 본사 총괄비서실에도 제출했습니다. 즉각 수리되었고요."

"누구 마음대로?"

"회장님 마음대로입니다, 본부장님."

재희의 눈썹이 사납게 올라갔다.

"넌 해일디자인 직원인데 누가 멋대로 처리를 해."

"모르셨습니까? 제 소속이 해일디자인이 아니라 해일그룹 소속인 거. 변경되지 않도록 한 건 본부장 네놈이 결정하셨습니다."

"……네놈?"

"잘못 들으셨겠죠."

뻔뻔하기가 저 못지않은 서윤이었다. 재희는 처음 자신에게 데려올 때 처리를 그렇게 했다는 걸 기억했다. 굳이 소속을 바꾸지 않았던 건 절차가 복잡하기도 하고 후에 재희 역시 본사로 돌아가기 때문이었다. 만약 서윤이 해일디자인 소속이 되면 본사로 데려가는 것에 골치가 아파진다.

그래서 남겨 둔 것인데 그것이 발등을 찍었다. 아주 꽉.

재희는 사무실을 걸으며 화를 삭이는 듯했다. 딱히 그러고 싶진 않았지만 강압적으로 나오면 무조건 받아들일 수밖에 없을 거라 생각했다. 그가 아는 서윤은 누구보다 자신을 생각하고 착하며, 순하니까. 너무 착해서 바보같이 남들 일도 모두 도맡아 주던 그런 여자니까.

그녀는 전에 없이 당당히 서서 팔짱을 꼈다. 흥, 콧방귀까지 뀌면서. 이 와중에 비죽 나온 입술이 재희의 눈엔 너무나 귀여웠다. 보고 있으니 탐이 나 금방 뺏고 싶을 만큼. 딱 두 팔 잡고 강제로도 죄다 삼키고 싶은 감정을 최대한 억눌렀다. 그만 좀 예뻐 보여라. 그렇게 말하고 싶을 정도였다.

"너 말발 왜 이렇게 좋은데."

겨우 한 말이라는 게 고작 말발 좋은 것에 대한 칭찬 아닌 칭찬이었고 대답할 가치를 못 느낀 서윤은 '아이고, 고맙다.'라는 양 묵례를 했다.

답답함이 하늘을 치솟았다.

이해는 한다. 서윤이 그 긴 시간 동안 빚 때문에 제 옆에 있어 주며 그 이상의 가치를 해 왔다는 것, 열과 성을 다해 자신을 도와줬다는 것 모르지 않는다. 그러니 이제 좀 쉬고 싶은 것도 충분히 이해를 했고 갑작스레 휴가를 달라기에 그간 쉬지 못했던 것을 쉬려 하는 것이라 생각했다.

그런데 그만둔다고?

재희는 전에 없는 패닉 속에 넥타이를 당겨 느슨하게 하곤 말을 이었다.

"이만큼 잘해 준 상관이 어디 있는데? 반말해도 용서해 줘, 데리러 가줘. 월급도 꼬박꼬박 올려 주고 시키는 대로 다 해. 구박도 안 하잖아. 어차피 일 다시 해야 하는 거 꿈꾸지 말고 그냥 있으라고."

시종일관 침착하자, 침착하자를 속으로 외우던 서윤의 인내심에 균열이 갔다.

항상, 늘 미안해했다. 그렇게 사과하고 또, 이렇게 끝을 내는 자신이 비겁하다고까지 생각했었다. 하지만 이런 애매한 관계를 정리할 수 있을 때가 온다면 지체하지 않기로 마음먹었다. 이것이 가장 좋은 방법이라 여기며 떠나려 했다.

미안하니까. 그리고, 또.

"하아."

가슴에 돌덩이가 턱턱 내려앉았다. 안 그래도 소파에 버려진 재킷을 정리하고 싶고 헝클어진 머리도 정돈하라 말하고 싶고 당겨진 넥타이도 바로잡아 주고 싶은 마당에 황당한 말을 해 대는 재희를 어이없이 보았다.

"누가 잘해…… 줬다고?"

"그 말 그대로. 틀린 말 아니잖아. 너도 적성에 맞아서……."

"누가 뭐 어떤?"

그래! 언제나 미안했다. 오래전부터, 얼굴을 보고만 있어도 그저 미안하고 안타까웠다. 어떻게 해도 갚을 수 없는 큰 빚에 허덕거렸고 그가 베푼 은혜를 곁에서 보필하고 또 보좌하며 지키는 것밖에는 답이 없어서 열과 성을 다했다. 그럼에도 그것이 과하다 생각되지 않았다. 재희는 그럴 만한 가치가 있는 사람이었으니까.
"잘 들어."
그러니까.
"너 이대로 나가면."
……그러니까.
서윤의 멍한 눈에 재희는 기름을 끼얹었다. 붙어, 붙어라, 붙어라, 기도하며.
……그렇다고 힘들지 않았다는 건 아니란 말이다!
"너 다시 안 오면 너랑 연관 있는 해일 직원 죄다 해고야."
멈칫한 서윤이 자신을 보자 그는 이제야 반응을 보이는 그녀에 만족한 듯 오만하게 입꼬리를 올렸다.
"못 할 거 같아?"
양서윤을 너무 잘 아니까, 정말 너무도 잘 알기에. 바깥에서 쩔쩔 매는 윤찬을 보고도 안쓰러워하고 있을 그녀를 알기에 한 말이었다. 당연히 서윤은 제 제안을 받아들일 수밖에 없을 것이다. 그리고 이번엔 제대로 그녀를…….
"이 구질구질한 자식이."
"……뭐?"
"그러든가, 말든가. 내가 알 게 뭐야!"
활활 타오르는 눈, 일그러진 얼굴. 세상에 무서울 것 없는 서재희조차 주춤하게 만드는 사나움을 비추고 뒤로 돌아 문고리를 잡다 고개만 돌린 서윤이 깔끔하게 일갈했다.
"바보 같은 놈!"
쿵! 문은 닫혀 버렸다. 벙하니 넋을 놓은 재희를 남겨 두고서.

원하던 대로 불이 붙긴 붙었다.
 ……붙긴, 붙었는데……?
"양서윤?"
 오래된 인연은 로맨스를 코미디로 만들기에 충분한 시간이었다.

 상황 파악 못하고 비 맞은 강아지처럼 바라보며 안타까운 눈을 하는 윤찬을 애써 모르는 척 나온 뒤 사흘이 지났다. 그렇게 나오고도 한동안은 긴장 속에 아파트 단지만 내려다보았다. 사람의 약점을 쥐고 흔드는 것이 얄미워서 불같이 성을 냈지만 혹시나 재희가 또 집 앞을 찾아올까 걱정이 되어서였다.
 다행히 그는 사흘이 지나도록 나타나지 않았다. 정말 다행이었다. 그러나 며칠이 지나고 나니 드는 건 개운함이 아닌 알 수 없는 상실감이었다.
 보이지 않는 재희의 흔적에서 인연의 끝이라는 느낌이 들었달까. 일방적이지만 그게 아니라면 도저히 연이 닿을 수 없을 것 같았던 관계의 끝, 디엔드. 10년을 넘게 이어 가던 기나긴 연결 고리가 허무할 정도로 쉽게 끝나는 듯했다.
 인수인계도 제대로 하지 못하고 나온 것이 후회돼서일지도 모른다는 생각에 마른 입술을 훔쳤다. 그래, 그것 때문이겠지. 그런 생각에 옆에 놓아둔 휴대폰만 연신 힐끔거리던 서윤은 그것을 잡아 뒤로 던져 버렸다. 휙 날아간 휴대폰은 정확하게 베개에 떨어져 주르륵 바닥으로 미끄러졌다.

심란한 마음을 대변하듯이 바닥에 혼자 누운 휴대폰을 보던 그녀는 볼펜 뒤를 입에 물고 웅얼거렸다.
"정신 못 차리네, 양서윤. 안 필요하니까 사흘 내내 안 부르는 거겠지."
 몸에 밴 습관 때문인지 몰라도 아무 일도 하지 않고 있는 평일이 너무 낯설었다. 일하지 않아서 낯설고 불편하다니. 복에 겨운 소리만 해 대고 있었다.
"바보 같긴."
 그럼에도 이런 자신을 스스로 이해할 수 있는 건 지난 시간 동안 정말 바쁘게 살아왔음을 본인이 알고 있기 때문이다. 열일곱에 알게 된 집안의 사정, 가늠되지 않는 빚과 거부할 수 없는 재희의 제안까지. 여전히 신기한 건 어린 재희의 제안을 받아들인 서 회장의 추진력이었다.
 어떤 식으로 진행될지도 모르고 부모님을 도울 수 있단 생각 때문에, 또 곁에 있으면 재희에게 제대로 사과를 할 수 있을 거란 믿음에 그 제안을 받아들였다. 그러다 며칠 뒤 정말로 이 실장을 대동하고 찾아온 재희는 계약이란 것을 했고 그날 이후 서윤은 언제나 그의 곁에 있었다.
 언제나라는 건 항상이라는 뜻. 고등학교 땐 보기 좋게 재희를 뭉개 놓은 주제에 손바닥 뒤집듯이 따라다니고 곁에 있는 서윤을 못마땅히 보기 시작한 부류가 많아 불려 가기도 일쑤였다. 그랬던 그녀를 알아챈 재희는 한마디로 모든 것을 평정했었다.

'내가 좋아서 옆에 있겠다는데 뭔데 니들이 나불거려.'

아직도 그때 재희가 했던 말은 기억하지만 정확히 어떤 뜻을 가지고 있는 것인지는 모른다. '내가 좋아서'라는 말의 '내가'가 자신인지 아니면 재희인지 말이다. 물론 재희야 그 꼴을 당하고 저를 아직 좋아할 리 만무했으니 서윤 자신을 지칭한 말 같기도 하다.

"하아. 고질병이다, 고질병이야."

이 와중에 또 서재희 생각이라니. 없어서 신경 쓰고 있어도 신경 쓰고 이러다 시집은 갈 수 있을까, 싶었다.

연애도 한 번 못해 보고 바친 인생이 조금은 아쉽고 쓸쓸하지만 아깝지는 않았다. 열심히 살았고 열심히 산 만큼 보상이 있었으니까. 모든 빚을 갚는 이 순간을 얼마나 기다렸던가.

거기까지 생각을 이어 가니 자연스레 머리를 채운 건 애석하게도 다시 재희였다.

"……너무 멋대로였나 봐."

빚을 거의 다 갚아 가는 것을 확인한 후, 유학 준비를 하면서도 잊지 않았던 건 재희에게 하려던 사과였다. 빚을 갚으면 가장 먼저 그에게 사과를 해야 한다는 걸 항상 마음에 가지고 있었다. 오해로 빚어졌지만 상황으로 인해 진심을 다한 사과가 퇴색되길 바라지 않았기에 기다렸던 시간이고 어떻게 해야 진심을 말해 줄 수 있을 것인지 늘 걱정하고 고민했다.

그러나 할 수 있었던 말은 미안해, 라는 한마디.

오히려 괜히 기분 나쁜 일을 상기시키는 게 되는 것일까 두렵기도 했지만 꼭 하고 싶었던 한마디를 털어 내고 나니 재희를 조금 더 같은 선상에서 볼 수 있는 기분이었다. 비록 같은 선상에서 보게 되자마자 다짐했던 대로 떨어져 나와야 했지만.

"제대로 한 건가. 정말로."

그러나 납득하지 못한 듯한 그의 모습에 마음이 또 무거워졌다. 사과는 아예 신경 쓰지 않고 사람을 볶는 언행에 순간 화가 나서 막말을 퍼붓긴 했지만 모르는 척하고 있거나, 받아들이지 않은 것일지도 모른다.

"……후."

가슴 한쪽이 따끔거렸다. 삼키고 감추던 감정의 결론이 이런 시시함이라는 게 슬프다.

아니, 어쩌면 이건 편하게 떠나려는, 나 편하자고 모든 것을 훌훌 던지려는 고약한 심보일 수도 있다. 너무 긴 시간이 지나 한 사과였다. 심지어 정말로 하고 싶었던 그 말은 하지 못했다. 입안이 썼다. 그녀는 미간을 좁히며 중얼거렸다.

"그렇다고 연락하기도 뭐하잖아."

결론은 그것이었다. 긴 시간을 함께했지만 그들은 친구조차 되지 못했다. 남들에게 십년지기라고 말할 수도 없는 낯부끄러운 관계일 뿐. 만나서 일하고, 일한 뒤 퇴근하고. 다시 출근해서 만나고.

"괜히, 들춘 건가."

하지 말아야 할 사과를 한 것도 같은 마음까지 들었다. 공허하다. 하나는 완벽하게 끝났는데 다른 하나가 이대로 평생 남을 것 같아서. 후, 길게 이어지는 숨소리가 좁은 방 안 곳곳으로 스며들기를 잠시.

서윤이 몸을 벌떡 세우며 메아리치는 찜찜함을 토해 내기에 이르렀다.

"그냥 한번 연락을……!"

Rrrrrr. Rrrrrr.

다짐을 하기가 무섭게 울리는 휴대폰에 서윤의 몸이 반사적으로 날았다. 행여나 두 번 이상 벨이 울릴까 봐 겁내는 사람처럼 액정 확인도 못하고 순식간에 받아 들었다.

"양서윤입니다."

사실 액정은 보지 않아도 된다. 딱 한 사람만을 위한 지정 벨소리였으니 말이다. 날아가서 받고 대답한 후 밀려드는 후회감에 입가를 일그러트리는 사이 전화기 속에선 단호한 한마디만이 들려왔다.

-나와.

단호한 말에 대답하지 못하는 사이 그는 협박 아닌 협박을 했다.

-안 나오면 네가 가장 애지중지하던 거 보장 못한다.

"뭐?"

내가 가장 애지중지하던 게 뭔데?

회사를 그만두기 한 달 전부터 중요한 물건들은 차근차근 챙겨오고 마지막까지 확인했으니 그런 게 있을 리 없었다. 그러나 당당한 말에 저도 모르게 더듬거려졌다.

"그, 그게 뭐야. 뭔데?"

-말했다.

그러고는 뚝 끊겨 버린 전화다. 매정하게 끊어진 전화에 입만 벙긋거리던 서윤은 휴대폰을 쥐고 분노했다.

"으아아, 서재희!"

방금 전까지 먼저 연락을 할 것인가, 말 것인가 고민하던 것은 이미 멀리 사라진 후였다.

"양 실……."

"수고!"

박력 있는 인사를 남기고 무작정 사무실 안으로 들어가 버리는 서윤의 패기에 윤찬은 눈만 깜빡였다.

들어가겠다는 말도 없이 들어갔지만 재희는 놀라는 기색이 눈곱만큼도 없었다. 언제나처럼 책장 앞에 서서 책들을 고르고 있을 뿐이었다. 그러나 이 여유로운 모습에 서윤은 혐오를 느끼고 있었다.

이 혐오는 그를 향한 것이 아니었다. 현재 재희가 입은 옷과 이 사무실의 상태에 대한 혐오였다.

그 정장에는 분홍색 넥타이 하지 말라고!

재킷 소파에 두지 말라고!

커피 마셨으면 바로 치우라고!

책 그렇게 막 쑤셔 넣지 말라고!

입안이 근질근질, 손이 근질근질.

습관이 버릇이 되어 아예 강박이라도 된 것처럼 움찔대는 제 손을 필사적으로 막고 표정 관리에 들어간 서윤은 인사 대신 조용히 말을 이었다.

"뭔데. 일단 뭔지 보여 주고 말해."

마음에 드는 책을 골랐는지 한 권 들고 돌아선 그가 어깨를 으쓱거렸다.

"보고 있잖아?"

"그게 뭐냐니까?"

"네가 13년 동안 애지중지하던 거."

그리고 천천히 두 팔을 양쪽으로 펼친다.

"이거."

'이거'라는 것이 곧 본인을 이야기하고 있음을 알아챈 서윤의 눈이 경악으로 물들었다. 손에 들린 게 있으면 던져서 저게 진짜인지 허상인지 구분하고 싶을 정도였다. 진짜라면 정신 차리라고 좀 흔들어 주고 싶을 지경이다.

"너 어디 아파?"

"감기 기운은 좀 있지."

"약 제때 챙겨 먹으라고 내가…… 아니, 이게 아니라."

또 흐름에 따라 대꾸하다 정신을 차린 그녀는 가슴을 쓸어내렸다. 침착하자, 양서윤.

생각해 보면 설명이 부족하긴 했다. 마음이 급하고 괜히 붕 뜬 기분에 혼자 머리로만 생각했었다. 그러니 재희는 황당하고 어이없이 이런 바보 같은 짓까지 벌이는 것일 터다. 더욱이 자신이 그를 아는 만큼 그 역시 자신을 알기에 속아 넘어가기에 가장 좋은 방법을 귀신같이 찾아낸다. 아마 이렇게 또 가면 다시 불러들일 것이 자명하기에 서윤은 이번엔 제대로 결판을 보기로 했다.

"대체 왜 그래? 우리 계약 공증까지 했어. 이렇게 할 게 아니라는 거야."

"그래, 그랬지."

"알면서 이러는 이유가 뭐야. 깔끔하게 끝낼 수 있는데 왜 자꾸 사람을……."

"혼자 한 계약이 아니라 둘이 같이 한 계약이라면 적어도 다른 한쪽에게 제대로 설명은 했어야 돼. 왜 넌 항상 아무 말도 안 하고 혼자만 알고 있는 건데."

예상하지 못했던 말에 서윤의 말문이 막혔다. 재희는 그녀에게 다가와 두 눈을 맞추고 말했다. 짙은 눈매와 깔끔한 이목구비가 남다르게 느껴질 만큼 진지했다.
"넌 지난 13년이 지나도록 그때 왜 나한테 그랬는지조차 말한 적 없었어."
"그건 너무 오래 지난 일이고 또 굳이 할 필요가 없으니까."
"너한테 할 필요 없는 그 말이 결국 이 상황을 만들었다는 걸 잊은 건 아니지? 그게 겨우 생각한 변명이라면 입 다물어. 치졸해 보이니까."
"……."
 그의 냉정한 말에 할 말을 잃었다. 결국 다시 밀려드는 죄책감은 시간이 지나도 변색된 것이 아니라 계속 곪아 있는 것임을 알게 했다. 아무것도 아닌, 오래전의 상처들이 시간이 지나 여전하다는 의미였다.
 그는 그녀의 팔을 잡으려는 듯 손을 올렸다 다시 내리며 시선도 내렸다. 조금 떨리는 동공이 눈에 들어왔으나 의미는 알 수 없었다.
"그동안 너는."
 어쩐지 조금 아픈 목소리라는 생각이 들었다.
"결국 그것만 생각했어? 빚, 변제, 계약."
"……."
"나한테 아무런……."
 아무런 감정도 생기지 않았나?
 묻고 싶은 것은 오직 그것 하나였다. 빌어먹을 제 마음은 예나 지금이나 늘 같아서, 그저 곁에 서윤이 있는 것만으로도 좋아 어쩔 줄 모르는데 그녀는 항상 똑같아 보여서 마음만 조급해진다. 빚이건, 계약이건 아무래도 상관없을 만큼.

우리의 관계가 처음부터 너무 뒤틀려 있기에 차마 함부로 하지 못했던 말들이 후회스러웠다. 곁에만 있어 주길 바라고 어리광을 부렸으니 고된 생활을 하고 있던 그녀가 자신을 남자로 볼 틈이 없었을 거다.

애초에 두 사람은 다른 계단에 서 있었던 것도 같았다. 아무리 마주 보려 해도 마주 볼 수 없는 계단 위에. 그렇게 계단처럼, 갑과 을처럼 서로 다른 곳에 선 이상 마음을 표현할 틈조차 마련할 수 없던 날이 이제야 겨우 끝이 났는데. 무려 십수 년이 지나 겨우, 겨우 끝이 났는데 사라진다니.

안일하게 곁에 있는 것만으로도 만족했던 자신과 어깨를 누르는 무겁고 매서운 짐들에 지쳐 있는 서윤이 서로를 마주 보는 건 생각보다 훨씬 어려웠다.

"어쨌건 다시 와. 그만두려거든 제대로, 정식으로 그만둬."

제대로 그만두기 전에 다시 제대로 남자로 보일 차례였다. 이젠 곁에만 있어도 좋다 따위의 멍청한 짓은 하지 않을 참이었다. 재희는 매섭게 말을 이었다.

"일은 제대로 하고 끝내야 하는 거 아니야?"

"십 년이나 있었으면 그만이지, 대체 나한테 뭘 더 바라……."

"십 년이나 해 오던 일을 제대로 된 말도 없이 그만두는 네가 더 문제라고 생각하진 않나? 어느 세상에 직속상관에게 그만둔단 예고도 없이 그만두지? 그 정도 개념밖에 안 되나, 양서윤 실장?"

틀린 말이 없었다. 그녀 역시 고민하던 일이었기에 입이 다물렸다. 세상 어느 천지에도 하루아침에 일을 그만두겠다, 통보하는 사람은 없다. 있다 해도 그녀는 해선 안 될 일이었다.

우당탕. 시기 좋게 사무실 밖에서 무언가 무너지는 소리가 들렸다. 나이스 정윤찬. 의도한 것은 아니지만 훌륭한 사운드에 재희는 꽤나 살벌한 눈으로 으르렁거렸다.

"저 꼴 안 보이게 다시 가르쳐."

"……."

"먼저 오겠다고 한 건 너야, 양서윤."

턱을 조금 올리며 특유의 오만함을 비춘다. 너무 잘 어울려서 재수 없었지만 제 실언을 기억해 내기엔 충분했다.

'내가 보던 업무 대부분 윤찬 씨가 맡아서 할 수 있으니까 특별히 인수인계를 할 것도 없어. 좀 부족하다 싶으면 며칠 나와서 관리할게.'

서윤은 꿀꺽 침을 삼켰다. 생각해 보면 여지를 만든 것은 다름 아닌 자신이었다. 그리고 아무것도 말하지 않는다는 재희의 말이 그녀를 가장 크게 움직였다.

아무것도 말하지 않았다. 맞는 말이다. 힘들단 소리도, 좋단 소리도, 어렵단 말도 하지 않았다. 속에 있는 무언가를 그에겐 말해 본 적 없었다. 그래서 그들은 이 긴 시간을 함께하면서도 '친구'라는 말조차도 하지 못하는 사이가 되었다.

비참. 그래, 이건 너무 비참하지 않은가.

서윤은 고개를 바로 들고 재희를 보며 결단을 내렸다. 집에서도 홀로 안절부절못하던 자신을 위해서라도.

"그래, 알았어. 좋다고. 앞으로 일주일 정도 나와서 제대로 인수인계할게."

"석 달."

대뜸 나온 기간에 핏대가 꿈틀댄다.

"말도 안 되는 소리 하지 마. 난 학원도 다녀야 하고, 또."

"내가 얼마나 더 치사한 짓을 할지 예상되면 나와."

사람이 진지한 마음을 가지면 좀 그것을 유지하게 해 줘야 하는데 도통 도와주질 않는다. 어금니를 문 서윤이 삐딱하게 올려다보며 아르릉, 울었다.

"한 달."

"두 달."

"한 달이라고."

"두 달."

"서재희."

"무덤 끝까지 집착해 봐?"

딸꾹. 뚜렷한 눈빛에 입이 합죽이가 되었다.

"쉽게 생각하지 마, 양서윤. 나 너 절대 안 놔."

꼭 사랑 고백이라도 하는 사람처럼, 재희는 여느 때보다 매력적인 미소를 지었다. 간혹 보이는 달콤살벌한 미소에 서윤은 뭔가 얼굴이 화끈거리는 듯해 황급히 물러섰다.

그녀는 고개를 옆으로 돌리며 머릿속을 정리했다. 잘 생각해 보자, 양서윤. 지금처럼 대책 없진 않았지만 그렇다고 이런 황당한 상황이 아주 없던 건 아니었다. 그러니까 생각하자.

다행히 재희는 서윤이 생각할 시간을 주었고 약간의 시간이 지난 후, 서윤은 오묘한 표정을 지으며 그를 보았다.

 잘 생각해 보면, 어쩌면 지금이 늘 가지고 있던 죄책감을 제대로 풀 수 있는 마지막 기회이지 않을까? 먼저 연락하기도 어렵고 찾아가기도 어려운 이런 애매모호한 관계를 위한 마지막 기회 말이다.

 양이라는 별명을 얻을 만큼 나를 감추고 누르며 무릎 꿇고 올려다보기만 했었던 재희와의 인연을 다른 식으로 손에 쥘 수 있지 않을까. 욕심일지도 모르겠지만, '빛'이라는 쇠사슬이 끊어진 지금에서야 가질 수 있는 욕심이기에 서윤은 처음으로 용기를 내 보기로 했다. 이내 그녀의 눈동자가 약은 눈이 되었다.

"얼마나 주실래요."

"뭔 소리야."

"이러거나, 저러거나 내가 필요해서 그만둔 사람을 급히 스카우트 했으면 당연히 합당한 보상이 있어야 성실히 임하지 않겠습니까?"

"스카우트? 이게 무슨 스카우트야?"

"세상천지 나가 봐라. 어느 바보 같은 사람이 두 달이나 인수인계 작업을 하고 있어?"

 이번엔 재희의 입이 막히는 소리였다. 확실히 두 달은 지나치게 긴 시일이었다. 한 걸음 물러난 재희가 협상의 의지를 보였다.

"뭘 원해."

"많이 안 바라. 두 배."

 손가락 두 개가 척 하니 눈앞에 보였을 때 그는 어처구니없는 눈으로 비난했다.

"도둑이야? 말도 없이 먼저 그만둔 게 누군데."

"몰라, 나도 좀 뻔뻔해지자."

고운 손가락을 다시 집어넣고 날개라도 달린 것처럼 사무실을 빙빙 돌기 시작한 서윤은 너무도 자연스럽게 소파의 재킷을 치우고 어질러진 책장을 정리했다. 그리고 책상에 놓인 커피 잔도 들어 올렸다. 마음 같아선 저 혐오스런 넥타이도 벗겨 버리고 싶었지만 참았다.

"잘됐네. 여기서 바짝 아르바이트해서 유학비용 보태야겠다."

"유학을 꼭 가셔야겠다."

"당연하지. 어떻게 할래? 선택은 너한테 있어."

지끈지끈. 두통이 몰려오는 듯한 머리에 재희는 미간을 좁혔다.

"이게 국사國事였으면 반란이야. 알아?"

"반란?"

재미있는 단어를 쓴다. 책을 많이 읽어서일까, 아니면 정말 그렇다고 여기는 걸까. 하지만 썩 나쁜 느낌의 단어는 아니었다. 서윤은 아직 찻잔에 남은 커피 향을 기분 좋게 맡으며 입꼬리를 올렸다.

이 안에 담긴 진짜 마음과 진심, 딱 하나만 빼고 이번엔 제대로 보여 줄 거다.

그게 재희에게 할 수 있는 그녀의 진짜 사과였다. 그리고 곁에 잠시라도 더 있으면 정말로 하고 싶었던 그 말도 할 수 있을지도 모른다.

"틀린 말은 아니네."

생긋 웃는 미소가 얄미우면서도 나이가 무색하게 귀여웠다. 재희는 분위기 파악도 못하고 멋대로 올라가는 제 입꼬리를 얼른 감췄다. 결국 정말 어처구니없는 상황이었지만 질 수밖에 없었다.

"출근해."

이 보 전진을 위한 일 보 후퇴였다.

　서윤이 재희의 모든 말에 어떤 토도 달지 않고 고분고분하던 것은 처음부터였다. 당연히 그래야 했다. 이 계약의 첫 시작은 그의 말대로, 그의 옆에서라는 전제에서 시작된 것이었다. 이유야 어찌 되었든 지은 죄가 있어서라도 그래야 하는 게 옳았다.
　그랬던 것이 한 해, 두 해 이어지며 지금까지 오게 되었다. 스스로도 믿기 힘들지만 지난 13년, 그렇게 보낸 시간이 잘못되었다고 생각한 적 없건만 바로 지금 그 잘못됨을 느끼고 있었다.
　책상에 팔꿈치를 대고 두 손 모아 이마를 댄 서윤은 나지막하게 중얼거렸다.
　"이건 아니야. 버릇을 잘못 들였어."
　마치 어린아이 나쁜 버릇을 고민하는 엄마처럼 진지하게 혼잣말을 하는 사이 스케줄 보고를 위해 본부장실에 들어갔던 윤찬이 밖으로 나왔다. 어쩌 묘한 표정을 지으며 고개를 갸웃거리던 윤찬은 맞은편 제 자리에 앉으며 조심스레 그녀를 불렀다.
　"저, 실장님."
　흠칫. 아직 제대로 말도 나오지 않았는데 먼저 반응했다. 가만히 고개를 들자 자리에 앉아서도 본부장실만 보던 윤찬이 말을 이었다.
　"본부장님 뭔가…… 그러니까, 근래 좀 어딘가 어색하다 싶긴 했는데요."

"……."

"원래 본부장님 옷 굉장히 잘 입지 않으셨나요? 근데 지금…… 옷을 너무 못 입으시는 것 같은…… 아, 아닙니다."

말을 잇다 무척 실례되는 것임을 깨달았는지 금방 입을 다물고 고개를 숙인다. 이미 필요한 말은 다 한 것 같지만. 서윤은 대답 대신 다시 고개를 숙였다. 그리고 황당하게 올라오는 감정을 질책했다.

그런 모자란 차림을 한 것은 서재희인데 왜 자존심은 자신이 상해야 하는가. 왜 내가 부끄러워해야 하는 것이란 말이냐.

누구에게도 말하지 못할, 윤찬의 오묘한 표정만큼이나 기이한 감정을 겨우 내리누르고 있던 그때 인터폰이 울렸다.

-커피.

짧은 말에 시계를 보자 정확히 오전 11시 30분이었다. 인터폰 소리에 일어서는 윤찬을 손짓으로 앉힌 후 커피를 가지고 본부장실 안으로 들어갔다. 향긋한 원두 향이 금방 사무실 안으로 퍼졌다. 향긋하고 따뜻한 느낌의 향이었다. 굳이 이 부드러운 향기를 색깔로 표현하자면 책상에 앉아 서류를 검토 중인 재희의 와이셔츠 색깔과 같은 초록색이랄까.

"……."

아니, 심지어 저건 출근용 와이셔츠가 아니다. 저 셔츠는 재작년에 식목일 기념으로 해일디자인에서 주최한 행사에서 입었던 행사용 와이셔츠였다. 분명 저것은 드레스 룸 가장 안쪽에 걸려 있던 놈이건만 어떻게 찾아 입었을까.

커피를 내려놓자 바로 그것을 가져가 입가에 대는 그에게 물었다.

"옷, 본부장님이 직접 찾아 입으셨습니까?"

기울어진 잔에서 더욱 짙은 향이 흐를 즈음, 재희가 뒤늦게 대답했다.

"그런데?"

"……그냥 옷장에 걸린 순서대로 입으신 거군요."

"아니."

"아니면?"

"손에 잡히는 대로."

대수롭지 않게 대꾸하고 다시 커피 한 모금. 듣는 사람은 속이 답답해 문드러질 지경이었건만 말하고 있는 사람은 평온하기만 하다. 나가지 않고 선 서윤을 본 재희가 짓궂은 질문을 던졌다.

"놀자고?"

씨알도 먹히지 않을 농담이었다. 그녀는 들은 척도 않고 바르게 섰다.

"본부장님은 해일디자인의 수장이나 다름없으시죠."

새삼스럽게 또 무슨 소리를 하느냐는 듯한 눈이 돌아온다. 서윤은 일단 차분하게 그를 대했다.

"왜 이곳에 사장님과 부사장님이 없이 본부장님 한 분이 모든 걸 체결하시는지 아시지 않습니까."

해일다자인에 본부장 위로 모두 공석인 건 행여 권력이 나뉘는 것을 막기 위한 서 회장의 꾀였다. 새파랗다 못해 제대로 피지도 못한 재희에게 당장 사장이니 부사장 자리를 주어 사람들의 시기와 질투, 경계를 받느니 거리를 두어 자리를 마련하는 것. 대신, 그의 위엔 아무도 없게 하는 것이 서 회장의 계략이었다.

"무슨 말을 하고 싶은 건지 하나로 말해."

변하지 않는 말본새에 한 번 울컥했다. 전 같으면 그러려니 하고 넘어갔을 것이 이젠 되지 않는다. 사람이란 역시 영악하고 약삭빨라서 상황이 달라지니 아무렇지 않게 받아들였던 것조차 달라지는 모양이다.

몇 번째인지 모를 한숨을 겨우 막은 그녀는 재희의 모습을 다시 살폈다.

행사용 초록색-그것도 쨍쨍한 초록색-와이셔츠에 제발 하지 않길 바랐던 분홍색 넥타이. 정장은 제기랄, 계절도 잊은 여름용 체크무늬 정장이다.

현기증이 날 것 같았다. 사람이라면 응당 보는 눈이라는 것이 있을 텐데 지금 그가 입은 옷은 시각 테러 수준이었다. 아무리 재희가 남다르게 잘생긴 얼굴과 훌륭한 맵시를 자랑한다 해도 옷이 받쳐 주지 않으면 모두 소용없는 노릇이다.

그리고 가장 중요한 것, 바로.

"그 꼴이 어딜 봐서 어패럴 산업을 하시는 분의 꼴이랍니까."

결국 직설이 나오고 나서야 재희는 제 차림을 내려다보곤 눈을 찌푸렸다.

"이게 왜."

"걸려 있는 그대로 하다못해 와이셔츠만 평범하게 입었어도 되는 일입니다. 굳이 그걸 찾아 입은 이유가 뭡니까? 아니, 본래 평소 차림대로만 입으셨어도 되지 않습니까!"

점차 달라지는 말투가 낯설면서도 재밌었다. 그는 정말 모르겠다는 듯 고개를 갸웃거렸다. 왜 저렇게 못마땅해하는 것인지 몰라서였다.

그녀의 말처럼 패션에 관련된 일을 하는 재희는 사업에 대한 촉이 굉장했다. 본능적으로 무엇이 성공할지 아는 것처럼 과감한 투자를 결정지었고 해일디자인의 사업이 급성장을 할 수 있던 원동력이었다.

말하자면 천성적인 사업가. 아마 다른 사업을 해도 그럴 테지만 특히나 패션업계를 손바닥에 둔 것처럼 앞을 읽어 내는 재능이 있는 것처럼 말이다.

대체 어쩌다 저 지경이 되었을까. 그간 옷을 챙겨 주던 사이 있던 감각이라는 것이 모두 사라져 버렸단 말인가. 말끔한 슈트만 입는 재희를 위해 하나둘씩 챙겨 주다 몇 년 전부턴 제 일처럼 옷을 챙겨 주던 게 버릇되어 버린 걸지도 모르겠다.

휴가를 가기 직전, 서윤은 마지막으로 재희가 입을 2주간의 코디를 해 놓고 휴가를 떠났는데 그것이 끝나니 저 꼴인 것이다.

"남들에게 보이는 게 가장 중요한 일을 하시는 분이 그 꼴은 안 되는 거 아니냐! ……요!"

불쑥 치민 화를 터트리다 얼른 말꼬리를 늘이며 씩씩대는 서윤에 재희는 눈을 가늘게 떴다. 이것 봐라. 이 며칠간 사람을 소홀히 대해 놓고 옷 한 번 이렇게 입었다고 바로 반응이 온다.

다른 것보다도 자신을 대하는 태도에 대한 역변逆變 상태인 서윤이 행여나 다시 그만둔단 소리를 할까 나름 얌전히 있던 재희는 먼저 걸어오는 시비마저 반가웠다.

일단 일 하나는 제대로 하고 있어 뭐라 할 수도 없었던 터였는데, 아주 훌륭하게 먹힌 모양이었다. 그는 등을 등받이에 기대며 팔짱을 꼈다.

"그렇게 꼴 보기 싫으면 와서 골라 주든가."

한결 여유로워진 표정이 얄밉게 군다.

"너 없인 아무것도 못하는 거 이미 아는 거 아니었나."

서윤의 입에서 시작된 길게 지어진 숨이 흩어졌다. 돌려 말한다거나 숨겨 말할 줄을 모르는 남자는, 그냥 있는 그대로를 말한다. 저 말 그대로 재희는 서윤이 없인 할 줄 아는 게 없었다. 먹는 것도, 입는 것도. 할 줄 아는 건 일뿐이다.

빤히 바라보는 시선 때문인지 아니면 혼란스러운 머릿속 때문인지는 몰라도 그녀는 숨을 고르며 입을 열었다.

"이만 나가 보겠습니다."

결론지어지지 않은 문제만 만들어 놓은 채 서윤은 밖으로 나섰다. 그러나 재희는 간신히 잡은 꼬투리 아닌 꼬투리를 놓칠 리 없었다.

다음 날 재희는 어디서 난 건지 모를 새파란 정장에 검은 와이셔츠를 입고 운동화를 신으시고 어디다 팔아 버린 듯 넥타이도 하고 오지 않았다.

그다음 날 그는 재킷을 팔아 먹고 지각까지 해 주었다.

사흘째 되던 날, 오전 11시가 되어서야 나타난 트레이닝복 차림의 본부장 꼴에 서윤은 이글이글 타는 눈으로 먼저 말을 걸었다.

"내일 아침은 일찍 뵙겠습니다."

트레이닝복 재킷을 소파로 던지던 재희의 눈이 동그랗게 변했.

지각을 하지 말란 뜻이 아니었다. 저 말은 그녀가 제집에 온단 소리였다. 재희는 변한 것 같아도 변하지 않고, 저를 생각하는 서윤에 녹듯이 부드럽게 입가를 올렸다.

반란에 의한 내전의 불꽃이 쉼 없이 튀고 있었다.

2. 직구를 던져야

"이가영 또 이쪽 본다."

웃음 섞인 태윤의 말에 옆에 앉아 만화책을 보던 친구들 모두 먼 곳에 시선을 두었다. 벤치에 길게 앉아 할 일 없이 나무만 바라보던 재희는 관심 없다는 듯 아예 눈을 감아 버렸다.

"서재희, 인사라도 좀 해 봐. 계집애들 아주 안달 났다, 안달 났어."

태윤이 그의 팔을 툭 치며 말했다. 미간을 좁히며 사납게 눈을 뜬 재희는 몸을 바로 세우며 태윤의 다리를 발로 차 버렸다.

"시끄러워."

"아파! 아, 그냥 보라니까. 안 그러면 공주님 심기 건드려서 옆에 시녀들이 야단나요."

공주? 시녀?

정말 거지 같은 소리들만 하고 있다. 하찮기 그지없는 대화에 끼고 싶지 않아 완전히 벤치로 눕기 위해 몸을 움직이던 그의 귀로 큰 소리와 함께 무언가 엎어지는 소리가 들렸다.

사람 놀라기에 충분한 굉음에 몸을 세워 고개를 돌리자 거기엔 엎어진 쓰레기통을 발로 차고 가 버리는 가영이 있었다. 허, 헛웃음이 나왔다.

"저거 또 지랄이다. 서재희가 무시한 거 알았나 봐."

낄낄거리며 가영을 비웃는 소리에 혀를 찼다. 가영은 재희가 제 쪽을 보는 걸 확인했는지 얼른 손을 흔들었다. '재희야!' 하고 외치는 소리도 들려왔다. 짜증이 치밀었다.

"다른 건 몰라도 이가영이 예쁘긴 진짜 장난 아니게 예쁘다니까. 가식만 좀 덜 떨어도 괜찮았을 건데. 쟤 진짜 너 좋아하나 보다."

"저게 좋아하는 걸로 보이냐?"

"그럼?"

"옆에 사람 두고 인형놀이 하려고 준비하는 계집애지. 끼리끼리 잘도 노네."

신랄한 평가에 친구들이 어깨를 으쓱거렸다. 다시 만화책에 집중하는 친구들을 두고 망친 기분을 잠으로 풀어 보기 위해 자리를 잡던 재희의 눈으로 낯선 광경이 들어온 건 5분쯤 지나서였다.

살그머니, 고양이처럼 다가와 주변을 둘러본 긴 생머리의 여학생은 거짓말처럼 그의 시선을 앗아 갔다.

까만 머리칼, 단정한 교복. 조금 큰 키에 다소 마른 몸.

어느새 재희는 몸을 세우고 홀로 움직이고 있는 여학생에게 정신을 빼앗겨 버렸다. 아른아른 눈앞으로 무언가가 스치듯 일렁거렸다. 바쁘게 움직이던 그 아이가 고개를 들었고 순간 그는 머리를 얻어맞은 듯 멍해졌다.

낡은 사진 속 그녀가 떠올랐다. 놀라울 정도로 닮았고 믿기지 않을 만큼 맑고 청아해 눈길을 뗄 수 없게 만들었다. 눈을 한 번 비비고 몸을 좀 더 세웠다. 조금 더 주시하자 여학생은 확실히 그녀, 제 어머니와 닮아 있었지만 한편으론 달랐다. 좀 더 밝고 좀 더 따뜻한 느낌이었다. 사진으로는 볼 수 없는 그런 생기가 그를 관통했다.

쓰레기통 앞에 주저앉은 학생이 주섬주섬 바닥에 엎어진 쓰레기를 정리하기 시작했다. 더러워지는 손은 아무래도 상관없다는 듯이 쓰레기를 쓰레기통에 모아 넣고는 만족한 듯 웃다 돌아가기 위해 돌다 쓰레기통을 친다.

쿵, 와르르.

순간 재희는 웃음을 터트리다 얼른 입을 막았다.

저런 바보 같은 짓이라니. 고약한 생각을 하면서도 눈을 떼지 못하고 쭈그려 앉아 쓰레기를 줍는 모습을 지켜보았다. 세심하게 이곳저곳을 살피며 쓰레기를 치우곤 만족한다는 듯 다시 웃는다. 환하게. 그리고 어느새 자신도 웃고 있었다. 저도 모르게 생전 지어 본 적 없는 환한 미소와 무의식중에 나온 혼잣말까지.

"……예쁘네."

"맞아, 이가영이 예쁘긴 예뻐."

몇 분 전 가영에 대한 평가라고 생각했는지 태윤이 만화책만 보며 심드렁하니 대꾸했다. 금방 다시 제 갈 길을 가는 여자아이의 뒷모습에 재희는 입가를 쓸며 아무에게도 들리지 않게 속삭이듯 중얼거렸다.

"예쁘다."

화려하진 않지만 특별해 보이는 미소가, 세련되진 않지만 따뜻해 보이는 모습이. 속절없이 빠져드는 전초의 끝에 재희의 눈이 끝없이 그 아이를 따랐다.

그토록 순수하던 긴 생머리의 서윤이 제 곁에서 여자가 되어 간다. 당시에도 작지 않았던 키는 조금 더 커졌고 머리카락은 짧아졌다. 맑기만 했던 눈은 피곤함과 탁함이 물들었지만 그럼에도 특유의 맑은 기운은 사라지지 않았다.

이것은 꿈이다. 세상에서 가장 예쁜 미소를 저를 향해 지으며 다가와 팔을 뻗고 있는 그녀를 보면 알 수 있다.

그래, 이것이 꿈이라는 것쯤은 이미 오래전에 알고 있었다. 제 욕망이 만들고 빚어 낸 것이라는 것쯤 충분히 알고 있음에도. 그럼에도 재희는 저에게 안겨 오는 서윤을 안는다.

날개 뼈가 도드라진 마른 몸, 손끝에서 느껴지는 부드러운 살결, 팔 가득 안으면 품에 그대로 안길 것 같은 여린 허리. 달콤함을 가진 육체에 입술을 대고 하지 못했던 말들을 쉼 없이 속삭이다.

사랑해, 너를…… 너를 사랑해.

그렇게 말하면 서윤의 입술은 언제나 달콤한 미소를 머금는다. 싫다고도, 좋다고도 하지 않지만 보는 것만으로도 심장이 녹아내릴 것만 같은 사랑스러운 미소로 그를 안아 온다.

달아오른 몸이, 뜨겁게 과열되어 열병이라도 걸린 것처럼 땀이 흐르는 몸에 눈을 뜨고 나면 새까만 천장과 허무만이 남는다. 눈을 뜬 것인지 감은 것인지 모를 어둠에 익숙해지면 으레 그러하듯 두 손으로 눈가를 짓누르다 몸을 세워 곧장 욕실로 들어가는 재희였다.

차가운 물이 쏟아져 내렸다. 순간 정신이 번쩍 들고 잇새를 꽉 물게 될 정도의 냉기였지만 몸의 반응을 식히기에 이보다 더 좋은 방법은 없었다.

길게 쏟아지는 물줄기가 배수구로 빨려 들어갔다. 흘러가는 그

물줄기를 보며 몽중에서 허덕이던 정신이 현실로 돌아와 언젠가의 기억을 상기시켰다.

'양 실장님은 연애 안 하세요?'

누군가 그녀에게 물었고 그녀는 잠시 대답을 머뭇거렸다. 그리고 이내 피식, 자조하듯 웃으며 대답했다.

'글쎄.'

우연히 들었던 말이 뇌리에 남아 사라지지 않았다. 담담하게 대답하고 또 어깨를 으쓱거리던 뒷모습에 순간 없던 조급증이 생겨버린 듯했다. 그래서 지금껏 꺼내 본 적 없었던 말을 하고 말았다.

'할까, 나랑.'

주어가 없는 말에 서윤은 잠시 의아한 듯 재희를 보았다. 그러다 곧 똑똑한 머리로 요지를 깨달았는지 담담히 말했다.

'네가 원한다면.'

가슴에 박히도록 메마른 눈동자가 재희를 보았고 그는 그것에 담긴 수많은 것들을 읽을 수 있었다. '네가 원한다면'이라는 말에 그는 저와 서윤의 관계가 어떤 것인지를 깨달았다. 함께 있다고 생각한 건 저 하나뿐이라는 사실도. 그녀에겐 그러한 감정조차 사치라는 것까지.

그 자리에서 일언반구 하나 없이 벗으라고 한다면 서윤은 벗을 것 같았다. 다른 이유는 필요 없었다. 빚이 있고 그 빚에 의해 팔리듯 머물고 있으니 무엇이라도 하겠다는 의미였을 거다.

좋아한다고 했다면, 내 여자가 되어 달라 했다면 아마 그녀는 받아 줬을지도 모르겠다. 대신 기계처럼 안기고 입을 맞추고 듣기 좋은 소리만 해 대는 인형이 되었을 거다. 어쩌면 욕구만 해소시키는 섹스 파트너가 되었을 수도 있다.

"후우."

손으로 얼굴을 쓸어내렸다. 이젠 차게 느껴지지도 않는 물줄기였다. 차츰차츰 커져 가는 욕망만큼 서윤을 원하는 마음은 더없이 커져 간다. 마음은 물론 육체까지도.

자칫 잘못된 욕심으로 건넨 한마디가 만들어 낼 결과를 그녀의 메마른 눈에서 이미 보았다. 섣부른 말은 유리 같은 서윤의 마음을 깨트리고 무너지게 만들 것이다. 그래서 그 역시 그녀를 한없이 기다렸다. '빚'이라는 말이 '계약'이라는 족쇄가 사라질 그날만을. 언젠가는 올 거라 믿으며 하염없이.

설마 그렇게 기다렸던 날에 맞춰 절 떠나리라곤 생각하지 못했지만 말이다.

매일, 매일. 또 매일.

눈을 떴을 때 그녀가 있는 것이 너무나 당연하다 여기던 긴긴 시간.

서윤을 곁에 둘 수 있는 매개체의 존재를 잊고 더 나아감이 필요하단 사실을 망각하고 보내온 시간들은 무정하게 흘러가 버렸다.

 한번 깬 잠은 쉬이 들지 않았다. 차가운 물도 꿈속의 애틋하고 야릇했던 순간을 모두 씻어 내긴 역부족이었다. 이 느낌은 오래전에 한 번 경험해 본 적 있는 두근거림과 설렘이었다. 정말 오래된 기억 중 하나이나 잊을 수 없는 그의 첫 고백이 있던 전날의 그것과 같았다.

 무참히 모욕당해 구겨지고 버려진 고백일 것이란 사실을 모르던 직전까지, 재희는 터져 나갈 것 같은 심장으로 밤잠을 설치고 뜬눈으로 밝아 오는 하늘을 보다 선잠에 들었다. 그 선잠 속에 서윤은 그의 고백에 하얀 얼굴을 붉게 물들이고 정말 예쁜 미소를 짓고 있었다. 그리고 고맙다고 말해 주었다.

 좋다, 싫다를 떠나 그저 말하고 싶었던 감정.

'좋아해.'

 그녀에게 눈길을 빼앗겼던 이유를 어머니 때문이라고 여겼다. 생전 본 적 없는 어머니와 닮아서, 그래서 눈이 가는 것이라고 생각했다. 혼란스러웠던 감정의 나날이 지났다. 그리고 그는 지갑 속에 있는 제 어머니 사진보다 서윤을 생각하는 날이 더 많아짐을 깨달았다. 낡은 사진이 더 이상 낡아지지 않았고 재희는 쉼 없이 그녀를 찾았다.

 뜨거운 심장이 울었다. 열일곱의 아프도록 강렬하고 숨이 멎도록 벅찬 감정은 의외로 쉽게 답을 내렸다.

 좋아해. 그 말, 그 단어 하나로.

 그러나 이제는 세상 어떤 말보다 어려운 말이 되어 버린 그 말.

그때의 그런 감정만큼이나 전해지는 긴장감을 가지고 침대에 누워 햇빛을 가리는 암막커튼을 칠까, 고민하던 재희는 이내 생각을 그만뒀다. 어차피 서윤이 들어와 이만 일어나라 말해 줄 것을 알기 때문이었다.

신기하게도 지금껏 느껴 본 적 없던 시간이 흐르는 느낌을 느끼고 있었다. 고요한 방 안에서 홀로 움직이는 시곗바늘의 움직임이 더디지도, 빠르지도 않게 넘어갔다.

곧 그녀가 올 시간이었다.

아니나 다를까 문 열리는 소리가 들렸다. 심장이 바깥으로 꺼내져 귀 바로 옆에서 들리듯이 두근거렸다. 다가오는 발소리마저 들리는 듯 좁혀지는 거리에 이내 눈을 감고 얌전히 그녀를 기다렸다.

달칵, 문이 열렸다. 커튼이 막던 빛이 새어들어 오고 낮은 한숨 소리가 들렸다. 그리고 이내, 곧.

땅땅땅땅땅!

머릿속을 뒤흔드는 날카롭고 시끄러운 소리에 재희의 몸이 경기라도 걸린 것처럼 벌떡 세워졌다. 그의 커진 눈에 들어온 건 주방에서 들고 왔을 냄비 뚜껑과 숟가락을 든 서윤이었다.

"아오, 울려."

냄비를 때리며 재희를 기겁하게 만든 사람이 머리를 부여잡고 끙끙거렸다. 양은냄비와 숟가락이 만난 진동도 꽤 강해서 손가락도 징징 울리고 있었다. 그러다 진동이 남은 감각을 뒤로하고 가볍게 인사하는 서윤이었다.

"일어났어?"

익숙한 목소리가 내는 퉁명스러움에 재희는 큰 손으로 얼굴을 가렸다. 존댓말이 아닌 반말이었다. 이건 또 무슨 상황인가 싶어 없던 두통이 몰려오는 듯했다.

벗은 몸, 아마도 밑에도 홀딱 벗었을 게 분명하지만 그러거나 말거나 성큼성큼 다가간 서윤은 이불을 잡고 순식간에 벗겨 냈다. 조금의 망설임도 없었다. 대놓고 전쟁을 걸어온 그에게 타협은 하지 않을 예정이다.

경악에 가까운 눈을 하고 말문이 막힌 재희가 훤하게 드러난 제 몸을 가릴 생각도 못하는 사이 그녀의 눈이 아래로 향했다. 그리고 고개를 끄덕였다.

"다행이네. 뭐라도 걸쳐서."

정말 다행이라고 여기는 건 맞는지 의심스러울 정도로 태연한 얼굴이었다. 서윤은 시계를 확인하곤 보고 아닌 보고를 올렸다.

"오늘 9시에 홍보팀 브리핑 있으니까 서둘러."

여전히 햇빛은 암막커튼으로 가려져 어두운 방에서 그녀는 먼저 방을 나섰고 정신은 차렸지만 다른 의미로 멍해진 재희가 물었다.

"커튼은?"

바보 같은 말에 잠시 사라졌던 서윤이 얼굴만 빠끔히 보이며 심드렁하니 답했다.

"손 없어?"

단호한 말에 재희의 얼굴이 일그러졌다.

먼저 찬물로 샤워를 하고 완전히 깨어 방에서 나온 재희는 향긋한 커피 향이 오르는 주방으로 향했다. 그리고 서윤은 제 몫의 커피를 바라고 손을 내미는 그에게 꽤 매몰차게 한마디 던졌다.

"손 내밀면 뭐든 나오는 건 세상에 없어. 말이라도 하라고."

그렇게 말하면서도 커피 한 잔을 내려 재희에게 건네준 그녀는 목욕 가운 하나만 걸치고 나와 불만 가득한 눈으로 커피를 마시는 그를 훑었다. 오늘은 꽤 중요한 브리핑이 있으니 다른 때보다 신경을 쓸 필요가 있었다. 특히나 홍보팀은 디자인팀 못지않게 섬세하고 예민한 구석들이 있으므로 더욱 그랬다.

서윤은 파르륵 돌아가는 머릿속에서 그림처럼 펼쳐지는 재희의 드레스 룸을 읽어 내려갔다.

"가장 안쪽 농에 있는 옅은 하늘색 셔츠에 가운데 벨트 아래 있는 두 번째 서랍 열어서 짙은 갈색 도트무늬 넥타이. 문가에 있는 장롱에서 네이비 정장 입고, 스카프를 하는 게 좋겠다. 넥타이 바로 아래 칸 서랍에 전에 선물 들어온 거 있으니까 몇 개 골라서 걸쳐 봐. 색은 보색 계통으로."

그녀는 자리에 앉아 시리얼을 그릇에 붓고 있었다. 예전 같았으면 벌써 재희의 앞에 놓았을 것인데 보란 듯이 오독오독 씹어 먹고 있다. 별것도 아니고, 아무것도 아닌 일인데 순간 울컥했다.

"뭐 하는 건데."

"뭐긴, 코디해 주잖아. 황금 같은 시간 쪼개서."

사실은 왜 나는 시리얼을 주지 않느냐는 손발 오글거리기 충분한 이유였으나 다행히 서윤은 설마 그것이 이유라고 생각하지 않는 듯했다. 말하고도 창피해서 등을 돌려 버린 그에게 그녀는 차근차근 설명했다.

"내 업무 시작은 근로 계약서에 보면 딱 8시부터라고 되어 있거든. 지금이 7시 15분이니까 45분은 뭐 시킬 생각 마. 난 지금."

무심히 말을 잇던 서윤의 숟가락질이 멈췄다. 그리고 고개를 들어 잠시 재희의 등을 보고는 입술을 물었다. 뭐라고 먼저 말할지 이것저것을 저울질하다 이내 꼭꼭 넣어 두었던 낯 뜨거운 단어를 입에 담아 보았다.

"……옷 입는 것도 모르는 친구한테 가장 간단한 걸 조언해 주는 거라고. 네 잘못된 습관을 고쳐 주려고."

더불어 일부러 옷을 그따위로 입은 것에 대한 일종의 복수랄까.

"습관."

"그래, 습관."

어쨌거나 결국 내가 잘못 들인 너의 그 습관.

그는 가늘어진 눈으로 서윤을 보다 웃는 건지 뭔지 모를 표정을 지었다.

"장담 못할 오기는 부리지 마. 못 고쳐, 그건."

"그거야 봐야 알겠지."

푹푹 뜬 시리얼이 입안 가득히 채워지도록 말하고 꿀떡 넘기자 재희의 굳은 얼굴이 돌아왔다. 이내 확인하듯이 되묻는다.

"친구."

"응, 친구."

나이 꽤나 먹은 남녀의 대화치곤 지나치게 유치하고 어린애 같은 내용이었다. 입에 담기도 애매한, 어릴 때나 할 법한 것인데 말하고 나니 오히려 그런 느낌이 사라지는 듯했다. 그저, 이 말을 진작 했어야 했던 것만이 남을 뿐.

'널 좋아해.'

수줍게, 부끄럽게, 조심스럽게 뱉던 재희의 고백에 그녀가 했어야 할 말은 모진 소리도, 해선 안 될 말들도 아니었다. 그에 대해 잘 몰랐지만 재희가 한 고백에 순간 가슴이 떨렸으니 진심을 말했어야 했다.

그럼…… 친구부터.

여전히 아직도 그녀는 후회하고 있었다.

시간이 흐르고 많은 것이 변했지만 그들은 여전히 열일곱, 그날 그 복도에서 서로를 보던 그대로였다. 겨우 동등해진 관계에 대한 뒤늦은 말들을 재희는 알아들은 듯, 아닌 듯 신경질적으로 드레스룸을 향해 갈 뿐이었다.

"처음으로 론칭 되는 남성 정장 의류인 만큼 이미지와 가장 어울리는, 가장 성공적으로 어필할 수 있는 모델들을 후보로 선정, 디자인팀과 기획팀 그리고 홍보팀 팀장들이 모여 상의한 결과 최종 강현준으로 결정했습니다."

삑. 다음 장으로 넘어간 화면에 완벽한 슈트 맵시를 보여 주는 남자 모델이 비쳤다. 화려할 정도로 핸섬한 외향에 동양인에게서 보이기 어려운 비율을 자랑하고 있는 사내였다.

회의실 한편에 다소곳하게 앉아 진행되는 회의를 기록하던 서윤이 감탄 섞인 소리를 냈다. 역시 요즘 가장 핫한 모델은 저 사람이지, 싶다. 그 소리가 제법 컸던 건지 아니면 유독 한 사람에게만 잘 들린 것인지는 몰라도 쥐고 있던 볼펜을 툭 놓은 재희는 삐딱하게 고개를 기울이며 뒤에 앉은 서윤에게 향했다.

그 삐딱함이 '나 지금 굉장히 못마땅함'이라고 말하고 있음을 모르는 관계자는 없었다.

"좋아?"

대놓고 묻는 뻔뻔함에 그녀는 잠시 망설이다 대답했다.

"최적의 모델이라고 생각합니다."

"아, 그래?"

돌아갔던 재희의 고개가 본래대로 돌아왔으나 잘 나가던 회의는 삐딱 선을 탔다.

"다른 사람."

방금 전까지 꽤 괜찮은 얼굴을 하던 사람이 내놓은 말에 홍보팀 권 팀장의 이마로 금방 식은땀이 생겼다. 각 부서 팀장들이 이거면 무조건 오케이다, 라고 호언장담하며 내놓았던 모델이기에 더욱 그랬다.

"예?"

하지 말아야 할 반문을 하고 아차 싶어 얼른 사설을 덧붙였다.

"어디, 마음에 안 드시는 부분이라도."

재희는 다리를 꼬며 화면에 뜬 잘생긴 얼굴을 들어 올린 손가락으로 원을 그려 가리켰다.

"얼굴. 얼굴이 마음에 안 들어. 재수 없게 생겼잖아, 이놈. 기생오라비 같고 별로야."

머리가 띵해지고 등으로 식은땀이 줄줄 흐른다. 이유는 모르겠지만 서 본부장이 자신을 마음에 들어 하지 않아 괜한 꼬투리를 잡는다고밖에 생각되지 않는 권 팀장이었다.

"그, 그러니까 그…… 강현준은 우리나라에서 가장 유명한 모델 중 한 명이고, 또 이미지 소모가 적어 브랜드 론칭에 가장 합당한, 가장…… 가장."

애써 웃는 얼굴로 뭔가를 치장하고 보완을 하려 하지만 입이 잘 떨어지지 않았다. 권 팀장은 당장 상관의 멱살을 잡고 왜 그러냐고 묻고 싶은 심정이었다. 그때, 뒤에 앉아 있던 본부장의 양, 서윤이 작게 말했다.

"본부장님과 닮았네요, 이 모델."

한 번도 없던 일이기에 놀란 눈을 한 권 팀장이 그녀를 보았고 서윤은 딱히 개의치 않으며 의견 아닌 의견을 제시했다. 정말 신기하지만 사진 한 장, 이쪽을 보는 저 눈을 보니 딱 알 수 있었다. 늘 재희와 함께 다녀 생겨 버린 내성이나 능력이라면 능력일 것인지도 모르겠다.

"많이 닮았습니다. 느낌이 확 옵니다."

"저놈이 그렇게 잘생겼다고?"

뻔뻔하지만 역시나 솔직한 말이었다. 그녀는 담담히 고개를 저었다.

"아니요."

"그럼."

"이미 본부장님이 말씀하시지 않았습니까?"

"내가 뭘……."

'재수 없게 생겼잖아.'

조금 전 본인이 한 말을 고스란히 되받은 재희는 어깨를 으쓱하고 웃는 서윤에 헛웃음을 지었다. 익숙하지 않은 상황에 곤란할 정도였다. 반란이라고 했더니 정말 반란이라도 하는 사람처럼 톡톡 쏘아붙인다.

항상 대화는 '예, 네, 알겠습니다.'가 전부여서 이처럼 랠리로 이어진 적 없었기에 새롭고도 당황스러운 건 어쩔 수 없었다.

더욱이 이 모든 광경을 실시간으로 보고 있던 권 팀장은 소스라치게 놀라고 있었다. 이게 대체 무슨 상황인가. 순한 양이라 일컬어지는 양 비서가 대놓고 본부장을 비꼬고 있다. 거기다 늑대만큼이나 사나운 본부장이 양 비서의 비꼼에 아무 말도 하지 못하고 있다.

이것은 엄청난 빅뉴스, 호외다.

그런 생각을 알 리 없기에, 이 와중에 재희가 내놓은 말은 안타깝게도.

"내가 더 나아."

지나가던 유치원생도 듣다 황당해 얼굴을 구길 꼬투리였다.

결국 괜한 꼬투리는 그냥 꼬투리로 남아, 론칭 스타트 모델로 강현준이 결정되는 데 동의를 할 수밖에 없었던 재희는 어느새 착한 양이 되어 따르는 서윤의 발걸음 소리에 점점 곤두서는 신경을 느꼈다.

짜증. 이건 짜증이었다. 일어나자마자 시작된 짜증은 브리핑이 끝난 이 시간까지 이어지고 있었다.

그가 늑장을 부린 탓에 바로 브리핑을 진행하느라 오늘 스케줄을 말하지 못한 서윤은 사무실로 가서 일단 스케줄부터 말할 참이었다. 그리고 할 일들을 쪼개고 쪼개 몇 가지를 생각하느라 걸음을 멈춘 재희를 보지 못했다.

콩. 등에 코를 박고 멈춰 서기가 무섭게 그는 그녀의 팔목을 잡고 무작정 끌고 갔다. 소리 낼 틈도 없이 끌려간 서윤과 재희가 다

다른 곳은 업무 중이라 사람들이 오지 않는 복도 끝 모퉁이였다.

쿵. 그의 손이 그녀를 벽 사이에 가두고 멈췄다. 어쩐지 얼얼할 것 같은 손바닥을 괜찮냐 물어보고 싶은 입을 다물고 올려다보자 재희는 까맣고 짙은 눈동자에 서윤을 담았다.

"친구."

목소리는 낮았고 어지러울 만큼 매력적이었다. 어느새 그녀의 어깨가 조금 움츠러들어 있었다. 왜 이러느냐 물어야 하는데 입이 잘 떨어지지 않았다. 겁을 먹은 건가, 싶었지만 그것과는 조금 달랐다. 목구멍이 간지러웠고 귀 뒤가 뜨거웠다.

너무 가까웠다.

자비 없는 재희는 팔꿈치를 조금 더 굽혀 더욱 가깝게 다가왔다.

"네 말대로라면 우리는 13년 만에 친구가 된 건가?"

갑자기 나온 친구라는 말에 당황하던 서윤은 아침에 제가 한 말을 떠올리곤 미간을 좁혔다.

"……그런 거겠지."

겨우 대꾸를 하니 눈앞에 있는 동공이 옅게 떨렸다.

"하나만 묻자."

"뭐, 뭔데."

자꾸 가까워지는 건 착각이겠지, 하며 더 갈 수도 없는 벽으로 몸을 납작하게 붙였다. 그것도 결국 한계가 생겨 아예 움직이지도 못하게 되니 재희는 놀리듯이 느릿하게 말을 이었다.

"친구끼리 손잡으려면 몇 년을 더 기다려야 되는데."

"에?"

"안으려면?"

"서재희, 너 또 무슨 이상한 소리를."
"아니면 이젠 친구니까, 내 마음대로……."
하나만이라고 하고선 줄줄이 질문을 뱉곤 정말 코앞까지 다가온 그가 숨결이 닿을 정도로 가까운 거리에서 속삭였다.
"해도 되나?"
허둥대는 저를 스스로도 알 수 있어 자꾸만 몸 구석구석이 예민해지는 듯했다. 너무 가까워서 몸을 움직일 수가 없던 서윤은 저도 모르게 괜히 볼멘소리를 했다.
"누가 들으면 지금까지는 뭐 마음대로 안 한 줄 알겠다."
"정말 그렇게 생각해?"
대번에 나온 말에 결국 입술이 꾹 다물렸다. 그는 놀리듯, 장난치듯 말을 이었다.
"진짜 내 마음대로 할까?"
서윤은 차라리 눈을 감아 버리고 싶었다. 그에게선 자신이 구입하고 놓아둔 샤워코롱의 향기가 났다.
서윤은 고개를 돌리고 떨리는 제 팔을 다른 팔로 잡았다. 재희에겐 가슴에 안긴 다이어리를 안는 것으로 보였을 것이다.
숨이 조금 차는 기분이었다. 물속에 들어와 있는 것도 아닌데, 코끝이나 목구멍 여기저기가 턱턱 막힌 듯했다. 그녀는 빠르게 두 번쯤 심호흡을 했다. 그리고 흔들리는 눈동자를 잠재우며 무심하게 말을 이었다.
"기대되네, 뭐 얼마나 마음대로 해 줄지."
여우같이 쏙 빠져나가 버리는 말에 재희는 헛웃음을 흘렸다. 눈앞에 있는 건 양도, 비서도 아닌 여우 상전이었다.

다 물어서 내 배 속으로 꿀꺽 삼켜 버리고 싶다. 아무도 못 보고, 누구도 알지 못하게.

조금 있으면 얼굴이 빨갛게 변할 것 같아서 서윤은 겨우 움직일 수 있는 입술을 벙긋거렸다.

"금일 스케줄을 말씀……."

그 와중에 투철한 직업의식은 머릿속으로 스케줄을 떠올려 주었고 오늘의 스케줄을 술술 뱉던 그녀는 얼마 뒤 있을 스케줄까지 떠올렸다. 가장 중요한 것들은 한 달 전후의 것까지 기억하고 있기에 가능한 일이었다.

"총괄회의."

총괄회의는 매년 해일그룹 본사 대회의장에서 열리는 대회의였다. 해일그룹 산하의 모든 자회사가 모여 그간의 실적과 앞으로의 기획을 발표하는 자리로 이를 통해 모회사인 해일그룹의 연간 투자 금액이 결정되는데, 단순하게 말하자면 살림을 꾸리기 위해 생활비를 받는 것과 비슷하다.

총괄회의 직전 있는 사전회의부터 본회의 그리고 회의가 끝난 후 각기의 친목을 도모하고자 하는 오찬까지. 모두가 중요한 업무 중 하나였다.

많이 받으면 그만큼 많은 도전과 기획을 유치할 수 있으니 다음 총회에서 좋은 점수를 받을 수 있고 적게 받으면 할 수 있는 게 축소되니 다음 총회에서 부실 낙인이 찍힐 확률이 높았다.

해일디자인과 같은 경우는 지난 3년간 상위 20퍼센트 안에 드는 투자를 받아 내고 있는 괴물 같은 곳으로 언제나 그에 합당한 성과와 실적을 보여 주고 있었다.

창립기념일과 더불어 해일그룹에서 가장 중요한 날인 본사 총괄회의에 앞서 자회사의 수장들끼리 모여 명목상으로는 친목회, 실질적으로는 염탐전을 벌이는 날이 겨우 일주일 뒤였다.

"맞네, 벌써 사전 모임이야. 나 휴가 가 있을 동안 총회 준비는 어떻게 됐어? 분명 말해 주고 갔는데."

본회의만큼이나 중요한 사전회의였기에 자세와 상황도 잊고 묻자 순간 재희의 기세가 꺾였다. 하지 못한 숙제를 들킨 듯 그는 슬그머니 눈을 피하며 대답했다.

"지금 그게 중요한 게……."

"그럼 여기서 그것보다 중요한 게 뭔데."

어느 순간 서늘해진 서윤의 목소리에 그가 한 걸음 물러섰다. 차마 남자로서의 자존심상 네가 없어서 무엇 하나 손에 잡히지 않았다고 할 수는 없는 노릇이었다.

"이러니까 마음대로 못하게 하는 거 아니야. 그럼 뭘 좀 제대로 해 보시든가."

그렇게 말하곤 재희의 품에서 빠져나가는 서윤에 재희는 한숨을 쉬었다. 또 이렇게 빠져나가는구나. 엎치락뒤치락 바쁘게 도는 바퀴처럼 반복되는 실랑이는 흐지부지 끝나 버렸다. 해야 할 일이 산더미처럼 떠오르자 그녀는 더욱 걸음을 빨리했다.

'하여간 서재희, 나 없으면 뭐 하나 제대로 하는 게 없어. 이러니까 내가…….'

그렇게 말하며 달리듯 걷는 제 입꼬리가 조금 올라간 것을 느낀 건 재희가 투덜대며 옆으로 지나갈 때였다.

"내가 지금 무슨 생각을 한 거야."

멍하니 홀로 중얼거리던 서윤은 황급히 고개를 저었다. 내가 필요하다는 사실에 기뻐하는 꼴이라니. 빚을 져 변제 목적으로 옆에 있었으면서 뭐라도 된 양. 순간 뒤틀리는 마음을 그녀는 얼른 고개를 흔들어 떨쳐 냈다. 그사이 먼저 멀리 가던 재희가 뒤돌아 삐딱하게 말했다.

"뭐 해, 이리 와."

꿀꺽. 침이 삼켜졌다.

새삼스럽게 다시금 궁금해졌다. 서재희가 정말로 하는 '마음대로'라는 건 무엇일까. 위험한 호기심을 떠올린 서윤은 콩콩, 균열 나는 듯 뛰는 심장 소리에 마른 입술을 축였다. 왜인지 가슴이 쿵쾅쿵쾅 빠르게 뛰고 있었다.

"후우."

애써 진정시키는 긴 한숨의 끝에 그녀는 걸음을 옮겼다. 어쩐지 귀가 연신 간질간질거렸다.

'내 마음대로, 해도 되나?'

장난인지 괜한 괴롭힘인지 허공을 떠돌고 떠돌아 서윤의 귓속에 안착한다.

거울 속에 비친 얼굴이 그 순간을 잠시 생각만 해도 금방 빨갛게 익어 버렸다. 그녀는 얼른 물을 끼얹었다. 차가운 물이 붉은 기를 앗아가 주길 바라며.

"정말 사람 안 도와주네. 갈 때 되니까 이런 것까지 신경 쓰이고 난리야."

근래 들어 재희의 언사가 더욱 강렬해진 것은 착각이 아닐 것이다. 그건 아마도 제 속에 있는 것을 툭 터놓기 시작한 서윤과 맞춰져 나오는 것일 텐데, 안 그래도 거짓말이라곤 모르는 재희는 고삐 풀린 망아지처럼 멋대로 날뛰고 있었다.

수건을 집어 얼굴을 묻고 욕실에서 나온 그녀는 콧바람을 세게 불었다. 좋게 생각하자. 그만큼 자신이 편해졌다는 것일 수도 있을 테니까. 물론…… 서재희가 언제 그녀를 불편하게 여겼는지는 모르겠지만 말이다.

어김없이 분주한 서윤의 아침에 며칠간 그 모습을 지켜보던 엄마는 그녀를 대신해 커피를 내려 건네주었다. 커피 내리는 시간이 잠깐이지만 단축되어 기분 좋아진 서윤이 방긋 웃자 엄마가 조심스레 물었다.

"대체 언제까지 거길 다니는 거야? 일 정리하는 게 그렇게 힘들어?"

그만둔다고 말하더니 계속해서 출근하는 게 영 신경 쓰였던 모양이다.

"아…… 그냥, 워낙 오래 일했으니까. 한두 달쯤 더 다녀야 할 것 같아요."

커피를 받은 그녀가 홀짝, 마시며 눈을 굴리자 엄마는 걱정스런 표정을 했다.

"두 달이나? 갈 준비는 제대로 하는 거고?"

"어차피 그건 시간 좀 길게 잡고 할 예정이었으니까요. 천천히 준비하고 있어요."

서윤이 유학 준비를 생각한 건 정말 꽤 오래전의 일이었다. 집안의 사정상 대학을 가지 못하고 바로 일선에 뛰어들면서 의외로 지금 자신이 하는 일이 적성에 맞는 것을 깨달았다. 조금 더 전문적으로 배워 보고 싶고, 세상을 넓게 보고 싶은 꿈을 가졌고 올 초부터 차근차근 준비를 했다.

우선 늘 바쁘게 살아왔으니 세상을 넓게 보고 싶다는 이유가 유학을 정한 첫 번째 이유였다.

회사를 그만두고 학원을 다니겠다고 한 게 엊그제인데 달라진 게 없으니 혹시 뭔가 다른 이유로 회사를 그만두지 못하는 건 아닐까 걱정하는 눈이었다. 정말 아무 일 없다는 듯이 어깨를 으쓱거리며 웃어 보이자 엄마는 가만히 서윤의 눈치를 봤다. 조금 곤란한 기분이 들었다.

"서윤아, 엄마 말 오해하지 말고 들어."

"응."

아무렇지 않은 척 커피를 마셨다. 엄마는 본인의 손가락을 꼼지락거리며 잠시 더 고민을 하다 말을 이었다.

"그게…… 딱히 여자나 남자를 구분하자는 건 아니지만 그래도 엄마는 그래. 우리 딸 고생한 거 알고, 그간 엄마 아빠 때문에 이래저래 연애할 시간도 없이 보낸 거 알아서 염치가 없어 말 못했는데."

분위기가 영 반갑지 못한 쪽으로 돌아가는 것쯤은 '이래저래 연애할'에서 알 수 있었다. 안 그래도 곤란하던 마음이 완전히 불편해지기가 무섭게,

"이제 남자 친구도 좀 사귀어야 하지 않을까?"

"아이고."

우려했던 말이 나와 버렸다. 이즈음이 되면 그런 말이 나오지 않을까, 예상하긴 했지만 전혀 예상하지 못했던 타이밍에 나오자 뒷머리가 당겨 왔다. 서윤은 괜히 이리저리 둘러보다 서두만 우물거렸다.

"엄마, 그러니까 그게요."

"나는 사실 유학도 좀 그래. 하고 싶은 거 다 했으면 하지만, 그간에 가볍게 친구라도 사귀었으면 해서. 꼭 연애를 하거나 남자를 만나라는 건 절대 아니고."

으레 할 수 있는 걱정과 말을 하면서 아차 싶었는지 얼른 손을 젓는 모습에 마음이 저릿해졌다.

"엄마."

"으응?"

"그렇게 미안해하면서 말씀하실 필요 없어요. 누가 잘못한 것도 아니고 내가 선택해서 한 일인데 엄마가 자꾸 신경 쓰고 무슨 말 하는 데 눈치 보시면 제가 더 죄송해요."

부모님이 자신에게 미안해하는 마음을 갖는 건 어쩔 수 없는 일이라고 생각한다. 그렇게 생각하지 않았으면 하지만, 그래도 당신들 때문에 하나뿐인 딸이 남들 다 가는 대학도 못 가고 일만 하다 서른이 되었다는 게 안타까워 그저 미안하고 또 미안한 듯했다.

그러니 그런 마음까진 뭐라고 할 수 없으나 최소한 눈치는 보지 말았으면 하는 게 서윤의 바람이었다. 그런 바람 탓인지, 아니면 딸의 마음을 이해한 것인지는 몰라도 엄마는 대뜸 폭탄을 터트렸다.

"유학 가기 전에 선 한 번만 보자."

"……?"

입에 커피를 머금고 있지 않았으면 괴상한 소리를 내며 황당해했을 것이다. 겨우 커피를 삼키고 뜨거운 걸 삼켜 약간 얼얼한 목으로 말했다.

"아니, 유학을 가는 건데 선을 보는 게 말이……."

저도 모르게 약간 짜증이 섞인 목소리로 말을 잇던 서윤은 잠시 말을 멈췄다. 예전에도 그랬지만 그녀는 꽤 눈치가 좋은 편이었다. 그래서 이번에도 엄마의 조금 황당한 말에 담긴 뜻을 어렵지 않게 알 수 있었다. 저 말이 가지 말라고 막을 수는 없지만 가지 않았으면 하는 마음에서 하는 말임을.

마저 커피를 모두 마시고 다시 눈치를 보는 엄마에게 모르는 척 물었다.

"언제예요?"

"응?"

"남자 사귀는 건 별로지만 사람 사귀는 건 좋을 것 같아. 엄마 말대로 친구가 별로 없으니까, 이 기회에 친구 만들어 보는 것도 좋겠죠. 그게 선이라서 문제지."

은근슬쩍 선이라는 것에 대한 못마땅함도 보여 줬지만 엄마에겐 그리 중요한 문제가 아닌 모양이었다. 엄마는 눈을 동그랗게 뜨며 손뼉을 마주쳤다.

"정말 할 거야? 그럼 내가 오늘이라도 당장 알아볼게. 어머어머, 나 좀 바빠지겠다."

"뭐야, 아무것도 없이 그냥 말한 거였어?"

"그게 중요해? 얼른 출근해. 나도 좀 씻어야지."

갑자기 뭐가 그리 신이 났는지 얼른 욕실로 들어가는 엄마를 보며 서윤은 허탈하게 웃었다. 뭐라도 해 줄 수 있다는 것만으로도 의욕이 솟는 모양이었다. 금방 들려오는 욕실의 물소리를 들으며 그녀는 가만히 눈을 감았다.

왜인지 의식하지 않으려고 하면 할수록 선명해지는 목소리가 신경을 건드렸다.

'친구?'

그렇게 묻던 게 어떤 뜻이었을까. 너와 나는 절대 친구가 될 수 없다는 것을 의미한 걸까. 그녀는 가방을 움켜쥐며 몸을 돌렸다.
"그럼 시간이랑 날짜 나중에 알려 주세요! 다녀올게요!"
새삼 또 한 번 느끼는 시간의 흐름이다. 정말 많은 시간이 지났나 보다.

너와 나는 변한 게 없는데.

"앞으론 좀 더 확실하게 하는 게 좋아요. 내가 계속 도와줄 수 있을 거라고 생각한다면 오산이야. 조금 더 진지하게. 나중엔 오라고 부탁해도 못 와. 사전회의까지 딱 일주일 남았으니까 지난 자료들 확인해서 보고서 양식 세팅해요. 중요한 건 타 부서에서 확인하겠지만 우리도 기본적인 건 알아야 보좌를 하지."
조금 매정하다 싶을 정도로 말하자 윤찬은 약간 노랗게 변한 낯빛으로 고개를 끄덕이다 조심스레 서윤을 올려다보았다. 사자는 제 새끼를 절벽에서 밀어 버린다는, 어디서 본 적 있는 무서운 야생의 법칙을 떠올리던 그는 옆에 서서 자신이 하는 것을 지켜보는 서윤에게 간지러운 입을 참지 못하고 불쑥 물었다.
"실장님, 혹시 그만두시는 이유가."
이미 사내에는 서윤이 그만둔 것이 알려진 상태였고 극도의 긴장감에 빠져 있는 윤찬은 함부로 놀린 제 입을 얼른 다물었다.
"이유?"
일하다 말고 갑자기 뭔 소리냐는 눈을 한 그녀에 그는 흔들리는 동공을 감췄다.
"……힘드셔서 그러시는 건가, 싶어서요."
누가 봐도 별것 아닌 소리지만 서윤은 왜 그런 질문을 하는 것인지에 집착하지 않았다.
"비슷해요. 그게 전부가 아니라서 그렇지."
의뭉스러운 말에 윤찬은 꿀꺽 침을 삼키며 아주 작게 혼잣말을 중얼거렸다.
"역시."
도대체 무슨 생각을 하는 것인지는 몰라도 그다지 생산성 있어 보이지 않았기에 무시한 그녀였다.
서윤의 부재가 새삼스레 실감이 나서인지 몰라도 윤찬의 능률은 가파르게 치솟았다. 불타나게 움직이는 그의 손을 보며 거의 5분 단위로 손목시계를 확인한 서윤이 말했다.
"자꾸 잊는 것 같은데, 업무를 하던 도중이라고 해도 매 시간마다 본부장님의 스케줄을 확인하고 변동 사항을 체크해야 합니다.

개인적인 스케줄이 추가될 수도 있으니까요. 알다시피 본부장님이 그걸 직접 말씀하시는 분은 아니니까."

기본적 업무는 그렇다 쳐도 재희와 같은 경우는 귀찮지만 매번 스케줄을 확인해야 하는 타입이었다. 아닌 것 같고, 안 바빠 보여도 그와 만남을 원하는 이들은 수두룩하고 대부분을 비서실에서 차단하고 중요 약속을 관리하지만 이따금 다이렉트로 약속을 정하는 이들이 있어서 틈틈이 확인해야 했다.

허겁지겁 컴퓨터를 들여다보는 그를 뒤로하고 그제야 제 자리로 좀 돌아가려나, 했으나 겨우 움직이던 걸음을 멈추고 고개를 돌렸다. 잠시 고개를 갸웃거리며 자리로 향했지만 이번에도 멈추고 중얼거렸다.

"재채기?"

"예?"

뭔지도 모르고 반문하는 윤찬에게 대답하지 않고 본부장실 앞까지 간 서윤은 확신했다. 그녀는 곧장 탕비실로 들어가 쟁반에 무언가를 바리바리 얹어 가지고 돌아왔다.

"방금 본부장님 재채기 하셨어요. 약 제때 안 드신 것 같은데."

그러곤 그 쟁반을 윤찬의 앞에 놓아주었다.

"재채기를 하셨다고요?"

황당하게 보는 그의 눈은 당연했다. 어지간한 소리는 절대 안 들리는 방음된 사무실 안에 있는 사람의 재채기 소리를 무슨 수로 듣는단 말인가. 전에 없던 괜한 꼬투리 잡기인가 의심하기에 충분한 말이었으나 서윤은 단호했다.

"이거 가지고 가서 드시도록 하고 열 체크도 하세요. 오늘 스케줄이 많아서 바로바로 확인해야 돼."

 말을 듣다 보니 윤찬은 저 말을 다른 곳에 대입해도 충분히 사용할 수 있을 거란 생각이 들었다. 하나하나 세밀하기 그지없는 지시는 장소를 회사가 아닌 유치원으로 옮겨도 될 것 같았다. 비서라는 직업이 원래 이렇게까지 해야 하는 것인가에 대한 회의감이 들었다.
"실장님 늘 이런 일까지 하셨어요?"
 쟁반을 보며 묻는 말에 서윤은 피식 바람 빠지는 소리를 냈. 이런 질문을 얼마나 많이 들었는지 모른다. 그간 나쁘지 않은 조건에 줄줄 쏟아지던 비서 지원자들은 그만두기 직전 꼭 이런 말들을 했었고 서윤은 딱히 별말은 하지 않았다. 그러나 윤찬은 자신을 대신하기에 충분, 아니 오히려 더 좋은 인재가 될 것임이 분명하기에 꼭꼭 숨겨 두고 아껴 두었던 말을 해 주었다.
"연봉 협상은 연말에만 하는 게 아닙니다, 정윤찬 씨."
"……아!"
"들어가 봐요."
"예, 실장님."
 큰 깨달음이라도 얻은 것처럼 다부진 눈이 되어 얼른 일어선 윤찬이 본부장실 안으로 들어갔다. 서윤은 몸을 조금 기울여 책상에 걸터앉아 팔짱을 꼈다. 아래, 높은 힐을 신었지만 아픈 줄 모르는 발이 보였다. 처음 신었을 때 뒤꿈치며, 발가락과 발바닥이 온통 다 까지고 헤져 빨간 속살에서 진물이 나오던 때가 생생했지만 이젠 거기에 굳은살이 두껍게 박여 있었다.
"이런 일까지…… 라."
 그런 식으로 생각해 본 적이 없었던 일이라 오히려 이쪽이 새삼스러웠다. 본래 그런 것까지 하라고 재희가 직접 말한 적은 없었다. 함께 지내오면서 아프면 아프다고 할 줄 모르고 필요한 걸 먼저 말하지 않다 보니 스스로 움직이던 게 여기까지 온 것뿐이다.

그녀에겐 이게 당연한 일이었다.

"내가 저렇게 버릇 들인걸."

참 깊이도 스며든 버릇이었다.

이후로도 서윤은 저가 하던 것들의 대부분을 모두 윤찬에게 돌렸다. 업무를 떠나 비서로서 상관을 보좌하는 것들로 분명 다른 비서들의 업무의 연장과는 다르고 까다로웠다.

그러나 천성이 착하고 성실한 윤찬은 이게 제 일이라고 생각하는 듯 불평이나 불만스러운 표정 하나 없이 열심히 움직였다. 이따금 먼저 할 일을 생각해 내는 것을 보며 서윤은 더더욱 만족스러웠다. 저런 사람이었으니 자신이 마음 놓고 회사를 그만둘 생각을 했던 거다.

하지만 불평불만 없이 평화로운 날이라고 여기는 건 서윤과 윤찬뿐이었던 듯했다.

퇴근을 두 시간쯤 남긴 오후, 윤찬이 작성한 보고서를 확인하던 때 꼭꼭 닫혀 있던 본부장실 문이 열렸다.

뭔가 심사가 뒤틀린 듯 무표정한 얼굴에는 곳곳에 짜증과 심술이 덕지덕지 붙어 있었다. 다른 사람은 몰라도 그녀는 확신할 수 있었다.

길게 뻗은 다리를 내밀어 나온 그는 재킷은 물론 가방까지 들고 있었다. 한눈에 봐도 어디 가겠다는 표시였다. 재희의 눈이 매서웠다. 그는 잠시 같이 앉아 보고서를 쥔 두 사람을 한참이나 빤히 보다 말했다.

"외근."

외근이란 말에 윤찬이 당황하며 재희의 스케줄 표를 열었다. 퇴근 때까지는 계속 내근이 잡혀 있었다.

"어라, 지금 잡힌 외근은 없으신데. 10분 전에 스케줄 확인도……."
"최근 오픈숍 감사를 지금, 바로, 하기로 정했으니까 준비해."

단어 하나하나에 가시가 꽂혀 있는 듯한 느낌이 들었다. 일단 자리에서 일어난 서윤이 눈을 살짝 찌푸렸다. 갑자기 일정을 잡은 것을 떠나서 감사라는 것이 그렇게 멋대로 정해도 되는 일이 아니었다.

"죄송하지만 감사는 미리 요청을 한 뒤에 가셔야 합니다."
"언제부터 그렇게 토를 달았나, 양 실장."

딱딱하게 굳어 나온 말이 잠시 허공에 떴던 감정을 가라앉힌다. 속에 있는 걸 모두 보여 준다는 게 너무 앞서나간 모양이었다.

"불시 감사 모르나? 요즘 본인 일이 아주 소홀한 것 같은데."

콕 찌르는 질책에 입술이 말랐다. 바로 생각해 내지 못한 또 하나의 감사에 서윤은 신음을 흘릴 뻔했다. 역시 자신도 모르게 기분이 좀 들떠 있었던 것 같다. 총괄회의까지 잊은 걸 보면 늘 긴장 상태를 유지하던 것이 사라져서인지도 모르겠다.

"시정하겠습니다. 죄송합니다, 본부장님."

그는 무심한 태도로 일관하며 사무실을 빠져나갔다. 곧장 자리에서 가방과 짐을 챙기기 시작한 서윤이 윤찬에게 말했다.

"봤지."

윤찬의 고개가 떨어질 듯 끄덕여졌다.

"스케줄, 바로바로 확인하겠습니다."

좋은 학생이었다. 필요한 것들을 모두 챙기고 사무실 밖으로 나서기 전 그녀가 지시했다.

"아무래도 정식으로 요청한 감사가 아니라 직접적으로 동태를 확인할 수는 없어요. 우리 먼저 가서 서비스 상태를 좀 확인할 테니 한 시간 정도 뒤에 윤찬 씨가 숍에 연락한 후에 바로 따라와요."

정기 감사도 아닌 불시 감사 중에 할 수 있는 건 서비스와 매장 상태에 대한 확인뿐이었다. 본래 매장 간의 신뢰도가 떨어져 어지간하면 하지 않는 것인데 저렇게까지 나서는 걸 보면 이유가 있을 것이다. 다른 건 몰라도 업무에 관련해선 재희만큼 촉이 좋은 사람이 없었다. 그녀는 서둘러 사무실을 빠져나갔다.

차가 달린다.

아직 퇴근 시간 전이라 막히지 않는 도로를 시원하게 달리며 훌륭한 운전 솜씨를 보이고 있는 건 옆에 비서를 대동한 재희였다. 가는 내내 가시방석에 앉은 듯 마른 입술만 축이던 서윤은 여전히 굳은 표정의 재희에게 말을 걸었다.

"저, 본부장님? 운전은 제가……."

그러나 돌아온 것은 잘 들리지 않는 혼잣말뿐이었다.

"그래, 사람이 취향이란 게 있다고 치자고. 그러니까 아직도 이 지경이지."

"……본부장님?"

"그래, 연하 취향이라 이건데."

불꽃 드라이브 실력을 보이며 중얼거리는 말은 너무도 속 좁은 소리들이었다. 사실 여부를 판단하지 않은 추측에 가까운 중얼거림이랄까. 재희는 짜증으로 눈썹을 꿈틀거렸다.

"그 모델 놈도 그래. 스물여덟인지, 아홉인지. 어리잖아, 그 자식."

모델은 물론 하필이면 윤찬도 그들보다 딱 두 살 어렸다. 거기다 조금 전 윤찬과 붙어 있던 서윤을 보며 부글부글 끓던 속이 쉬이 가라앉지도 않았다. 비단 그것뿐만이 아니다. 오늘 하루, 하루 종일 얼굴 하나 제대로 보이지 않던 그녀의 태도가 긴 인연의 마무리를 고하는 시초 같아 불안해지기까지 했다.

어떻게든 잡아 둔 시간이 허무하게 흘러가는 것 같았다. 조금 더 시간을 두고 잡았을 외근까지 갑자기 잡아끌고 온 것도 질투의 하나였으니 오죽할까.

"어려질 수도 없고…… 대체 내가 왜 이런 것까지."

설마 재희가 그런 고민을 하고 있으리라곤 생각하지 못한 서윤은 자신이 무언가 놓친 게 있나 떠올리느라 바빴다. 동상이몽이었다.

그런 와중에 도착한 목적지는 서윤도 한 번 와 본 적 있는 곳이었다. 한옥과 서양식 저택을 믹스 매치시켜 디자인한 건물은 해일 그룹 최초 본사 직영점 매장 '엘리제'였다.

"브리핑."

매장 바로 맞은편에 차를 세우고 선글라스를 낀 재희가 말했다. 순간 컴퓨터처럼 머릿속에 암기했던 보고 자료가 그려졌다.

"매장 '엘리제'는 본사에서 해일디자인의 여타 매장을 모티브로 한 본사 직영 매장입니다. 본래 해일디자인 자체 매장이었습니다만, 현재는 초기 기획안만 받고 관리는 모두 본사에서 하고 있으나 소속은 해일디자인에 있습니다."

"총관리는."

"일단 기존 해일디자인 측의 매장들과 같은 라인으로 인테리어 및 운영 체제를 가지고 있고 콘셉트를 유지하나 단독 체제를 통해 매상 및 관리가 본사로 바로 연결되고 있습니다. 현재로선 유일무이한 개별 투자 매장입니다. 더 필요하신 부분은 바로 말씀드리겠습니다."

창문을 슬쩍 내린 그가 한눈에도 명품을 말하듯 번쩍거리는 매장을 보았다.

"오픈한 지 얼마나 됐지?"

"47일입니다."

"그간 올라온 보고는."

"오픈 직전 최종 보고서를 제외하곤 없습니다."

"그에 따른 문제는."

"현재 상황으로는 문제없습니다. 관리 체계가 모두 본사에 있습니다."

"그럼 내가 불시 감시를 하는 것에 대한 문제 사항은?"

"역시 없습니다. 관리, 운영은 본사에서 진행하지만 소속은 해일디자인이므로 최종 결정권은 본부장님께 있습니다."

막힘없이 쏟아 낸 정보와 원하는 답변에 재희는 결국 흡족한 미소를 지을 수밖에 없었다.

"이러니 널 못 보내지."

뿌듯한 얼굴이 그녀를 향했다. 그러고 보니 업무에 대해 잘한다고 말한 적이 없음을 깨닫는다. 워낙에 처음부터 실력을 쌓은 후 데려와 모든 일에 완벽한 서윤이었고 그것을 당연시 여기던 재희였다.

무의식중에 나온 칭찬을 들은 서윤은 확 올라온 열기에 입을 다물고 고개를 숙였다. 저 말이 뭐라고 이렇게 열이 오르는지 모르겠다. 그사이 먼저 차에서 내린 재희에 얼른 따라 내린 서윤은 성큼성큼 다가온 그의 손길에 기겁했다.

"으악!"

재희의 손길은 망설임 없이 서윤의 이곳저곳을 스쳤다. 의외로 과감하게 뻗어졌지만 손가락 끝이 살짝 떨리고 터치 자체는 부드러웠다는 것이었지만 제 할 일은 빼놓지 않았다. 그는 서윤의 동그랗게 물린 쪽진 머리를 풀고 약간 헝클었다. 그러다 머리카락 사이로 파고든 재희의 손가락이 그녀의 머리를 살며시 잡았다.

힐을 신지 않았으면 저도 모르게 발뒤꿈치를 들었을지도 모를 아득함이 스며들었다. 뭐 하는 짓이냐고 묻지도 못하고 마주친 눈을 피하지도 못했다. 가슴에 균열이 난 듯 두근거림이 커졌다. 선글라스를 껴서 제대로 보이지는 않지만 분명 그 역시 이쪽을 보고 있을 터였다.

다행히 그의 손이 서서히 멀어져 갔다. 아쉽다고 느끼고 만 서윤이 꿀꺽 침을 삼키자 재희는 황당한 소리를 내뱉었다.

"콘셉트는 결혼한 지 2개월 된 신혼부부. 지금부터 말을 놓는다."

"……그건 또 무슨."

"우리 자기는 사랑하는 남편 옷을 고르러 온 거고, 가진 돈은 10만 원 내외."

흡. 숨을 멈췄던 서윤이 입가를 씰룩거렸다.

"자기가 도자기는 아니겠지."

"그런 거지같은 개그 할 거면 일 지금 그만둬라."

"……뭐가 그렇게 디테일한데."

"해일디자인의 기본 모토가 뭐라고?"

"가장 편하게, 가장 가까운 곳에."

묻는 것엔 최대한 빠르고 정확하게. 그게 비서의 모토였다.

알아들을 수 없는 질문을 하곤, 대답을 하니 한 걸음 물러선 재희가 옆으로 돌아 팔꿈치를 조금 들었다. 그리고 그녀를 향해 말했다.

"껴."

팔짱을 끼라고.

3. 도미노처럼

"이지현 실장입니다, 회장님."

두 번의 노크와 함께 단정한 목소리로 말한 지현은 바로 들려오지 않는 답에도 서두르지 않았다. 얼마 뒤 작지만 힘이 실린 음성이 답했다.

"들어오시게."

웅장하다는 느낌이 들 정도로 크고 무거운 문을 열고 들어서자 지난 30년간 바뀐 적 없는 사무실이 보였다. 그 가운데에 느린 속도지만 차분하게 보고서를 읽는 서충호 회장이 있었다. 그런 그와 함께 세월을 보낸 지현은 서두르지 않았다. 대신 함께 챙겨 온 약과 물을 조심스레 곁에 올려놓을 뿐이었다.

곧 보던 것을 마무리한 서 회장이 그녀의 인사를 받으며 손짓했다.

"그쪽 상황은 어떤가."

"말씀하신 대로 꾸준히 접촉을 하는 모양입니다. 일단 고준석 사장이 노조위원장과 사내 임원들과의 만남을 계속해서 주선하고 있습니다."

예상했던 보고였다. 해일그룹 내 서 회장의 오른팔이라는 고 사장이 노조위원장과 만나고 있다는 건 그들에게 힘을 실어 주는 것을 의미했다. 명목상으로야 노조를 관리하는 목적이라 해도 만약 서 회장이 혈연으로 어린 손자에게 후계를 맡기기라도 하면 그들과 손을 잡고 반대를 할 것이 빤히 보였다.

"내가 손끝 하나라도 움직이면 바로 달려들겠단 소리로군."

"본래 야심이 많았던 자입니다. 너무 괘념치 마십시오."

"됐어. 어차피 당연한 일이야. 재희 그놈이 제대로 자리를 잡았으면 이렇게까지 무시당할 일도 없었지. 해일디자인은 어떻게 됐나."

지현의 중한 보고에 서 회장은 이해한다는 눈치였다. 고준석 사장은 해일그룹 내 최대 자회사인 해일건축을 맡은 출중한 사업가로서 제 아버지 대부터 해일과 연관이 높은 자였다.

재희만 아니었어도 충분히 다음 대 해일의 주인이 되었을 자이자 한때는 재희의 어미와 정략적 혼인도 오갔던 사내로 잠시지만 후계 수업까지 받았었던 그다. 그런 사내가 제 손자를 견제하고 있음을 알면서도 서 회장은 쉬이 받아들이는 눈치였다. 그 모습은 오랫동안 측근에서 모시는 지현으로서도 그 속을 가늠하기 어려웠다.

귀하디귀하게 키우고 보살핀 손자가 견제를 받음에도 불구하고 사업가이자 수장으로서의 모습에선 그런 혈육의 정 따위는 보이지 않았다. 피도 눈물도 없는 모습이 딱 서충호 회장다웠다.

그녀는 다른 말은 하지 않고 보고를 이어 나갔다.

"해일디자인 측이 생각보다 보안이 삼엄해 시일이 조금 걸렸습니다. 죄송합니다."

그는 대수롭지 않게 손을 저어 계속하란 뜻을 보였다.

"가감 없이 사실만 말씀드려도 놀라운 성과입니다. 초기 발령 후에 나왔던 대부분의 잡음들이 거의 사라진 것 같습니다. 사업 자체의 영향력도 커졌고 본사 내의 해일디자인 입지 또한 커졌습니다. 아마 이번 본사 총괄회의에서도 좋은 성과를 보여 투자를 유치할 수 있을 거라 예상됩니다."

"부족해. 남들 눈엔 어떨지 몰라도 그 정도로는 아직 한참 부족해. 그거로는 제 자리 하나 간수도 못한단 말이야."

서 회장은 혀를 차며 고개를 저었다. 못마땅함이 묻어난 얼굴에 지현이 살짝 옹호했다.

"이 또한 시일이 지나면 회장님께서 만족하실 만한 성장을 보이리라 생각합니다. 꾸준히 상승세를 보이고 있으니까요."

그게 썩 괜찮게 먹히지는 않았지만. 거친 기침을 하며 목을 가다듬은 서 회장이 한 번 더 손을 휘저었다. 다음 내용으로 넘어가란 뜻이었다.

"그래서, 알아본 건."

"예. 인사과의 말대로 해일디자인이 잠시 혼선이 있던 이유는 양서윤 실장이 사직서를 낸 이유가 맞는 것 같습니다."

"이제야 떨어질 요량이 들었다, 이거구만."

"예. 미리 준비한 것 같습니다."

"늦었어. 너무 오래 붙어 있었잖아. 허투루 보낸 시간이 얼만지, 원."

찌푸린 미간에 지현은 조금 긴장했다. 이어 턱 끝을 슬근슬근 문지르던 그가 입을 열었다.

"그래, 지금 양 실장은 뭐 하고 있던가. 어떻게, 제대로 그만둔 참이야?"

"확실히 사직서는 수리되었지만 도련님께서 인수인계를 문제로 잡은 모양입니다."

그녀의 보고에 서 회장은 황당한 표정을 지었다.

"그 미련한 놈이 끝까지 일을 귀찮게 만들어? 언제까지 옆에 붙여 둘 참이야?"

"아무래도 당분간은 계속 곁에 있을 듯합니다마는, 양 실장이 따로 유학 준비를 하는 것 같습니다."

"유학?"

지현의 말에 서 회장이 눈초리를 올렸다. 그리고 잠시 곰곰이 생각하다 혼잣말처럼 중얼거렸다.

"괜찮군. 나쁘지 않아. 그런 거라면 오래 걸리지 않을 테니 계속해서 진행해."

"예. 혹시 이번 일이 도련님께 좋지 않은 방향으로 흐른다면, 그에 대해선……."

명령을 받으면서도 걱정을 담은 그녀의 말에 서 회장은 코웃음을 쳤다.

"가치 판단은 본인이 하는 법이지. 무엇이 과분하고 무엇이 옳은지 판단도 못할 정도라면 그게 누구건 필요 없어."

역시다 싶을 정도의 철두철미한 말이었다. 그래서 더 의뭉스러울 수밖에 없었다. 오랜 시간 곁에 있던 그녀의 판단에 따르면 서 회장은 분명 그 두 사람을 아꼈다. 그러나 어쩌면 그것은 단순히 사업적 측면에서 도움이 되었기 때문이 아닐까, 하는 의구심도 들었다. 필요치 않는 자는 혈육이라도 상관없다는 의미 말이다.

여러 갈래로 의미를 찾아봤지만 이내 지현은 더 생각하기를 그만뒀다. 애초에 서 회장의 속을 읽어 내려는 것 자체가 어불성설이었다. 그녀는 더 말하지 않고 허리를 숙이며 사무실을 나섰다.

재킷도 벗고, 셔츠의 단추도 몇 개 푸르고 나니 단정하기만 하던 옷차림은 제법 자연스러워졌다. 특히나 늘 쪽 져 있던 머리가 길게 풀리자 묶여 있던 것이 저절로 컬을 만들었다.

재희는 만족하며 어색하게 팔짱을 낀 서윤의 손을 아예 꽉 잡았다. 그녀가 흠칫 놀라는 게 느껴졌지만 손을 빼거나 소리를 내진 않았다. 대신 작게 속닥거린다.

"이건 감사가 아니라 그냥 스파이……."

"쉿."

더 말을 잇지 못하게 막아 버리는 통에 일단 다물었지만 눈은 여전히 불만으로 가득했다.

"이젠 나도 몰라."

굳이 이렇게까지 해야 하는 건가 의문이 들지만 그렇다고 시키는 데 안 할 수도 없는 노릇이었다. 조금 전까지 잔뜩 기분이 상해 있던 재희는 선글라스를 낀 상태에서도 보일 정도로 즐거워하고 있었다.

"상식적으로 아무리 관리 자체를 다른 곳에서 한다고 해도, 한 달이 넘도록 아무 보고도 올라오지 않는다는 게 말이나 된다고 생각해?"

감춰지지 않는 서윤의 불만을 다른 곳으로 돌리려는 심산인지 그가 교묘하게 사심이 반 이상이나 들어간 이 상황을 업무의 연장으로 만들었다. 역시나 워커홀릭 초기 증상을 보이는 서윤은 덕지덕지 붙어 있던 감정을 확 치우고 진지하게 되물었다.

"안 그래도 그거에 대해서 좀 더 조사하고 싶은 게 있었는데 함부로 다룰 수가 없는 거라서 말 못했어. 이따 윤찬 씨한테 감사 일정 올리고 찾아오라고 했는데, 취소할까?"

빚 변제가 끝나고 유학 준비와 회사를 그만두는 것 때문에 별수 없이 놓아 버렸던 일 중 하나가 '엘리제'에 대한 것이었다. 매장을 오픈하고 지금까지 단 한 번도 보고를 올리지 않아서였다. 하지만 본부장인 재희도 가만히 있는데 비서가 나서는 것도 옳지 않아 잠자코 있었던 서윤이다.

재희는 금방 넘어오는 서윤을 보고 피식 웃곤 그녀의 팔을 조금 더 당겨 세게 꼈다.

"됐어. 속이 구린 건 겉에서도 보여."

"좀 살살 껴!"

"일거양득인지, 토사구팽인지."

일단 재희 자신에겐 일거양득임을 서윤은 모를 터였다.

겉으로 보기엔 제법 잘 어울리는 젊은 연인의 모습으로 명품 숍 같은 이미지를 자랑하는 매장 안으로 들어선 두 사람을 맞이한 건 매장의 직원으로 보이는 중년 여자였다. 그녀는 과하지 않은 화장에 예쁜 외모를 자랑하고 있었다.

"어서 오십시오. 살롱, 엘리제입니다."

살롱?

별것 아닌 단어였지만 재희에겐 처음부터 거슬리는 단어였다. 타깃을 20, 30대 젊은 층을 기본으로 하는 매장에서 쓰이기 애매한 단어였기 때문이다. 이어진 말은 더욱 모토와 괴리감을 보여 주고 있었다.

"저희 엘리제는 고객님들의 편의를 위해 각 층별로 매장을 나누고 있습니다. 의류는 1층, 소품은 2층. 맞춤 의복은 3층, 테마 및 이벤트 관련은 4층에 위치합니다. 말씀해 주시면 안내해 드리겠습니다."

직원은 꽤 친절한 태도로 두 사람을 맞이하고 있었다. 말을 할 때마다 기본에서 틀어지는 것 같았지만 서비스에서는 나쁘지 않아 담담하게 넘어가는 재희였다. 그는 이곳저곳을 걸어 다니며 옷을 보다 분홍색 블라우스를 꺼냈다.

"이거 예쁘네. 자기야, 이리 와 봐."

자기라는 말에 흠칫흠칫 놀랐지만 속으로 '저건 도자기다, 도자기다.'를 외운 서윤은 한껏 고양된 눈으로 다가갔다.

"우와, 진짜 예뻐! 레이스 봐. 완전 끝내준다!"

……는 개뿔.

개인적으로 레이스를 싫어하는 서윤에겐 줘도 가지지 않을 디자인이었다.

"어쩜 골라도 이렇게 딱! 내 취향만 찾아 줄까!"

매일 보는 옷차림만 보더라도 알 수 있는 간단한 취향이건만, 아무것도 모르는 재희에 괜히 심통이 난 그녀는 뺏듯이 옷을 가져

가며 앞에 댔다.

"어울려?"

키가 크고 약간 마른 체형인 서윤에겐 러블리한 느낌의 분홍색 블라우스는 어울리지 않았다. 그러나 재희의 눈엔 뭔들 안 예쁘겠는가. 그는 단단히 쓰인 콩깍지를 유지하며 환하게 웃었다.

"예뻐. 완전 예뻐. 이건…… 어, 가격표가 안 나와 있는데. 이런 건 얼마나 합니까?"

곧장 사 주기라도 할 것처럼 태그를 찾던 재희가 묻자 옆에서 시종일관 미소를 유지하던 직원이 친절하게 설명했다.

"요즘 아주 유행하는 형태의 블라우스예요. 실크로 제작되었고 보시면 아시겠지만 라인도 무척 아름답죠."

"그래서 얼맙니까."

"신상품인지라 다른 세일은 없이 113만 원입니다. 근래 나온 상품치고는 무척 저렴한 가격이죠."

아무렇지도 않게, 듣다 귀가 멀어 버릴 가격을 말한 직원은 자신을 빤히 보는 두 사람의 시선에 더욱 짙게 웃었다. 서윤은 순간 들고 있던 블라우스를 떨어트릴 뻔했다. 이걸 어떻게 해야 하는 건지 판단하지 못하고 선 그녀와 달리 재희는 선글라스 속에 숨겨진 눈을 날카롭게 빛내며 물었다.

"여기 간판 제일 앞에 그려져 있던 로고, HD해일디자인 로고 아닙니까? 그래서 들어온 건데…… 여기가 원래 이렇게 명품 매장이었나."

그의 물음에 직원의 눈빛이 조금 달라졌다. 타 명품 매장에서 10여 년 이상 일한 뒤 스카우트된 직원은 눈썰미가 매우 좋았다. 여자는 몰라도 남자가 입은 옷, 선글라스 및 태도나 자세가 긴 시간 이 업계에서 일했어도 자주 본 적 없는 아우라가 풍겨 매니저인 그녀가 직접 나선 것이었다.

"뭔가 오해하고 계시는 것 같네요. 저희 매장은 해일디자인이 아닌 해일그룹 본사에서 직영으로 운영되는 매장입니다. 전혀 다른 곳이죠."

자부심이 느껴지는 직원의 태도는 나쁘다고 할 수 없었으나 확실히 눈빛이 달라져 있었다. 한없이 우아하던 눈동자에 묘한 의심이 앉았고 재희는 서윤이 들고 있던 블라우스를 조심스럽게 제자리로 밀어 넣었다.

"……아, 그렇습니까?"

"예, 손님."

어찌나 자연스러운 연기였던지 서윤에게도 그가 정말 당황한 것처럼 보였다.

"좀 더 둘러보겠습니다."

그녀의 어깨에 팔을 올리고 허겁지겁 옆으로 가는 재희를 보며 직원의 눈이 조금 더 찌푸려졌다. 뭐 저런 커플이 다 있어. 분명 최고급 슈트에 구두, 선글라스라고 생각했는데 모두 가품이었나 싶었다.

"자기, 이거 입어 볼래?"

뭐야, 또 하자는 거야? 소름이 오소소 돋아나는 것 같았지만 서윤은 그 어느 때보다 환하게 웃었다. 눈앞에 있는 건 옷을 만들다 남은 자투리를 엮어 만든 듯한 비비드 컬러의 원피스였다.

"……으흥. 예에쁘다아."

대체 이걸 어떻게 입고 다니라는 거야? 만든 디자이너에게는 미안하고 또 디자인 회사에서 일하고 있어 차마 할 말은 아니었으나 저도 모르게 그렇게 생각하고 말았다. 그녀는 파르르 떨리는 눈썹을 간신히 가라앉혔다.

그녀는 조금 지끈거리는 머리를 감싸고 자연스럽게 원피스를 놓고서 그를 이끌었다.

"근데 왜 자꾸 내 것만 골라. 자기 것도 골라야지. 그래, 이거 좋겠다."

나름 이성적으로 생각하려 했지만 서윤도 사람이었기에 본능에 지고 말았다. 그가 당황스러워하길 바라며 내민 건 하이패션계에서도 독보적인 독특함을 보일 법한 재킷이었다. 어떤 누가 와도 소화할 수 없을 것 같은 재킷을 쥐고 그녀는 어디 한번 엿 먹어 봐라, 하며 보고 있었다. 그러나 재희는 그것을 가져가 곧장 계산대로 향했다.

"어, 어디 가?"

"어울린다며. 사야지."

뭐? 서윤의 낯빛이 확 죽어 버렸다.

"잠깐! 자, 잠깐!"

그녀의 만류에도 재희는 성큼성큼 향했다. 직원들마저 기겁하는 선택에 오직 재희만이 아무렇지 않아 보였다. 그는 이 옷이 무엇이건, 심지어 시스루였어도 상관없었다. 막무가내에 가까운 재희의 걸음에 서윤은 그의 허리를 와락 끌어안으며 외쳤다.

"그거 사면 이혼이야!"

꽉, 안은 허리는 생각했던 것보다 훨씬 단단했다. 단순히 마른 몸이라고 생각했는데 꽉 안아도 절대 굽어지지 않을 듯한 든든함이 팔 끝으로 전해졌다. 괜스레 가슴이 쿵덕거렸다. 저가 안은 몸이 순간 남자로 느껴졌다.

"⋯⋯혼?"

머뭇거리는 사이 고개를 돌려 뒤쪽을 바라본 재희가 물었다. 얼른 두 팔을 떼 뒤로 돌린 그녀에게 그가 먼 곳을 바라보는 듯한 시선을 두며 중얼거렸다.

"좋네, 혼."

"좋다고?"

"혼 자가 들어가는 건 다 좋잖아. 영혼, 약혼, 청혼, 신혼, 기혼, 황혼."

이내 똑바로 보며.

"결혼."

"⋯⋯나는 이혼이라고 그랬는데."

"아무튼 그걸 하려면 뭐든 해야 할 거 아니야."

순간 저도 모르게 멍하니 그를 보았던 것 같았다. 어찌나 달콤한 미소를 짓는지, 아까 뛰었던 가슴이 또 뛰는 듯, 마주 웃어 버릴 뻔했다. 어쩜 들어도 꼭 저 좋은 말만 듣는다. 그게 서재희 매력 중 하나지만.

⋯⋯세상에, 매력이래. 서윤은 얼른 고개를 휘저으며 손을 들었다. 잡생각이 가득한 걸 보니 신혼부부 놀이의 한계인 듯싶었다.

"아무튼 안 돼. 사지 마."

"어머, 어울리시는데. 너무 가격대가⋯⋯ 그러시나?"

언제 왔는지 옆에서 쓴소리를 하는 직원 덕분에 다행히 묘한 분위기가 깨졌다. 다행이긴 했지만 그렇다고 고마운 것도 아니었다.

가격표를 보니 역시나 하이패션답게 하이_{high}했다. 사실 옷 가격이 비싼 것은 크게 중요하지 않았다. 재희가 지금 입은 옷만 하더라도 수제, 벌당 수백만 원을 호가했다. 말하자면 품위 유지를 위한 것이라서 서윤이 직접 엄선하고 선별하여 마련한 것이었다.

그러나 여기 이곳의 고가로 책정된 의류들은 해일디자인의 기본 정책을 무시하는 일이다. 비싼 옷이 문제가 아니라 모토가 틀어진 판매라는 것이었다.

저 할 말만 하고 다시 스르륵, 물러나는 직원을 무시하며 재희가 서윤의 귀에 속삭였다.

"우리 매장 최고가가 얼마지."

"명동 매장에서 80만 원대. 그것도 여성 맞춤 정장으로 나온 가격이라 흔한 가격은 아니야."

"해일디자인 이미지는 전부 이용해 먹고 이제 와서 전혀 다른 곳이라."

매장 오픈 전 광고를 시작할 때부터 친근하고 익숙한 해일디자인의 본 매장들의 유명세를 이용하더니 할 소리는 절대 아니었다.

"여기가 해일디자인에서 승인한 매장이라고?"

"우리 쪽으로 올라왔던 기획서하곤 많이 달라진 것 같아. 아니, 전혀 다른데. 독자獨自 매장이야, 이건."

재희는 옅게 신음을 흘렸다. 본사에서 갑자기 나선다고 했을 때부터 의심스러웠지만 재수 없으면 남 좋은 일만 시키는 일이 될 수밖에 없다. 본사는 본사지, 전혀 루트가 다른 해일디자인과 같은 곳이 될 수는 없는 것이니까.

그의 곁에서 곰곰이 생각하던 서윤은 단호하게 조언했다.

"이대로 두면 안 돼. 최초 기획서상에서 앞으로 5년간 매해 두 개의 매장을 오픈한다고 되어 있는데, 계속 이런 식의 매장이 늘어나면 해일디자인 자체가 해일그룹으로 아예 흡수합병이 되거나 기본 모토가 달라져. 그리고 소속은 우리라는 이유로 지원은 우리한테 받고 있어. 이 상태면 자본 부족으로 그룹 측에 손을 벌려야 할 수도 있는 일이야."

간단한 것 같지만 기본 모토, 콘셉트는 의류 매장에선 대단히 중요하다. 특히나 단일 매장이 아니라 복수의 매장을 가진 경우는 통일성을 가장 상세하게 체크한다. 통일성이 곧 매장 전체의 이미지가 되기 때문이다.

그러나 이곳 엘리제는 대놓고 명품 매장을 표방하고 있었다. 해일디자인에서 내세우는 매장의 모토는 가깝고, 편하게 입을 수 있도록 이미지를 유지하고 있으니 전혀 다른 매장이 되는 것이다. 이렇게 되면 자연스럽게 한 단계 아래로 여겨지는 본래의 매장은 가치가 하락하고 사장되고 만다. 그게 시장의 법칙이었다.

재희는 선글라스를 살짝 올리며 입가를 비틀었다.

"재밌네."

"손님?"

언제 다가왔는지 곁에 바짝 붙은 직원은 뒤에 건장한 남자 직원을 세우고 환하게 웃었다.

"찾으시는 상품을 말씀해 주시면 저희가 도와드리겠습니다."

굳이, 남자 직원까지 대동하고 나선 여자의 의도가 심히 의심스러워지는 순간이었다. 남자 직원의 건장함에 서윤이 한 발 앞으로 나섰다. 혹여 무언가 일이 생기면 바로 막아설 심산으로 제 상관을 보호하려는 태도였다.

버릇처럼 나선 서윤의 어깨에 다시 재희의 팔이 둘러졌다. 그는 그녀를 제 곁으로 당기며 대답했다.

"그냥 예상했던 것과 달라서 구경 좀 하고 있었습니다."

그러면 그렇지.

이곳에 오기 전에도 이런 부류의 사람들을 자주 겪어 봤던 직원이다. 온갖 명품의 짝퉁으로 치장을 하고는 이리저리 돌아다니다 몹쓸 짓을 하는 부류 말이다. 사람을 겉으로 판단할 수는 없지만 여직원은 제 직감과 능력을 믿고 있었다.

"설마 저희 엘리제를 여타의 HD 매장과 동일시 생각하신다면 큰 오해십니다."

마치 안타까운 듯 한숨을 쉰 여직원의 말에 재희의 이마로 살짝 핏대가 올랐다.

"……다른 매장과 여기는 뭐 다릅니까?"

"예. 말씀드렸다시피 저희는 본사 직영점입니다. 그곳들과는 전혀 다른 곳이죠. 저희 매장의 이미지와는 크게 다르므로, 오해는 하지 말아 주십시오, 손님."

"본사는 해일디자인 아닙니까?"

'뭐 이렇게 꼬치꼬치 묻는 손님이 다 있어?'라는 눈치였다. 그는 의심하는 눈빛에 선글라스를 올리며 물었다.

"그럼 여기에 10만 원 대 물건은 없습니까?"

"……10만 원."

기가 차다는 듯이 헛웃음을 흘리고 뒤에 선 직원과 눈을 맞춘 여직원은 팔을 쭉 뻗어 한쪽을 가리켰다.

"들어오시면서 못 보셨나요? 저쪽 문가에 가시면 원하시는 상품이 있습니다. 본래 다른 상품을 구입하신 분들께 제공되는 서비스 물품이지만, 원하신다면 판매도 가능합니다."

그녀의 손끝을 따라 두 사람의 시선이 한곳으로 향했다. 거기엔 양말들이 나란히 진열되어 있었다.

"세일 상품입니다, 손님. 정말 다행이시죠."

여직원은 명백히 사람을 무시하는 태도를 숨기지 않았다. 양말이 죄가 아니었다. 그것을 대하는 서비스에서 재희의 속이 바글바글 끓어오르고 있었다. 서윤은 재희의 손을 꼭 잡았다. 여기서 내가 누구요, 하고 말하는 드라마틱한 상황은 절대 안 될 일이었다.

정식으로 감사를 알리고 온 것도 아닌 마당에 불시 감사를 하는 중이라는 것이 밝혀지고 다른 매장들이 이 사실을 알게 되면 불만과 불안이 생길 거다. 그건 그 자체만으로도 흠집이 된다.

"사실 저희 매장은 타 매장과 달리 특별하신 분들을 위한 곳이라 손님들께 맞는 상품이…… 아! 원하신다면 타 매장의 위치를 소개해 드리겠습니다. 그곳에선 원하시는 것을 찾으실 수 있을 것 같네요. 안내해 드릴까요?"

여직원은 뒤에 선 남직원을 앞으로 세우며 바로 옆, 문을 가리켰다. 이제 그만 이곳을 나가 달라는 것과 같은 말이었다. 재희는 후, 하고 입바람을 내뱉었다. 다행히 그는 비교적 이성적인 사람이었기에 여유롭게 말을 맞받아쳤다.

"비싼 옷은 죄가 아닙니다. 항상 비싸게 구는 사람들이 문제지."

"예?"

반문하는 직원을 두고 재희는 적잖이 불쾌감을 보이는 서윤의 머리를 쓰다듬었다.

"자기야."

"예? 아니, 응?"

머리로 오는 손길에 놀라 정말로 얼굴을 붉혀 버린 그녀가 눈을 깜빡이자 그가 말했다.

"탈의실 가자."

"……예?"

"탈의실."

전혀 이해하지 못한 서윤이 고개를 갸웃거리자 재희는 양말 한 켤레를 들고 흔들어 보였다.

"이거, 갈아 신으러 가야지."

대체 두 사람이 무슨 소릴 하는가, 잠자코 듣던 여직원이 가만히 있다 황급히 외쳤다.

"타, 탈의실은 한 분만 들어가셔야 합니다!"

"직원 언니."

언니? 서윤의 얼굴이 확 구겨졌다. '언니' 하고 부른 목소리가 무척 달콤했다.

"……예?"

목소리만으로도 사람의 정신을 쏙 빼놓기에 충분한 그가 선글라스를 아래로 내리며 여느 때보다 매력적으로 눈웃음을 그렸다.

"금방 나올게."

선글라스로 다 감춰지지 않던 잘생긴 얼굴을 그대로 마주한 여직원은 일순 얼굴을 붉혔다. 금방 선글라스가 올라가 버린 탓에 다시 볼 수는 없었지만 그녀는 저도 모르게 고개를 끄덕이고 있었다.

"아, ……네."

양말 하나를 가지고 나란히 탈의실로 향하는 둘을 보던 여직원은 뒤늦게 정신을 차렸지만 이미 그들은 탈의실 커튼을 치고 들어가 버린 후였다.

"매니저님?"

남직원의 부름에 겨우 바로 돌아온 여직원은 잠시 눈동자를 굴리고 고개를 갸웃거렸다.

"어디서 본 얼굴인데."

아쉽게도 너무 잠깐이라 누구인지 분간을 하기엔 어려웠다.

직원들에게 혼란을 주고 탈의실로 들어온 재희는 선글라스를 벗어 휙 던져 버렸다. 익숙한 듯 날아오는 선글라스를 받아 낚아챈 서윤은 그것을 옆에 두고 팔짱을 꼈다. 찌푸려진 한쪽 눈가가 그 어느 때보다 못마땅함을 가득 비추었다.

재희는 탈의실 안도 확인하듯 이곳저곳을 보고 있었고 평온한 그의 모습에 절대 하지 않을 말을 하고 말았다.

"너 재주 제대로 부린다?"

"단어 선택하고는."

"뭐, 내가 틀린 말 했어?"

불퉁하고 날이 선 말들에 탈의실 내부를 확인하던 재희가 묘한 표정으로 돌아봤다. 그녀의 말에 기분 나빠하는 것 같진 않았다.

"왜 그렇게 짜증 났는데?"

오히려 즐거워 보였다. 폐부를 찌르는 말에 입술을 잘근거리던 서윤의 얼굴이 확 변했다.

"누가 짜증이 나?"

활짝. 웃는 얼굴을 해 보지만 그는 넘어오지 않았다.

"저 밖에 여자 웃는 거랑 지금 너 웃는 거가 뭐가 다른데? 영업용 스마일. 내가 그것도 못 알아볼 것 같아, 자기? 뽀뽀라도 해 줘야 풀리나?"

그녀에게 허리를 숙여 얼굴을 가까이하곤 얄궂은 농담을 건네는 재희였다. 서윤은 자동으로 조금 뒤로 물러나다 그의 바로 뒤편, 벽 하나를 차지한 거울 속에 비친 제 모습을 보았다. 뽀뽀라는 소리가 나왔음에도 얼굴이 붉어진다거나 당황하는 기색이 없었다. 당연했다. 그녀는 놀라지 않았다.

이번 건, 정말로 농담이니까.

출근하지 않아도 되는 날에도 비슷한 말을 들었지만 역시 다른 반응을 하지 않았었다. 그러나 유독, 그 말을 계속해서 떠올릴 수밖에 없는 건 그날, 재희의 목소리에 담겨 있던 답을 내릴 수 없는 '무언가' 때문이었다.

서윤이 함부로 답을 내릴 수 없는 무언가가 그녀를 계속 괴롭히고 있었다.

"있잖아."

조금 전과 달리 차분해진 목소리가 오히려 재희를 불안하게 했다. 또 무슨 해괴한 소리가 나올까 걱정하듯 허리를 세우자 서윤은 가만히 그를 올려다보며 말했다.

"네 말대로 나 지금 짜증 난 거 맞아."

솔직담백한 고백에 멍해졌던 재희는 쾌재라도 부르고 싶었다. 이렇게 거짓 없이 솔직한 답이라니. 그 말인즉,

"내가 다른 여자한테…… 끼 부려서?"

질투를 하고 있다는 것과 같지 않던가. 어떤 의미의 질투이건 간

에 그는 짙어진 눈매로 서윤을 보았다.

"끼는 또 뭐야."

단어 선택은 저가 더 못하면서. 콧방귀라도 뀌고 싶었지만 아주 틀린 말이 아니기에 부정하지 않았다.

"그것도 부정은 못하겠는데 그 말 때문에."

"그 말?"

워낙에 내지른 폭탄들이 많아 바로 생각해 내지 못하고 되묻자 그녀가 친절하게 알려 주었다.

"네 마음대로 한다는 말. 대체 뭘 어떻게 하면 네 마음대로 하는 게 되는 걸까 해서."

이번엔 재희의 몸이 굳어 버렸다. 설마, 어제의 일을 서윤이 먼저 꺼낼 줄이야. 하기야 서윤은 언제나 예민하고 섬세했다. 자신의 작은 차이조차 바로바로 알아낼 만큼. 그래서 절반의 진심과 온전한 진심의 차이를 알아챈 것이다.

"진짜 짜증 나게 그 말이 계속 생각나거든?"

"……."

"골려 주려고 한 거라면 잘했어. 아주 귀찮아."

언제나 몇 걸음 뒤에서 고분고분 말을 듣던 상황에서 같은 계단에 서게 된 지금이 그녀를 변하게 한 것인지는 몰라도 서윤은 진지했다.

"왜 그런 말 했어? 솔직히 지금까지 네가 하는 말들 대부분은 대충 넘길 수가 있었어. 근데 이번 건 아니야. 이거저거 생각하는데 뭐 하나 제대로 답 나오는 게 없더라고."

"그래서 묻고 싶은 게 뭔데."

"내가 널 너무 잘 알아서 그러는 건지는 몰라도, 그때 네가 그

말 했을 때."

"했을 때?"

"궁금해졌거든."

그가 낮게 이쪽을 본다. 무언가 야무진 시선이다. 그녀는 목을 한 번 가다듬고 말을 이었다.

"자꾸 나쁜 쪽으로 예상해서 혼자 삽질하느니 대놓고 묻는 게 낫겠다, 싶어서 묻는 거야."

"……."

"왜 했어."

당돌하고, 당당하다.

지금까지 경험하지 못했던 모습이지만 재희는 알 수 있었다. 항상 순하고 말 잘 듣던 양서윤은 정말로 '양'이어서가 아니라 죄책감과 의무감으로 빚어진 껍데기만 보여 주던 '양의 탈'을 쓴 것임을.

여기 있는 솔직한 여자가 진짜 양서윤이라는 사실을 말이다.

무언가가 그의 가슴에서 벅차올랐다. 자신이 긴 시간 사랑하는 여자가 겉뿐 아니라 속조차 뜨겁게 사랑할 수 있는 여자라는 사실이 기쁘고 황홀해서, 또 앞에 있는 서윤이 너무도 예뻐서 그냥 그대로 제 가슴에 안아 버렸다.

"빨리 대답…… 억!"

푹, 안겨 버린 서윤은 아무것도 하지 못하고 멈춰 버렸다. 시간이라도 멈춰 버린 것처럼 굳어 움직일 수 있는 건 크게 뜬 눈 속의 동공뿐이었다. 지진이라도 난 것처럼 마구 흔들리는 눈동자보다 그의 가슴에 가까운 귀로 박동이 울렸다.

"들려?"

두근두근. 어느 대답도 필요하지 않을 정도로 벅차게 뛰는 소리.

"이 소리."

그의 심장 소리.

"늘, 이랬던 소리."

순간 감당할 수 없을 것 같은, 해일 같은 것이 밀려오는 듯했다.

들리냐고? 들린다. 아주 크게. 네 것이 아닌 내 것이. 왜 이렇게 빠르게 뛰는지 알 수 없는 놈이, 그놈이 정신을 흔들었다. 왜? 대체 왜 이렇게 뛰는 거야, 너나 나나.

너무도 가쁘게 뛰어 이게 진짜인지 싶을 만큼 빠른 박동에 도망치듯 머리를 떼고 뒷걸음질을 치던 서윤은 밖에서 들린 소리에 몹쓸 짓을 한 사람처럼 화들짝 놀라 버렸다.

"손님들?"

죄진 것도 없이 놀라 몸을 뒤로 확 빼는 순간 눈앞이 아찔해지는 통증에 큰 소리를 내고 말았다.

"아!"

통증은 짜릿하게 이어졌다. 다름 아닌 그의 단추와 엉킨 머리카락 끝의 두피에서. 예상하지 못한 상황에 재희는 당황하며 그녀의 머리를 당겼지만 짧은 사이 어찌나 제대로 엉켰는지 돌아온 건 눈물이 찔끔 나올 정도의 고통이었다. 무언가 벌어질 것만 같았던 긴장감이 와르르 무너진다. 이 생뚱맞은 상황에 가장 황당한 건 당사자인 두 사람이었다.

이 고통은 마치, 드라이용 헤어브러시를 하다 엉켜 버린 머리를 뺄 때의 고통이랄까. 달콤하고도 야릇했던 심장박동 가득했던 분위기는 한순간에 무너져 버렸다.

"자꾸 도망가지 말고 제대로 이리로……."
"왜 자꾸 앞으로 와!"
"네가 뒤로 가니까 딸려가는 거잖아!"

당황한 서윤이 뒷걸음질을 칠 때마다 통증은 세지고 그 결과 그녀를 따라갈 수밖에 없게 된 재희에 서윤은 또 뒷걸음질을 쳤다. 반복되는 상황에서 머리카락은 좀처럼 빠질 생각을 하지 않았고 그들이 밖으로 나가는 커튼 근처까지 왔을 때 재희의 눈이 가늘어졌다. 그리고 고약한 심보가 발동했다.

"왜 도망가는데?"
"누, 누가 도망가?"
"말도 더듬거리잖아."
"안 그러거든?"

필사적으로 꼬인 머리를 풀기 위해 힘을 주었다.

"떨려?"

나지막한 속삭임에 심장이 터질 듯이 뛰었다. 이놈의 머리카락이 도통 빠지질 않는다. 그는 이미 확신한 듯 팔을 뻗었다.

"맞네. 지금 너."

풀려, 풀리라고!

"나 때문에 긴장했잖아."

정통으로 벼락을 맞은 듯했다. 정수리로 곧장 찍어 내리듯이. 입 밖으로 들릴 것만 같은 심장 소리에 서윤은 저도 모르게 소리치고 말았다.

"절대 아니…… 어!"

부정하던 그녀가 다시 또 뒤로 한 걸음 물러서던 순간, 서윤은 제 뒤로 더 이상 탈의실 공간이 없음을 몰랐다. 뒷걸음질 치던 뒤꿈치가 탈의실의 한정된 공간의 모서리에서 바닥으로 미끄러졌다. 더불어 지탱할 수 없는 커튼에 빨려 들어가듯, 그녀의 몸이 뒤로 젖혀졌다.

"엄마야!"

"양서윤!"

힘없는 커튼이 그녀를 삼켰고 머리카락이 꼬여 덩달아 이끌리던 재희는 순식간에 팔을 뻗어 서윤을 안았다.

이후는 정해진 수순이었다. 탈의실의 커튼이 힘없이 젖혀져 두 사람을 미련 없이 뱉어 냈다. 두 몸은 꽉 끌어안은 상태로 매장에 뱉어지고 말았다.

쿵!

바닥을 울리는 큰 소리에 직원들의 시선이 쏟아졌다. 짧은 순간 서윤을 제 위로 올리고 바닥에 떨어진 재희의 옆으로 선글라스가 날아가듯 미끄러졌다.

"수고하십니다, 해일디자인 비서실……."

그때 때맞춰 찾아온 윤찬이 인사하며 들어서고 있었다.

차 안은 고요했다. 운전석에 앉은 사람도, 조수석에 앉은 사람도, 그 뒤에 앉은 사람도.

저마다의 특징을 가진 세 사람은 표정도 낯빛도 모습도 달랐다. 운전석에 앉은 사람의 얼굴은 하얗게 질려 나머지 두 사람의 눈치를 보느라 바빴고 조수석에 앉은 사람은 헝클어진 머리로 멍하니 창밖만 보고 있었으며 마지막 한 사람은 뒤로 넘어지며 박은 머리는 멀쩡한데 목이 조금 삐끗해 파스까지 붙이고 있었다.

차례로 윤찬과 서윤 그리고 재희였다.

시동을 걸고 있기를 한참, 정리되지 않는 상황에서 가장 난감한 얼굴을 한 윤찬은 슬그머니 고개를 돌려 더듬거렸다.

"바, 바로 회사로 갈…… 까요?"

그러나 두 사람은 여전히 아무런 말을 하지 않았다.

"자택으로 모시겠습니다아."

결국 본인의 의지로 회사가 아닌 재희의 자택으로 향했고 그건 훌륭한 선택이었다.

조수석에 앉아 그사이 잃어버린 머리끈에 풀어진 머리를 정리도 하지 못한 서윤은 긴 머리를 뒤로 넘기며 한숨을 쉬었다. 아무리 열심히 일하고 잠을 못 자도 아픈 적 없는 머리가 지끈거렸다. 조만간 크게 앓고 누워 버릴 것 같은 예감이 든다.

아니, 아플 거면 차라리 지금 아파 줬으면 좋겠다. 그러면 조금 전에 있던 순간을 잠시나마 잊을 수 있을 테니까.

"날이 좋습니다. 하하."

죽은 차 안의 분위기를 어떻게든 살려 보기 위해 젊은 비서는 노력했다.

"하하, 하하…… 하."

그러나 씨알도 먹히지 않았다. 그의 두 상관은 여전히 사색과 정색에 휩싸여 있을 뿐이었다.

약 30분 전, 소리만 들으면 해괴망측한 일을 벌이고 있다 생각되던 서윤과 재희가 탈의실에서 엉켜 엎어진 그때.

"시, 실장님?"

윤찬의 넋 나간 부름에 정신이 번쩍 들었다. 시간이 지나면 오란 말에 아주 칼같이 도착한 윤찬이었다.

그녀의 머릿속에는 창피함과 낯 뜨거움이 가득했지만 투철한 직업정신도 함께였다. 이 상황에서 가장 중요한 건 이런 창피함이나 시선들이 아니었다. 절대 재희의 정체를 들켜선 안 된다는 것이었다. 그들을 무시하던 여직원의 눈이 딱 무언가를 알아차리기 직전의 그것이었다.

다른 때라면 몰라도 불시 감사 도중, 이런 소동을 일으킨 사람이 해일 디자인의 본부장이라는 사실이 알려진다면 이미지는 그대로 땅 끝까지 하락, 돌고 돌아 가루가 되도록 씹힐 터였다. 하필 선글라스도 벗은 상태였고 서윤이 한 것은 놀라운 정도로 이성적이었다. 비록 보이는 사람에겐 격정적이었겠지만.

그녀는 그대로 재희의 선글라스를 주워 그의 얼굴에 씌워 주었다. 마치 아무 일도 없다는 양, 담담하게. 제 꼴은 더없이 망가져 있었고 실제론 몸이 떨릴 정도로 창피하고 낯 뜨거워 어쩔 줄 몰랐어도 말이다.

"가죠."

그들을 잡는 직원들의 소리가 뒤늦게 들렸지만 이미 매장 밖으로 나간 후였다.

유일하게 소리를 내던 자동차 시동 소리는 꽉꽉 막히는 도로를 간신히 벗어난 뒤 도착한 재희의 오피스텔 주차장에서 꺼져 버렸다. 완벽한 적막감으로 가득한 차 안, 그나마 조금 정신을 차린 서윤은 자리에서 내려 움직일 생각 없는 뒷자리의 문을 열었.

재희는 열린 문으로 서윤을 올려다보았다. 그러다 한숨을 푹 쉬

곧 문밖으로 나섰다. 그런 그의 행동에 서윤은 뭔가 쿵, 하고 정신적 충격이 옴을 느꼈지만 티를 내진 않았다.

차 밖으로 나온 후에도 재희는 아무런 말도 하지 않았다. 시종일관 시선을 맞추려 노력하던 것과는 전혀 반대의 모습이었다. 괜한 찜찜함에 입술을 적신 그녀는 재희의 가방을 들었다. 늘 하던 대로 그의 집까지 함께할 예정이었다.

"됐어, 이리 줘."

별거 아닌 것 같지만 이건 엄청난 일이었다. 어떻게든 서윤을 대동하려 하던 불과 두 시간쯤 전의 모습과도 달랐다.

달라니 안 줄 수도 없고, 뭐가 그리 충격인지 입술 살짝 벌리고 벙긋거리던 서윤은 결국 가방을 건네주었다. 재희는 그녀에게서 가방을 가져가더니 잠시 눈을 맞췄다. 그리고 뭔가 말하려는 듯 머뭇거리다 이내 인사했다.

"들어가라."

그 말만 남기고 그는 집으로 향했고 윤찬이 허리를 꾸벅 숙였다.

"들어가십시오, 본부장님."

멀어져 가는 재희의 뒷모습을 보면서 서윤은 뒤늦게 고개를 숙였다. 금방 사라진 그에 몸을 바로 세운 윤찬이 우울하게 중얼거렸다.

"화나신 것 같죠."

"……아마도."

"내일, 어쩌죠."

"……어떻게든 되겠지."

말은 그렇게 하지만 속은 이런저런 생각으로 시끄러웠다. 폐부를 찌르는 재희의 말에 속내를 들켜 너무 당황해 버렸다. 그러다

이 지경을 만들었으니 그의 입장에선 불쾌하고 짜증이 났을 수도 있을 것이다. 매장에서 대자로 넘어가게 만들다니. 세상에, 이게 무슨 말도 안 되는 상황이란 말인가.

목석처럼 굳어 재희도 없는 허공만 보고 있는 서윤에 윤찬은 분위기 쇄신을 위해 한 번 더 노력했다.

"근데 실장님 혼나시는 거 처음 보는 것 같아요."

농담 반, 진담 반의 눈치 없는 노력이었다. 그 결과 낯빛이 더욱 누렇게 뜬 서윤이 물었다.

"윤찬 씨 눈에도 나 혼나는 걸로 보였어요?"

"예? 아, 아니요. 그냥 이건 농담인데……."

"아니야. 아니야, 맞네. 진짜로……."

다른 사람 눈에도 그렇게 보일 정도라면 분명 화가 난 것이다.

"그냥 안겨 있을걸."

혼자만 들릴 정도로 작게 중얼거리며 서윤은 어깨를 축 늘어뜨렸다. 돌아보지 않고 걸어가던 그의 뒷모습이 눈앞에서 아른거렸다. 이상하게 가슴이 답답하게 저미듯 쓰려 왔다. 익숙하지 않은 재희의 뒷모습에 입술을 꾹 물고 고개를 숙였다. 속이 시끄럽다. 아니, 더 깊은 곳이 아프다.

매장 '엘리제'에 신종 변태 커플이 등장했다는 소문이 한바탕 일어났다 사라지기까지 걸린 시간은 꼬박 일주일이었다. 그런 상황에서 일단 정식 감사를 예고한 상태인지라 재희는 한 번 더 그곳을 가야 했고 자신을 기이하게 바라보는 직원들을 무시하며 침착하게 일정을 소화해 냈다. 서재희만큼 철면피를 유지하는 데 능숙한 사람은 없다는 게 다행이었다.

이미 민낯을 보인 서윤과 윤찬은 가지 못하고 홀로 그 행차까지 했지만 그의 뻔뻔함에 누구도 그를 변태(?) 중 하나라고 생각하지 못했다.

문제는 다른 곳에서 있었다. 길다면 길고 짧다면 짧은 일주일, 서윤은 매장에서의 창피함 따윈 아무래도 상관없는 지경에 다다른 중이었다.

오늘은 본사 총괄회의에 앞서 타 자회사들의 수장이나 오른팔들이 모여 탐색전을 벌이는 사전회의 날이었다. 특별히 보고를 하거나 형식에 맞춘 회의가 아닌 가벼운 오찬 정도이지만 그게 또 서로의 속을 들여다보니 아주 날카로운 날이기에 서윤은 어느 때보다 철저하게 준비한 상태였다.

항상 옅었던 화장 대신, 이른 아침부터 비싼 돈 주고 메이크업과 헤어를 했고 옷 역시 해일디자인 매장에서 가장 좋은 정장으로 갖춰 입었다. 평소와 다른 조금은 화려하고 유혹적인 그녀의 분위기에 윤찬은 꼴깍 침을 삼켰다.

"저희들도 그렇게 막 갖춰 입을 필요가 있는 건가요?"

항상 입던 검은색 정장에 넥타이 없는 와이셔츠를 고수하던 서윤은 어디 가고 레이스 달린 블라우스에 무릎 위로 올라오는 타이트한 치마까지 입은 그녀였다. 평소의 모습이 정숙이라면 지금은 도도하고 강렬한 것이 딱 재희의 이미지와 일맥상통했다.

머리 한 올 흐트러짐이 없는지 확인하고 돌아선 서윤은 고개를 끄덕였다.

"모시는 분을 부끄럽게 해선 안 되는 일이죠. 따르는 사람이 얼마나 밑져 보이느냐, 우습게 보이느냐에 따라 상관의 평판도 달라집니다. 속만큼 중요한 게 겉이니까요. 특히나 남들에게 보이는 게 우리에게도 중요합니다."

"아……."

"사전회의는 다른 자선 바자회나 창립 기념 파티와 크게 다르지 않으니 올 필요 없지만 나중엔 윤찬 씨가 함께 가야 하니 디자인실에 가서 정장 한 벌 맞춰요. 의류 지원금 받은 걸로 결제하면 될 겁니다."

"아, 예!"

옷을 맞추라는 소리에 금방 신이 난 얼굴을 하는 윤찬이지만 서윤은 함께 웃어 줄 수 없었다. 다름 아닌 아직 본부장실 안에 있는 재희로 인하여. 본부장실 문 앞에 서서 옷과 목을 가다듬은 그녀는 전에 없던 긴장감과 함께 차분하게 문을 두드렸다.

"양서윤 실장입니다, 본부장님. 들어가겠습니다."

이내 작게 들려오는 허락에 안으로 들어선 서윤은 이미 재킷을 들어 입고 있는 재희를 보며 입술을 물고 싶은 걸 꾹 참았다. 평소대로라면 자신이 가서 옷을 챙겨 줘야 겨우 일어나던 사람이 먼저 움직이니 분명 좋아해야 하는데 그렇게 되질 않았다. 입안에서 굴러다니는 온갖 말들을 꿀꺽 삼키며 그녀가 물었다.

"가시겠습니까?"

"아아."

스치듯 서윤을 보곤 다시 제 할 일을 하는 재희다. 금방 가방까지 챙겨 먼저 나서는 그를 따르며 그녀는 모은 두 손을 꼭 쥐었다.

화가 난 것, 자존심을 상하게 한 건 이해하지만 그렇다고 이렇게 오래갈 것은 또 무언가. 물론, 깐깐한 성미에 뭔가 핀트가 맞지 않아 적잖이 화가 났을 수도 있겠지만 이렇게까지 아무 일도 시키지 않고 혼자 있는 건 꼭 쓸모없는 취급을 당한 기분이라 속상했다. 차라리 직접적으로 한 소리를 하는 게 더 나았다.
 "하아."
 저절로 한숨이 나왔다. 다른 이유가 아니었다. 아니, 딱히 달라진 것은 없어 보였다. 그저 재희가 그녀를 부르지 않고 도움을 바라지 않는 것뿐.
 그것뿐이었다.

 누구의 속을 알아볼까. 누구의 속을 뒤집어 볼까. 누가 어떤 맛있는 제물이 될까.
 공식적으론 사전회의라는 명패를 달고 있지만 실상 탐색전이나 다름없는 회의는 강남에 위치한 호텔에서 진행되었다. 한 층을 통째로 빌려 비밀 엄수를 요하면서, 속속들이 모이기 시작한 해일그룹 자회사 임원들은 서로 반가운 듯 웃으며 인사했지만 모두 같은 생각을 하고 있었다.
 철저한 약육강식의 세계에서 고고하게 서로를 물어뜯을 준비를 마친 이들의 사이로 가장 유명세를 떨치고 있는 건 단연 서재희였다.
 올해 일흔을 넘긴 서충호 회장의 유일무이 혈육으로 그는 알 만한 사람은 다 아는 해일그룹의 후계자였다. 몇 해 전, 누군가 충언이랍시고 능력 없이 혈육이라고 가업을 물려주는 것은 시대착오적인 생각이라 말했을 때 서 회장은 단호하게 대답했다.

"당연한 소리를 길게 할 필요가 있던가? 자리라는 것은 오르는 게 문제가 아니라 머무를 수 있는가가 중요한 법일세. 자격이 없다면 나조차도 이곳에 머물러선 안 되는 게지. 다 그렇지 않은가. 여기 제 구실 못하는 사람이 어디 있던가? 나는 그렇게 둔 기억이 없는데. 다시 말하지만 누구건 과분한 자리 차지하고 있는 건 용서 못해. 다들 명심해. 어떤 누구라도 내 직원들, 내 사람들 밥 굶기는 짓거리를 한다면 그 앞에 놓인 밥그릇부터 빼앗길 거야."

말을 잇던 그의 눈이 한 곳으로 향했다. 그곳엔 재희가 있었다.

"그게 누구건."

모두가 있던 곳에서 밝힌 서 회장의 뜻은 재희를 향해 견제의 시선을 주느라 바쁘던 이들을 안심시키기에 충분했다. 단순히 핏줄이기에 자리를 물려주는 것이 아니라 정당한 방식으로 시험대에 올리겠다는 의지가 보였기 때문이었다. 그리고 어쩌면, 해일그룹의 후계가 자신이 될 수도 있을 거란 믿음도 말이다.

어찌 되었든 서재희는 여전히 위험 분자였다. 해일디자인을 운영하는 스타일만 보더라도 그가 정말 후계 구도에 오른다면 자신들과는 어쩔 수 없이 척을 지게 될 확률이 높았다. 재희가 수많은 칼끝을 목전에 대고 있는 건 어쩔 수 없는 일이었다.

이미 재희가 호텔 내부로 들어섰다는 이후부터 대기 중이던 로비에 앉아 있던 이들이 삼삼오오 저마다의 이야기를 시작하고 있었다. 그간 그가 보인 실적들을 입에 올리며 수군거렸고 엘리베이터가 멈추고 나타난 건장한 그의 모습에 시선을 던졌다.

볼 때마다 성장한다는 느낌을 주는 자태였다. 당연히 성장할 나이가 지났지만 그것과 별개로 이 바닥에서 더욱 뿌리를 내린 듯한 단단함이 보였고 재희의 뒤로 곧게 선 서윤 역시 따가운 시선을 받기에 충분했다.

"저쪽이, 그……."

서윤 역시 다른 의미로 꽤 유명했다. 업무적 능력이야 이미 알아주는 것이었고 재희에게 가기 직전, 본사 회장 직속 비서실의 부실장을 맡았던 그녀다. 물론 비서실 내의 전체를 총괄하는 것이 아니라 수석비서이자 실장이었던 지현의 보조 격인 의미이자 평균 나이가 낮은 직업상 가능했던 직급이기도 하지만 이 정도의 대기업에선 결코 쉬운 일이 아니었다.

재희가 후계자로서의 입지를 세운 이유 중에 하나가 거기에 있었다. 십수 년째 회장을 보필 중인 이지현 실장이 차근차근 키우던 서윤을 재희가 재계에 뛰어들었을 때 바로 인사이동을 시킨 것만 봐도 답이 나오는 것 아니겠는가.

더욱이 서 회장의 밑에 있던 그녀가 서재희의 말이라면 뭐든 받아들이는 모습에서 사람들은 대부분 확신하고 있었다.

여러 의미로 이목을 집중받는 두 사람이었지만 정작 두 사람은 어쩐지 데면데면한 상태였다.

"식사는 30분 뒤에 시작합니다. 쉬시겠습니까?"

당당히 가운데 자리에 앉아 다리를 꼬는 재희의 곁에서 작게 말하자 그는 대답 없이 손을 들었다. 그렇게 하겠다는 의미였다. 이곳까지 오는 동안 단 한마디도 나누지 못하고 침묵만 유지하다 틀박힌 소리들만 나누다 보니 속이 간지러울 지경이었다.

이걸 풀어야 하는 건지, 아니면 그냥 이대로 두고 남은 날짜를 보내는 게 맞는지는 모르겠지만 후자는 결코 좋은 결론이 나지 않을 것임은 알 수 있었다.

무슨 역병의 근원지라도 된 것처럼 그를 중심에 두고 아무도 다가서지 않는다. 이 기회에 친해지면 좋지만 아직 재희는 변방의 장군이었고 임금 주변의 노신老臣들의 입김이 커 함부로 말을 걸 수도 없는 노릇이었다.

본의 아니게 따돌림 비슷한 상황 속에서 예상했던 대로 총대를 멘 자가 있었다.

"이게 누군가. 우리 재희 아니야."

친근한 듯 자연스레 이름을 부르며 다가온 건 그룹 내 자회사 중 가장 큰 입지를 자랑하는 해일건축의 고준석 사장이었다. 빵빵하게 부른 배를 자랑스럽게 내밀고 맞은편 소파에 앉은 그는 거드름 가득한 눈으로 인사했다.

"오랜만이군. 창립 기념일 때 이후로 처음 아닌가."

"오랜만에 뵙습니다, 고 사장님."

"그래. 그거 참 여전하구만."

"……"

"누가 가르쳐 주는 사람이 없어서 그런가, 인사도 없으면 곤란하지."

자연스레 재희의 미간이 좁아졌다. 고 사장은 낄낄 웃으며 어깨를 으쓱거렸다.

"이래 봬도 이쪽은 다 장長들 아닌가. 자네는……."

말인즉 이쪽은 대부분 임원진인 데 비해 재희가 아직 본부장에 위치한 것을 은연중에 무시하는 것이었다. 확실히 이런 곳에서 직급이란 아주 중요한 역할을 했고 위에 아무도 없을지언정 직급 자체가 본부장인 재희는 늘 이런 취급을 당할 수밖에 없었다.

달리 대꾸할 것도 없고 익숙한 것이기에 그는 고개만 까딱 움직였다. 적잖이 거만한 태도는 마주 앉은 사람의 신경을 건드리기에 충분했다.

"잘 지낸다면서. 본사에서도 꽤나 지원해 주는 모양이고."

"예."

"젊은 사람이라 그런지 감각도 젊은가 봐. 그 자리가 딱 어울리는 것 같아. 실제로도 잘하고 있고. 나 같은 사람은 워낙에 머리만 쓰다 보니까…… 하하하. 뭐, 이런 것도 타고나야 하는 거지. 몸으로야 젊어선 다 하지만 속은 어떻게 안 되거든. 될 수 있으면 서 본부장이 모임도 좀 나와서 이것저것 배우는 게 좋을 거라고 생각하네만은."

"그렇습니까."

"그렇지. 늙은이 잔소리 같다고 허투루 듣지 말게. 우리가 있는 곳은 달라도 뿌리는 같지 않은가. 선배로서 모자란 걸 가르쳐 준다고 생각하면 좋지 않겠어?"

무슨 소리를 하고 싶어서 구구절절 말을 잇는지, 서윤은 가만히 듣다 모은 손에 힘을 주었다. 아직 포커페이스를 유지할 수 있지만 다음 이어지는 말에 손톱으로 손바닥을 조금 다치게 만들어 버렸다.

"회장님도 여간 고민이시겠어. 하다못해 양자라도 들이셨으면 좋으셨을걸. 자네가 많이 이해해 드리게."

"고 사장님."

훅 파고든 가느다란 음성에 고 사장의 시선이 재희의 뒤로 향했다. 뭐야, 이 계집은. 그의 눈이 그렇게 말하고 있었고 그녀는 정중하게 고개를 숙였다.

"자네라는 호칭은 삼가 주십시오. 한 기업의 대표로 나오신 분입니다."

그 상관에 그 부하라고, 겁 없는 쓴소리였다. 재희 본인도 아니고 비서에게 한 방 먹은 고 사장은 금방 눈을 부라렸다. 주변 몇몇이 피식 웃었고 그가 이를 드러냈다.

"뭐가 어째? 이게 어디서 감히……!"

"하나만 건드리시죠, 사장님."

여전히 심드렁한 태도만 유지하고 있던 재희가 몸을 앞으로 조금 기울였다. 그리고 조금 전과 판이하게 달라진 시선으로 작게 말했다.

"하나는 내드리고 있지 않습니까."

다른 하나를 더 건드렸다간 가만두지 않겠다는 듯이, 그는 짧게 웃고 다시 몸을 뒤로 기댔다. 뭘 배우고 뭘 먹고 왔는지 몰라도 사람 속을 뒤집기에 충분한 둘의 태도에 고 사장은 주먹을 꽉 쥐었다. 더 이야기를 해 봐야 손해 볼 것은 자신이란 걸 안 듯했다.

그저 뒤끝이 얌전하지 않을 뿐.

"김 비서."

"예, 사장님."

"여기 공기가 탁하지 않나. 뭐랄까, 어울리지 않는 냄새가 난다고 해야 하나."

다시 서윤의 미간이 좁아졌다. 매해 심해지는 치졸한 언사에 속이 아예 뒤틀렸다.

"자리를 옮기시겠습니까?"

순진한 김 비서의 질문에 고 사장이 얼굴을 확 구겼다.

"멍청하긴, 내가 직접 움직여야겠어?"

이건 그야말로 대놓고 보내는 축객령이었다. 먼저 온 사람을 내보내는 태도는 전에 없던 무례였다. 서윤은 딱딱해진 표정으로 싸늘히 상황을 지켜보았다.

"자리를 좀 비켜 주시겠습니까."

무엇이 잘못된 것인지도 모르는 듯, 아니면 제 상관을 제 위치라 착각이라도 하는 양 양해를 바라는 구절 하나 없이 직구로 토해 낸 배설에 순간 울컥한 서윤을 막은 건 재희의 평온한 목소리였다.

"이거 어쩌죠. 다리가 안 움직이는데."

생각지 못한 답변에 김 비서의 당황한 눈동자가 흔들렸다.

"저한테 구린내가 나는 게 제 속이 워낙 썩어서 그런 것 같은데, 청결하신 우리 고 사장님이 속이 썩어 못 움직이는 저 대신 자리를 옮기시는 게 맞지 않겠습니까. 속이 썩은 만큼 몸도 그리 건강하질 못해서. 양 실장, 나 약 챙겨 왔던가?"

"예, 본부장님. 지금 드시겠습니까?"

"아아, 아니. 밥 먹고 소화제도 챙겨 먹어야 하는데 막 먹어 댈 수는 없지."

그리고 허공에 뜬 손가락 하나를 까딱 움직였다. 그 손가락이 가리키는 곳은 식사 준비가 마무리되고 있는 식사실이었다.

너희와 먹는 밥은 그리 달갑지 못하다, 고 모두를 대변한 솔직한 말이었다. 순식간에 주변 사람들을 적으로 만들어 놓고 여유롭기 그지없는 그에 고 사장이 자리에서 일어났다. 그리고 날카롭게 중얼거렸다.

"애비가 누군지도 모르는 새끼가, 늙은이만 믿고 앉아서 감히……."

그것은 흡사 금기어. 혹은 금지어.

모두가 알지만 모두 꺼내지 않는 말이었다. 재희는 익숙한 듯 손톱을 보며 들은 척도 않고 있지만 들리지 않았을 리 없었다. 이런 것들에 익숙해지는 그의 모습이 싫었다. 서윤은 더 참지 않기로 했다.

"본부장님."

다소곳한 부름에 재희가 그녀를 올려다보았다. 무슨 일이냐는 듯 보는 시선에 서윤이 말했다.

"잠시 볼일을 좀 보고 와도 되겠습니까."

"볼일?"

"예. 잠시면 됩니다."

이유는 모르지만 고개를 끄덕이자 서윤은 망설임 없이 앞으로 향했다. 그리고 고 사장의 뒤를 따르는 비서를 불렀다.

"해일건축 김선준 차석비서, 맞습니까?"

자신을 부르는 소리에 놀라 멈춘 김 비서와 제 비서를 부르는 낯선 소리에 함께 멈춘 고 사장이 동시에 그녀를 보았다.

"예? 아…… 예. 맞습니다."

"해일디자인 양서윤 실장입니다."

"알고 있습니다. 그런데 무슨 일로."

"본 소속은 해일그룹 비서실이시죠."

이유 모를 호구 조사에 기분이 상했지만 일단 대답하는 김 비서였다. 쏟아지는 아우라가 한몫하기도 했다.

"맞습니다."

아니꼬운 대답에 돌아온 것은 싸늘한 눈빛이었다. 마주하는 순간 헉, 숨을 들이켜기에 충분한 서늘함이었다.

"언제부터 본사 비서실의 업무 처리가 이따위로 되었는지 모르겠군요. 이지현 실장님 밑에서 배운 게 이겁니까."

명백한 전쟁 태세. 흔하지만 겉으로 드러나기 어려운 비서들의 전쟁이었다. 김 비서는 어처구니없다는 양 삐딱하게 서서 고개를 기울였다. 상대적으로 키가 작은 서윤을 내려다보기 위함이었다.

"지금 양 실장이 무슨 소리를 하는지 알고 하는 겁니까? 나한테……."

"본인이 모시는 상관의 잘못에 대해 조언할 줄 모르고 간신배처럼 굽실거리는 게 우리의 일이 아니라는 겁니다. 제 상관이 정신 놓는 소리를 하면, 그 말이 나오기 전에 막아야 하는 게 우리 일이죠. 시키는 일을 하는 건 맞지만 그것이 옳은 일이라는 것에 한했을 때의 일이지 멍청한 소리에 '예예'거리며 우리 일을 먹칠하지 마십시오, 김 비서."

어찌나 발음이 정확하던지, 주변에 있던 대부분이 단어 하나 놓치지 않고 들을 수 있을 발언이었다. 더군다나 말을 하는 상대는 김 비서였으나 탓하고 있는 건 뒤에서 당장 터질 듯 붉은 얼굴을 한 고 사장이었다.

부하 직원끼리의 대화에 끼어드는 것 자체를 자존심 상하는 일이라 생각하는 고 사장은 씩씩대기 시작했고 김 비서의 표정이 매섭게 돌변했다. 속이 틀리면 당장 손이라도 들어 올릴 듯한 태세에 지켜보던 재희가 일어섰다.

"이봐요, 양 실장."

이를 드러내고 돌아온 날카로운 부름에 서윤이 눈을 똑바로 떴다.
"그래, 실장. 실장이지."
"뭐라는 거야. 지금 나랑 싸우자는 거야?"
"입 안 다물어? 고 사장님의 말마따나 이쪽은 실장이고 그쪽은 차석비서. 본사 직급으로 보면 이쪽은 수석, 그쪽은 차석."
"……."
"어디로 보나 내가 상관 같은데 어디서 건방을 떨어?"

완벽하게 말문을 막아 버린 서윤은 다시 얌전하게 몸을 세우고 뒤에 선 고 사장을 향해 깊이 허리를 숙였다. 정중함이 철철 넘쳐흐르지만 이상하게 고고한 자태였다.

"실례했습니다, 고 사장님. 직속 선배로서 후배의 잘못을 가르치는 게 당연하다 판단해 이렇게 무례를 저질렀습니다. 너른 마음으로 이해해 주시길 바랍니다."

뭐 하나 틀린 말은 없지만 꼬투리 잡을 것은 한두 가지가 아니었다. 하지만 조금 전 본인이 한 말을 그대로 하는 서윤이기에 뭐라 할 수도 없었다. 여기서 말꼬리를 잡아 봐야 제 얼굴의 먹칠밖에 되지 않았다.

"……이해하지."

그들은 잠시 양서윤이 '양'이라고 불리는 것을 잊었다.

양은 정말로 고분고분하고 순한 짐승이다. 그러나 그것은 밥을 주고 키워 주는 주인에 한해서다. 울타리 안에 들어온 낯선 이는 주저 없이 걷어차 버린다. 엉덩이를 들이받고 뒷발질을 해 대며 성을 내는 게 바로 양이라는 짐승이었다.

이 상황에서 고 사장이 할 수 있는 말은 그것뿐이었고 더 그 자리에 있을 수도 없었다. 바로 돌아서 가 버리는 그와 이를 갈다 따르는 김 비서를 보며 서윤은 길게 숨을 내쉬었다. 어쩐지 기운이 쪽 빠져 버린 듯해 어깨가 살짝 내려앉는데 그런 그녀의 어깨로 팔 하나가 얹어졌다.

푹 내려앉은 팔이 서윤의 어깨를 다독였다. 얼른 옆을 보자 어깨동무를 건 재희가 속삭였다.

"너 그만둬서 지금은 본사 소속도 아니잖아."

어디서 공수표를 날리냐는 말에 그녀는 콧방귀를 뀌며 대답했다.

"그 정도 정보력도 없는 비서라면 이런 취급도 과분해."

과연, 양서윤.

지난 10여 년간 감정의 갈피가 흔들릴 겨를도 주지 않고 계속해서, 지금처럼 사람을 빠져들게 만들어 버린 여자다웠다. 하나, 하나 질리지 않고 비춰지는 양서윤이라는 사람 자체에 흠뻑 취해 버리게 한다. 결코 빠져나갈 수 없게 만들어 버려 긴 시간을 단 한 번도 눈 돌리지 못하게 잡아챈 요물.

재희는 수많은 말들을 삼키고 간지러운 입안에서 조용히 한마디를 꺼냈다.

"그래. 이래야 내 비서지."

담백한 칭찬에 그녀는 눈을 크게 떴다. 그런 서윤을 재희는 가만히 지켜보다 사르르 녹아내리는 달콤한 미소를 짓다 근래 계속해서 느꼈던 한마디를 더했다.

"그래도 이젠 좀 풀어져도 괜찮아."

"어?"

"말을 할까 하다 말았는데 이 며칠, 네가 당연히 해 주던 걸 나 혼자 하면서 알았어. 네가 그렇게까지 날 챙기는 거. 그게 널 더 힘들게 해. 그래서 네가 일을 그만두려 하는 거고."

뜻밖에 나온 말이 잠시 서윤의 생각을 앗아 갔다. 순간 바보가 된 기분이랄까.

재희에게 서윤의 손길은 지금까지 진지하게 생각해 본 적 없는 것이었다. 그녀가 제 곁에서 자신을 봐주고 돌봐주는 것이 그냥 좋아 당연하게 여겼던 것들이었다. 그러나 매장에서 바들바들 떠는 손과 눈을 하면서도 어떻게든 저를 도우려고, 그곳에서 빼내어 해를 입히지 않으려 애쓰는 모습에서 망치로 맞은 듯한 기분이 들었다.

제 꼴이 어떻게 되든 간에 먼저 자신을 감싸는 모습이 안쓰러울 정도로 필사적이어서 가슴이 아파 왔다. 고작 일주일쯤 서윤 없이 해 본 그녀가 해 주던 것들은 어색하고 불편한 것들뿐이었다. 오히려 그녀 없이는 뭐 하나 제대로 할 줄 아는 것이 없다는 것만 깨달았다. 서윤이 커버해 주는 것들로 인해 지금까지 일에 집중할 수 있다는 사실까지도.

"앞으로도 잘 부탁하지만, 그래도 말이다."

그는 많은 설명과 이유를 입에 담는 대신 서윤의 멍한 표정에 낯설지만 부드러운 눈으로 말을 이었다.

"나를 좀 더 믿어, 양서윤. 너무 필사적으로 그러지 않아도 돼. 너 혼자 전부 맡아 하지 않아도 괜찮아. 다른 건 몰라도 가방 드는 거나 옷 입는 것 정도는 내가 해. 나 같은 등신이라도 그 정도는 하겠지. 네가 필요 없다는 게 아니야. 너를 이해하게 됐다는 거지."

교묘하게 그것 말곤 못한다는 의지가 숨어 있는 소리였지만 이미 서윤에겐 괜찮다는 말이 주는 안정감이 가슴으로 스며들었다.

긴장해서 빳빳하던 몸도 조금은 녹아내리는 듯했다. 빤히 보는 재희의 시선이 어찌나 다정한지 순간 '서재희 맞아?'라는 생각을 하다 덜컥 빨라진 심장박동에 방금까지 패기 있던 양 비서는 온데간데없이 우물거렸다.

"거짓말. 너 옷 제대로 못 입잖아."

"어, 배웠어."

"10년도 넘게 못 배운 걸 이 짧은 시간에 배웠다고? 2주 전만 해도 트레이닝복 입고 왔으면서?"

금방 훅 올라온 날 선 한마디에 재희의 눈이 옆으로 돌아갔다. 일부러 옷을 그따위로 입어 복장 터지게 만들었던 것을 들킬까, 하는 눈치였다. 다행히 서윤은 그것으로 왈가왈부하지 않았다. 그저 그가 이렇게까지 절 도와준다는 것이 새롭고 이상한 울컥함이 올라올 뿐이다.

"화난 줄 알았어."

"그건 또 무슨 소리야."

찌푸려진 재희의 얼굴이 고마울 지경이었다.

"내가 멋대로 행동해서, 멋대로…… 굴어서."

"그게 왜."

"……"

"날 위한 건데."

아주 조금의 의심이나 망설임도 없는 대답에 순간 절로 웃음이 날 뻔했다. 그런 거였구나. 그걸 생각하느라, 그게 마음에 걸려서 오늘 아침까지 도움 없이 계속 혼자서. 잘 생각해 보면 그는 화를 낸 적도, 짜증 낸 적도 없었다.

그저 '양서윤' 하고 부르지 않았을 뿐. 고작 그것뿐인데 자신은 혼자 안달내고 불안해하다 화가 났다는 생각까지 해 버린 거다. 겨우 이름을 부르지 않은 것뿐인데. 정말, 그것도 모르고 혼자 얼마나…….

'얼마나 속상했는데.'

그런 나직한 속마음이 흘러나온다. 그리고 곧 사라져 장난꾸러기 같은 가느다란 그의 눈에 그녀는 순간 입안에 하나 가득 솜사탕을 문 기분이 되었다. 모든 것을 드러내고 저에게만 보여 주는 옅은 미소에 심장이 뛰었다. 불에 덴 듯, 뜨거운 물에 담겨진 듯 화끈거렸다.

"멋대로 생각하지 마, 인마. 사람을 뭐로 보고 있는 거야."

투덜거리는 듯한 말에 어쩐지 눈조차 제대로 마주하지 못할 것 같은 설렘이 들어 간신히 침을 삼켰다.

"잘했다, 양서윤."

칭찬을 하듯이, 불안했던 마음을 녹이듯이 가슴 높이에 뜬 그의 손바닥을 보던 서윤은 재희와 닮은 미소로 화답하며 속삭이듯 말했다.

"바보."

"뭐? 왜 그런 결론이 나오는데."

"몰라."

뭐라 한마디를 하면서도 짝, 맞닿은 하이파이브가 깨끗한 소리를 냈다. 궁합 잘 맞는 동갑내기의 패기가 맞물린다. 그러면서도 이제야 안도하듯 수줍게 웃어 버리는 서윤의 모습에 재희는 가슴이 찌릿, 전율이 일었다.

다시금 깨닫고 만다. 어쩌지, 양서윤. 역시 난 널 너무 사랑해.

그리고 동시에 그녀 역시 깨달았다. 길들여진다는 건, 버릇이 들고 습관이 들어 익숙해진다는 건 한 사람만의 것이 아니라는 사실을.

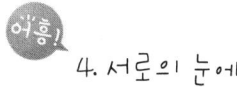
4. 서로의 눈에

 예상했던 대로 사람들은 재희에게 경계심을 드러내고 있었다. 그가 조금만 더 나이가 있고 입지가 단단했다면 온갖 아부가 이어졌을 테지만 지금은 다소 위태로운 경계선에 있는 중이었다. 다만 근거 없이 당당한 태도가 시선을 끌었고 한바탕 소란 덕분에 더욱 집중 포화를 받았다.
 거기다 식사를 마치고 곧장 소화제를 먹는 행동에 저마다 한마디씩 남기고 갔으나 재희는 늘 그랬듯 뻔뻔했고 철면피였다. 가장 마지막으로 식사실에서 나온 그는 주변을 둘러보며 서윤을 찾았다.
 "어디 간 거야."
 바로 앞에서 기다리고 있을 거란 생각과는 달리 그녀는 바로 보이지 않았다. 재희는 빠른 걸음으로 이곳저곳을 돌아다녔고 멀지 않은 로비 한편에 죽은 듯 엎드린 서윤을 발견할 수 있었다.

하필이면 가장 구석에 있어서 못 보고 지나칠 뻔했다. 어찌나 불쌍하게 몸을 숙이고 있는지 옆으로 다가선 재희는 그녀를 불렀다.

"양서윤?"

곁에 사람이 다가오는 것도 모르고 깊은 잠에 빠진 것으로 보아 불편한 자세에서도 깊이 잠든 모양이었다. 이렇게 무방비한 상태는 없다시피 해서 재희는 몸을 조금 더 낮췄다.

달콤하게 보이는 입술에서 고른 숨이 흘러나오고 있었다. 저릿해지도록 울리는 심장박동에 그가 손을 뻗었다. 그리고 단정한 머리칼에서 조금 삐져나온 몇 올의 머리카락을 만졌다. 몸의 모든 촉각을 손가락 끝에 집중시켜야만 느낄 수 있는 머리칼에 재희는 눈을 감았다.

지금 당장이라도 숨을 뱉는 따스한 입술에 입을 맞추고 싶었다. 미치도록 사랑스러운 눈동자에 시선을 맞추고 온몸에 퍼져 박힌 감정을 모두 쏟아붓고 싶다.

어쩌다 너를 이토록 사랑하게 되었을까. 혼란이 없었던 건 아니다. 단순히 어머니를 닮아 마음을 두고 그것에 세뇌되어 벗어나지 못하는 건 아닌지 쉼 없이 고민했던 적도 분명 있었다.

그러나 결국 답은 하나였다. 이유가 어찌 되었든 매일매일 그녀를 보기 위해 깨어난다는 것. 제 곁에 있는 서윤을 보기 위해 일어나 살아간다는 것. 어머니를 닮아 사랑하던 그녀를 이젠 '양서윤'이기에 사랑하게 되었다는 것이 답이었다.

머리카락을 쓸던 손가락으로 무방비한 상태로 잠든 서윤의 감은 눈과 콧등, 콧날 이어 입술 위까지 닿지 않을 미세한 거리에서 쓸어내렸다. 이내 꽉 쥐어 버리는 손이 푸른 혈관을 드러내며 강하게 쥐어졌다.

 갖고 싶다. 전부, 모조리 다. 그 감정이 더더욱 강하게 솟구쳐 오른다. 끝내 하지 못한 욕심을 애써 내리누르고 손을 내린 재희의 입에서 간질거리는 단어 하나가 조심스럽게 흘러나왔다.

"서윤아."

 손에 꼽을 만큼, 아니 이렇게 불러 본 적이 없던 것 같다. 별것 아닌 이름이 고마울 정도로 가슴을 가득 채우고 미동도 없던 그녀가 눈을 떴다. 잠이 들었다는 것조차 몰랐다는 듯 멍하니 몸을 들어 올린 서윤은 주변을 둘러보다 당황하며 물었다.

"……나 잤어?"

 일단 반말부터 나오는 게 적잖이 당황한 모양이었다. 마른세수를 하려다 화장한 것을 깨닫고 손을 멈춘 그녀에게 피식 웃은 재희가 말해 주었다.

"완전 푹. 코 곤 거 아냐?"

 한 번을 다정하게 넘어가 주질 않는 재희였다. 서윤은 입술을 비죽이다 고개를 푹 숙였다.

"미쳤나 봐. 세상에 여기가 어디라고 잠을 자."

"뭐 어때. 누가 뭐라 한다고."

"너 말고 다. 요즘 잠을 못 자서 그런가 봐. 남들이 욕했을 거야."

 다른 곳도 아니고 이런 날에, 이런 곳에서 잠이 들 줄 누가 알았을까. 근래 바쁜 일이 많기는 했었다. 그만뒀어야 할 일을 계속 다니면서 유학 준비로 시간 쪼개 이것저것을 알아보느라 잠도 잘 못 잤고 오늘같이 중요한 일정이 있으면 더더욱 잠을 이루지 못했다. 더군다나 일주일쯤 재희답지 않은 그의 행동을 신경 쓰느라 고생 좀 했더니 진이 빠진 모양이었다.

제 행동에 고개를 저어 질책한 후 자리에서 일어나려던 서윤은 이마에 닿은 따뜻한 손바닥에 멈췄다. 주변에 누가 있을까 돌아간 시선에 다행히 아무도 보이지 않았다.

"뭐 해?"

"이러면 열이 나는지 안 나는지 안다던데."

어디서 들었는지 나름 걱정을 해 주는 모양이지만 미안하게도 이런 걸로는 알기 어려울 것 같았다.

"그거야 손이 좀 찬 사람이나 알기 쉽지, 넌 그냥도 손이 뜨겁잖아."

"아, 그래?"

"손 떼 줄래. 덥다."

워낙 몸에 열이 많은 재희이기에 이런 방법은 전혀 통하지 않았다. 오히려 없던 열도 생기는 것 같아 서윤은 그가 손을 떼기 전에 몸을 뒤로하고 일어섰다. 다른 무엇보다 언제부턴가 그의 행동이나 말에 자꾸 꿈틀거리는 제 깊은 곳 어딘가가 불편해서였다. 어서 일이라도 해서 이 잡념을 없애야 할 것 같았다.

"바로 회사로 들어가는 거지?"

잠시 그녀의 이마에 닿았던 손을 꼼지락거리던 재희가 고개를 저었다.

"아니, 잠깐 커피숍."

"커피? 커피는 가서 마시지. 할 일 산더민데."

잠깐 떠올려도 기다리는 업무가 정말로 산이었다. 게다가 오늘 사전회의에 대한 정보들도 새로 정리해야 한다. 정보는 곧 힘이고, 힘이 있어야 재희가 조금 전과 같은 취급을 받지 않을 테니까.

지금 생각해 보면 어떻게 그렇게 한순간에 회사를 그만두려 했던 것인지 모르겠다. 아니, 그렇게 그만두었어도 분명 어떤 이유를 대서라도 다시 회사 일을 보고 있었을 거란 예감도 든다. 그나마 재희가 잡아 준 걸 고맙게 여겨야 하나, 싶기도 했다.

"몰라, 난 간다."

물론 저런 모습을 보면 그냥 그만두는 게 나았을 것 같단 생각도 들지만.

결국 먼저 가 버리는 재희를 따라 간 곳은 호텔 바로 아래에 위치한 카페였다. 시간이 시간인지라 사람도 거의 없었고 복잡한 머리를 잠시나마 풀어 주기에 좋은 장소다. 비록 커피값이 어지간한 밥값의 서너 배라는 게 속 쓰렸지만.

앞에 커피를 두고도 잠깐의 짬을 내 다이어리를 꺼낸 서윤은 바쁘게 펜을 움직였고 커피를 한 모금 마신 재희가 눈을 찌푸렸다.

"뭘 그렇게 해. 커피 다 식어."

"시간만 보내기 아깝잖아. 일단 본회의 전까지는 저번 그 매장도 정리를 해야 할 것 같아. 확실하게 보고를 받는 게 좋겠어. ……오늘 윤찬 씨를 데리고 올 걸 그랬나 봐. 백문이 불여일견이라는데."

"뭐 이런 데까지 와서 일 얘기야. 쉬라니까. 아까 내가 한 말 벌써 잊었어?"

"시간이 얼마나 있다고 쉬어."

"내일 하면 돼."

참 서재희다운 말에 서윤의 손이 멈췄다. 고개를 잠깐 들어 올려 어깨를 으쓱거린 그녀가 말했다.

"내일, 내일 하다가 나 일 그만두는 때 금방 온다. 봐, 벌써 2주나 지났어."

속내를 읽기 어려운 재희의 표정이 순간 무너졌다. 손가락 두 개를 툭툭 털어 보이는 서윤을 마치 원망스럽다는 듯 바라보며 그가 신경질적으로 다그쳤다.

"진짜 가겠다, 이거야?"

"뭘?"

"유학."

눈에 보일 정도로 기분이 상해 있는 재희에 서윤은 약간 당황하다 마음먹은 듯 고개를 끄덕였다. 안 그래도 진작 이런 대화를 나눴어야 했다. 흐트러짐 없는 머리를 괜히 귀 뒤로 넘기는 시늉을 한 그녀는 다시 다이어리로 시선을 내렸다.

"그거야 뭐, 전부터 준비했던 거니까."

"언제부터."

"꽤 됐어. 변제 거의 끝나 갈 즈음이니까."

그녀의 눈웃음에 그는 오랜만에 진심으로 짜증이 치밀었다. 뭐가 저리 쉽고 간단한 것인지 화가 났다. 자신은 어떻게든 잡아 두려 용을 쓰고 있는데. 재희는 더욱 찌푸려진 눈으로 말했다.

"가지 마."

아무렇지 않은 척 다이어리만 보던 서윤의 손이 멈췄다. 설마 대놓고 말할 줄이야.

"그건 또 무슨 억지래."

헛웃음을 흘린 그녀는 이상하게 나쁘지 않은 제 기분을 느꼈다. 저 이유 모를 고집이 기분 나쁘지 않다는 게, 정상은 아니겠지. 서윤은 그런 감정들을 꼭꼭 숨겨 가리고선 아직 손대지 않은 커피를 들어 마셨다.

"어디로 갈지, 뭘 할지도 다 정해 놨어."

 값어치를 하는 품질 좋은 커피가 목구멍으로 부드럽게 넘어갔다. 커피를 자주 마시는 재희 덕분에 원두에 대해 준전문가급인 그녀의 입에도 만족스러운 향이었다. 그러나 그 향이 한순간에 느껴지지 않을 말을 재희는 아무렇지도 않게 뱉고 있었다.

"거기에 왜 내가 없는데."

 입에 머금어진 커피를 넘기는 걸 잊고 그를 보는 눈이 어느 때보다 흔들렸다. 재희는 중요한 것을 빼앗긴 사람처럼 이를 세게 물다 주먹을 쥐었다.

"난 뭘 하건 내 일정에 네가 있는데, 왜 넌 내가 없어."

 너무 직설적이라 오히려 무슨 뜻인지 알아차릴 수 없었다. 서윤은 멍하니 그를 보다 곧 정신을 차렸다. 달콤한 말은 언제나 날카로운 침을 가지기 마련이다.

 이런 어중간한 관계는 너무 오랜 시간을 함께 보내온 탓일지도 몰랐다. 그녀는 팔짱을 끼고 그를 불렀다.

"서재희."

 딱딱하게 굳은 호칭에 재희의 눈이 가늘어진다. 서윤은 단호하게 일갈했다.

"어리광 부리지 마."

 가늘어졌던 눈이 이젠 완전히 일그러졌다.

"어리광?"

"그래, 어리광. 이거 이유 없는 집착이야. 너 괜히 심술부리는 거라고. 매일 옆에 있던 내가 떠난다고 하니까 일단 내지르는 공수

표 같은 거."

"……."

"나는 가. 너 없는 곳으로."

말이라는 것이 얼마나 무서운 것인지 그도, 그녀도 충분히 알고 있었다. 말 하나로 빚어진 서로의 관계만 봐도 알 수 있다. 그래서 힘을 가진 말에 서윤은 제 의지를 실었고 재희는 까만 눈에 그녀를 가득 담으며 입꼬리를 올렸다. 조금 전까지 신경질적이던 기세는 사라지고 제 말에 '힘'을 담았다.

"너 못 가."

"……."

"나 때문에."

저를 두고 떠나려는 그녀의 고약한 말에 그는 단언했다. 숨겨 두었던 욕심과 진심이 누르고 누르던 문을 열고 흘러내리기 시작했으나 서윤은 아직 눈치채지 못한 듯 한숨을 쉬었다.

어쩌면 저렇게 확신을 가지고 말할 수 있는 건지 신기했다. 그 모습이 꼭 저주라도 거는 모양새였다. 저 눈은 사람을 홀리는 눈이다. 오래전 제 어깨를 부여잡고 '빌어먹을 계집애'라며 끓듯이 외치던 말과 눈에 휘말린 것처럼 이번에도 말릴 수도 있겠단 생각이 들었다.

두근거리는 심장 소리가 시끄러워지기 전 서윤은 타이밍 좋게 일어났다.

"그만합시다, 그만해. 더 안 마실 거면 가자."

하지만 재희는 다시 말에 구속력이라도 얹듯이 서윤의 손을 잡았다. 순식간에 손을 낚아채 깍지를 끼고 예쁘게 웃는다.

"말했다. 너, 못 간다고."

심장이 어찌나 빨리 뛰는지 제 박동이 잡은 그의 손으로 전해질까 무서웠다. 그래서 괜히 더 벽을 둘렀다.

"지금까진 몰라도 이젠 나 네 소유물 아니야."

"그 말은 지금까진 양서윤이 내 소유였던 모양이네."

"……."

"네가 이렇게까지 반응하는 걸 보면 한 생각밖에 안 들어."

견고하지 못한 벽이 손쉽게 허물어지는 듯했다. 그는 다 알고 있다는 듯 잡았던 손을 놓았다.

"겁내고 도망치는 걸로밖에는."

무표정한 얼굴이 그녀를 올려다보았고 서윤은 흠칫, 떤 제 몸을 느꼈다. 정곡을 찔린 기분이었다. 그러나 금방 표정을 갈무리한 그녀는 애써 피식 웃으며 말을 이었다.

"그런 결론 전에 왜 가는지부터 물어보는 게 예의 아닌가?"

머리가 복잡하게 엉켜 간다. 누군가 가슴을 바득바득 손톱 세워 긁는 듯했다.

시끄럽게 울리는 알람 소리에 일어나 천장을 5분쯤 보던 서윤은 낮게 중얼거렸다.

"안 되는데."

미세하게 갈라진 목과 기운 없는 목소리가 현재 상황을 알려 준다. 태생적으로 건강 체질인 그녀는 아무리 추운 날에도 감기가 잘 걸리지 않는 타입이었다. 20대 초중반엔 사나흘 밤을 새워도 몇 시간만 자면 금방 정신을 차리곤 했었다.

그러나 나이 앞자리에 3자를 찍고 나니 체질이 바뀌는 것인지는 몰라도 올해는 꽤 잔병치레를 했다. 늘 가지고 있던 긴장의 끈이 풀린 것인지 아니면 감기 기운이 있는 재희의 옆에 계속 붙어 있던 게 시초였는지. 중요한 일도 여러 가지였고 평소보다 더 바쁘게 움직이다 보니 몸이 축난 모양이다.

무작정 시간만 보내기를 한참, 노크 소리가 들려왔고 곧 엄마가 그녀를 불렀다.

"서윤아, 일어났니?"

"아, 네!"

주사 한 대 맞은 사람처럼 벌떡 일어난 서윤은 담이 온 것처럼 뻐근하고 욱신거리는 등을 문지르며 방문을 열었다. 이왕 아플 거라면 퇴근한 다음에 아파 줬으면 좋겠다는 건 욕심일까. 간밤에 또 잠을 이루지 못하고 새벽녘이 되어서야 겨우 눈을 붙인 탓에 두통도 밀려오고 있었다.

어슴푸레 어두운 방이라 서윤의 낯빛을 제대로 보지 못한 엄마는 그녀의 손에 쪽지 하나를 건네주었다.

"응? 이건 뭐야."

"뭐긴, 날짜랑 장소, 시간이지. 지금 아니면 시간 안 날 것 같아서."

"무슨 날짜…… 아, 아아. 그거."

반으로 접힌 쪽지를 열어 보던 서윤은 2주일쯤 뒤로 적힌 날짜와 사진, 상대에 대한 프로필을 보고 금방 쪽지의 목적을 알아차렸다. 사진은 이력서용으로 보였는데 잘생긴 용모를 고스란히 보여 주고 있었다.

"엄청 빨리 잡아 주셨네. 그쪽도 급하대요?"

"뭐가 빨라, 일주일도 더 걸렸는데. 엄마 일하는 곳 아는 분이 꽤 발이 넓은데, 괜찮은 집 아들이 있는 모양이야. 은행원이고 키도 크고 성격도 좋다더라. 사진 봐, 훤칠하지?"

"그래요? 몇 살인데 그렇게 잘난 사람이 아직까지 장가를 못 갔대요."

전혀 감흥이 없어 보이는 서윤의 태도에 엄마는 딸의 어깨를 툭 쳤다.

"말하는 거 봐라, 봐. 못 간 게 아니라 안 간 거지. 잠깐 집안 가세가 기울었었는데, 형제가 많아서 형제들 돕고 하느라고 그랬던 것 같아. 그렇다고 그 형제들 손만 벌리는 것들도 아닌가 봐. 다들 똘똘하고 착하다더라. 나이는 서른넷이고…… 아, 막냇동생은 이번에 시집간다고 하던데. 들어 보니까 아주 좋은 곳으로 간대. 엄청 좋은 집안으로, 뭐 나이 차이가 좀 나는 집인 것 같긴 한데……."

한번 물꼬가 트이니 줄줄 말을 잇는 것이 절대 쉬이 끝날 것 같지 않아 얼른 막았다.

"엄마, 엄마. 벌써 그것까지 알 필요는 없을 것 같아요. 그럼 이때 맞춰서 나가면 될까요?"

"응. 잘해 봐. 이름도 거기 쓰여 있어."

힐끗, 얼굴과 이름을 본 서윤은 쪽지를 옆에 걸린 가방에 넣어 버렸다. 엄마는 좀 더 자세히 봐 주길 바란 것 같지만 그럴 컨디션이 되지 못했다.

평소보다 늦은 시간에 나와 택시를 타야 할까 진지하게 고민하며 엘리베이터에서 내린 서윤은 아파트 밑에 선 늘씬한 승용차 한 대에 걸음을 멈췄다. 그냥 같은 차, 라고 하기엔 지나치게 고급승용차였고 그것조차 넘어가기엔 차에 기대선 남자의 얼굴이 넘어갈 수 없는 얼굴이었다.

"서재희."

혼잣말처럼 중얼거린 부름을 어떻게 들었는지 고개를 든 재희는 손에 쥐고 있던 무언가를 주머니에 넣고 기댔던 몸을 떼 조수석 문을 열었다.

"타."

거두절미하고 본론부터 들어간 단답에 어제 일로 다시 서먹해지진 않을까 걱정하던 서윤은 얌전히 다가가 조수석에 앉았다. 금방 운전석으로 들어온 그에 그녀가 머쓱하게 말을 건넸다.

"뭐 일 있어? 외근은 없는데. 급한 일 있으면 전화 주지. 일찍 나와서……"

"꼭 이유가 있어야 널 데리러 와야 돼?"

하지만 돌아온 건 날카로움이 담긴 말이었고 서윤은 앓는 소리를 냈다. 시동을 걸고 곧장 출발한 차에 허겁지겁 안전벨트를 매는 사이 재희는 입술 밑을 쓸며 중얼거렸다.

"이유 없어. 이제 더 만들어 낼 출장도, 외근도 없다고."

뭔가 말은 해야겠는데 이런 분위기는 또 처음이라 섣불리 말을 건네기가 어려웠다. 머뭇거리는 사이 시내 중심까지 나온 차가 신호에 멈췄다. 그는 가만히 앉아 마른 눈만 깜빡이는 서윤을 보았다.

대체 뭘 어떻게 해야, 무슨 짓을 해야 저 눈이 먼저 이쪽을 보게 만들 수 있을까.

13년 동안 가지지 못하게 한 감정을 가지게 만들 수 있을지, 엄두도 갈피도 잡히지 않았다. 만약 아무것도 되지 않는다면 말하는 수밖에 없다. 두 눈을 보고 대놓고, 직구를 날리는 수밖에는.

서윤은 머리가 아파 왔다. 하나가 정리되면 다시 하나가 문제 되고, 또 문제가 생겨 버리는 상황에 기운이 빠졌다. 좋은 마무리를 하기 위해 남았는데, 하지 않아도 될 고민을 하게 되는 것 같았고 그녀는 지끈거리는 머리를 감싸며 한탄했다.

"하아. 뭐가 또 문제야. 너 때문에 힘들어…… 아."

무의식중에 뱉은 말에 서윤은 얼른 말을 멈췄다. 하지만 이쪽을 보는 재희의 시선을 모를 수는 없었다.

"미안. 잠깐 실언했어. 실수야."

몸이 정상이 아니니 말도 헛나오는 것 같아 서둘러 사과를 했으나 그는 아무런 말이 없었다. 긁어 부스럼을 낸 격이 아닌가 싶어 조심스레 옆으로 보자 다시 손이 뻗어져 왔다. 얼음장처럼 차가운 손이었다.

"너 손이 왜 이렇게 차가워?"

"힘들어?"

동문서답, 아니 동문서문. 때맞춰 변한 신호에 다시 차가 출발했고 서윤은 머뭇거리다 대답했다.

"……아니, 그냥 감기 기운이 조금."

"집으로 간다. 회사엔 외근으로 처리할 테니 넘겨."

"뭐?"

"차가운 손인데 열이 느껴져. 그럼 너 열 있는 거야."

어처구니없는 결말이었다. 도대체 손은 어떻게 차갑게 한 것인지는 몰라도 바뀐 것 없는 막무가내였다.

"야아, 그게 무슨 이상한 억지야!"

그녀가 뭐라 하건 결국 차는 집, 재희의 오피스텔에 도착했다. 하다못해 서윤의 집도 아닌 재희 제집이다. 어이없는 웃음을 흘린 서윤은 부글부글 끓는 속을 겨우 가라앉히며 말했다.

"회사로 가."

"올라가."

"회사로 가자고."

"어제부터 너 정상 아니었어. 나와."

"너 지금 이런 식으로 막 할 수 있을 때 아니야."

무작정 말을 해 봐야 재희에겐 먹히지 않을 거란 걸 아는 서윤이었다. 그녀는 차분하고 이성적으로 무거운 주제로 그를 찔렀다.

"어제도 봤잖아. 너한테 아직 제대로 된 편이 없어서 나중에 본사로 간다고 해도 여기저기 적이 너무 많단 말이야. 그런 잡음들 조금이라도 잡으려면 더 열심히 해야지. 다른 흠집 하나도 없게, 최대한 할 수 있는 만큼 해야 내가 마음 편하게……."

편하게 떠날 수가 있을 텐데.

"뭘 어떻게 하든 너 스스로 편하게 갈 수 없다는 거 알잖아."

"……."

"네가 아프지 않았으면 좋겠어. 힘들어하지 않았으면 좋겠다고. 그게 내 일 돕느라 그러는 거라면 내가 이렇게 하는 게 맞잖아."

그는 화를 내거나 짜증을 내고 있지도 않았다. 뭐랄까, 감히 반박하거나 같이 고집을 부릴 수 없게 만드는 것이 담겨 있었다. 정말로 자신을 걱정하는 게 느껴져서 다른 꼬투리도 잡을 수가 없었다. 꺾인 기세로 서윤은 일단 한마디라도 더 해 보았다.

"이럴 때 아닌 거 알면서 왜 이래. 당장 오늘 처리할 업무만도."

"알아."

먹히지 않을 거라는 건 이미 알고 있었다. 그가 주머니에 넣고 있던 것을 꺼내 투박하지만 조심스럽게 서윤의 이마에 댔다. 차가운 냉기가 전해지는 냉주머니였다.

"안다고."

심장이 마구 울렁거렸다. 주체할 수 없게 마구, 마구 흔들렸다.

"아니까."

"……."

"가서 자자."

거부할 수 없는 말에 거짓말처럼 졸음이 몰려들기 시작했다.

"갖고 싶은 거라든가, 하고 싶었던 거라든가."

무심하게 들리는 할아버지의 목소리에 입에 맞지 않는 빵을 꾸역꾸역 씹어 먹던 재희는 영자 신문을 보느라 바쁜 서 회장의 눈을 보며 말했다.

"오토바이요. 1400cc짜리로."

철없는 소리에 주변에서 식사 시중을 들던 김 집사가 눈을 찌푸렸다. 얼토당토않은 소리였기 때문이었다. 그러나 서 회장은 담담히 신문을 한 장 넘겼다.

"일단 면허증부터 따야겠네. 강사 알아볼 테니 종류 생각해 봐."

어떠한 거리낌도 없이 허락하는 말을 고마워해야 할지, 원망해야 할지 알 수 없었다. 무남독녀가 씨가 어디인 줄도 모르고 배불러 와 낳은 손자이지만 딸이 죽은 이후 더는 날 수 없는 유일무이 혈육인지라 재희가 원하는 것이라면 뭐든 해 주려는 서 회장이었다. 그저 그 마음을 표현할 줄 모르는 것뿐. 생일을 맞이한 재희에게 될 수 있는 한 다 해 주고 싶은 듯했다.

모르지 않기에 한숨을 푹 내쉰 재희는 자리에서 일어나며 못마땅하게 말을 이었다.

"미성년자는 면허증 있어도 그거 못 타요."

조금이라도 당황해하는 얼굴을 보려 했건만 겨우 신문에서 눈을 뗀 서 회장이 정말 궁금하다는 듯이 되물었다.

"타고 싶으면 타. 뭐가 무서워서. 너는 내 명줄 닮아서 질기게 오래 살 거다."

그 명줄 왜 나만 닮은 거냐고 한마디 하고 싶었지만 그렇게까지 몹쓸 손자는 아니기에 꾸벅 인사만 하고 돌아섰다. 학교를 가기 위해 가방을 들고 밖으로 나선 재희는 잠시 뒤를 돌아보았다.

한눈에 들어오지 않을 만큼 넓고 고고한 한옥 저택이 보였다. 남부러울 것 없이, 오히려 넘치게 살아온 재희는 짧은 생을 살아오며 부족함이라는 것을 모르고 자라 왔다. 핏줄 없이 손자 하나만 남은 서 회장은 투박하고 무심한 듯하지만 재희를 귀하게 대했고 사랑하고 있음을 단 한 번도 부정하지 않았다.

재희의 아버지가 어디서 놀던 노름꾼인지도 모르고 또 하나뿐인 제 딸이 그런 양아치에게 걸려 아이까지 가진 후 낳다 죽었다 해도, 그것이 손자를 사랑하지 않을 이유는 되지 않는 듯했다.

그럼에도 느끼는 이 공허함은 어쩔 수 없는 것일지도 몰랐다. 모든 것을 가지고 있으니 오만하게 갖게 되는 필연적인 욕구일지도 혹은 쓸모

없는 욕심일 수도 있다. 열에 아홉을 가지고도 남은 하나마저 꼭 채우려 본능적으로 갈구하는, 가진 자의 욕망은 어떻게 해서든 찾아내고야 마는 것일 수도 있었다.

허무함과 비슷한 커다란 빈 공간, 아귀처럼 그것을 채우려 아등바등 애를 쓰던 재희가 각인시킨 건 사진으로밖에 보지 못했던 어머니를 닮은 동갑내기였다.

학교에 도착한 재희가 곧장 향한 곳은 운동장 앞에 놓인 구령대 옆 계단이었다. 아직 이른 시간이었지만 그는 먼저 나와 자신을 기다리고 있는 서윤을 보며 손짓했다. 어떻게 대할지 몰라 입보다 먼저 움직인 손짓에 따라 서윤이 앉았다.

고분고분한 그녀의 태도가 썩 좋은 건 아니었지만 도망가거나 무시하는 게 아니라는 것만으로도 만족하는 재희였다.

서로 어떤 거래를 하고, 말도 안 되는 계약을 했건 딱히 할 말이 있는 건 아니었다. 관계는 고약했지만 그것을 이용해 댈 정도로 독한 재희도 아니어서 나란히 앉아 놓고도 할 말 자체가 없었다. 거기다 본래 말이 많은 타입도 아닌 것은 물론 다른 것을 다 떠나 두 사람은 뭔가 살갑게 대화를 나눌 사이조차 되지 못했다.

근방만 가도 숨이 막힐 듯한 침묵과 고요함 속에 재희는 입이 말랐다. 매번 만나면서도 매번 긴장하고 마는 그는 저도 모르게 자꾸 옆에 앉은 서윤에게 가는 눈을 억지로 돌리기를 반복했다. 그 바람에 시선이 이리저리 움직였고 하필 닿은 곳이 그녀의 다리였다. 체크무늬 치마에 홀린 듯 둔 눈길이 몇 초쯤 머물렀을 때 앞만 보던 서윤이 말했다.

"생일이라고 들었어."

화들짝 놀라 다리에서 시선을 떼던 재희는 뒤늦게 들린 말에 반사적으로 눈을 찌푸렸다. 생일이라.

누군가에게는 너무나 소중한 날이고 또 축복받을 날이지만 재희에겐 그러지 못했다. 어머니가 뇌출혈로 숨이 멎어 제왕절개로 태어난 날이기에 어머니의 기일과 생일이 같아서였다. 물론 그것으로 누군가에게 말을 들은 적은 없지만 생일이 고까운 건 어쩔 도리가 없었다. 아침에 미역국 하나 없는 것도, 생일 축하의 말이 없는 것도 그를 위한 것이었다.

어떻게 알았는지 모르지만 서윤은 조금 고민하다 입을 열었다.

"생일."

"……."

"축하해."

아무도 감히 하지 못하는 말을 하고 눈을 깜빡이는 그녀가 밉지 않았다. 아니, 좋았다. 이렇게라도 태어났으니 너를 볼 수 있구나, 싶어서. 서윤의 눈동자가 데구루루 굴렀다. 그러곤 조심스럽게 물었다.

"누울래?"

처음엔 그녀의 말이 무슨 뜻인가 바로 알아듣지 못한 재희가 미간을 좁히다 반문했다.

"뭐?"

"자꾸 보길래 피곤한가 해서. 또, 내가 생일 선물을 해 줄 수 있는 처지도 아니니까."

어떤 식으로 생각하면 그렇게 내릴 수 있는 건지 의문이 드는 결론이었다. 순진한 건지, 아니면 비꼬는 건지는 모르지만 의미는 둘째 치고 열일곱 소년이 거부하기엔 지나치게 유혹적인 말이었다. 좋아하는 상대의 무릎베개라니. 사흘 밤낮을 자고라도 다시 피곤해질 수 있을 듯했다. 거절이란 단어 자체를 모르는 사람처럼 재희는 그대로 서윤의 무릎에 머리를 댔다. 결코 쉽게 나올 수 없는 상황에서 심장이 콩닥콩닥거리고 몸이 경직된 듯 굳었다. 그건 서윤도 마찬가지라 어느새 바싹 마른 입술을 재희처럼 겨우 적셨다.

뭐라도 해 줘야 한다는 강박 때문이라지만 쉬이 다리를 내준 스스로가 우스운 서윤이었다.

시간이 갈수록 해가 쨍하니, 밝아졌고 기이한 붉은빛을 머금었다. 계단 위 천막이 붉은빛이라 그늘을 앗아 가며 노을처럼 빨간 빛을 뿌렸다. 그러다 어느새 적당히 가려졌던 햇빛이 해가 높아지면서 자연스레 그림자가 짧아졌다. 앉아 있는 사람은 아직 그늘 속에 있지만 누워 있는 사람에겐 고스란히 빛이 비춰졌다.

긴장하고 있느라 못 본 사이 재희의 표정이 찌푸려졌고 가만히 보던 서윤이 꼼지락거리며 손수건을 꺼냈다. 그리고 얌전히 그의 눈으로 손수건을 내렸다. 손수건의 감촉이 서윤의 손끝만큼 부드러웠다. 옅은 향기가 코끝으로 스며들었다.

잠이 온다.

이대로 몇 시간이라도 잘 수 있을 것만 같은 편안함이었다. 결코 채워지지 않던 빈 공간이 애초에 없었던 것처럼 가득하다. 조례까지 얼마 남지 않은 시간이고 학생들의 수도 많아져 두 사람을 이상하게 보고 가는 눈들도 많아졌지만 개의치 않았다.

굳었던 몸이 몽롱해지는 정신에 풀려 나갔다. 정말 잠이 든 듯 살짝 옆으로 돌아간 고개와 고른 숨소리에 서윤은 조용히 재희를 내려다보았다. 눈을 가렸지만 높은 콧대와 가지런한 입매가 조화를 이루었다.

조금 벌어진 입술 사이로 퍼지는 숨결에 서윤이 입을 열었다.

"있잖아. 자?"

"……."

"안 자는데 자는 척하면서 듣고 있는 건 아니었으면 좋겠는데."

바람이 담긴 소리에도 재희는 움직이지 않았다. 깊이 잠이 든 것처럼 보였다. 정말 이대로 자고 있는 것이라면 좋겠다. 정말 하고 싶은 말이 있는데 지금은 때가 아니라서 못하는 그 말을 재희가 듣지 못할 때라도 할 수 있었음 했다.

"……서재희."

오물거리는 입술에서 나온 건, 그날 재희의 집에서 부른 이후로 처음으로 입에 담아 보는 재희의 이름이었다. 차마 눈을 보고 말할 수 없던 이름은 의외로 쉽게 흘러나온다.

"서재희."

행여 다른 사람이 듣기라도 할까 봐 고개를 내리며 나지막하게 그를 불렀다. 입안을 맴돌며 어떻게 서두를 꺼낼까, 걱정하듯이 머뭇거리던 혀가 움직였다.

"그때, 그때는…… 정말……."

바로 '미안했다'고 말하면 되는데 나오질 않는다. 이게 얼마나 이기적인 사과인 줄 알기에, 어쩌면 재희가 잠들어 있지 않을 수 있다는 것을 알기에 턱 하니 말문이 막혀 버렸다.

"저거 양서윤 아니야?"

고맙다고 해야 할지 모르겠지만 불청객은 꼭 때를 맞춰 나오기 마련이었다. 얼마 전까진 가장 친한 친구였지만 이제는 세상에 둘도 없는 적이 되어 버린 가영이 계단 밑에서 서윤과 재희를 보고 아니꼽게 웃었다.

"어디, 또 재희 보러 나왔나 했더니 아침부터 남자랑 놀고 있네. 뭐야, 그 찌질이가 너 도와준다고 하던?"

깊은 사정까지는 몰라도 얼마 전부터 서윤이 재희의 말이라면 무조건 듣는다는 사실이 학교로 퍼지는 건 순식간이었다. 아침마다 구령대 옆 계단에서 의미나 이유 없이 만나는 것도. 그러나 설마 재희가 서윤의 다리를 베고 누워 있을 거라곤 생각하지 못했는지, 그를 아예 다른 사람으로 여기는 모양이었다.

모든 게 마음에 들지 않는 와중에 재희가 계속 서윤과 만나는 걸 가장 못마땅하게 여기던 가영은 짧은 사이, 철천지원수라도 대하듯 서윤을 괴롭혔다. 가볍게 말은 물론, 행동도 서슴지 않았다. 가영의 주도로 집에 가는 길에 물벼락을 맞은 게 두 번이다.

"왜 여기서 연애질이세요? 자랑하세요?"

배배 꼬인 심사를 감추지 않고 말한 가영은 팔짱을 끼며 계단 위로 성큼성큼 다가왔다. 그리고 발로 툭툭 아직 누워 있는 재희의 다리를 건드렸다.

"야, 안 자는 거 아니까 일어나지? 남자 새끼가 쫄아서 자는 척하냐? 왜, 같이 재희 노예라도 좀 해 주려고 따라왔어?"

무서울 거 없는 가영의 과감한 말에 서윤은 씁쓸해졌다. 친구 운이 이렇게 없어서야. 아니면, 자신이 누군가에게 믿음을 주지 못하니 제대로 된 친구가 생기지 않는 것인가 싶었다. 그래도 민정만큼은 함께해 주니 아주 못난 건 아닌 모양이다.

그녀는 일일이 대꾸하고 싶진 않았지만 연신 재희의 다리를 건드리는 가영의 발을 그냥 둘 수 없었다.

"후회하기 전에 그만둬."

자꾸 시비를 거는 발을 손으로 잡고 움직이지 못하게 막은 서윤이 답답하게 대답하자 가영의 이마로 핏대가 섰다.

"손 안 치워?"

묵묵히 바라보다 고개를 저었다. 그나마 본인을 위한 마지막 경고였으나 가영은 붉게 변한 얼굴로 손을 날렸다.

"치우라고 했잖아, 이 미친……."

순식간에 서윤의 머리채를 잡아당기는 손에 재희의 눈을 가리고 있던 손수건이 떨어졌다. 불똥이 튀듯, 몸을 세운 재희가 한순간에 들어온 빛에 눈을 감고 팔을 뻗어 가영의 손목을 잡았다. 자비 없는 아주 강한 힘이었다.

"아…… 아아, 아아!"

혹시 자신이 깨어 있음을 알면 서윤이 하려던 말을 더 하지 않을까 봐, 행여 민망해할까 참던 그였다. 손등에 핏줄이 돋아날 만큼 세게 손목을 쥐었던 재희는 내치듯 놓고 어리둥절한 서윤에 제 몸을 기댔다.

툭, 내려앉은 무게에 반사적으로 자신을 받친 서윤이 당황하는 사이 재희는 삐딱하게 기울어진 고개로 말을 이었다.

"어떻게 해 줄까, 양서윤."

"……어?"

"저 계집애."

무슨 소리냐고 물으려던 서윤은 재희의 그 말이 꼭 제 편을 들어준 것 같았다. 고개를 들어 가영을 보자 아픈 손목을 쥐고 어쩔 줄 모르는 얼굴이 보였다. 가영의 손에 잡혔던 머리뿌리가 욱신거렸고 그녀는 착한 척하는 재주는 없었다.

"나 좀 그만 건드리라고 해 줘. 지겹고 재미없다고."

"건드려? 누가, 저게?"

"재…… 재희야."

"입 다물어 봐. 여자건 뭐건 치기 직전이니까."

정말로 그러하듯 재희는 이마로 오른 핏대를 감추지 못했다. 서윤이 말하지 않은 것도 있지만 주변에서 쉬쉬한 탓에 지금껏 알지 못했던 사실이었다. 그는 헛웃음을 흘렸다. 그렇게 웃고 있는데 섣불리 움직일 수 없는 무거움이 그들을 짓눌렀다.

때맞춰 예비종이 울렸다. 한참 아무 말도 없이 기대 있던 재희의 몸이 세워졌다.

"종쳤다, 들어가라."

"여기 있을게."

"들어가라고. 성적 관리 안 하냐?"

퉁명스럽게 말하고 서윤을 약하게 밀어낸 그는 머뭇거리는 그녀에게 손짓했다. 어서 올라가라는 손짓에 몇 번이나 더 고민하던 서윤이 올라가고 재희는 계단에 앉아 머리를 쓸어 넘겼다. 하아, 깊게 뱉는 한숨에는 복합적인 감정이 담겨 있었다.

"딴짓하지 마라. 경고했다."

여자를 어찌할 수는 없으니 꾹 참고 나온 말이 다정하게 들렸는지, 가영은 여전히 욱신거리는 팔목을 쥐며 더듬거렸다.

"있지, 재희야. 나는…… 그러니까, 사실 양서윤이 원래 남자들 좋아해서. 나 원래 쟤랑 친했잖아. 내 말 들어야 해. 아마, 너도 꼬리치는 거에 혹해서 그러는 모양인데. 아 참, 오늘 생일이지! 생일 축하해, 정말로 축하……."

"안 닥쳐?"

험상궂은 한마디에 가영의 눈가가 파르르 떨렸다. 상처받은 듯 여린 몸이 바들바들 떨렸지만 재희는 입안까지 올라온 욕지거리를 꾹 참았다. 서윤에게서 들었을 땐 느낄 수 없었던 분노가 '축하한다'는 말에 치밀어 오른다.

"……나, 나는 그냥. 정말 재희 네가."

"네가 뭔데 나 태어난 걸 축하해. 이게 뭐 축하할 일이라고."

"어?"

"닥치고 잘 들어. 한 번만 말한다."

사람 마음에 상처를 주기에 부족함이 없는 말과 시선이 오갔다. 그는 자리에서 일어나 바닥에 떨어진 손수건을 쥐어 주머니에 넣곤 말을 이었다. 더 긴말 하고 싶지 않다는 듯 본론으로 가득 찬 불친절한 말이었다.

"나한테 아는 척하지 마. 말도 하지 말고 얼굴도 보이지 마. 그게 나건 양서윤이건, 머리카락도 보이지 마. 목소리도 들리게 하지 말고 그냥 얌전히 박혀 있어. 진심으로 말하는데 내 귀에 네 목소리 하나라도 들리거나 양서윤 머리카락 하나라도 어디 다치면."

"……."

"너 죽어."

일부러 목소리를 낮추거나 매섭게 쏘아붙이는 것도 아니었지만 말에 담긴 진심은 확실하게 전해졌다. 가영은 저 말이 단순 협박 따위가 아니라 정말 그럴 수도 있다는 두려움이 생겼고 그건 곧 억울함으로 표출되었다.

왜, 어째서. 자신이 먼저 좋아하고 기다렸는데 재희는 저가 아닌 서윤인지 이해할 수가 없었다. 가영의 눈이 금방이라도 눈물이 쏟아낼 듯 일렁거렸다.

"아직도 양서윤 좋아해?"

기운이 툭 빠지게 하기에 충분한 질문에 그는 황당하다는 듯 피식 웃으며 대답했다.

"왜 안 좋아할 거라고 생각하는데."

이보다 더 완벽한 대답은 없었다. 가영은 답답함에 주먹을 세게 쥐고 소리쳤다.

"왜 좋은데? 왜, 왜 양서윤 저년이 좋은 건데!"

전혀 대답할 생각이 없었으나 왜 좋으냐는 말에 재희는 잠시 생각이란 걸 하게 되었다.

어째서 양서윤을 좋아하느냐고?

어느 날 보니 예뻐 보였고 그다음에 보니 더 예뻐 보였다. 그리고 보면 볼수록 눈을 뗄 수 없게끔, 예뻤다. 그렇게 되니 답은 하나였다.

"예쁘니까."

착해서도, 운명적으로도 아닌 지극히 사적이며 솔직한 답에 가영마저 입을 다물고 재희는 일침처럼 한마디를 더 하고 자리를 떠났다.

"예쁜데 이유가 더 필요한가?"

속물. 가영의 머리로 스친 마지막 단어였다.

냉주머니의 차가움이 불처럼 뜨겁게 전해진다.

가슴에 쥐면 동상에 걸릴지도 모르는데, 그것조차 모를 정도로 뜨겁게만 여겨졌다. 그의 배려와 그의 감정이 스며들었다.

아아, 아…….

너무 따뜻해서, 너무도 애틋해서 차가움에 닿은 가슴이 아이러니하게도 녹아내린다.

쉬고 싶다고, 일하기 싫다고 정말로 그럴 수 있는 것이라면 세상 모든 오너들은 집에서만 살았을 것이다. 외근이라고 말은 했지만 그렇다고 무작정 회사 밖에 나가 있을 수 없는 일인지라 재희는 침대로 가서 자란 말을 죽어도 안 듣고 소파에 자리 잡는 서윤을 막지 못하고 출근을 했다.

해가 뉘엿뉘엿 저물어 갔다. 계절이 변하며 짧아진 해 덕분에 길게 진 그림자는 옛 기억을 떠올리기에 충분했다. 빨간 노을이 꼭 아침 태양처럼 밝았다.

낯선 기계음에 눈을 떴다. 눈앞이 빨갰다. 몸은 더웠고 입술은 메마른 논바닥처럼 갈라져 있었다.

홀로 재희의 집에 남겨진 서윤은 자다 깨다를 몇 번이나 반복했다. 모자란 잠을 채우려는 피로도와 잠도 못 잘 만큼 아픈 몸이 서로 싸우며 그녀를 힘들게 했고 진땀을 흘리며 몸을 세운 서윤은 흡사 사경을 헤매는 사람처럼 숨을 몰아쉬었다.

꿈과 현실의 경계가 모호하게 번졌다. 자면서 꿈을 꾸었는데 어느새 깨어 있고, 깨어 있다고 생각했으나 다시 잠에 들어 꿈을 꾸느라 언제부턴가 경계가 흐려져 버렸다. 깨어난 뒤 잠들어도 깨기 전 꿈을 이어서 꾸고 일어나서도 환각처럼 꿈속을 지켜보기를 한참.

집 안으로 들어선 재희는 소파에 앉아 멍하니 허공만 보고 있는 서윤을 발견하고 황급히 다가왔다.

"양서윤?"

눈도 제대로 뜨고 있고 몸도 세우고 있는데 정상은 아닌 것 같았다. 얼른 그녀의 이마와 뺨에 손을 댄 그는 눈을 찌푸렸다. 본래 열이 많은 재희의 손으로도 확실하게 느껴지는 열이었다.

"안 되겠다."

망설일 틈이 없었다. 먼저 병원을 가기 위해 서윤을 안아 올리려던 그는 순간 어깨를 꽉 쥐는 손길에 무너지듯 무릎을 꿇었다. 아폰 사람이 내는 거라 믿기 어려울 만큼 강한 힘이었다. 그녀는 여전히 먼 산을 응시하고 있었다.

"해가 밝아서."

알아듣지 못할 말을 중얼거리던 서윤의 눈이 그제야 재희에게 닿았다. 소름이 돋을 만큼 깨끗한 눈동자는 열일곱 양서윤의 그것처럼 맑았다.

"손수건을."

다시 중얼거린 말에 재희의 낯빛이 흐려졌다. 그녀가 정말 어떻게 된 것은 아닐까 두려워 몸을 일으키려는데 강한 힘은 재차 그의 의지를 짓눌렀다. 재희의 머리에 손을 올리고 제 다리로 확 누른 서윤은 어정쩡한 자세로 머리만 자신의 허벅지에 둔 그의 머리칼을 쓸었다. 놀란 재희의 커진 눈이 흔들렸지만 서윤은 여전히 마이웨이였다.

"가만히 있어."

단호하게 말한 그녀의 몸과 손은 불덩이 같았다. 금방이라도 타들어 가는 건 아닌지 걱정스러웠으나 귓가에 닿은 서윤의 일부가 녹일 듯이 부드러워 움직이지 못했다.

두 무릎을 꿇고, 그녀의 다리에 머리를 기대고서 마치 치유받듯이. 천천히 재희의 머리카락을 쓰다듬고 길게 숨을 내쉰 서윤이 물기 어린 듯 촉촉한 음성으로 속삭였다.

"……재희야."

정말 달콤한 부름에 그가 주먹을 세게 쥐었다. 넘치는 감정이 넓은 공간을 흠뻑 적시고 그 안으로 파도가 쳤다. 미치도록 하고 싶었던 말이 있었다. 십수 년을 가슴에 품고 울며 삼키고 또 억누르던 말이 있었다. 서윤은 이게 꿈이건, 현실이건 아무래도 상관없었다. 하고 싶고 또 곁에 그가 있기에.

"미안해."

심장이 떨어져 내리는 물기 어린 목소리에 재희의 눈이 잠시 감겼다.

"미안해."

거듭된 사과의 끝에 서윤은 눈을 감았다. 본능에 가까운 속삭임. 때를 놓친 기나긴 말들은 갑작스럽지만 진심을 다해 이어졌다.

"설레었어. 두근거렸어. 너한테 받은 고백, 처음 받은 거라서 너무 기뻤어. 그런데 내가 겁쟁이라서, 또 애들한테 왕따 당할까 봐 기쁜 만큼 무서워서 널 상처 줬어. 내가 받는 것보다 다른 사람이 받는 거라면 상관없을 거라고 생각했어. 다시 겪고 싶지 않아서, 너무 무섭고 힘든 거 아니까. 아니까, 네가 아플 걸 알면서도…… 그래 놓고 내가 필요하니까 네가 내민 손을 잡은 거야. 미안하다고 말만 하면서, 정작 내가 필요하면 뭐든 해. 그런 내가 싫은데…… 너무 싫은데. 그래도 꼭 하고 싶은 말이었어. 이 말이 늘…… 하고 싶었어. 너무, 너무."

언제부턴가 허공을 바라보던 눈앞이 일렁거렸다. 무슨 일이 있어도 절대 울지 않고 꿋꿋하게 버티던 서윤은 몸을 숙이며 내려진 재희의 검은 머리카락에 입술을 댔다. 흐르지 않은 눈물이 뚝 떨어져 재희의 머리카락으로 스며들었다.

너무나 하고 싶었던 그 말과 함께.

"고마워."

심장이 내려앉는다. 가슴이 미어질 듯 부풀어 떨려 숨이 멎을 것 같다.

"너무 고마웠고, 지금도 앞으로도 고마워."

미안하단 말보다 하고 싶었던 말은 고맙다는 말이었다. 항상, 정말 항상 하고 싶었던 말이었으나 염치없이 꺼낼 수 없었던 말이다. 그 말 하나로 모든 것을 끝내겠다는 것과 같단 생각에 서윤은 회사를 그만두겠다고 말하면서도 미안하단 말은 하면서 차마 이 말은 할 수 없었다.

좋아한다는 너의 고백에 그리고 지금까지 나를 향한 너의 손길에. 고마워, 감사해. 진심으로, 또 진심으로.

바라보는 눈이 화사하고 눈부시게 호선을 그렸다. 빛나도록 아름다운 그녀의 미소에 넋을 잃고 조아리듯 바라보며 재희는 어쩐지 눈물이 날 것 같았다.

제 할 말이 모두 끝나서였을까.

몸을 바로 세운 서윤이 축 늘어져 소파로 누워 버렸다. 그리고 더없이 홀가분한 표정으로 편안한 미소를 지었다.

조금 전까지 사람을 들었다, 놨다 했던 게 거짓말인 양 소파에서 대자로 누워 버린 그녀는 금방 잠에 빠졌다. 그 바람에 얌전히 세워져 있던 가방이 바닥으로 떨어지며 내용물을 쏟아 냈지만 주인인 그녀는 움직이지 않았다. 결국 아픈 몸의 통증보다 그간의 피로가 이긴 것 같았다.

심지어 도롱도롱, 작게 코까지 골면서 잠에 든 서윤에 아직 바닥에 앉아 있던 재희가 허탈한 헛웃음을 보였다.

겨우 한 방울이었던 서윤의 눈물이 머릿속을 타고 내려와 그의 이마를 타고 흘렀다. 손을 들어 그 눈물을 만진 재희는 소파 위에 조심스레 앉으며 지켜보았다. 눈물 자국이 조금 남은 눈가, 소리를 내는 코, 벌어진 입술.

"그랬구나."

이제야 듣는 그날의 이유다. 지금은 그저 '그랬구나'라고 말할 수 있지만 그것을 품고 있던 지난날은 얼마나 아프고 서러웠을까.

"그랬던, 거였어."

이젠 아무래도 상관없어진 일이다. 그녀가 자신에게 주었던 상처는, 긴 시간 함께하며 오래전에 사라졌다. 그런 상처에도 멈춰지지 않던 뜨거운 감정은 이제 무엇을 해도 멈추지 않을 것임을 안다.

그러나 내가 잊은 걸 네가 기억한다는 것만으로도, 그것만으로도 심장이 욱신거리고 날 듯이 기쁜 것을 보면 아마 제정신은 아닌 것 같았다.

예나 지금이나 그녀는 예쁘다. 다른 이들의 눈에 어떻게 보일지 몰라도 재희의 눈엔 세상 어느 누구보다도 아름답고 사랑스럽다.

그는 조금씩 천천히 몸을 서윤에게 가져갔다. 팔로 제 몸을 지탱하며 바로 지척까지 다가가 코앞에 보이는 그녀의 이목구비를 하나하나 눈에 새기곤 말을 이었다.

"깨지 마. 깨면……."

깨면. ……깨어난다면.

"널."

삼켜 버릴지도 몰라.

도톰한 입술이 아슬아슬한 거리에서 잠시 멈췄다. 감히 내가 그녀를 훔쳐도 되는 걸까. 작은 고민이 아주 잠깐 스쳤나. 하지만 이 입술을 가질 수 있는 건 예전에도, 지금도 오직 자신이었다.

굽어진 팔꿈치, 그늘진 얼굴. 햇빛을 가려 주던 손수건처럼 기분 좋은 체취를 가진 재희의 숨결이 다가섰다. 그의 눈이 감기고 욕심을 닮은 바람이 마주 닿았다. 촉촉하지도 않고, 로맨틱하지도 않지만 꿈에서밖에 바라지 못했던 입술을 머금는다.

심장이 운다. 처음 마주한 서윤의 입술에 고맙다는 듯이.

재희의 입술이 서윤의 마른 입술을 적시고 그녀의 입술이 재희의 마른 가슴을 적셨다.

아주 오랫동안, 따뜻하게.

5. 재채기보다 숨기기 어려운 것

어두운 방 한쪽에서 홀로 빛나는 전자시계가 가리키는 시간은 PM 11:07.

어렴풋하게, 말랑말랑하고 쫄깃한 곱창을 먹던 꿈을 꾸다 깨어난 시간이었다.

이리 보고 저리 보고 눈을 감았다 뜬 후 비벼 보아도 시간은 오전이 아닌 오후였다. 재희의 집에 온 게 아침 7시 반을 조금 넘겼을 때였고 지금이 밤 11시니 꼬박 열 몇 시간을 잠들어 있었던 거다. 습관적으로 주변에 손을 뻗어 휴대폰을 찾던 서윤을 가장 혼란스럽게 하는 것은 자신이 깨어난 장소였다.

시계에서 눈을 떼고 차분하게 앉아 이불을 움켜쥐던 그녀는 결국 이 방이 재희의 방임을 인정해야 했다. 두 손으로 얼굴을 가리고 마구 문지르며 침대 위로 구르던 서윤은 혹시나 하며 입술 옆도 손으로 닦아 보았다.

 손가락 끝에 전해지는 미묘한 이질감. 하얗게 붙은 침 자국임에 틀림없었다. 하다하다 남에 집에서 침 흘리며 잔 자신을 보며 그녀는 이불을 움켜쥐고 고개를 숙이며 웅얼거렸다.

 "……너 진짜 왜 그래애."

 될 수 있으면 우주로 날아가고 싶을 지경이었다. 아침부터 불길했던 조짐대로 된통 아파 버린 것이 땀에 절어 소금기 묻은 듯한 몸만 문질러 봐도 알 수 있었다. 지금은 마른 것 같지만 끈적끈적함도 느껴지는 것 같고 찝찝함도 몰려왔다.

 일단 어쩌다 소파에서 여기까지 오게 되었는지, 분명 잠이 든 건 아침이었는데 어쩌다 이런 새까만 밤이 되었는지 곰곰이 떠올렸다. 아주 정신을 놓지만 않았으면 얼추 기억은 할 수 있을 거란 생각에서였다. 그리고 완벽하게 떠오른 기억에 하얗게 질려 버렸다. 사람이라면 응당 망각의 동물이건만 어째서 자신은 이런 곳에서만 기억력이 좋을까!

 "아악, 악! 양서윤! 양서유운!"

 아무리 몸이 안 좋고 꿈과 현실을 구분하기 어려웠다고 한들, 그렇게 마구 헛소리를 늘어놓을 건 또 무어란 말인가. 지금까지 꼭꼭 숨겨 둔 것이 무색하게 술 취한 것도 아니고 잠에 취해 구구절절 변명 아닌 변명을 쏟아 내다 제 할 말만 하고 그대로 고꾸라진 것이 마지막 기억이었다.

 생각나게 하지 않으려 하면 할수록 기억은 선명해졌다. 그리고 그 기억들에 안 그래도 자기주장 강한 머리카락들을 마구 흔들고 비비며 헝클어 놓는 그녀의 시선으로 한 줄기 빛이 들어왔다.

소리 없이 열린 문으로 바깥 불빛과 함께 들어온 사람은 방전등까지 켜며 다가왔다.

"어……."

얼굴도 제대로 보지 못하고 얼른 고개를 숙였다. 할 수 있는 건 신음 아닌 신음뿐. 요상한 몰골과 소리를 들으며 한 손에 든 쟁반을 침대 위에 내려놓은 재희는 맞은편에 앉으며 숟가락을 쭉 밀었다.

"먹어."

말투는 퉁명스러웠지만 숟가락을 미는 손은 얌전했다. 그는 길이길이 흑역사로 남을 서윤의 고백을 고맙게도 묵인해 주기로 한 모양이었다.

쟁반에 놓인 건 하얀 그릇에 담긴 방금 막 끓인 듯한 죽이었다. 아주 맛있는 빨간 빛깔을 내고 있는 죽. 아픈 사람에게 죽만큼 좋은 음식은 없어도 그 안에 무엇이 들어 있느냐에 따라 다르다. 빨간색의 김치와 아마도 전복처럼 보이는 것이 들어간 죽은 굉장히 호화스러워 보였다.

"김치, 전복, 불고기, 낙지. 몸에 좋은 건 다 들어갔다."

묻지도 않았는데 홀로 뿌듯해 말하는 게 고맙고도 신기했다. 이렇게 사람 간호할 줄도 알 줄이야. 다 컸다, 서재희.

물밀 듯이 밀려드는 창피함과 부끄러움은 죽 한 그릇에 밀려 금방 사라졌다. 모락모락 피는 하얀 김과 입맛 돋우는 냄새에 숟가락을 든 그녀가 아닌 걸 알면서도 물었다.

"설마 만들었어?"

한 입 먹자 짜릿한 고소함이 퍼졌다. 속이 받건 말건 연이어 한 숟갈을 더 먹으니 기대감이 든 목소리로 재희가 말했다.

"만든 것도 있긴 한데."

"그럼 그거 주지 뭐하러 샀어."

"다시 누워서 못 일어날지 모르지만 괜찮으면 가져다줄게."

사실 재희는 난생처음 죽이라는 것을 만들어 보기 위해 웹 사이트는 물론 요리 어플까지 다운받아 노력했다. 그러나 쉬울 것 같았던 죽은 생각보다 어려운 음식이었다. 차라리 아무것도 넣지 않으면 모를까 무언가 하나라도 들어가면 간을 맞추기 어렵다.

결국 쌀만 버리고 만들어 낸 몹쓸 것을 다른 사람은 몰라도 서윤은 먹어 줄 거라 생각하며 반색했으나 그녀는 죽 그릇을 들고 마실 듯이 숟가락을 움직였다.

"음식은 역시 외식이지."

혹시나 먹어 줄까 두근두근했던 마음이 식어 버린다. 가느다랗게 변한 재희의 눈을 보고도 서윤은 모르는 척했다. 다소 과하게 집중해서 먹는 모습이 자연스럽지 못하다는 것을 깨달은 건 그녀가 코를 박고 숟가락질하는 것을 보면서였다.

두 명이 먹어도 되는 양의 죽을 꾸역꾸역 먹으면서 고개 한 번 들지 않고 다른 말도 없다. 이쯤 되면 왜 자신이 침실에 있는지, 깨워 주지 않았는지 물었어야 하는데 죽만 먹는다. 더욱이 요즘처럼 반항 의식 가득할 땐 뭐라도 한마디 할 것 같은데 얌전한 것을 보면······.

그의 눈이 조금 더 가늘어졌다. 그러다 자연스레 그녀의 입술로 시선을 두다 황급히 고개를 돌렸다. 가슴속이 뜨끈뜨끈했다.

우걱우걱, 전투적으로 죽을 먹는 서윤의 앞으로 재희가 앉았다. 침대가 조금 흔들리고 반사적으로 숟가락질을 멈춘 그녀가 올려다보자 그가 고개를 살짝 비틀었다. 눈이 잠시 마주쳤지만 서윤은 죽으로, 재희는 죽을 먹는 손으로 시선을 돌렸다.

목적과 이유는 다르지만 서로가 서로에게 하나씩 숨기는 것이 있었다. 서윤은 제정신이 아닌 상태에서 해 버린 꼭 숨겨 둔 고백을 그렇게 정리하고 싶지 않아서였고 재희는 몰래 한 제 키스가 행여나 그녀에게 각인될까 걱정해서였다.

혹시 지금 무언가를 기억한 건 아닐까 싶지만 입에 올리는 순간 서먹해지고 기억해 낼까 본의 아닌 침묵에 휩싸인 사이 서윤은 죽한 그릇을 모두 비워 냈다.

체력이 현전하게 낮아진 상태에서도 제대로 끼니를 채운 서윤은 빵빵해진 배를 문지르며 중얼거렸다.

"몸은 진짜 튼튼한데."

아파도 잠을 푹 자면 개운해지는 튼튼한 몸이 고마울 따름이었다. 여러모로 민폐를 끼친 것이 미안한 건 어쩔 수 없지만 이 정도로 푹 자는 건 집에서도 어려웠다. 밥을 다 먹고 나서 괜히 목을 가다듬은 그녀는 이번엔 얌전히 감사 인사를 하기 위해 고개를 바로 들었고 자꾸 시선을 피하느라 못 보던 것이 보였다.

"너 입술 왜 그래?"

지나치게 뒤늦은 깨달음이었다. 얼마나 시선을 제대로 맞추지 않았는지 알게 하는 말에 어처구니가 없어 헛웃음을 낸 재희였다. 그녀는 놀란 듯 몸을 일으켜 세웠다.

"누구랑 싸웠어? 누가 죄다 물어뜯어 놨어."

너무 뒤늦은 발견이었지만 서윤은 금방 크게 뜬 눈으로 황급히 침대 옆 서랍을 열었다. 그리고 순식간에 구급상자를 찾아 입에 바를 수 있는 연고를 꺼냈다. 집주인인 재희는 조금 전까지 찾다가 못 찾아 포기했던 바로 그 연고였다. 서윤은 방금까지 아팠던 사람이 맞는지 면봉에 묻힌 연고를 입술에 난 상처에 꼼꼼히 발랐다.

"뭘 어떻게 했는데 아침까지 없던 상처가 나. 회사야? 아니면 피곤해서 터진 건가. 아무래도 윤 선생님께 말씀드려서 공진단이라도 부탁드려야겠다."

말은 짧고 약간 톤이 높긴 하지만 이런 점은 전과 달라지지 않은 서윤이었다. 모든 우선순위가 재희라고 말하는 것처럼.

그녀는 지나치게 가까웠다. 똑바로 바라보는 눈과 집중하는 입술이 자꾸 시선을 빼앗아 갔다. 당황스러울 정도로 곧은 시선에 그는 눈을 감았다. 한번 끓어오른 물이 도무지 불 아래로 내려올 생각을 하지 않았다. 바짝 닳아 기화될 요량인지 끝없이 타오른다.

"……하아."

"입술 움직이지 마. 대체 뭐니. 개가 문 것도 아니고."

개? 아니, 양이 물었다.

그가 도둑 키스를 했음을 말하지 못하는 이유는 여기에도 있었다. 그의 지금 이 입술을 만든 건 다름 아닌 눈앞에서 열심히 약을 바르고 있는 서윤이었기 때문이다.

순수하게 바란 입술에 제 입술을 대고 떼어 냈던 재희는 중력에 이끌리는 사과처럼 다시 서윤의 입술을 탐했다. 처음엔 살짝 대고 있는 것만으로도 온몸이 저릿저릿하게 전기가 흘렀으나 사람이라면 응당 다음 것을 바라기 마련이었다.

대고 있으니 제대로 맛을 보고 싶고 맛을 보니 품고 싶고 품으니 삼키고 싶은 게 사람이다. 조심스레 입술을 빨아들이며 살살 달래듯 다물린 입술 사이를 열었다. 간질간질 뜸 들이고 수줍어하는 아이처럼 느릿하게 벌어지던 입술 사이로 어설픈 혀끝이 서윤의 입술로 조금씩, 조금씩 파고들었다.

똑, 떨어진 땀방울이 그녀의 뺨으로 떨어진 순간 몹쓸 도둑질에 벼락이, 아니 서윤의 깨물기가 떨어졌다. 그녀는 정신 놓고 잠든 상황에서 맞닿은 재희의 아랫입술을 꽉 물어 버렸다. 몰래 하는 도둑질이니 소리를 낼 수도 없고 잠이 깰까 함부로 움직일 수도 없게 되어 버려 물린 상태로 5분을 넘게 쩔쩔맸다.

그러니 아랫입술이 이 지경일 수밖에. 날이 지나면 더 못 볼 꼴로 부어오를 게 분명한 짜릿하고 아찔한 첫 키스였다.

꿀꺽, 침까지 삼킨 재희는 다른 말도 못하고 손을 내리는 서윤을 향해 혼잣말을 했다.

"바늘 도둑이 왜 소도둑이 되는지 알았다."

"뭐야, 갑자기."

시큰둥한 대답을 하곤 구급상자를 제자리에 넣은 서윤은 어느새 화려한 솜씨로 침대 시트를 정리하고 있었다.

"잠 한번 푹 잤더니 개운하다. 역시 감기몸살에는 잠이 최고야."

아팠다는 게 거짓말은 아닌가 싶은 솜씨였다.

"회복력이 무슨 짐승 수준이야."

"내 유일한 장점이지. 이제 가야겠다."

"간다고?"

결정력이 얼마나 빠른지 시트를 정리하고 있는 것 같더니 벌써 방 밖으로 나가고 있는 서윤이었다. 그녀는 황당해하는 재희를 모르는 척 후다닥 거실까지 가서 주변을 훑었다. 특별히 신경을 거스르는 것은 없는지 번개처럼 소파에 놓인 그의 가방과 재킷까지 정리한 뒤 주방 앞에 섰다. 고맙게도 주방은 깔끔했고 있는 건 다 식은 죽이었다.

"하여간 은근히 사람을……."

사실 말은 안 했지만 직접 죽을 끓이기까지 했다는 말에 순간 가슴이 찡했던 서윤이다. 워낙에 큰 은혜를 받고 있어서 재희에게는 뭔가를 받을 생각은 한 번도 하지 않았다. 뭔가를 주려 해도 부담스러워하다 보니 재희 역시 자연스레 하지 않게 되었고 말이다.

정말 사소한 것이지만 그렇기 때문에 편하게 받아들일 수 있는 진심이었고 서윤은 한눈에도 썩 맛있어 보이지 않는 죽을 챙겼다.

"통 하나만 빌릴게!"

그가 거실에서 저를 보고 있다는 걸 알고 외친 그녀는 통을 꺼내 냄비에 있는 죽을 모두 담았다. 그리고 봉지에 담아 안고 깔끔하게 손을 들어 인사했다.

"벌써 열한 시야. 막차 끊기기 전에 가야지. 집 잘 썼어!"

뭐라 대답할 틈도 없고 겨를도 주지 않는 속사포였다. 생각해 보면 이건 절대 생소한 풍경은 아니었다. 말만 좀 늘어났을 뿐 전에도 이런 루트였었다. 제 할 일을 묵묵히 하고 간단 소리만 남기고 사라졌던 게 이젠 말과 함께 이어질 뿐이다. 재희는 아무 말도 하지 않고 소파 위에 가지런히 놓인 그녀의 가방을 챙겨 얼른 현관까지 간 서윤을 뒤따랐다.

말할 필요가 없었다. 그녀가 결코 이 집을 떠날 수 없음을 알기 때문이었다. 아니나 다를까 당장이라도 이곳을 벗어날 것 같았던 서윤은 현관 앞 거울 앞에 멍하니 서 있었다.

"……이거 나야?"

흡사 넋이라도 나간 듯 거울을 보던 그녀는 빙그르 돌아 재희를 보았다. 그는 팔짱을 끼며 어깨를 으쓱거렸다.

"세상에, 이거 대체 뭔 꼴이야?"

거울에 비친 여자는 전에 없이 엄청난 꼴이었다.

산발이 된 머리는 그나마 양반이었다. 땀에 젖었다 마른 티가 확 나는 옷과 얼굴, 희미한 자국까지 가득한 입가와 화장이 번진 눈. 흐트러진 옷은 말할 것도 없는데 한쪽에 플라스틱 통까지 안고 있으니 그 모양새가 가히 대단했다.

도저히 계속 거울을 보고 있을 수 없어 몸을 돌린 서윤은 머쓱하게 머리를 긁적였다.

"저, 나 잠깐 세수만 좀…… 어."

아무리 철면피라도 이 상태로는 갈 수가 없을 것 같아 얼굴 조금 붉히며 말을 잇던 그녀는 순간 빙글 돈 눈앞에 무릎이 흔들렸다. 시야가 앞에서 아래로 조금 변한 차, 재빨리 힘을 주었지만 이미 몸은 아래로 가라앉고 있었다.

소리를 지르거나 버틸 힘도 없이 쏟아진 몸은 다행히 이미 버티고 선 재희의 몸에 닿았다. 위태롭게 흔들리던 죽이 든 통도 간신히 잡았다.

닿은 몸이 아주 뜨거웠고 그는 제정신이 아닌 듯 눈만 깜빡이고 있는 그녀를 거실까지 데려가 소파에 앉혔다. 그리고 차분히 지켜보다 불렀다.

"양서윤."

"……어?"

멍하니 보는 눈에 재희는 두 손가락으로 제 눈을 가리켰다.

"내 눈 똑바로 봐."

붉은 기운이 든 눈이 보인다. 유난스러울 정도로 재촉하던 걸음의 이유를 알 것 같았다. 몸이 온전하지 못하니 버릇처럼 모든 일을 서두른 거다. 지금처럼 완전히 풀어진 걸 본 적이 없어서 그렇지 이따금 한 번씩 이랬던 적이 있던 것도 같다. 그저 그가 알아차리지 못했을 뿐.

"이 상태로 어딜 가겠다고."

"아니, 그게."

"갈 수 있으면 가 보든가."

반짝 나아졌던 몸은 한번 흐트러지니 금방 무너질 듯 위태로웠다. 그렇다고 못 견디게 아픈 건 아니지만 물먹은 솜처럼 몸이 무겁고 정신이 없는 건 사실이었다. 나이가 들었어, 하고 슬픈 중얼거림을 내놓은 서윤은 한숨을 쉬며 다시 중얼거렸다.

"가서 씻고 싶은데…… 시원한 것도 좀 먹고 싶고."

찝찝한 몰골을 보고 나니 씻고 싶은 생각이 머리를 가득 채우고 있었다. 목도 칼칼해 시원한 것을 떠올리며 입맛만 다시다 택시라도 불러야 할까 고민하던 차, 가만히 지켜보던 재희가 황당한 소리를 해 댔다.

"씻겨 줘?"

너무 황당해서 순간 비웃지도 못했다.

"나 지금 뭐 잘못 들었지?"

"아니."

"아니면?"

"힘들면 씻겨 줄게."

어처구니가 없다는 건 이런 데서 하는 말이다, 싶다. 눈을 깜빡인 서윤은 과감하게 손을 들었다.

"아니. 절대, 절대 싫은데?"

"왜. 대충 세수하고 손 닦고 머리 감기면 되는 거 아냐."

"웃긴다. 13살 때까지 유모 손에 목욕한 주제에 누가 누굴 씻겨?"

으르렁. 얼마나 싫으면 절대 입에 꺼내 놓지 않던 옛 이야기까지 터놓는다. 재희는 흠칫, 몸을 굳히다 이를 드러냈다.

"……14살 때부턴 내가 했거든?"

"뻥치시네. 너 18살에 매실주 마시고 꽐라 돼서 집사님이 머리 감겨 준 거 모를 줄 알아?"

"대체 어디서 그런 걸 듣는 건데?"

"어쨌든 저리 가."

도대체 모르는 게 뭔가 싶을 정도로 속속들이 알고 있는 재희의 과거사였다. 처음엔 단순히 호의였다. 그러나 단순한 거절이 아니라 사람 자존심을 박박 긁어 대는 말에 오기가 솟기 시작했다. 이쯤에서 그만두는 게 맞는데 괜한 오기는 쓸데없는 고집을 부리게 했다.

"머리만 감길게."

"얘가 왜 이래. 싫다니까."

"그럼 손만 씻길게. 손만."

"됐거든? 원래 심장하고 가까운 살은 남한테 넘겨주는 거 아니랬어."

방금 막 지어낸 말이었지만 꽤 그럴싸했다. 행여나 잡힐까 파닥파닥 움직이는 손을 재희는 과감히 낚아챘다. 그리고 훅 안으로 파고들며 약을 발라 반질거리는 입술로 속삭였다.

"내가 남이야?"

은근한 속삭임에 숨을 멈춘 서윤은 잡힌 팔목을 어떻게든 비틀어 보았다. 그러나 어찌나 힘이 센지 빠지질 않았다. 별거 아닌 말인데 쉬이 대답이 나오지 않아 벙긋거리는 입술이 재희의 눈에 들어왔다. 참 유혹적인 붉은 살이다. 드러난 피부 중 유일하게 색을 지닌 것이니 이렇게 매력적일 수밖에. 그저, 나오는 말이 어떤가에 따라 다르겠지만.

"남 아니면, 여야?"

겨우 내놓은 말이라는 게 이따위라니. 타오르던 불길도 주춤하게 만들 아저씨 개그였다.

"……죽을래?"

"……아무튼 저리 가."

그 와중에도 밀어내는 손에 똘똘 뭉친 오기는 끝나지 않았다. 이내 재희의 손이 서윤의 발목을 쥐었다. 확 올라온 소름에 그녀의 버둥거림이 멈춘 사이 그가 물었다.

"발은."

두 눈이 껌뻑껌뻑, 입술이 벙긋벙긋.

"발은 심장에서 멀잖아."

"……남보단 가깝거든?"

간신히 말은 했는데 다른 어디를 잡힌 것보다 부끄러웠다. 심장이 어찌나 빨리 뛰던지 안 그래도 조금 말라 있던 입술이 바싹 타들어 갔다. 발목을 쥔 손의 힘이 세지도 않은데 빼지도 못했고 타이밍을 잡은 낚시꾼처럼 그가 잡은 발목을 당겼다.

주르륵, 소파 아래로 내려간 몸이 재희의 구부린 허벅지 위에 안착했다. 막을 틈도 없이 안긴 서윤이 결국 완전히 숨 쉬는 걸 포기하자 그는 서윤의 허리에 손을 두르며 은밀하게 말을 이었다.

"이러면, 내 심장이 네 머리랑 손보다 가까운 거 같은데?"

틈도 없이 완벽하게 닿은 가슴은 가감 없이 심장박동을 받아들였다. 움직이길 거부한 뇌는 당황만 남아 버렸다. 서윤은 악, 소리를 지르며 발버둥을 쳤다.

"하지 말라고! 안 씻겨 줘도 된다고!"

"씻겨 준대도 난리야! 발 안 내놔?"

"으악! 놔! 놔, 인마! 미쳤어! 왜 발에 집착하고 난리야!"

난리법석을 떨며 서윤의 발을 가지고 엎치락뒤치락, 쓸모없는 전쟁을 벌이는 동안 시간은 흘렀고 점차 힘이 빠지기 시작한 그녀는 회심의 공격을 쏟아 냈다.

"야, 이 변태야!"

퍽.

강렬하고 차진 소리가 울린 후에야 소강상태에 접어든 공방. 어쩌다 발이 거기까지 올라갔는지는 모르나 서윤의 발이 있는 곳은 재희의 뺨이었다. 그것도 다친 입술 바로 옆. 안 그래도 아파 보이는 입술에서 아주 살짝 피가 나는 것도 같았다.

"괘, 괜찮아?"

황급히 발을 내린 그녀가 물었고 천천히 고개를 바로 한 재희는 발을 꽉 쥐고 말했다.

"안 괜찮으니까 발 내놔."

"……그러니까 왜 발에 집착하는 거냐고."

싸움의 의지가 죽어 버린 서윤이 힘을 빼자 재희는 만족스러워하며 입가에 미소를 그렸다.

"발만 잡을게. 발만."

손만 잡고 잘게도 아니고 발만 잡는다는 건 또 무엇인가. 그녀는 고개를 푹 숙이고 말았다.

결국 서윤은 소파에 얌전히 앉아 발을 건네주고 있었고 미지근한 물을 떠 온 재희는 어쩐지 신이 난 표정으로 소매를 걷었다. 서윤은 미리 경고했다.

"발만 씻겨. 다른 데 만지지 마."

"다른 데 어디."

"종아리, 허벅지, 사타구니, 허리, 가슴."

서슴없이 말하는 제한구역에 그의 미간이 좁아졌다.

"그 정도로 상세한 거 보면 만져 달라는 거지?"

"그 결론이면 성추행이 여자들이 옷 짧게 입어서 나는 거라고 한번 해 보시죠, 왜?"

단호한 반론에 재희의 입이 금방 다물렸다. 만질 생각은 없었지만 서윤의 입장에선 변태 소리 듣기에 충분한 고집이었으니 입을 다무는 게 옳았다.

"발가락은 내 거다."

다만 이상한 집착은 잊지 않았다. 서윤은 혀를 내둘렀다.

"너 진짜 이상해."

의외로 섬세한 손가락이 살며시 발을 쓸었다. 열심히 일한 흔적이 가득한 발에는 굳은살과 상처, 흉터가 가득했다. 직업 특성상 늘 신어야 하는 구두로 인해 도두라진 뼈들이나 앞으로 모인 발가락들, 기형처럼 변한 모양이 손안 가득 잡혔다.

단순히 곁에 두기 위해 시작한 계약이 불러온 흔적들이었다. 그녀가 얼마나 열심히 제 곁에서 노력했는지 이제야 하나둘씩 깨달아 가며 재희는 손을 움직였다.

진작 이렇게 했더라면, 처음부터 다정하게 대했다면 서윤이 떠날 생각을 하지 않았을지도 모른다는 생각을 한다. 하루에도 수십 번, 수백 번씩 볼 때마다. 그토록 긴 시간을 어째서 이렇게 허무하게 보냈는지 후회를 하며 안달 내는 자신이 있다.

"꼼지락거리지 마."

퉁명스럽지만 다정한 목소리였다. 뭔가 달라진 것 같다. 항상 지나치게 가깝고 허물없이 대했지만 뭐랄까, 조금 더 달라진 느낌. 발을 스치는 손가락이 따스하게 감싸 온다. 그간 고생했다고 말하는 것처럼 느껴져 서윤은 가만히 발을 모으고 내려다보았다.

지금일까. 정신 놓고 웅얼거리던 고맙단 말을, 제대로 할 수 있는 순간이. 그녀는 입술을 열어 찰랑이는 물소리에 묻힐 듯 작은 목소리로 말했다.

"있지."

"고마워할 필요 없어."

서윤이 무슨 말을 할지 아는 사람처럼 말을 막은 재희는 발가락 사이를 꼼꼼하게 닦아 주었다. 더럽다고 생각하지도 않는 모양이었다.

"약점을 가지고 휘두른 놈은 나니까. 아픈 거 결국 나 때문이잖아. 다 알고 있어. 알고 있으니까, 무리하지 마라."

흘러가는 듯한 말에 서윤은 조금 멍해졌다. 갑자기 왜 그런 말을 하는지는 몰라도 모든 걸 알고 있다는 듯한 말 같아 가슴 한편이 이상하게 몽글거렸다.

"난 이제 아무렇지도 않아. 이렇게 네 발 닦아 주는 것도 할 만큼 전혀. 그러니까 너도 좀 벗어나."

"……."

"13년이면 충분하잖아."

이제 너를 좀 쉬게 둬. 그렇게까지 다그치지 마. ……라고 말한다.

재희의 가지런한 정수리와 결 좋은 머리카락이 보였다. 어쩌면 우리는 길고 길었던 인연에 대한 마무리를 하기 위해 이 시간을 가지고 있는 것인지도 몰랐다. 시간으로 따지면 가족보다도 더 많은 시간을 함께했고 무조건적인 관계를 맺은 이별을 위한 시간. 어떠한 사이도 아니었지만 연인보다 가까웠던 사이.

이 관계의 마지막 단계.

"넌 좋은 사람이야. 정말, 정말로 좋은 사람. 성격은 나쁘지만."

농담처럼 말하지만 진심이었다. 성격을 떠나 재희는 정말로 좋은 사람이다. 그걸 알기에 기간을 두고라도 남은 거다. 그래서 훗날 그의 곁에 남을 누군가를 위해서 멀어지는 게 옳았다.

"나중에 누구를 만나더라도 상대한테 나한테 이랬다고 말하지 마. 완전 실례니까."

아무렇지 않게 하는 스스로의 말에 서윤은 가슴이 따끔따끔 아파 왔다. 너무 가까이에 자신이 있으니 다른 사람이 그에게 다가서지 못한 것일 수도 있고 또 그가 다른 사람을 찾을 생각도 하지 않았을 수도 있었다. 외로우면, 쓸쓸하면 타인을 찾아야 하는데 그럴 틈 없이, 곁에 있었으니까.

미안하게도 자신은 그것조차 이용한 것일지도 모르니까.

"남들은 모르지만, 우리는 너무 오래 같이 있어서 아무렇지 않게 생각할 수 있는 거라도 이게 평범한 건 아니잖아. 그러니까 행여나 입에도 올리지 마. 나중에 내 짝한테도 실례라고."

심술궂은 말이었다. 그런 심술에 깊게 숨을 내쉰 재희가 고개를 들었다.

"네가 아무 데도 가지 않게 하려면 내가 뭘 어떻게 해야 하는 거냐."

아무렇지 않게 사람 가슴 뜨겁게 하는 재희에게 서윤은 고개를 저었다.

"말했지. 그거, 너무 익숙해서 생긴 소유욕 같은 거라고. 정상 아닌 거. 그래서 좋은 사람을 찾았으면 좋겠어. 너도 나도 서로한테 졸업해야지."

"변하지 않고, 이대로 있는 건."

"안 돼. 달라져야지. 우린 이제 고등학생이 아니니까."

확고한 의지에 재희는 한참 말이 없었다. 발을 닦던 손도 멈추고 한동안 그녀만 보다 입술을 연다.

"달라진다는 건."

"……"

"너도 예측할 수 없는 일이 벌어진다는 거야."

다른 감정이 들어 있는 것 같진 않았지만 꼭 경고처럼 들렸다. 왜 경고처럼 들리는지는 몰라도 서윤은 흔들리지 않았다.

"알아. 그래도 그게 맞아."

재희의 손이 다시 움직이기 시작했고 발바닥에서 쥐듯이 쓰는 손바닥에 발가락이 오므라들었다. 그는 아래 물결에 비친 제 얼굴을 보며 말을 이었다.

"그래, 성격은 나쁘지만."

시간이 간다. 그리고 그녀 역시 멀어진다. 서윤은 모를 뜨거운 숨이 길게 이어졌다. 수면에 비친 눈동자가 붉게 빛났다.

평범하게 지난 며칠, 돌아온 황금 같은 주말에 미리 잡힌 약속을 해결하기 위해 일어난 서윤은 이번 선 자리에 별다른 생각이 없었다. 뭔가 다음을 생각해야 긴장감이나 불안감, 기대감이라도 있지 애초에 다음을 기약하지 않는 만남이기에 그저 무덤덤할 뿐이었다.

엄마는 그녀가 벌써 결혼이라도 할 것처럼 들뜬 모습을 보여서 미안했지만 어쩔 수 없는 일이었다. 손에 이끌려 미용실까지 가고 이번 기회에 입으라며 굳이 사 준 하늘하늘한 원피스까지 입고 난 후 도착한 약속 장소였다.

어쩐지 진이 빠지고 기운이 사라져 어깨를 늘어트리고 약속 장소인 호텔 앞에 도착한 서윤은 길게 하품까지 하며 안으로 들어가려 했다. 그러나 그녀의 팔목을 낚아챈 손이 제멋대로 당겼고 소리를 지르려던 서윤은 낯익은 얼굴에 헛바람을 삼켰다.

"서재희?"

간신히 부른 이름에 담긴 의아함을 아는지 모르는지 그는 잡았던 팔목을 놓고 입에 문 아이스크림을 베어 물었다.

"네가 왜 여기 있어?"

당황한 그녀가 주변을 둘러보다 물었지만 재희는 여전히 달콤한 아이스크림만 먹을 뿐이었다.

"아니, 어떻게 여기에."

거듭된 질문에도 묵묵부답. 결국 손에 든 아이스크림 하나를 다 먹고 나서야 입가를 닦은 재희는 혼잣말처럼 중얼거렸다.

"맛있더라."

"……아이스크림? 너 단거 싫어하잖아. 맛있어?"

"한번 맛보니까 내내 생각이 떨어지질 않아서."

"뭐 얼마나 맛있는 걸 먹었기에 그래."

아픈 후에 생각나던 차가운 것을 결국 못 먹어서 그러는지 보기만 해도 입맛을 다셨다. 이곳은 어떻게 왔는지 몰라도 갑자기 나타나 사람 놀리듯이 구는 통에 조금 쌜쭉해졌다. 잘 차려입은 게 무색하게 삐딱하게 서서 보자 그는 다른 손에 있는 아이스크림을 건넸다.

"먹으라고? 아, 근데 나 선약이 있어서 안에 들어가 봐야 하는데."

미안함을 담아 말하지만 아이스크림을 건넨 손은 여전히 내밀어져 있었다. 서윤은 곤란한 기색으로 머뭇거리다 그것을 받으려 했다. 그러나 아이스크림이 쑥, 뒤로 향하는 바람에 헛손질을 해 버렸다.

"뭐야."

다시 내밀어진 아이스크림. 미간을 확 구기며 빠르게 손을 뻗었으나 바람같이 아이스크림이 뒤로 빠진다. 그녀의 이마로 핏대가 올랐다.

"아, 진짜. 안 먹어!"

확 지른 소리가 어쩐지 유치하다 여겨졌지만 화가 나는 건 어쩔 수 없었다. 어디서 나타나 갑자기 농락인지 멱살이라도 잡고 싶을 지경이었다. 펄펄 뛰는 서윤을 보며 재희는 쥐었던 아이스크림을 아래로 내렸다.

"그걸 보고도 당장 널 찾아오지 못한 건 말이야."

알아듣지 못할 말이 이어져 안 그래도 좁아진 미간에 내천 자가 새겨진다.

"너한테 그게 더 좋은 걸지도 모른다는 생각을 잠깐."

"뭔데, 말을 제대로 해야 알아듣지. 술 먹었어?"

"어쩌면 이런 놈보다는 평범한 사람이 나을 수도 있을 거라고, 생각했어."

마치 우애 좋은 동생 시집보내는 사람처럼 구는 통에 점점 머리 위로 물음표가 생겨났다. 짙은 눈매가 가만히 그녀를 향했다. 쿵닥, 작은 박동이 느껴졌다. 재희가 이렇게까지 진지한 적이 흔하지 않아 낯선 사람처럼 느껴졌다.

"그래도 결국 결론은 하나더라고. 너를 이해하고 너를 생각하고 노력해 봐도."

"……뭐?"

"등신 같은 생각이지. 포기해? 내가? 누구를, 너를? 내가 미쳤어? 당장 며칠 생각하는 것만으로도 오장육부가 뒤틀려."

한없이 진지하고 무겁게 깔리던 재희의 눈이 한순간 돌변했다. 맹렬한 기세로 화르륵, 불이 타오르듯이. 그리고 순식간에 서윤의 시선을 삼켰다.

"내 옆에 있는 게 불행하고 힘든 거라면, 그냥 불행해해라. 힘들어해. 울어도 되고 욕해도 괜찮아. 그게 내 옆에서라면. 이제 더 고민 안 해. 움직인다."

이기적인 말을 아무렇지도 않게 해 놓고는 그녀의 어깨에 손을 올린다. 이내 나지막한 목소리가 이어졌다.

"기억해?"

"재희야, 나는 지금 네가 무슨 말을 하는 건지 하나도 모르겠어. 일단 제대로 말을 해 줘야……."

"내가 키스한 거."

담담한 말이었다. 멍한 눈으로 바라보다 그녀의 고개가 옆으로 기울었다. 그는 아무래도 상관없다는 듯 어깨를 잡은 손에 힘을 주었다. 절대 빠져나갈 수 없도록 강한 힘으로.

"괜찮아."

"자, 잠깐만. 지금 무슨 말을!"

"지금 것만 기억하면 돼."

재희의 손이 서윤의 뒷머리를 움켜쥐듯 잡고 제 쪽으로 당겼다. 무슨 일이 벌어지는 것인지도 모르고 다가오는 그의 입술과 머리, 기울어진 고개. 살짝 벌어진 입술을 본 것 같았지만 어느새 보이는 건 반쯤 감아 아래로 내리깐 재희의 눈.

코끝이 스쳤다. 숨결이 번진다.

입안으로 가득히 퍼지는 달콤함은, 초콜릿을 닮은 향과 맛. 숨이 멎을 듯 달았다.

꽤 오래전, 누군가 물었었다.

'양 실장님은 연애 안 하세요?'

당시 해일디자인 비서실에 근무하던 직원의 질문이었다. 한창 연애 중이라 물었던 대수롭지 않은 말에 그녀는 순간 한 사람을 떠올리고 말았다.

서재희, 바로 그를.

본의 아니게 떠오른 재희의 모습에 황급히 고개를 저으며 자꾸 남아도는 상념을 지웠다. 왜 갑자기 그의 얼굴이 떠올랐는지. 나쁜 짓이라도 한 사람처럼 애써 무시하고 누른 재희의 모습이 다 지워지기도 전에 재희는 무심히 한마디를 했다.

'할까, 나랑.'

그가 무슨 말을 하는 것인지는 금방 알 수 있었다. 그리고 저 말이 늘 일만 해 대는 자신을 향한 동정일지도 모른다는 생각이 들자 심장이 무너지는 기분이었다. 하자는 건, 잠이라도 자자는 의미일까. 그렇게 여기자 헛웃음이 나올 것 같았다.

'좋아해.' 하고 말하던 순수하고 맑았던 재희가 아무렇지 않은 눈으로 자신을 동정할 수 있게 되었다는 생각에 죄책감과 더불어 가슴이, 더는 그가 자신을 좋아하지 않을 수도 있다는 사실에 아팠다. 이기적인 마음인 걸 알면서도 그랬던 것 같다.

그랬었다. 그래서 어느 순간부터 부풀기 시작한 제 마음을 억누르고 감추고 꽁꽁 감싸 없는 것처럼 만들었다. 어느 것 하나도 보이지 않도록. 그랬는데, 정말…… 열심히 노력했는데.

입술이 떨어지며 두 걸음쯤 뒤로 물러난 서윤은 손을 들어 제 머리를 정리했다. 금방 차분한 머리가 된 그녀가 고개를 들었다. 이

갑작스러운 상황을 본 사람이 적지 않았지만 곧, 호텔 앞이라는 것을 깨닫곤 무심하게 지나갔다. 너희가 무엇을 하건 아무래도 상관없다는 듯이.

신기할 정도로 차분한 서윤은 키스를 당했다는 사실을 인지하지 못한 사람처럼 말했다.

"나, 약속이 있어서."

"무슨 약속."

"선. 엄마 친구분이 잡아 준 거라서, 가 봐야 해."

최대한 담담하게 하는 말엔 떨림은 없었지만 그래서 오히려 더욱 낯섦이 전해졌다. 서윤의 안색이 하얗게 죽어 있었다. 아니, 당황했으나 그걸 보일 정신조차 없는 듯했다. 그렇지 않고서야 키스를 한 상대 앞에서 선을 보러 간다고 말할 수는 없지 않는가. 하지만 재희는 예상했던 것처럼 재촉 없이 서윤의 팔을 잡았다.

"안 보낼 거 알잖아."

그는 여전히 똑같은 태도와 표정으로 서 있었다. 무슨 말이라도 해야 하는데 입술이 쉬이 떨어지지 않았다. 얼굴에 화장만 하지 않았으면 세수라도 하듯 마구 문질렀을 거다.

시간은 착실하게 흘렀다. 시선은 갈피 못 잡고 허공만 이리저리 움직이다 바닥만 보고 있었고 재희도 서윤의 팔목을 쥐고 놓지 않았다. 은근히 피가 통하지 않아 저릿해진 팔에 늪에 빠졌던 자아라는 게 스멀스멀 기어 올라왔다. 돌지 않던 피가 움직이고 인식하지 못했지만 멈춰 버린 것처럼 들리지 않았던 주변의 소음이 귓속으로 들어왔다.

모든 게 현실이었음을 알게 되었을 때, 서윤은 재희를 보며 물었다.

"왜?"

"안 보내려고 여기 온 거니까."

"아니, 그거 말고."

막힘없는 대답에 그녀가 고개를 저었다. 떨리는 입꼬리가 더듬거리다 같은 말을 했다.

"왜?"

뭘 원하는 질문인지 알 수 없어 이번엔 대답하지 않고 바라보자 손을 비틀어 잡힌 손목을 빼낸 서윤이 표정을 일그러트렸다.

"……왜?"

"그야."

"어떻게 아직도 날 좋아해?"

설마 이런 반응이 나올 거라고는 조금도 예상하지 못했던 그는 완전히 말문이 막혔다. 당연히 놀라고 황당해하다 화를 낼 거라고만 생각했다. 그럼 솔직하게 마음을 보일 타이밍만 생각했는데 보기 좋게 빗나가 버렸다.

그녀의 얼굴이 빨갛게 변해 갔다. 입술에 바른 분홍빛 립스틱을 잡아먹을 정도로 빨갛게 변해 구두 신은 발로 바닥을 탕탕 내리쳤다. 답답해 죽겠다는 양, 서윤의 눈은 감동이나 놀라움이 아닌 분함이 담겨 있었다.

"이 멍청아, 그렇게 말하고, 널 이용해서 빚까지 갚은 년이 뭐라고 아직도 좋아해!"

제정신일 때의 키스는 말을 대신한 고백과도 같았기에, 몇 가지의 상황을 예상했었다. 그중엔 최악의 상황으로 화를 내고 거절하는 것도 있었고 어떤 반응에서도 침착함을 유지할 자신이 있었다.

그러나 지금과 같은 것은 세상천지 누가 와도 예상 못할 것임이 분명했다. 평온했던 재희의 눈이 활활 타올랐다. 얼굴색 역시 서윤 못지않게 썩어 갔다.

"다시 말해 봐. 뭐가 어째?"

애절하던 눈빛이 사납게 변하는 건 순식간이었다.

"나 같으면 나 같은 거 진짜 꼴도 보기 싫어서 안 도와줬을 거야. 재수 없고 꼴 보기 싫어서 이가영이랑 같이 괴롭혔을 거라고!"

바득바득 외치는 말에 재희의 손이 애써 정리한 서윤의 옆머리를 잡았다. 그리고 손가락을 세워 꾹 누르곤 이를 드러냈다. 서로를 향한 눈에서 스파크가 튕겼다.

"괴롭히는 게 뭔지 제대로 보여 줘?"

"뭐, 뭐! 이거 안 놔?"

"안 놔. 기껏 키스했더니 무슨 배부른 소리야?"

"키스고 뭐고 바보야, 어떻게 날 좋아하니? 자존심도 없어?"

"넌 자존심 있어서 내 옆에 있었냐?"

"나는 빚 갚으려고 했지!"

"뭐 이렇게 쓸데없이 솔직해?"

빚이라는 말까지 하고 있음에도 전혀 개의치 않는 재희에 서윤은 가슴이 답답해졌다. 두 사람의 계약은 별개로 부모님을 아주 좋게 본 재희의 조부는 그녀의 부모님이 만든 빚을 자회사의 소관에서 본인 개인 채권으로 옮겼다. 사비로 15억이 넘는 빚을 넘겨받아 기업 간의 공적 채무관계에서 사적 관계로 만들고 과하게 부과되는 이자를 무이자에 가깝게 바꿔 주었다. 그건 기적과도 같은 일이었다.

그러니 부모님과 더불어 서 회장과 재희에게 이렇게 하는 것이

유일한 보답쯤으로 여겼다. 출신으로 인해 괄시받는 재희를 보좌하는 것, 그게 삶의 목표와도 같았다. 그렇게 자신만을 위해 용 쓰며 지내온 저가 뭐가 좋다고. 뭐가, 뭐가 그렇게 좋다고.

"답답해서 그러지, 바보야! 내가 지금까지 왜 모르는 척……!"

결국 머릿속에 있던 한계선이 뚝 끊어졌다. 나름 연상했던 로맨틱은 이미 하늘 나라로 올라갔고 그가 고개를 내렸다. 다시 한 번의 기습 키스를 할 요량이었다. 하지만 서윤은 금세 제 입을 막아 버린 후였다. 어디 하고 싶으면 해 봐라, 라는 눈이었다. 헛웃음을 흘린 재희가 으르렁거렸다.

"모르는 척."

"……."

"모르는 척이라고 했다, 지금."

고백하다 혈압 올라 뒤로 넘어가기 직전인 재희는 어금니를 꽉 깨물며 한마디씩 내뱉었다.

"후회 안 하지."

조금 등골이 오싹해지기는 했지만 그녀는 어깨를 으쓱거리며 더욱 힘껏 입을 가렸다. 의지가 가득한 눈에 그가 손을 놓고 으드득 이를 갈았다.

"기대해, 양서윤."

조금 전 키스를 나눈 사이가 맞나, 싶을 정도의 투지가 가득한 눈빛을 나누고 재희는 돌아섰다. 그리고 몇 걸음 가다 돌아와선 경고했다.

"들어가기만 해 봐. 들키면 그땐 너건, 그쪽이건 내 방식대로 처리해."

그의 방식이 무엇인지는 몰랐으나 결코 좋은 일은 아닐 것 같았다. 딸꾹질이 나올 법한 진심이 담긴 경고, 아니 협박을 두고 그는 멀어졌고 서윤은 입을 가렸던 손을 내렸다. 허억. 숨이 트였다.

대체 여긴 어떻게 알고 온 것인지 의문으로 남는 게 한두 가지가 아니었지만 그것을 생각할 겨를은 없었다.

"미쳤어."

저절로 나온 혼잣말은 재희를 향한 것이 아니었다. 그녀는 어느새 잿더미가 될 듯 타들어 가는 제 얼굴을 감싸고 이미 사라진 그의 잔상을 향해 속삭였다.

"진짜 미쳤어, 양서윤."

입안에 남은 재희의 뜨거운 체온과 촉감 그리고 달콤함이 도통 사라지질 않는다. 심장이 주변 어떤 소리도 들릴 수 없도록 두근거리고 있었다. 꼭 그의 심장 소리처럼.

'고 사장, 들었습니까? 회장님 손자, 이번에 해일디자인으로 바로 발령이 난다고 하는데. 이거 엄연히 회장님의 실책 아닙니까?'

'어허, 사람. 하나만 알고 둘은 모르네. 바로 본사로 오는 게 아니라 자회사로 간 거 보면 모르겠나? 엄청 반발 심할 거야.'

'해일디자인이면 요즘 얼마나 물오르고 있는 곳입니까. 이제 고작 스물대여섯인 놈이 본부장으로 간다는데 말이나 됩니까? 전 이건 아니라고 봅니다. 거기다 위에 달리 임원도 없다면서요!'

'흥분하지 말고 잘 생각해 봐. 거기서 쫑일 수도 있는 거지. 거기서 팀

장 하면 뭐 해, 본사에 발 못 디디는데.'

'발을 왜 못 디딥니까. 회장님 손자 타이틀이 떡하니······.'

'임원들 반발이 심하다는 얘기 못 들었어? 몇 년간은 무조건 거기 묶여 있을 거고 그동안 제대로 못하면 아마 거기서 끝일 거야.'

'······어, 혹시 그 반발이라는 거, 그 소문 때문에?'

'소문? 어떤 거. 설마······ 하하하, 그거 소문 아니야. 다 아는 사실이지.'

'예? 서재희가 정말로 회장님 따님이 미혼모로 낳은······.'

'조용히 하게. 공공연한 비밀이라고 해서 대놓고 말해도 되는 게 아니야.'

모두가 아는 공공연한 비밀.

온갖 구설수가 재희가 입사하기도 전부터 회사 곳곳에 퍼져 나갔다. 그의 잘못은 무엇도 없는데 마치 그렇게 태어난 것이 재희의 잘못이라는 양 입에 올리고 즙이 나오지 않을 정도로 씹고 또 씹어 댔다. 그것을 듣지 못할 리 없던 서윤은 처음 알게 된 재희의 비밀과 그것이 갖는 약점에 질리도록 깨달았다. 그리고 가장 필요한 것까지.

'출신 자체를 넘긴다 해도, 가장 중요한 배경이 없단 말일세. 회장님이 직접 나서? 아니지. 간접적이라면 몰라도 직접적으로는 도울 수 없어. 그랬다간 바로 노사 동시에 들고일어날 테니까. 그렇다면 제 어미가 해 줌도 모자란데 죽었단 말이지? 그런 상황에서 이곳에 오려면 제대로 하는 것만으론 부족할 수밖에. 아니, 날아가듯 잘해야 겨우 발을 딛게 되는 거야.'

'뭘 더 합니까? 더 할 수 있는 게 있나.'

'이 사람아, 아직도 몰라? 파벌 싸움에서 중요한 건 파벌이라고.'

'……아!'

'그래. 어차피 회장님은 직접 나서서 손자를 도와줄 수가 없는 상황에서 뭐가 있겠어. 하나밖에 없지. 해일그룹 못지않은 배경을 가진 조력자를 만들지 않고서야…… 언감생심 어딜 와.'

아직도 생생하게 떠오르는 고위급 임원들의 이야기의 끝에서 서윤은 알 수 있었다. 재희에게 가장 필요한 것은 단 하나, 그를 도울 수 있는 조력자. 즉, 결혼을 통한 배경이라는 것을.

'파벌을 만들 만한 어느 집 딸이 출신도 모를 놈의 짝이 되려 하겠어?'

그것만이 재희가 제대로 제자리를 찾을 수 있다는 사실을 말이다. 엉망진창이 되어 버린 선 자리에 엄마는 화가 난 듯했지만 그것을 대놓고 표현하지는 않았다. 그저 밥상에 서윤의 밥만 없다거나 반찬을 놓아주지 않는 등 소소한 일만 있었을 뿐이었다. 그래서 상대방에게 사과를 하기 위해 전화를 걸었을 때, 그 상대가 아예 약속 장소조차 나오지 않았다는 사실은 굳이 말하지 않았.

그리고 지나온 주말은 솔직히 말해 끔찍 그 자체였다. 경고를 남기고 가 버린 재희는 당장이라도 찾아올 것처럼 굴더니 이틀간 나타나지 않았다. 그렇다고 먼저 연락을 할 수도 없고 끙끙 앓는 소리 숨기며 행여나 불쑥 집으로 찾아올까 조마조마한 심정으로 하루하루를 보냈다.

"하아."

깊은 한숨이 나왔다. 마구잡이로 쏟아 낸 말이었지만 그건 진심이었다. 재희는 어떻게 아직도 자신을 좋아하는 건가. 이따금씩 그런 건 아닐까, 생각하면서도 아니라고 부정했던 일이 사실이 되고 말았다. 좋아한다는, 좋다는 감정이 밀려들 때마다 먼저 드는 미안함이 싫어 모르는 척 고개를 돌린 감정을 바로 마주하니 가슴이 답답했다.

재희는 정말 좋은 사람을 만나야 한다. 자신처럼 상황에 따라 언제고 태도를 달리할 수 있는 사람이 아니라 든든하게 받쳐 줄 수 있는 상대를 만나는 것이 맞다.

그는 일반인처럼 오늘을 벌고 오늘을 살고 오늘을 버티는 사람이 아니다. 살아가기 위해 살아가는 평범한 사람이 아니라 누려 온 것들을 유지하기 위해 매일매일을 싸워야 하는 사람이니 조금이라도 거기에 도움이 되어야 하는데 자신은 그것에 1퍼센트도 도움이 될 수가 없다. 재희의 곁에서 긴 시간을 함께했기에, 그가 얼마나 위태로운 줄 위에 서 있는지 누구보다 잘 알기에 할 수 있는 말이었다.

주변의 시기 질투, 날아오는 창과 칼에 든든한 방패가 되어 줄 대상이 그의 곁에 있어야 한다. 그러니 자신은 아니다. 그것이 곧 법이라도 되는 것처럼 지내 왔건만 사람의 일이란 늘 계획대로 되지 않는 법이었다.

아무리 생각해도 서윤 저는 그것을 해 줄 수 없으니까.

말이라면 막을 수도 있고 글이라면 무시할 수라도 있을 텐데 설마하니 냅다 입술 박치기를 해 올 줄이야.

"어디서 알아차렸지? 사람 붙였나? 아니, 사람을 붙여도 말 나온 건 집에서밖에 없는데."

출근을 앞둔 아침, 뜬눈으로 밤을 지새우고 초조하게 방 안을 돌아다니던 서윤은 도저히 풀리지 않는 숙제를 중얼거렸다. 아무리 생각해 봐도 재희가 어떻게 제 선 자리에 떡하니 나타났는지 알 수가 없다. 누구에게 언질조차 한 적 없는 일을 대체 서재희가 어떻게 알았는가. 장소, 시간, 날짜까지 완벽하게!

그렇다고 알아낼 수 있는 것도 아니기에 그녀는 한숨을 쉬며 벽에 걸린 사무용 가방을 집어 들었다. 일단 출근은 해야 했고 그래야 어떤 답이라도 나오니까.

"……어?"

가방을 들고 화장대에 놓인 물품들을 집어넣던 서윤의 움직임이 멈췄다. 그리고 가만히 가방을 보다 활짝 열어 손을 넣었다. 없다. 없었다. 며칠 전 엄마에게 받아 던지듯 넣었던 쪽지가 없다.

"뒤진 거야?"

설마 싶지만 그게 아니고서야 어떻게 던져 놓은 쪽지를 가져갈 수 있었을까. 하지만 재희가 그럴 성격이 아님을 알기에 확실하지도 않다. 가방을 뒤졌다는 예상보다는 어쩌다 가방이 엎어져 내용물이 쏟아졌다는 게 차라리 맞다. 어찌 되었든 그 쪽지를 보지 않고서야 그가 그녀의 선을 알 수 있을 리가 없다.

정말로 그런 거라면, 재희의 마음이 정말 자신에게 닿아 있는 거라면 그런 쪽지조차 재희에겐 상처가 될 수도 있었다. 그와 관련된 모든 것이 조심스럽고 어려워 그녀답지 않게 주춤거리고, 머뭇거리는 자신이 밉다. 어느 누구보다.

하늘에선 계절의 막바지를 알리는 듯 비구름이 뭉치고 있었다. 우산을 챙겨 넣으면서도 푹푹 나오는 한숨에 고개만 저어 쓴 얼굴을 하는 그녀에 엄마는 신경 쓰지 말란 위로 아닌 위로를 해 주었다. 아마도 망쳐 버린 선 때문에 의기소침해 있다고 생각한 모양이었다.

차라리 그것 때문에 이 지경이 된 것이라면 좋을 텐데.

차마 남들에겐 말할 수 없는 고충을 품고 나선 서윤은 혹시나 아파트 앞에 재희가 있을까 경계했다. 다행히 그의 모습도, 그의 차도 없었지만 괜스레 드는 조마조마함은 도통 사라지질 않았다.

"이게 뭐 하는 짓이야."

세상천지 어디에도 고백받고 이런 반응 하는 사람은 없을 거다. 축 늘어진 어깨로 새로운 짐들이 가득히 세워져 길바닥에 툭툭 끌 듯이 걸어 정류장에 도착한 서윤은 길게 선 사람들 한편에 자리를 잡았다. 학생이나 직장인들이 많이 타는 환승 구역이라 아침마다 전쟁 아닌 전쟁을 치르는 정류장이었다.

저마다의 얼굴과 할 일들을 가지고 선 정류장에 동화되어 가만히 눈을 감고 있던 그녀는 갑자기 시작된 웅성거림에 눈을 떴다.

주변 사람들의 고개가 정류장 한편으로 가 있었고 사고라도 난 것인가 싶어 함께 고개를 돌린 서윤은 멀지 않은 곳에 보이는 화사하고 화려한 꽃다발을 볼 수 있었다. 아침부터 저런 엄청난 꽃이라니, 대단하다 싶어 고개를 끄덕이고 다시 본래대로 고개를 돌리다 번개 맞은 양 딱딱하게 굳었다.

설마.

아니겠지.

아닐 거야. 아니어야 해.

앞을 향한 고개를 온 힘을 다해 반대쪽으로 돌렸다. 절대, 절대 꽃이 있는 쪽을 보지 않겠다는 의지가 가득한 눈이었다. 어떻게든 사람들 틈에 녹아들기 위해 뒤로 한 걸음씩 물러났으나 웅성거림은 커지고 그녀를 향한 시선들이 생겨났다.

아차, 하는 사이 서윤의 코앞엔 방금 전 보았던 바로 그 꽃이 있었다.

"으악!"

저도 모르게 질러 버린 소리에 꽃을 든 남자의 얼굴로 아름다운 미소가 번졌다. 만족감과 뿌듯함이 서린 아주 사악한 미소였다.

쪽팔려 죽겠지? 아주, 창피해 죽겠지. 제일 싫어하는 짓이잖아, 이런 거.

잘생긴 그 얼굴과 눈은 그렇게 말하고 있었다. 사람들의 이목을 받는 걸 가장 싫어하는 서윤에게 할 수 있는 복수 아닌 복수는 완벽했다. 두 손으로 안아도 모자랄 것 같은 엄청난 크기의 꽃다발에 이미 건너편 정류장 사람들과 지나가는 사람들마저 그들을 보는 중이었다. 몇몇은 휴대폰까지 들고 있는 것도 같았다.

"어, 비 온다."

누군가 말했고 고개를 들자 정말 엎친 데 덮친 격으로 굵은 빗방울이 떨어지고 있었다. 며칠 전부터 비가 올 거라고 예보가 되어 있어서 하나둘 우산을 펼치기 시작한 가운데 서윤은 파묻힐 것 같은 꽃 앞에서 이를 드러냈다.

"이건 행패거든?"

그는 코웃음과 함께 속삭였다.

"꽃부터 받지?"

"너도 그냥 그대로 쪽팔려 죽어 봐라."

"여기서 이름 부르고 노래 부르면서 고백하면 아주 좋겠다. 따라다니면서 해 봐야 좋다, 할 거야."

"하지 마라. 하지 마. 하기만 해 봐."

사색이 되어 손을 휘젓는 여자와 꽃을 내민 남자. 사람들은 이 고백이 완벽하게 실패했음을 깨닫고 친절하게도 모르는 척 먼 산을 보았다. 지인들에게 말하고 싶어 안달 난 사람도 여럿이었다.

"어떻게 해, 진짜 창피하겠다."

누군가 그녀를 대신해서 말했고 대부분이 수긍하듯 고개를 끄덕였다. 진퇴양난. 머리가 어지러운 느낌을 받으며 눈앞에 있는 꽃다발을 보았다.

정말로 그랬다. 서윤은 영화나 드라마에서 꽃다발 큰 것을 받으며 고백받는 장면을 볼 때마다 몸서리를 쳤다. 도대체 어떻게 저걸 받고도 좋아할 수 있는 건지 도통 이해할 수 없었고 지금 재희의 손에 들린 꽃다발에 몸을 떨고 있긴 했다.

믿을 수 없지만. 정말, 정말 믿을 수 없게도.

저, 커다랗고 창피하고 사람 부끄럽게 만드는 화려한 꽃다발이 너무 예뻐서. 시선을 뗄 수 없을 만큼 예쁘고 또…… 좋아서.

그녀는 황급히 고개를 저으며 이미 빨갛게 변한 얼굴로 어쩔 줄 몰라 했다. 세상에 좋다니. 저 꽃다발이 좋다니. 양서윤 너 왜 그래? 서윤은 침을 꿀꺽 삼키며 겨우 입을 열었다.

"고백 안 받아 줬다고 이런 식으로 복수하는 사람이 어디 있는데."

"복수라니. 고백이야."

"이런 거 시, 싫어하는 거 빤히 알면서, 이게 고백이라고?"

싫다고 말하면서도 자꾸 눈이 꽃다발로 향했다. 세상에, 어디서 저렇게 예쁘게 만들어 왔지? 지금까지 본 꽃다발 중 제일 아름다운 것 같아 미치겠다. 그런 그녀의 사정을 모르는 듯 재희는 코웃음을 쳤다.

"네가 뭐, 내가 하는 것 중에 마음에 들어 하는 거 있었냐."
"그래도 이건!"

따갑게 쏟아지는 시선들은 '그냥 받아 주지…….'라는 것도 서려 있었다. 맙소사. 생애 처음, 아니 두 번째 받는 고백이 이런 것이라니. 그러고 보니 첫 고백도 그랬다. 대화도 나눠 본 적 없는 마당에 갑자기 찾아와 같은 반 친구들이 가득한 가운데 대뜸 좋아한다며 고백했다. 본인이 누구인지 설명조차 하지 않고서.

머나먼 옛 기억마저 떠올리자 억울하기까지 했다.

"넌 예전에도 그랬어. 굳이 사람 많은 곳에서 좋다고 하고. 이가영 아니었어도 거기선 100프로 거절했을 거야. 알아?"
"거기까지 간다 이거지."

애틋하고 간절해도 모자랄 판국에 쉼 없이 티격태격해 대는 사이 멀리 버스가 달려오고 있었다. 사람들은 의외로 타인에게 관심이 없어서 당장 재미난 고백 장면을 보기보다 각자의 생활에 집중하기 마련이었다.

버스에 올라타기 위해 우르르, 몰린 사람들에 밀려 한쪽으로 비켜서게 된 서윤은 이렇게 말장난을 할 때가 아님을 깨달았다. 어떤 상황이건 재희는 진심으로 자신에게 고백하는 것이었고 그 마음에 거짓은 없을 것이다.

고백을 받았다. 그리고 그녀는 대답해야 할 의무가 있었다.

화려한 꽃을 보며, 예쁘고 아름답다고는 생각하지만 제 것이라는 마음은 들지 않았다. 멀리서 보고 감상하는 것만으로도 만족하는 것에 익숙해져 품에 안는 것은 생각도 할 수 없었다. 서윤은 숨을 크게 들이마시고 고개를 들었다. 재희의 짙은 눈매가 보였다.

어쩌면 그는 제 고백이 부담스럽지 않도록 이렇게 못된 장난을 한 것일지도 모른다. 자신의 진심이 깎여 내려갈지언정 그녀가 무거워하지 않도록.

빗줄기가 거세지고 사람들도 이미 거의 다 버스에 올라탄 상태였다. 창문에 붙어 이 상황을 구경하는 눈길들이 느껴졌다. 저들에게 재미난 가십거리를 만들어 주고 싶진 않지만, 어쩔 수 없었다.

다시 눈길이 꽃다발로 향했다. 인정할 건 인정해야 했다. 자신은 저 꽃다발이 예쁘다. 그리고 기쁘다. 사람들 눈엔 창피하고 낯 뜨겁게 보일지 몰라도 받아서 품에 안고 싶었다. 그럼에도 불구하고 어쩔 수가 없었다. 다시 숨을 들이마시고 가슴으로 밀려드는 감정을 무시하고서 말했다.

"미안."

할 수 있는 말은 그게 전부였다.

서윤은 우산을 꺼내 꽃 위에 올렸다. 조금 뭉개진 꽃이 신경 쓰였지만 그녀는 미련 없이 돌아서 버스에 올랐다. 사람들의 고약한 참견들이 귀로 들려왔으나 모르는 척 손잡이를 잡았다. 손끝이 바들바들 떨리고 있었다.

비가 많이 내렸다. 숨이 턱턱 막혀, 머리가 어지러웠다.

쏟아지는 빗줄기 속에서 재희는 떠나가는 버스를 보며 묵묵히 서 있었다. 거절을 하면서도 결국 마음 한 조각, 우산 하나를 남기고 떠나가는 서윤이 좋다고만 여기는 스스로가 우스웠다. 어쩌다 이렇게 각인이 되어 버렸나, 아무리 생각해도 이해할 수 없는 감정이지만 이런 거절 따위로 포기할 수 있는 마음이 아니기에 그는 아픈 마음까지도 받아들였다. 괜찮다는 자위와 함께 이 마음까지도 서윤이 달래 줄 것을 아니까.

그리고 결국 그녀는 자신에게 올 수밖에 없음을 알기에.

활짝 펼쳐진 우산이 재희의 젖어 버린 몸을 가렸다. 본인이 젖는 것은 무시하고 일단 재희의 머리 위로 우산을 펼쳐 세운 서윤은 멀리 멈췄다 다시 출발하는 버스 소리를 들으며 입을 열었다.

버스가 떠나고 아무도 없는 버스 정류장이 조금은 마음을 편하게 만들어 주었다. 이제야 겨우 솔직하게 말할 수 있게 된 기분이다.

"서재희 바보 맞아. 멍청이도 맞고."

"……."

"난 너한테 뭐 하나 도움 될 사람이 아닌데, 분명 다 문제가 될 게 뻔한걸."

"……."

"내 자리는 딱 여기야. 네 여자 친구도, 친구도 아니라 비서. 갑을, 상하관계. 이게 어울려, 서재희."

비참할 정도로 스스로를 깎아내리는 평가였으나 그녀는 정말 그렇게 생각하는 듯했다. 표정엔 어떤 감정도 없다는 듯이 고요했다. 서윤은 잠시 눈을 내려 재희가 든 꽃을 보았다. 그리고 처음으로 쓰게 웃으며 말을 이었다.

"난 이렇게 화려한 꽃 별로야."

꽃은 곧 재희라고 말하는 것처럼.

그는 과하게 커다랗고 화려한 꽃다발을 쥐며 입가를 올렸다. 끝까지 그녀는, 단 한 번도 '싫다'는 말은 하지 않는다. 만약 자신을 거절하려 했다면 서윤은 열일곱 때 했던 그때처럼 '싫다'고 말해야 했다.

그녀의 눈은 이렇게 말하고 있었다. 이 말로 재희가 상처받았으면 어쩌지. 마음을 다쳤으면 어떻게 하지. 겁내고 무서워하고, 또 걱정하고 마는 사람. 그런 사람을 포기하는 건 세상에서 가장 멍청하고 바보 같은 짓이다.

"그렇게 많은 사람들 중에서 다시 돌아와 준 건 너밖에 없어."

"그거야 당연히."

"가던 길 돌아와서 자기 젖는 거 무시하고 우산 씌워 주는 사람은."

오직 단 한 사람, 양서윤뿐.

재희는 가지고 있던 꽃을 바닥에 던지고 천천히 팔을 뻗어 그녀의 어깨를 안았다. 나약하고 부족한 자신을 채울 수 있는 단 한 사람에게 정말로 하고 싶었던 말을 하기 위해서.

"누구도."

나지막하게 들려오는 귓가의 속삭임에 서윤은 움직일 수가 없었다. 우산을 든 손에서 힘이 빠져 내리는 비를 고스란히 맞고 있지만 몸이 젖는 것보다도 마음이 젖어 드는 게 더욱 빨랐다.

"내 험담에 없는 오기 부려 화를 내주지 않아. 내가 내는 게 당연하니까. 그 위치에 있다고 생각하니까."

"서재희."

"그 어떤 사람도 내가 잘못한 거라고 하지 않아. 내가 뭘 하건 상관없다고 생각하니까."

"……재희야."

"내 어머니도."

더 듣다간 분명 버스를 내리면서도 다짐했던 마음이 허물어질 것이다. 그래서 말을 막아야 하는데 '어머니'라는 말이 나오자 겨우 열렸던 입술이 완전히 닫혀 버렸다. 재희에게 있어 어머니는 영원히 안고 가야 할 최초의 상처였다.

꽉 안은 팔에 더욱 힘이 들어갔다. 모두 젖는데 맞닿은 심장은 비에 젖지 않도록.

"13년이나 내 옆에 있어 준 적 없어."

가슴에 벅찬 무언가가 거세게 밀려왔다. 허공에 들린 손이 어찌할 바 모르고 떨리고 있었다. 그녀는 애써 주먹을 꽉 쥐었다. 안 그러면 그의 등을 안고 다독일지도 몰랐다.

"나는 죽은 어머니 배 속에서 나와서, 단 한 번도 살아 있는 어머니를 만나 본 적이 없어. 그래서 난 내 주변의 무엇도 잃고 싶지 않아. 그리고 넌 어떤 것보다 가장 중요하고 소중해. 절대, 다시는 잃어선 안 될…… 내가 살아서 만난 가장 예쁜 사람이니까."

예쁘다는 말은 재희가 할 수 있는 가장 최고의 표현임을 안다. 눈물이 핑 돌아 눈시울이 뜨거워졌다. 어떤 이유로 곁에 있었건 그저 옆에 그녀가 있었다는 것만으로도 사랑할 이유가 되어 버린 재희의 마음이 온전히 전해졌다.

"나만 봐 준 사람은 너 하나야. 그래서 나한텐 너 하나야. 넌 내가 널 찾는 게 나쁜 습관 따위로 생각했을지 몰라도, 나한테 그게 전부였어."

슬플 때도, 아플 때도, 좋을 때도 모두 그녀가 곁에 있을 때만 가능했다. 그렇게 버릇 들어 버린 것처럼.

서윤은 이런 사람을 도대체 어떻게 상처 주지 않고 거절할 수 있는 건지, 어떻게 해야 하는 건지 배운 적 없었다. 안아 주는 것밖에는 답이 내려지지 않아 결국 빗물 닮은 눈물만 뚝뚝 흘러내렸다.

어디로 도망갈 구석 하나 내주지 않고 절벽 끝까지 몰아 버린 뒤

내미는 손을, 어떻게 거부할 수 있을까. 그녀는 점차 닿아 오는 그의 진심과 심장 소리에 원망하듯 입을 열었다.

"뭐 하나 이해해 주는 것도 없으면서. 유학 간다니까 무조건 가지 말란 말밖에 못하면서."

"그걸 왜 물어."

"당연히 물어야지. 내가 왜 가고 싶어 하고, 가야 하는지 들어야 네가 이해를……."

"이해하면 보낼 게 당연하잖아."

"……."

"당연히 그게 너한테 좋은 일인데 이런 거지같은 짓거리, 이기적인 짓…… 못할 게 분명한데."

애처로울 정도로 간절함이 담긴 말에 서윤은 눈을 질끈 감아 버렸다. 이토록 예쁜, 이토록 좋은 내 친구, 내 서재희.

어쩌면 이미 오래전에 물들어 버렸는지도 모른다. 넘치고 넘치던 그의 심장의 감정이 늘 곁에 머물던 제 심장으로 스며들어, 결국 재희를 마음에 꼭꼭 심어 버렸던 것 같다. 보고만 있어도 이렇게 가슴이 떨리는데 그런 사람이 발가벗은 것처럼 뒤도 돌아보지 않고 그 한 몸 자신의 심장으로 들어서 버리는데.

넓고 단단하지만 한없이 여리고 작은 등에 서윤의 손이 서서히 내려앉는다.

"내가 어떻게 물어."

가득 안은 손에 재희는 그녀의 머리를 감싸고 살짝 입을 맞췄다. 자신을 올려다보는 눈동자에서 넘쳐흐르는 눈물마저 모두 삼킬 것처럼 바라보면서 그는 지금껏 하지 못한 말을 꺼냈다.

"난 가지 말란 소리밖에 못해. 그래야 네가 안 가는 걸 아니까."

서윤의 입에서 '유학'이라는 말을 들었을 때 재희는 그것이 그녀에게 가장 좋은 것임을 본능적으로 알았다. 집안의 일로 하고 싶은 걸 하지 못했으니 지금이라도 원하는 것을 해야 하는 게 옳았다. 그러나 그는 비겁하게 서윤을 잡았다. 스스로의 치졸함을 알면서도 놓칠 수 없으니, 잡고 매달렸다.

예나 지금이나 약점을 쥐고 흔드는 겁쟁이에 불과하다. 바로 지금처럼.

"양서윤."

"부르지 마."

"서윤아."

"그렇게 부르지 말라고. 그렇게, 그렇게."

나 좋아 죽겠다는 목소리로 부르지 마.

재희는 서윤의 이마에 입을 맞추며 속삭였다.

"항상 이렇게 불렀어. 늘, 13년 동안 쭉 이런 식으로 널 보고 이런 식으로 부르고. 그렇게 가슴 뛰고 살았어. 언제나."

어느 틈에 서윤의 심장 소리가 재희의 심장 소리와 같아졌다. 폭우처럼 세차게 때리는 박동을 알면서도 부질없는 말로 마지막 남은 한 겹의 보호막을 붙들었다.

"솔직히 말할게, 서재희. 나는 네가 부담스러워. 어릴 땐 그저 마음으로 따랐으면 받아 줬을지도 몰라. 못해도 열일곱, 열여덟만 되었어도. 그런데 지금은 그래. 쭉 같이 있어서, 다른 어떤 사람보다 내가 더 너를 잘 아니까, 네가 어떤 사람인지 알아서 무서워. 그리고 또."

해일그룹의 후계자. 훗날의 수장.

그에게 돋아난 가시가 몇 개이고 그를 향한 창이 얼마나 되는지 가늠조차 되지 않는다. 그것을 자신이 감당할 수 있을까. 머뭇머뭇 고개를 젓는 서윤을 재희는 똑바로 응시했다.

"도망갈 이유를 먼저 찾지 말고 나를 생각해."

단호한 말이 마지막 보호막마저 거칠게 찢어 버렸다. 그는 간절했다. 또, 필사적이었다.

"그럼 나는."

"……서재희."

"그런 거 들으면서도 이러고 있는 나를 한 번만. 한 번만…… 한 번만 나 자체로 봐. 모든 걸 다 떠나서 딱 한 번만이라도."

서윤의 뺨을 잡고 있는 재희의 손이 떨리고 있었다. 어쩔 줄 모르며 일그러진 표정으로 지난 13년의 마음을 전부 토해 냈다. 단 한마디로.

"사랑해."

아무것도 들리지 않고 오직 그의 목소리만이 귓가에 박혔다.

"나 버리지 마."

서윤의 고개가 떨어지듯 숙여졌다. 그리고 세게 재희의 등을 안고 손을 세워 힘껏 쥐었다. 팽팽해진 재킷을 쥐고서 그녀는 고개를 떨어트렸다. 함락. 다른 어떤 말도 필요하지 않았다. 일그러진 입술은 고통이나 슬픔이 아니라 기쁨과 희열이었다.

이렇게 행복한 고백은 다시 받을 수 없을 거야. 분명, 그 누구도 어디에서도.

"너 바보야. 호구라고. 진짜, 진짜 이만큼 기다리는 사람이 어디 있어. 어떻게 그래."

어쩌면 자신 역시 아주 오래전부터 그랬을지도 모른다. 무작정 곁에 있는 이 바보 같고 맹목적인 기다림을 부담스러워하지 않고 부끄러워하고 있는 걸 보면, 결국 자신도 같았던 것일 수도 있다.

계속 나만 봐 주기를, 바라고 또 바라고.

어느 틈엔가 이성적인 거절 따위가 아니라 양서윤이라는 사람이 가진 진솔한 마음이 터져 나왔다.

"그런 말 하지 말았어야 돼. 그런 소리 해서 사람 몇 년 동안, 이 시간 내내 쪽팔리게 하지 말지. 애초에 창피하고 부끄러워서 아무것도 못했는데 결국 지금도 쪽팔려. 이건 다 너 때문이야. 네가, 서재희 네가 내 약점을 쥐고 멋대로 흔들었어. 절대 거부 못할 말을 해 버린 거야. 그런 거라고. 그러니까 내가 이렇게 힘든 건 다…… 네 탓이야."

지금껏 단 한 번도 하지 못했던 치졸하고 추악한 속마음을 고스란히 토했다. 그건 다른 무엇으로도 설명할 수 없는 배출, 배설과도 같았고 마음에 없는 말까지, 아니 있는지도 몰랐던 것들까지 꺼내게 되었다.

그러고도 한참이나 이어진 말을 재희는 다른 아무 말도 하지 않고 묵묵히 받아들였다. 울고 있는 줄 몰랐는데 어느새 울고 있었다. 두 손으로 눈을 가리고 여태 못했던 속마음을 다 토해 낸 그녀가 진이 빠져 헉헉, 숨을 몰아쉬자 그저 듣고 기다리던 그는 딱 한마디를 했다.

"미안하다."

재희는 그녀와 눈을 바로 맞추고 반복했다.

"미안해."

그 말을 잇는 목소리에 홀리듯 서윤은 눈을 크게 뜨고 그를 보았다. 아무런 말을 할 수 없었다. 짧게 나온 사과는 그대로 심장에 박혔다. 그 사과는 자신은 몇 년이 지난 지금도 하지 못한 말이었다. 황당하게도 먹먹하기만 하던 가슴이 젖어 들고 꽉 들어차 숨구멍조차 없던 깊은 곳에 빛이 스며들었다.

마음이란 커다란 바위와 같아서, 똑똑 떨어져 내리는 작은 물방울에 결국은 함락되어 버리고 만다. 아무리 굳세고 강한 여자, 예를 들자면 서윤과 같은 사람도 언제나 젖은 물속에 있다 보면 아무리 거대하고 끝을 알 수 없는 솜 같아도 젖어 들기 마련이었다.

두근두근, 뜨겁게 차오르는 미칠 듯이 뛰는 박동에 그녀는 어떠한 말도, 생각도 하지 못했다. 고작 말 한마디에 모든 것이 예기치 못한 순간에 흐드러지게 피어났다.

억눌렀던 심장의 고동이 괴로웠다.

결국 꽃이 피어나듯, 작은 물방울에 스며들어 지워지지 않을 각인을 남기듯.

"그래, 네 탓이야."

결국 널 사랑하게 되어 버린 지금도.

마지막까지 쿡쿡 찌르는 것마저 사랑스러운 걸 보면, 서윤의 말처럼 그는 호구일지도 몰랐다. 다른 사람에겐 몰라도 양서윤에게만큼은. 재회는 그녀의 젖은 머리칼에 뺨을 대며 속삭였다.

"다행이지."

그렁그렁 맺힌 눈물을 기어코 떨어트리려는 듯이.

"13년밖에 안 걸려서."

끝내 탓하는 말 하나 없이 그렇게 말하는 재희에 왈칵 눈물이 터져 나왔다. 그리고 이내 작게, 아주 오래전부터 미안하다는 말 대신 하고팠던 그 말을 해 주었다.

"꽃, 너무 예뻐."

"알아."

"……고마워."

작은 속삭임에 잠시 숨을 멈췄던 재희가 길고도 긴 숨을 내쉬었다. 안도하듯이 퍼지는 숨이 세상을 다 가진 듯 따스했다.

"알아."

그것이 길게도 돌아온 우정을 닮은 인연의 끝을 알리고 있었다.

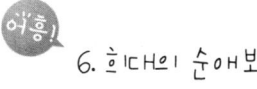
6. 희대의 순애보

 재희가 어렴풋하게 알고 있던 자신의 과거사를 완전하게 알 수 있었던 것은 군대를 제대했던 날, 조부와 함께 했던 식사 자리에서였다. 듣는 귀가 있고 보는 눈이 있어 부모님이 어떤 상황에서 자신을 낳았는지쯤은 알고 있었으나 직접 모든 것을 듣는 것은 달랐다.
 열여덟이었던 어머니가 당신보다 여덟 살이 많았던 어느 남자에게 홀려 집을 나갔다. 가지고 있던 통장, 저금, 물품들을 모조리 퍼다 나르면서도 정신 못 차리고 살다 손을 놓아버린 조부로 인해 자금이 끊겼고 남자는 제 아이를 가진 재희의 어머니를 미련 없이 버렸다.
 배가 불러 온 어린 딸을 조부는 말없이 받아 주었고 불과 석 달 뒤, 임신중독으로 인한 뇌출혈로 아이를 낳기도 전에 어머니가 죽었다. 임신중독은 임신 도중 마신 술과 담배가 원인이었다. 그 결과 재희는 기관지가 약해 환절기가 되면 늘 편도가 붓고 천식 증상이 나타난다.

그렇게 손이 많이 가고 아팠던 손자를 대하는 조부의 태도는 한결같았다. 한 번이라도 딸을 죽인 악마라고 탓할 만도 한데 무뚝뚝하지만 진심을 다해 재희를 사랑했다. 손자를 제 핏줄을 죽인 원흉이라고 생각하기보다는 하나 남은 가족으로 여기며.

그것이 재희를 거짓 없는 사람으로 만들었다. 비록 다른 누군가에겐 그런 성격이 모나게 느껴졌을지언정 그게 흉이 될 수는 없었다. 그럼에도 남은 상처는 늘 큰 입을 벌리고 그를 탓했다. 어머니를 죽인 몸, 모든 일의 원흉. 그토록 깊고도 흉한 상처에 단 한 사람만이 지치지 않고 연고를 발라 주었다. 모자란 어머니의 자리를 대신했고 든든한 아버지를 대신했다. 신기하게도 서윤의 여린 몸이 모든 것을 해 주었다.

그게 사랑과 같은 애정에 관련된 것이 아니라 베푼 은혜에 대한 감사의 표시였을지언정, 느리지만 확실하게 안겨 준 손길이 그를 이렇게 만들어 놓은 것과 같다.

나를 만든 사람을 사랑하는 것. 날 낳아 준 어머니를 사랑하듯이.

재희는 얌전히 품에 안겨 있는 서윤을 믿기 힘든 듯 몇 번이고 쓰다듬고 끌어안았다. 다음 차를 타기 위해 다시 모이기 시작한 사람들은 아니꼬운 듯 둘을 보다 다음 버스에 올랐다. 그렇게 두 번을 더 보낸 후에야, 조금 더 진정을 한 서윤이 말했다.

"아까 같은 짓 또 하면 그땐 진짜 절교다."

뭐라 하건 지금 그에게 문제 될 건 없었다.

"그래."

"나랑 절교가 아니라 이승이랑 절교시킬 거라고."

"그래그래."
"내 말 제대로 듣고 있는 거야?"
"들어."
"……이제 존댓말 해야 하나. 이름 부르고, 너, 너 하기 그렇잖아."
"됐어. 이대로도 충분해. 욕해도 괜찮아."

서윤에게서 이름을 불리고 험하게 다뤄질 때 가장 짜릿하고 사는 맛이 나는 재희에겐 그런 건 전혀 상관없었다. 이후로도 계속 무어라 말을 해도 그는 연신 고개를 끄덕이며 그녀의 머리칼에 입을 맞췄다. 그 달콤함을 계속해서 만끽하고 싶지만 이 상황을 그냥 두지 않는 서윤이었다.

"그럼 있잖아, 재희야."

뭐든 말하라는 양 전에 없이 상냥한 눈동자가 그녀를 향했다. 아마 재희도 지어 본 적 없는 온화한 표정일 것이다. 서윤은 잠시 시선을 피하며 망설였다.

이 말을 지금 해야 하는지, 아니면 하지 말아야 하는지 고민되었지만 괜히 후에 뒤통수를 치는 일은 싫다. 이젠 정말 재희에게 배신감을 주거나 숨기는 것을 가지고 상처를 주는 일 따윈 조금도 하고 싶지 않았다.

어서 말하라는 듯 재촉하는 눈에 서윤은 조심스럽게 말을 이었다.
"나 유학 다녀오는 거 기다릴 수 있어?"

재희의 온화했던 눈이 사진 찍은 듯 딱 굳었다. 그의 고개가 옆으로 기울었다. 어디?

"……유학."

기운 고개에서 기계 소리가 나는 듯하다. 삐걱, 삐걱. 얌전하던 피부 결이 슬그머니 열을 내기 시작했다.

"어딜 다녀와?"

아직까진 부드러운 어투가 이어지고 있었지만 이것이 분노의 전조임을 모르지 않는 서윤은 조용히 뒤로 물러났다. 그러나 뒤로 가기도 전에 두 팔목이 잡혔다. 뭔데? 그가 웃으며 말했다.

"유학 간다고 했잖아. 그래서 회사도 그만뒀던 거고."

"……아아, 그거."

최대한 이해하며, 아니 이해하는 척하며 고개를 끄덕여 본 재희는 비가 오는 와중에 바짝 마르는 제 입술을 쓸었다.

"그거."

반복된 단어에는 온갖 혼란이 담겨 있었다. 이걸 도대체 어떻게 반응해야 할지 고민하는 듯 입술을 벙긋거리던 그는 겨우 시선을 맞추며 물었다.

"그걸 꼭 가야 한다고."

"응. 처음엔 단순히 언어 공부를 생각했는데 이왕 이렇게 된 거 경영학도 제대로 배워 볼까 해. 지금 난 결국 고졸 타이틀이고, 나 하나 일하는 덴 문제없지만 이젠 부족하게 됐어. 분명 너한테 도움이 될 거야. 아, 당연히 내가 하는 일에도 도움이 될 거라고 생각하고."

재희를 받아들일 수 없었던 가장 큰 이유, 예전처럼 단순히 친구 때문이 아니라 이제는 실질적인 문제 때문이었다. 재희가 본사로 가서 제자리를 찾기 위해선 확실한 배경이 필요했다.

하지만 자신은 그 배경이 되어 줄 수 없으니 누구도 무시 못할 능력을 갖춰야 한다. 뒤에 자신이 있다는 것만으로도 천군만마를 얻은 듯, 또 다른 의미의 배경이 될 수 있도록.

단호하고 철저한 대답에 재희의 손가락이 움직였다. 선 자리를 가리키다, 먼 곳을 향하는 검지의 끝은 목적지 모를 곳을 가리켰다.
"지금 나랑 이런 상황에서, 간다고."
"그래서 더 가야지. 내가, 아니 우리가 좀 더 나아질 수 있는 방향으로."
 틀린 말은 아닌데. 그런데.
 빗줄기는 더욱더 거세졌다. 아니, 거세졌다기보다는 거칠어졌다는 말이 더 옳을 것이다. 재희는 당당한 서윤의 얼굴에 저도 모르게 소리치고 말았다.
"양서윤!"
 그녀는 결코 쉬운 여자가 아니었다.

 단어 하나로 어제와 오늘은 완전하게 달라질 수 있다. 지금껏 경험해 본 적 없지만 닥치고 나니 확실하게 알 수 있었다.

'사랑해.'

 드라마 속에서나 나올 거라고 생각했던 말을 직접 들었을 때의 감정은 말로 표현하기 어려운 것이 있었다. 전날의 비구름이 다 걷히지 않아 까만 아침에서도 미약한 빛줄기를 찾아내게 만드는 그런 말이었다.

"날씨 좋다."

그리고 이렇게 맞지 않는 말도 저절로 하게 되는 것 말이다. 하지만 지금 나온 말은 달콤함에 물든 그런 것이 아니라 현실 도피를 위한 중얼거림이었다.

"벼락도 치고 천둥도 좀 쳐야, 지하철이 끊기고…… 홍수가 나고…… 하수도가 범람해야 합법적으로 결근을 하는데."

지극히 양서윤 입장에선 화창하기 그지없는 하늘에 한탄을 하며 결국은 일어서고 마는 직장인이었다. 꾸물꾸물 준비를 마치고 엘리베이터에서 내린 그녀는 혹시나 아파트 앞에 그가 있을까 살폈다. 몇 번이고 비슷한 상황이 있었지만 그땐 재희가 없길 바랐고 오늘은 재희가 있길 바랐다.

"설마, 아니겠지. 오늘도…… 에이, 설마. 아무리 그래도 서재희인데. 일은 잘하잖아. 일은. ……그래, 일은 하니까."

그러니까 당연히 오늘은, 있겠지.

그녀는 가방끈을 불끈 쥐고 힘차게 출근을 나섰다.

"좋은 아침입니다."

사무실로 들어서며 최대한 반갑게 인사를 한 서윤의 눈이 자동으로 주변을 훑었다. 먼저 나와 있던 윤찬이 얼른 허리를 숙였다.

"오셨어요, 실장님."

"아침부터 고생 많네요. 그런데 본부장님은?"

다짜고짜 본론부터 묻는 그녀였지만 윤찬은 이해한다는 듯 어색하게 웃으며 머리를 긁적거렸다.

"……어, 그게."

두 사람의 시선이 자연스레 본부장실 문으로 향했다. 그는 쓸쓸하게 고개를 저었다.

"원래 오실 시간 전이긴 하지만 근래 오셨던 시간을 보면, 아직 안 오셨으니까 오늘도……."

"그만! 그만, 그만. 거기까지 말해도 괜찮아요. 위장 아프려고 그래."

부정적인 말에 확 조여드는 위를 느끼며 손을 뻗어 막았다. 후, 후. 깊은 숨을 쉬며 안정을 찾으니 윤찬은 어디서 많이 듣던 소리를 자연스럽게 하고 있었다.

"오늘도 안 나오시면 큰일입니다. 오늘은 본사 비서실에서 파견도 오는데 확인을 해 주셔야 업무를 시작하니까요. 거기다 어제도 결근하셔서 결재해 주실 보고서가 몇 개인지 모르는데."

그것은 예전 서윤이 밥 먹듯이 하던 한탄이었다. 한쪽을 향한 쓸쓸한 시선이나 한숨, 축 처진 어깨가 제2의 양서윤을 보는 것 같았다. 아주 철저하게 자신을 닮아 가는 그를 보며 안타까움과 뿌듯함을 동시에 느낀 서윤에게 윤찬이 은근슬쩍 권유했다.

"아무래도 실장님이 본부장님 댁으로 가셔야."

"……정말 그 수밖엔 없을까요."

"죄송합니다, 실장님."

서윤의 고개가 아래로 툭 떨어졌다.

출근한 지 3분도 되지 않아 제집에 가는 것보다 익숙한 재희의 집을 향하며 그녀는 휴대폰만 계속 만지작거렸다. 이게 갓 연인이 된 사람들이 해야 하는 머뭇거림인지는 모르겠지만 그 어느 때보다 먼저 연락하기가 어려웠다.

"그래도 그렇지 어떻게 대놓고 결근이야?"

어제 아침, 어쩌다 보니 나온 유학 이야기에 한번 거세게 그녀를 부른 재희는 서윤을 차에 태워 회사까지 데려다주곤 그대로 가 버렸다. 같이 출근해야 하는 마당에 혼자 어디를 가는가 물어보고 싶었으나 빨갛게 된 얼굴이 함부로 건드렸다간 펑 터질 것 같아 막지도 못했다.-그 와중에 서윤은 바닥에 던져졌던 꽃다발을 주섬주섬 챙겼다.

이어 전화를 몇 번이나 했지만 받지 않는 것을 보며 속만 끓인 그녀다. 걱정만 하다 보낸 하루의 탓을 재희에게 돌리다 또 한숨으로 덮었다.

"괜히 말했나 봐."

말해야 할 때를 놓치는 것엔 신물이 나서 툭 던져 버린 유학 이야기였다. 더군다나 가지 말란 말만 몇 번이나 들었는데 고집스럽게 가겠단 말을 하는 자신은 스스로 생각해도 답답하고 꽉 막힌 중생이었다.

그러나 이런 상황에서조차 유학은 가야 한다고 생각한다. 오히려 전보다도 더욱 확고해졌다. 유학이라는 것이 어찌 보면 별것 아닐 수도 있지만 고졸 딱지를 붙이고 있는 서윤에게는 꼭 필요한 것이었다. 능력이나 경력만으로 인정받을 수 있는 곳은 딱 여기까지니까.

"거기라도 가야, 네 옆에 제대로 설 수 있을 거 아니야, 바보 서재희."

창문에 이마를 기대고 중얼거린 서윤은 휴대폰을 쥔 손에 힘을 주었다. 아무것도 하지 못하고 곁에서 위로만 해 주는 여자는 되고 싶지 않다. 지금처럼, 아니 지금보다 더 그에게 중요한 창과 방패가 되어 주고 싶다.

하아. 뭐 하나 쉬운 일 없는 인생이라는 걸 새삼 느끼고, 또 느끼는 서윤이었다.

벨을 눌러도 인기척 하나 없어 결국 주인의 허락 없이 안으로 들어선 서윤은 괜히 목을 몇 번 가다듬었다. 어디에 있건 간에 내가 들어왔다고 알리는 소리였다.

달리 어질러진 것도 없는 거실을 지나쳐 곧장 재희의 침실 앞까지 온 그녀는 침대 위에 뭉쳐진 이불을 보고 신음했다. 혹시나 했는데 정말 아직까지 자고 있을 줄이야. 속으론 쩨쩨해, 하고 불만을 터트린 서윤은 안으로 들어가며 그를 불렀다.

"서재희."

당연히 그는 미동도 하지 않았다. 애초에 이런 부름 몇 번으로 일어날 거라곤 생각하지 않았기에 크게 개의치 않으며 침대 맡에 섰다. 그리고 슬쩍슬쩍 속 뒤집을 말을 건넸다.

"이렇게 속 좁은 남자인 줄 알았으면 고백 안 받아 주는 거였는데."

괜히 하는 소리였지만 불같은 재희에겐 더할 나위 없이 잘 먹히는 방법임을 알고서 하는 말이었다. 그러나 그는 여전히 묵묵부답, 움직이지 않았다. 다소 어린애 같은 구석이 있긴 했지만 이 정도로 어리광을 부릴 줄은 몰라 당황스러웠다.

하지만 그런 마음을 가지다가도 어제 재희가 했던 말들을 떠올리면 무작정 하는 고집만은 아닌 것도 같았다. 곁에 있어 준다는 것이 얼마나 고마운 일인지 그녀 또한 알고 있었다. 가영이 그런 아이라는 것을 어렴풋하게 느끼면서도 어떻게든 친구가 되려고 몹쓸 짓을 했던 자신이었다. 마음이라는 게 그릇은 커져도 결국 담긴 것은 같아서, 마음에 닿지 않는 것에 아무렇지 않은 척은 할 수 있어도 아무렇지 않은 것이 될 수는 없는 법이다.

소리와 흔들림 없는 침대 위에 살짝 걸터앉은 서윤은 가만히 재희를 보았다. 어린애 같아도 좋다. 어른스럽지 못하고 이상한 고집만 부리는 것이라도 좋다. 남들에겐 한없이 도도하고 카리스마 넘치는 본부장의 모습이지만 이런 진짜 모습은 오직 자신만이 볼 수 있는 것이니까.

"내가 그렇게 좋냐."

툭 던진 말에 제 볼이 빨개졌다. 말하고도 속이 시끄러워지는 발언이었다. 괜히 혼자 손부채질을 하며 훅, 훅 숨을 내쉰 그녀는 다시 시선을 옆으로 돌렸다.

무언가를 혼자만 가지고 있다는 건 정말 괴로운 일이니까, 그러니까 누구보다 재희가 이해해 줬으면 한다. 당당하게 곁에 있을 수 있도록.

"그렇게 오래 계속 네 옆에 있었던 건, 단순히 계약한 것 때문만은 아니야. 물론 처음엔 그랬어. 너한테 미안했던 것도 있지만 그렇게 옆에 있으면 엄마 아빠 짐이 반은 줄어들 테니까. 내 짐도 덜어질 걸 알아서였어. 그런데 그것만으로는 안 되는 거더라. 알면서도, 고마우면서도 불만을 갖고 불평을 하고 안 좋은 점만 찾아가는 게 사람이더라고. 아니, 사람을 떠나서 나는 그랬어. 자꾸 나 좋은 것만 원해. 그래도 계속 옆에 있었어. 가끔 네 정신 나간 행동들도 밉지 않아지고, 지금처럼 이상한 고집 부리는 것도…… 이젠 밉지가 않아."

누군가에게 절실한 대상이 된다는 것이 조금은 고맙기까지 하다. 뭉쳐진 이불 위를 다독이며 서윤은 옅게 미소를 지었다.

"어쩌면 나는, 우리가 생각하는 것보다 훨씬 오래전부터 너를 좋아했었던 걸지도 몰라. 그게 항상 같이 있어서 시작된 건지, 자연스럽게 동화된 건지 잘 몰라. 그렇다고 이 마음이 단순히 너한테 휩쓸린 그런 것도 아니야. 난 내 방식대로 지금까지 널 좋아했으니까. 그게 나조차도 못 알아챌 정도로 익숙해져 버려서 이제야 꺼내는 거지만."

눈을 보지 않고 혼잣말처럼 말을 잇다 보니 머리를 거치지 않은 말이 술술 나와 버렸다. 어디에도 없을 껍데기 하나 없는 말을 하고 나니 머릿속이 조금 개운해진 것도 같았다. 단지,

"그러니까 재희야."

먹먹한 느낌으로 재희의 이름을 부른 그녀는 두 손 가득 이부자락을 쥐었다. 그리고 새빨갛게 변한 얼굴로 더듬거렸다.

"여, 여기 없는 거 아니라고 해 줘. 내 말 듣고 있는 거라고. 아, 안 그러면 나 진짜."

쪽팔릴 거 같거든? 하지만 안 좋은 예감은 늘 적중하고 만다.

"뭐 하냐, 너."

차라리 몰랐으면 나았을 것 같은 창피함이 몸 구석구석으로 파고들었다. 입가를 막고 고개를 돌린 서윤은 그가 들리지 않을 정도로 작게 중얼거렸다.

"왠지 이럴 거 같더라, 젠장."

사람 없는 빈 방에서 구구절절 사연 늘어놓고 말았지만 최대한 아무렇지 않은 척 몸을 세우고 방주인을 보았다. 그는 묘한 표정을 지으며 말했다.

"얼굴이 딱 열렬한 고백을 한 다음의 얼굴인데."

"……뭐, 뭐."

그가 다가온다. 긴 다리를 이용해 척척 다가오는 살색, 아니 재희에 서윤은 먼저 방을 나서려 했다.

"옷 갈아입고 나오세요. 일단 거실에서 기다……."

한번 맛을 들려서인지, 아니면 그런 취향인 건지, 그것도 아니면 그냥 심술인지는 모르겠지만 밖으로 나서는 제 손을 낚아채듯 당긴 거부할 수 없는 손길과 입술에 그녀의 눈이 질끈 감겼다. 그리고 그대로 키스를 하는 과감함에 저절로 입술이 벌어졌다. 벌어진 입술 사이로 밀려든 혀끝이 달콤하게 엉켜들어 왔다. 다른 생각은 전혀 할 수 없게 만드는 그의 키스에 그녀는 겨우 수건 하나 걸치고 있는 재희의 목에 팔을 걸며 매달렸다.

늦게 배운 도둑질이라는 말이 스쳤지만 그게 입맞춤을 막을 이유는 되지 못했다. 한참 서로의 숨을 공유하다 떨어지는 입술이 아쉬운 듯 서로 제 입술을 말아 물었다. 서윤은 심각하게 중얼거렸다.

"이거 위험해. 음, 응. 좀 위험한 것 같아."

"뭐가."

굳이 무엇이 위험하느냐 묻는다면, 허리를 받치고 있는 네 손이라든가, 혹은 어느 틈엔가 옷자락 안으로 들어와 있는 네 손이라든가, 또 어느새 목덜미를 지분거리는 네 입술 같은 것.

그리고 도통 그게 싫지 않은 나까지.

"왜 이렇게 되는 건지 물어봐도 돼?"

담담한 척하지만 떨리고 있는 목소리가 낸 질문에 재희는 입술을 떼고 그녀를 바로 세우며 답했다.

"투정, 욕심, 재충전, 양서윤."

단어 하나하나에 그를 표현할 수 있는 모든 게 들어가 있었다. 새삼 느끼게 되는 일. 서재희는 나를 좋아해. 그런 감정을 느껴 다 소곳해져 버린 그녀에게 이번엔 그가 펀치를 날렸다.

"이 집에 함부로 들어오지 마."

툭 한마디를 던지고 옷가지를 챙겨 드레스 룸을 향하는 재희였다. 아직 생생한 감촉에 섰던 서윤의 눈이 커졌다. 그녀는 지금껏 들어 본 적 없는 말에 부리나케 드레스 룸으로 향했다.

"왜? 내, 내가…… 유학 간다고 해서?"

저도 모르게 더듬은 말에는 엄청난 충격이 담겨 있었다. 말을 잇고도 벙긋거리는 입술이 그녀가 얼마나 당황하고 있는지를 알게 했다. 바지의 버클을 채우고 와이셔츠를 든 재희는 미간을 확 좁혔다.

"조심하란 거지 어떻게 그런 결론이 나는데? 넌 내가 널 어떻게 할지 겁나지도 않아? 방금처럼 가만히 있지 말란 소리야."

"……."

"조심해, 양서윤. 너는 '어제부터'라도 나는 '어제도'라는 거."

"어, 어…… 그러니까."

"계산 제대로 해. 안 그러면 바로 벗겨서 침대에 묶어 둘 테니까."

서윤의 몸이 순식간에 뒤로 향했다. 마침 그가 넥타이를 쥐고 있어서 그런 것은 아니었다. 하지만 그녀는 어느 틈에 거실까지 나가 있었다. 지난주 자신이 코디해 놓은 옷 그대로 입고 나온 재희를 보며 서윤은 겨우 돌릴 수 있는 화제를 꺼냈다.

"왜 어제 안 나왔어. 그리고 오늘은 또 왜 이렇게 늦게 일어났고."

그것을 듣는 재희의 표정이 못마땅하게 변했다. 왜? 하는 서윤의 눈에 그가 단숨에 다가와 그녀의 손을 잡고 제 이마에 올렸다.

"어제는 아팠고, 오늘은 그리 늦은 시간도 아닌 것 같은데."

서윤은 금방 낯빛을 어둡게 만들고 남은 한 손을 번쩍 들어 재희의 뺨에 올렸다.

"아팠어? 어디가? 어디가 어떻게 아팠던 거야? 열은 지금 없는 것 같은데, 연락은 왜 안 했어!"

"……너무 무관심해진 거 아냐?"

눈앞의 그의 눈을 보면서 서윤은 머리가 멍해졌다. 재희가 태어날 때부터 기관지가 약하다는 걸 빤히 알고, 그래서 감기약이나 물을 달고 산다는 걸 누구보다 잘 알면서 까맣게 잊고 있었다.

"미안해! 완전히 잊고 있었어, 세상에. 그러니까 왜 하필 그럴 때 고백 같은 걸 한다고 그래서! 아니, 아무리 그래도 그렇지 어떻게 그걸 잊었지? 약은? 약은 제대로 챙겨 먹었어?"

"챙겨 먹었으니 살아 있지. 그래도 나쁘진 않네."

"뭐가 안 나빠!"

"아픈 놈으로 기억되고 있는 것보단 훨씬 나아."

"그런 말 하지 마! 어떻게 그걸 잊지. 진짜 제정신 아니야. 하필 네가 거기서 고백을 하는 바람에!"

"유학 가라."

한창 본인에 대한 자책감을 터트리며 어쩔 줄 몰라 하던 서윤을 막은 말은 한참 동안 그녀를 굳게 만들었다. 벙긋, 머뭇. 깜빡이는 두 눈을 보며 재희는 쓰게 웃었다.

"가고 싶으면 가."

서윤은 뭔가 머리를 쿵 하고 맞은 표정이 되었다.

"네가 옳다고 생각하면 그게 옳아. 내가 아는 양서윤은 늘 맞는 길을 찾았으니까."

 담백하기 그지없는 훌륭한 답을 이으며 재희는 아직 완전히 마르지 않은 머리를 쓸어 넘겼다. 물기가 흐르는 건 아니지만 약간의 촉촉함이 손가락 끝에 묻어나고 있었다.

 그렇게 아무렇지도 않게 말하고 툭툭 머리를 털고 다시 드레스 룸으로 향하는 재희다. 혼자 거실에 남은 서윤은 너무 쉽게 풀려 버린 매듭에 허탈한 표정으로 눈을 깜빡였다.

 "아…… 아?"

 유학의 이응 자만 나와도 가지 말라던 사람이, 어제까지만 하더라도 열을 내며 부르던 사람이 어떻게 하루아침에 이런 결론을 낼 수 있단 말인가. 분명 바라고 기다렸던 답인데 막상 듣고 나니 뒷머리가 뻣뻣해지는 기분이었다.

 이게 맞는데. 이게, 이게 편한 건데.

 거실에 홀로 남아 멍하니 섰던 서윤은 드라이어를 가지고 나온 재희를 불렀다.

 "서재희."

 "머리 좀 해 줘."

 "됐고. 왜, 갑자기 그런 결론이 났는지 말해 줄 수 있어? 아니, 뭐, 불만이 있는 건 아니고."

 왜 자신이 이런 질문을 하고 있는 것인지 등으로 삐질, 땀이 흘렀지만 한번 터진 입은 멋대로 움직였다. 유난히 일 잘하는 성대와 입술을 막을 도리가 없다. 어찌 보면 어려운 질문에도 재희는 막힘이 없었다.

 "이젠 굳이 일이나 다른 이유 없이도 널 보러 갈 수 있고 만날 수 있으니까. 내가 돈이 없어, 시간이 없어."

그래서 더 열이 받고 재수 없는데 또 맞는 말이다. 반론할 수 없는 완벽한 말에 목구멍이 간지러웠다. 여기서 끝내면 완벽한 대화를 질질 끌어 버리고 말았다.

"그게 그냥 결론인 거야? 그냥 막 나 보내도 상관없는 그런 거?"

"우주로 나갈 돈 있으면 나가 봐. 설마 네가 나가는데 내가 못 따라갈까."

"······어, 그래."

"머리 좀 해 달라니까."

"그렇지. 내가 갈 수 있으면 너도 갈 수 있지."

끝내 재희가 내민 드라이어를 든 서윤은 기계처럼 움직여 콘센트를 꽂고 재희를 소파에 앉혔다. 그리고 윙윙, 적당한 바람을 뿜는 드라이어를 쥐고 성실하게 머리를 말렸다.

괜찮아, 뭐. 원했던 말을 들었잖아. 좀 떨어져 있는 것도 필요해. 너무 붙어 있었으니까. 그래, 그게 맞아.

기이한 불안감이었다. 그저 곁에 있으면 계속 재희와 엮일 것이 두려워 어떻게든 멀어질 생각만 했건만 반대로 생각해 보면 이 긴 시간 동안 자신이 곁에 있으니 다른 사람 만날 틈 없이 재희가 오직 저에게만 마음을 주고 있던 건 아닐까.

물론 절대, 그렇게 간단하게 여길 마음이 아니라는 건 알지만 몹쓸 상상은 여러 가지 갈래를 만들고 사람 속을 뒤집었다.

"근데."

아무 말 없이 머리만 말리는 서윤의 귀로 불만 품은 낮은 목소리가 들렸다. 혹시 변덕쟁이가 변덕을 부리는 걸까, 하고 저도 모르게 이유 모를 기대를 했으나 그는 다리를 꼬며 투덜거렸다.

"어떻게 찾아올 생각 한 번을 안 하지? 전엔 뻔질나게 드나들더니."

"……화났다고 생각했으니까."

"화날 소리를 한 건 아네."

"그야."

"그럼 앞으로는 사람 좋단 말 할 때는 눈을 보고 해. 그래야 내가 얼마나 좋아 죽는지 알지."

위이잉. 진동을 내며 울리던 소음이 뚝 멎었다. 파리해진 안색으로 고개를 내린 서윤이 밑에서 올려다보는 재희에게 말했다.

"다 들었지."

"뭘."

"내, 내가 한 말."

"그러니까 어떤 거."

"들었어. 뒤에 있었으면서, 없는 척한 거야. 맞지. 말 돌리지 말고 똑바로 말해야 돼. 내, 내가 침대에서 한 얘기 다 들은 거야. 맞아?"

빤히 보는 재희의 눈에 그녀의 얼굴은 물론 몸까지 온통 벌겋게 물이 들어갔다. 꼭 막바지 단풍놀이에 어울릴 모양새였다. 그는 서윤의 물든 뺨을 쓸며 속삭였다.

"네가 그렇게 좋으냐는 말?"

"……"

오, 하느님.

"아니면, 계약 때문이 아니라 내가 좋아서 옆에 있었다는 말?"

"자, 잠깐."

맙소사.

"그것도 아니면 내 옆에 있기 위해 유학을……!"

시시각각 변하는 표정이 귀여워 괴롭히고 마는 재희를 막은 건 검은색 드라이어였다. 그 드라이어는 그의 입술 앞에 닿아 있었고 금방이라도 터질 것 같은 얼굴을 한 서윤은 느와르에서 총을 겨눈 총잡이처럼 경고했다.

"더 입 열면 쏜다."

엄중한 경고, 아니 협박에 재희의 입이 다물렸다. 어느새 본래의 안색을 찾은 그녀는 드라이어를 정리한 뒤 돌아와 두 손을 모으고 허리를 숙였다.

"이만 출근하시죠, 본부장님."

그러곤 후다닥, 달리듯 나가 버린다. 출근하자 해 놓고 먼저 나서는 그녀를 본 그는 피식 웃으며 다리를 꼬았다.

간밤, 생각하고 또 생각했다. 무엇이 더 좋은가. 어떤 게 더, 그녀와 자신에게 옳은 선택인가.

"갈 수 있으면 가야지. 좋은 곳으로."

이것이 서윤에게 좋은 선택이라면.

"거기가 어디건."

나는 나에게 가장 좋은 선택을 할 테니까.

인원 충원은 확실히 업무 효율 증진에 큰 효과를 안겨 주었다. 본사 비서실에서 파견된 강지원 주임은 본사의 비서실장이자 서윤의 직속상관이었던 이지현 실장의 클론처럼 완벽한 모습이었다. 한 깔끔 하는 서윤조차 대단하다, 싶은 마음을 갖게 할 정도였다.

더불어 지원으로 인해 서윤의 할 일 또한 자연스럽게 줄었다. 중요한 자료야 계속해서 그녀와 윤찬이 맡고 있지만 중요하다는 건 희소성이 있다는 거고 희소성이 있다는 건 그만큼 양이 적다는 것을 의미했다. 그렇다고 일이 없는 것도 아니었지만 말이다.

어찌 되었든 신기하면서도 이상하게 섭섭한 기분이 들었다. 조금씩, 조금씩 제 자리가 다른 것으로 채워지는 것을 보는 건 조금 서운했다.

"역시 본사 사람은 다른 것 같아요. 며칠도 안 돼서 바로 업무 파악을 하네요."

마음의 여유인지, 정말로 일이 좀 덜어져 시간이 생긴 것인지는 몰라도 윤찬이 한 시간 뒤에 있을 회의 자료를 보는 서윤의 옆에 와 속삭였다. 순진한 말에 그녀는 종이를 한 장 넘겼다.

"어디서든 하는 건 비슷비슷하니까."

"그럴까요? ……그런 거 보면 전 아직도."

목소리가 한층 낮아져 있더니 예상했던 대로 윤찬은 잔뜩 의기소침해 있었다. 서윤이 이해한다는 듯 달랬다.

"잠깐 와서 일손이 부족한 업무를 도와주는 사람하고 그 업무를 주도하는 사람이 어떻게 같겠어요. 거기다 강 주임은 입사 4년이나 된 사람이에요. 윤찬 씨는 이제 겨우 반년 넘었고. 지금도 충분히 잘하고 있으니까 걱정 말아요."

자신 역시 느껴 본 적 있는 것이기에 해 줄 수 있는 조언이었다. 서윤이 윤찬을 떠나 직급이 낮은 사람에게도 존댓말을 하는 이유는 학창 시절은 물론 어릴 때부터 일을 시작해 산전수전을 다 겪었기 때문이다. 몸이 고되고 피곤한 것보다도 타인이 주는 말 한마디가 얼마나 상대방에게 크게 작용하는지 알고 있어서다.

다정하게 어깨를 다독여 준 서윤이 윤찬에겐 더없이 은혜로운 존재였나 보다. 가만히 보던 그가 덥석 그녀의 손을 잡았다.

"실장님 정말 그만두시는 건가요?"

"으응?"

"가지 마세요. 저 실장님 없으면 절대 못 버텨요."

"아니, 잠깐…… 이것 좀 놓고."

"저나 본부장님이나 실장님 안 계시면 며칠 못 가서 파산 날 거예요. 저번에 보셨잖아요. 본부장님 자꾸 결근하시고, 옷도 이상하게 입으시고, 또 구박에…….”

이게 단순한 한탄인지 상관 돌려 까기인지 구분이 애매모호해질 즈음 타이밍도 딱 맞춰 나타난 재희가 윤찬의 뒷덜미를 잡아당겼다.

"억!"

"누구 마음대로 내 거에 손을 대? 죽을래, 정윤찬?"

"허, 허흡. 크흡."

보란 듯이 질투심을 팍팍 부려 대는 본부장의 폭주에 업무에 집중하던 지원이 눈을 크게 떴다. 사내에서 나오기 힘든 말과 분위기였기 때문이다. 그러나 이곳은 해일디자인이었고 그런 낯간지러운 소유욕이 일상화된 본부장 구역이었다.

"죄송합니다! 죄송합니다!"

얼른 사과를 하는 그를 재희는 심드렁한 표정으로 놓아주었다. 모든 업무에 익숙해진 지원이지만 저 허물없이 괴상한 모양새는 전혀 적응되지 않는 눈치였다.

지원이 그러거나 말거나 그는 조금 전까지 있던 회의 자료를 윤찬에게 넘기며 말했다.

"내용 정리해서 보고. 양 실장은 다음 홍보팀 회의 준비."

"예, 본부장님."

다음 주에 있을 총괄회의로 인해 줄줄이 잡힌 회의들의 연속에 재희는 피곤해 보였다. 저 피곤함을 덜어 주기 위해 서윤이 할 수 있는 건 조금이라도 더 완벽하게 업무를 보는 일이었다. 그녀는 얼른 필요 자료 리스트를 챙겨 자료실로 향했다.

서윤이 사무실을 나섬과 함께 뻐근한 목을 문지르며 본부장실 안으로 들어서던 재희는 고개를 옆으로 돌렸다. 그리고 자리에 앉는 지원에게 말했다.

"강 주임은 상관 도울 줄 모르나?"

"예?"

무슨 말을 하는 것이냐 묻는 눈에 그의 미간이 확 좁아졌다.

"안 따라가?"

듣는 이에 따라 아주 불쾌할 수 있는 말이었다. 반말을 하는 상관은 많지만 저렇게 구는 사람은 흔하지 않다. 다만 지원은 몰랐다. 재희가 넘긴 자료를 안은 윤찬이 '왜 나는 저렇게 상냥하게 대해 주시지 않는 거야.' 하고 질투하고 있다는 사실을.

사무실의 사정이야 어쨌건 벌써 자료실로 넘어온 서윤은 회의에 필요할 예전 자료들을 검토하기 시작했다. 이미 열 번도 더 본 것이긴 하지만 회의 때마다 새롭게 작성하기 때문에 매번 확인을 해야 했다.

10년을 넘게 이 일을 하다 보니 는 것은 글자를 읽는 속도였다. 속독을 하듯 빠르게 검토해 나가는 그녀의 곁으로 언제 왔는지 지원이 섰다. 살짝 묵례로 그녀를 맞이한 서윤이 웃었다.

"본부장님이 또 괜한 소리를 한 것 같은데, 걱정 말고 가서 일 봐요. 잠깐 쉬어도 괜찮고."

보지 않아도 지원이 왜 여기로 왔는지 아는 듯 말하자 가만히 보던 지원이 물었다.

"늘 이렇게 앞서서 회의를 숙지하고 계신가요?"

뜬금없는 질문에 고개를 돌린 서윤은 저가 보고 있는 자료를 한 번 들었다 놓고는 어깨를 으쓱거렸다.

"네."

"그럼 회사 전반에 대해 모두?"

"될 수 있으면 그렇게 하도록 노력하고 있습니다. 전체 흐름을 읽어야 제대로 파악할 수 있으니까요. 뭔가 이상한가요?"

왜 갑자기 그런 질문을 하는지는 모르지만 대수롭지 않게 대답하자 지원은 조금 더 의아한 얼굴을 했다.

"아니요. 다른 게 아니라 서 본부장님은 본사에서도 유명한 분이시니까요. 워낙에 자기주장이 강하시고, 또……."

제멋대로고.

"대개 그런 분들은 비서가 먼저 나서는 걸 좋아하지 않으시거든요."

책장에 꽂힌 자료를 꺼내 파라락, 종이를 넘기는 지원의 눈이 조금 찌푸려졌다. 확실히 서윤도 그런 타입을 몇몇 보았다. 최근엔 고 사장과 같은 스타일이랄까. 그게 나쁘다는 건 아니지만 맞지 않는 사람이라면 고된 일이 될 거다.

그녀는 후배를 위한 마음으로 나름 성의 있게 답해 주었다.

"모시는 분이 어떤 타입인가에 따라 다르다고 생각해요. 다른 분들은 본부장님을 독불장군 스타일로 볼지 몰라도 대개의 일을 타협이나 협의를 통해 결정하시죠. 그것을 돕는 게 내 일이라고 생각하고 있어요. 여쭤보시는 것에 우물쭈물할 거라면 굳이 따라가서 시간 낭비를 할 필요가 없지 않을까요? 결정을 내리실 분이 다른 잡소리에 귀를 빼앗기지 않도록 돕는 게 제 일이고요."

괜히 이 말, 저 말 늘어놓은 건 아닌가 조금 걱정이 되어 옆을 보자 지원은 낯선 얼굴을 하며 생각에 빠진 듯 보였다. 찜찜함이 느껴져 눈을 가늘게 만들자 지원은 방긋 웃었다.

"파트너라는 느낌이 드네요. 멋있어요."

지원은 자료를 몇 개 더 뽑아 안으며 말을 이었다.

"왜 서 본부장님이 취임하자마자 양 실장님을 데려갔는지 알 것 같아요. 일당백이세요. 며칠 일하면서 느낀 건데 실장님 안 계시면 회사 업무가 안 돌아가겠던걸요."

"과찬이에요. 처음엔 혼자 보던 업무가 많아서 나 편한 대로 하다 보니 그게 고착화된 거지, 지금은 윤찬 씨도 있고 강 주임도 있으니까요."

"그럼 굳이 그만두실 필요가 있으신가요? 지금에 익숙해지신 본부장님을 두고 간다는 건, 주변에서 보기엔 뭐랄까…… 꼭, 버려둔다는 느낌이라고 해야 하나. 본사에서도 여러 말이 있었습니다. 아무래도 양 실장님은 본사에서도 유명하셨던 분인지라."

방실방실 웃는 지원의 얼굴을 보던 서윤이 들고 있던 자료를 접었다. 탁. 차갑게 끊긴 흐름에 흠칫 놀란 지원이었고 서윤은 부드럽게 미소를 지으며 말했다.

"왜 본사에서 이곳의 이야기까지 전해지는지는 모르겠지만 강지원 주임이 그런 말버릇을 가진 사람인 줄 미처 몰랐습니다. 그리고 그건 강 주임이 관여할 일이 아닌 것 같으니 자제 바라죠."

한순간에 분위기를 바꿔 압박하는 눈빛에 지원은 말라 버린 입술을 깨물고 허리를 숙였다. 방금 전까지 다가가기 편한 사람이었다면 지금은 바늘로 찔러도 눈 하나 깜짝하지 않을 듯 차가워 보였다.

"실례했습니다."

"가서 일봐요. 본인의 일."

팽팽하게 당겨진 끈을 쉬이 놔주지 않으며 관심을 끊듯 고개를 돌린 서윤은 다음 자료의 커버를 열었다. 지원이 멀어지는 소리를 들으며 전혀 집중되지 않는 활자를 노려보다 결국 필요한 자료를 모두 뽑아 자료실 복도 끝 창문 앞에 섰다.

고층 건물에 위치한 회사라 혹시나 모를 상황을 대비해 모든 창문이 들창 형식이라 답답하긴 매한가지였지만 찬바람이 그나마 기분을 풀어 주는 듯했다. 빠끔 열린 창문으로 부는 바람이 시리도록 찼다.

버리다니. 아주 불쾌한 말이다. 너무 불쾌해서 순간 할 말을 잊어버릴 만큼.

"후."

이미 정해져 있는 것인데 왜 자꾸 회의가 드는 것인지 모르겠다. 한번 정한 것을 번복하는 성격이 아닌데도 불구하고 요즘은 계속 이랬다, 저랬다 갈대처럼 흔들리는 기분이었다.

차디찬 바람의 강도가 좁은 틈으로 세게 밀려들어 왔다. 그 바람에 차갑게 식은 뺨이 붉어졌지만 복잡한 머릿속을 정리하느라 바쁜 서윤은 문 닫을 생각은 못하고 낮게 중얼거렸다.

"민정이한테도 연락해야 하는데."

고등학교 친구들 중 거의 유일하다시피 연락하고 있는 민정은 서윤이 유학 가는 결정에 큰 도움을 준 친구였다. 오라고 부추기는 것이 아니라 갈피 못 잡고 고민에 빠진 그녀에게 시야를 크게 보라며 예전처럼 손을 내밀었다.

서윤이 유학을 가려는 곳은 작가인 민정이 현재 거주 중인 곳이었다. 일단 그곳에 가서 민정과 함께 생활할 예정이었다. 체계적으로 준비하고 학원을 다니며 전문적으로 영어를 배운 뒤 내년 중순 즈음엔 갈 생각이었으나 이 일을 두 달이나 더 하게 되며 너무 많은 게 틀어졌다. 가장 틀어진 건 아무래도 서재희겠지만.

"민정인지 뭔지랑 아직도 연락하고 있었어?"

열려 있던 창문을 닫은 재희는 금방 느껴지는 훈기에 저를 보는 서윤을 못마땅하니 보았다. 한참이 지나도 오지 않는 그녀를 찾아 돌아다닌 시간에 대한 불만이 보였다.

"사적인 이야기는 삼가 주시죠."

"알 게 뭐야. 그거랑 연락하지 마."

"민정이랑 연락 끊기 전에 너랑 먼저 헤어질 거야."

"뭐?"

정말 충격을 받은 듯 금세 하얗게 질린 재희에 그녀는 웃고 말았다.

"그러니까 그런 말 하지 말아 주실래요."

그의 얼굴에 적잖은 억울함이 묻어났다. 그리고 손을 들어 서윤의 이마에 딱밤을 날렸다.

"악!"

이마로 올라오는 손을 보고 괜히 두근두근, 기대했던 서윤은 거침없이 날아온 세찬 딱밤에 악 소리를 내며 허리를 숙였다. 이마가 터진 건 아닌가 싶을 정도로 거센 통증에 앓는 소리를 내니 재희의 비웃음 소리가 들렸다.

"너, 너, 이 씨…… 어윽."

"어디서 반말이지, 양 실장."

말문 막는 데 저보다 더 좋은 대꾸가 또 어디 있으랴. 눈물이 찔끔 날 정도로 아프던 통증을 겨우 달래며 고개를 들자 재희는 조금 당황했다.

"많이 아팠어?"

최대한 힘을 덜 주고 때렸는데 아마 제대로 맞은 모양이었다. 그는 서윤의 눈에서 눈물이 살짝 보이자 어쩔 줄 몰랐다. 미안해하고 있는 게 보이니 더 아파할 수도 없었다.

연신 괜찮으냐 물으며 이마를 매만지는 손길에는 누가 봐도 애정이 뚝뚝 묻어나 있었다. 그 모습을 보자니 새삼 신기했다. 서재희는 독불장군 저리 가라 할 정도의 모난 남자인데, 어쩌면 이렇게 저에게만은 따뜻할까. 문득 든 생각에 그녀가 불쑥 물었다.

"왜 나를 좋아해?"

"이 와중에 그런 걸 또 왜 물어. 이마나 봐."

"그냥 물어보는 게 아니야. 그냥 예뻐서, 이런 거 말고. 뭐든 처음이라는 게 있잖아. 첫눈에 반한 거야? 아니면, 뭐 내가 특별해 보였어? 어떻게 이렇게 오래 좋아해?"

"이젠 아주 대놓고 묻는구나."

"점점 누구 닮아 가나 봐."

뻔뻔한 질문을 하면서도 당당한 게 딱 재희와 비슷한 서윤이었다. 어쨌든 순서가 뒤죽박죽 같아도 전부터 가장 궁금한 것이었다. 그때, 그 교실에 불쑥 나타나 대뜸 좋아한다고 말하던 게 아직도 생생하다. 정말 이 잘난 놈이 뭐가 아쉬워서 날 좋아할까. 그것도 장장 13년이나.

재희는 가만히 서윤을 내려다보았다. 그리고 먼 옛날을 그리듯 입가에 옅은 미소를 띠며 입을 열었다.

"우리 어머니 닮았었어."

"어?"

"사진으로밖에 본 적 없으니까 정확히 어떤 사람인지는 모르지만 눈이 많이 닮아서."

"……"

"처음엔 그랬어. 그러다 어느 틈엔가, 나도 모르게."

보면 볼수록 눈길을 끄는 그녀를 가슴에 담은 후, 이유야 어찌 되었든 자신을 위해 노력하고 애쓰고 곁에 머물고, 조부를 제외하고 절대 배신하지 않을 단 하나의 존재가 되어 버림을 느낀 순간 사랑이라는 것을 알았다. 조부가 화살이 날아오면 두말없이 안아 그 화살을 대신 맞아 줄 수 있을 사람이라면 서윤은 그 화살을 함께 맞아 줄 동반자라는 느낌을 벽돌을 올리듯 차근차근 깨달아 갔다.

그녀는 어머니를 닮았다.

생김새를 떠나 한눈에 다가온 저릿한 느낌이 죽은 여자를 떠올리게 했으나 그건 아픔이나 슬픔이 아닌 그리움과 반가움이었다.

어머니가 열여덟에 죽지 않았다면, 지금까지 살아 서른이 된 아들을 어둠 없이 바라본다면 아마 어머니의 눈은 서윤의 눈과 닮지 않았을까.

어머니가 집을 나가기 직전 찍은 열일곱 때의 사진이 어머니가 생전 남긴 마지막 사진이 되었다. 그래서 재희는 이후의 어머니를 모른다. 영원히 열일곱 모습밖에 남기지 않을 그녀의 사진을 가슴에 품은 것이 열일곱에 처음 만난 서윤을 사랑하게 만든 것임에는 충분했다.

"혼자 좋아했고."

"……."

"이렇게 오래 내 옆에 있어 주는 사람을 어떻게 안 사랑해."

달콤하고 부끄러운 말을 아무렇지도 않게 하는 그의 대범함에 확, 얼굴이 타고 가슴이 뛰었다. 민망함에 눈꼬리마저 떨리는 기분이라 붉어진 얼굴을 어찌할 바 모르고 괜한 소리를 하는 서윤이었다.

"나, 나는 돈 때문이었다니까. 빚!"

"그게 뭐건, 하다못해 네가 꽃뱀이라도 그게 널 사랑하지 않을 이유가 되진 못해."

"……."

"내 할아버지를 보니까 그렇더라. 죽은 딸 배 가르고 나와 살아 있는 날 보면서도 밉단 소리 하나 안 하는 걸 보면."

재희가 제 조부에게 보고 배운 건, 누군가를 사랑할 때 먼저 이유를 만들어 배척할 것을 생각하지 말 것.

미워할 사람이라면 반드시 미워할 이유가 생긴다는 것.

그러니 먼저 나서서 감정에 어둠을 넣을 필요가 없다는 것이다. 그런 마음으로 서 회장은 재희를 안았고 재희는 그 품에서 사랑하는 법을 배웠다. 때문에 제 곁에 있는 서윤을 기다리고 기다렸을 뿐이다.

시간이 바람처럼 흩어지듯 스쳐 지나갔다. 서윤은 어른이 되었고 더는 어머니와 닮지 않게 되었다. 사진 속에서나 볼 수 있는 까맣고 어린 눈망울과 모습은 말 그대로 사진에서만 볼 수 있었다.

"그랬더니 너도 결국 나 보잖아."

양서윤은 그의 어머니가 아닌 그의 여자였기에 언제부턴가 재희는 서윤의 모습에서 어머니를 떠올리지 않게 되었다. 서윤에게서 그녀를 찾지 않고, 찾으려 하지 않았다.

찾지 않아도, 보이지 않고 느낄 수 없어도 이미 그녀를 사랑할 수 있게 되었으니까.

여러 가지로 어려운 대답이었다. 첫눈에 반했다거나, 이상형이라는 말보다도 더 조심스럽고 감사한 기분으로 그를 올려다보았다. 말하고 창피한 듯 먼 곳만 보는 재희에게 서윤이 물었다.

"어머니 사진, 지금 있어?"

처음으로 그의 더욱 깊은 곳으로 손을 내밀어 본다. 아킬레스건이자 상처에. 재희는 그렇게 내밀어진 손을 망설이지 않고 잡았다. 그가 꺼낸 지갑에서 낡은 사진이 나왔다. 코팅이 되어 있지만 많이도 본 듯 코팅 모서리가 닳아 있었다.

교복을 입고 옅은 미소를 띤 재희의 어머니는 더없이 아름다웠다. 영원히 젊고 아름다운 사진 속에 남는 것에 후회 없을 만큼. 그녀는 감탄하며 재희와 사진을 번갈아 보다 말했다.

"너랑 닮으셨어. 아니, 네가 어머니를 닮은 거겠구나."

"어딜 봐서."

"모르겠어. 그런데 그냥 닮았어."

다 큰 성인 남자와 여고생이 닮았다기엔 조금 어려울지 모르지만 정말 그렇게 생각되었다. 본 적도 없고 만날 수도 없는 재희의 어머니는 아마도 재희와 아주 비슷한 사람이 아니었을까 상상하게 된다. 그녀는 사진을 다시 건네주며 창틀에 놓았던 자료를 옆으로 치우고 걸터앉았다. 그리고 높은 구두를 바닥에 벗어 버리고 옆으로 톡톡 쳤다.

"10분만 등 좀 빌려 줘."

무슨 짓이냐는 눈이다. 그녀는 볼을 긁적이며 배시시 웃었다.

"이건 내가 열일곱 서재희한테 하는 첫 번째 부탁."

거절할 수 없게 만드는 법도 가지가지다. 물론 그가 거절할 리 없다는 것은 두 사람 모두 알고 있지만. 서윤의 손을 따라 재희 역시 창틀에 걸터앉았다. 신장의 차이로 허공에 뜬 그녀의 다리 옆으로 바닥에 안착한 그의 다리가 있었다. 가지런히 모여 있는 서윤의 발에 괜히 한마디 하는 재희였다.

"은근히 짧다? 허리가 긴 모양인데."

"넌 그냥 발바닥이 두꺼운 거겠지."

"……."

절대 지지 않는 대화의 끝에 서윤이 재희의 몸을 돌려 그의 등에 제 등을 기댔다. 몸을 완전히 풀어 푹 기댄 아주 편한 포즈였다. 재희 역시 그녀를 받치며 살짝 몸을 기댔고 의외로 안정감이 전해졌다. 포옹과는 또 다르게 공유되는 듯이, 서윤의 기분 좋은 목소리가 이어졌다.

"시간도 없는데 어느 세월에 서른 살 서재희한테 부탁하지."

"몇 개는 스킵해라."

"싫은데? 싫은데?"

괜히 웃음이 나왔다. 이런 대화를 할 수 있다는 게 얼마나 좋은지 상상할 수조차 없었다. 재희의 손은 언제나 따뜻해서 꼭 잡고 있기에 가장 좋은 온도였다. 창틀에 앉은 서윤의 손 위로 얹어진 그의 손 온도가 딱 그랬다.

"하나하나 더 알아 갈게. 서재희에 대해서."

속 깊은 한마디에 그는 대답 대신 미소를 지었다.

"좋다."

서윤의 말에 재희가 웃었다.

예언은 맞아떨어졌다. 그때 바로 그를 떠나지 않아 버렸기에 결국 그녀는 그를 사랑하게 되었다. 그리고 다른 예언을 얹자면 시간이 가고 또 가면 자신은 재희가 절 사랑하는 만큼 재희를 사랑하게 될 것이다.

심장의 울림과 박동이 아직은 조금 낯설지만 언젠가 이게 당연하게 되는 날이 조만간 찾아오겠지. 두근두근, 그 박동에 마음이 녹아내린다.

서재희, 너랑 있는 지금이 행복해. 믿기지 않지만 진심으로.

7. 가만히 들여다보면

살얼음 위에 올라선 것처럼, 팽팽하게 당겨진 활시위의 끝처럼 긴장감이 감도는 회의장엔 유연한 척하는 이들의 소소한 대화만이 이어졌다. 어김없이 회의장 임원들은 힐끗거리며 재희에 대해 수군거렸다. 무르익어 가는 서 회장의 손자에 끊임없이 경계하고 배척하는 모양새였다. 그러거나 말거나 재희는 곁에 선 제 비서에게 연신 무언가를 속삭이고 있었다.

맞은편 첫 번째 자리에 앉아 위풍당당하게 있던 고 사장은 끝없이 대화를 나누는 두 사람을 대놓고 노려보았다. 심지어 여유롭게 남들 다 도착하고 준비를 마친 회의 시작 30분 전에나 온 재희였다.

뭐 얼마나 준비를 했는지 진지한 표정으로 쉼 없이 이야기를 나누는 해일디자인의 두 사람을 모두가 주시하고 있는 회의장, 당사자들은 그에 보답하듯 대화를 나눴다.

"제대로 안 일어난 건 본부장님입니다. 집에 들어오지 말라고 했으면 알람이라도 맞추든가, 아니면 전화라도 받든가. 여덟 시까지는 도착했어야 하는데 이게 뭐야. 회의 10분도 안 남았거든요?"

"시간 맞춰 왔으면 그만이잖아. 그리고 함부로 들어오지 말라고 했지, 끝까지 안 들어올 건 뭔데?"

"들어가면 또 무슨 일이 있을 줄 알고? 본부장님을 어떻게 믿습니까."

"아, 그래? 그렇게 못 믿는 놈이랑 사귀어서 어쩌냐. 억울하겠다?"

"억울하죠. 연애 한 번 못해 보고 저당 잡혔는데. 그리고 여기서 그런 사적인 얘기 자제하시죠?"

"내 인생에 사적인 건 회사고 공적인 게 너야."

"사탕발림은 혼자 하시고 앞 좀 보세요, 앞 좀! 사람들 다 보는데!"

"자꾸 그렇게 구박해라. 뭔 짓 할지 모르니까."

한쪽으로 올라가는 입꼬리에 서윤은 조금 더 허리를 숙여 그의 귓가에 속삭였다.

"계속 협박하면 두 달이고 뭐고 그냥 비행기 타고 나르는 수가 있어."

이젠 더 이상 말로는 이길 수 없게 되었다는 걸 알면서도 하고 마는 설전이었다. 어떤 은밀하고 중요한 대화를 할까 심각하게 염탐 중인 다른 사람들이 알면 뒤로 넘어갈 황당한 대화를 나누길 몇 분이 더 지났다.

굳게 닫혀 있던 회의장의 문이 열렸고 먼저 들어선 건 이곳에 있는 사람들이라면 모르지 않는 서 회장의 오른팔 이지현 실장이었다. 그녀는 30년 가까이 서 회장을 모신 충신 중의 충신으로 어지간한 중역 임원보다도 입김이 셌다. 때문에 몇몇은 자리에서 일어나 묵례까지 하고 있었다.

"회장님 들어오십니다."

특유의 부드러운 음성으로 말을 이은 지현이 몸을 한쪽으로 돌렸다. 사람들은 일제히 자리에서 일어나 열린 문을 보았다. 그리고 곧 서충호 회장이 들어섰다.

재희는 지난번 명절 이후 두 달 만에 보는 조부에게 가볍게 인사했다. 자주 찾아 살갑게 구는 성격은 아니지만 나름의 노릇은 하려 노력하는 손자였다. 서 회장은 스크린이 바로 보이는 중앙 상석에 앉으며 일어선 이들을 앉혔다.

"어떻게 다들 얼굴들이 더 좋아지는 것 같습니다."

으레 하는 인사말에 어쩐지 으쓱한 고 사장이 웃었다.

"하하, 회장님이 워낙에 비호를 해 주시니 그런 모양입니다."

"그렇게 생각해 준다면 고맙지. 자, 늘 하던 대로 갑시다. 솔직하게, 내가 아는 범주 내에서."

괜한 부풀리기나 쓸모없는 험담은 용납지 않겠다는 눈치였다. 늘 그랬듯 이런저런 사설 없이 곧바로 시작된 총회는 어두운 회의실, 유일하게 켜진 스크린을 통해 시작되었다.

지난 1년간의 실적을 통해 다음 해 투자와 지원을 얻어 내는 회의기에 모두 혈안이 되어 있었다. 향후 한 해의 운영을 가늠 짓는 자리이기에 아무리 간담이 큰 재희와 산전수전 다 겪은 서윤이라도 긴장할 수밖에 없었다.

차별을 두지 않겠다는 의도하에 가나다순에 따라 진행된 회의 초반부에서 가장 눈에 띄는 건 단연 해일건축의 고 사장이었다.

서 회장은 다소 악취미처럼 총괄회의에서 딱 하나만큼은 고집스럽게 지키게 했다. 그건 반드시 수장이 회의를 진행하는 것.

아마 본인이 이끄는 곳을 얼마나 자세히, 제대로 알고 운영하는 것인지 확인하기 위함일 것이다. 그래서 고집스럽게 나이 든 수장들을 단상에 세우는 것임을 알기에 몇몇은 벼락치기 공부도 하는 모양이었다.

이미 수십 년을 해 온 총회인지라 능숙하게 프레젠테이션을 진행한 고 사장은 콧대를 세웠다.

"……해서 보셨다시피, 해일건축과 같은 경우 독자적인 공법을 통해 유럽 쪽에 큰 성장을 이뤘습니다. 이렇게 하나둘씩 갈래를 넓히면 세계 시장에서도 뒤지지 않는 앞선 기술로 향후 10년 안에 입지를 다질 수 있다고 봅니다."

역시나 베테랑다운 완벽한 기승전결이었다. 하기야 뭔가 꼬집을 것이 있어도 누가 감히 해일 자회사 중 1순위에 빛나는 해일건축을 건드리겠냐마는.

서 회장은 해일건축이 놓은 간략 보고서를 다시금 훑고는 쓰고 있던 안경을 내렸다.

"확실히 나쁘지 않아. 우리가 너무 한쪽에만 치우쳐 있던 것도 사실이니까. 차근차근 해 보면, 가능성이 있겠어."

"역시 회장님이십니다. 우리 해일도 이제는 국내나 아시아권을 넘어설 때가 되었습니다. 그 시작을 저희가……."

신이 나서 자신을 어필하는 모양새가 이번엔 적잖이 대단한 걸 준비한 모양이었다. 물론 해외 진출을 하기 위해선 많은 자금이 필요할 것이고 전과는 비교도 안 될 아주 많은 지원이 필요할 것이다. 어느 때보다 열성적인 고 사장이었고 이런 식이라면 한정된 모회사의 지원은 한쪽으로 몰릴 가능성이 높았다. 그것은 자연스레 다른 곳들의 기회가 적어진다는 것을 의미했고 서윤은 빠르게 자료를 살폈다.

해일건축에서 준 자료는 대부분이 해외 진출에 대한 것으로 치중되어 있었다. 물론 그것이 중요하니 전체적으로 분배한 것이지만 그래도 기본 토대가 국내인 만큼 자국에서의 실적 자체는 표시되어 있어야 했다. 모든 게 두루뭉술하게 표시된 것이 그녀의 눈에 보였고 서윤은 허리를 숙여 재희에게 그 사실을 언질했다.

짧은 시간, 말해 줄 수 있는 것은 자료를 보라는 말뿐이었다.

그는 빠르게 자료를 살피고 짧게 고개를 끄덕였다. 재희는 몸을 바로 세워 앉으며 앞에 놓인 마이크 버튼을 눌렀다. 짧은 시간에 파악을 끝낸 듯 보이는 재희에 서윤은 혀를 내둘렀다. 저 타고난 직감은 자신은 시간이 지나도 배우지 못할 것이다.

"하나 여쭙겠습니다."

회의실 내부에 배치된 스피커로 울리는 그의 목소리에 이어지던 발표가 멈췄다. 단숨에 모두의 시선을 받게 된 재희는 마이크의 목을 살짝 휘게 만들고 말했다.

"확실히 유럽 상황에 맞춰 첫 시작이 훌륭하셨다는 점은 알겠습니다. 그런데 여기 자료에는 이번 국내 실적이 자세하게 표기되지 않았는데, 제가 생각한 쪽으로 결론 내려도 되는 겁니까?"

길지 않은 말에 사람들의 눈이 아래로 향했다. 고 사장의 얼굴이 구겨졌다.

"해외 진출은 괄목할 만한 성장이시긴 한데, 정작 내수가 비어 실적이 떨어진 건 어떻게 설명하시겠습니까."

"……그건."

다음을 위해선 어쩔 수 없는 손실. 누구나 이해하지만 사실상 손해라는 딱지를 뗄 수는 없었다.

"막 시공을 넘어선 지금 단계에선 제대로 수익을 보기 힘든 상황에서, 밑 빠진 독에 물 붓기가 되지 않으시려면 기둥부터 다시 보시는 게 좋으실 것 같습니다, 고 사장님."

재희는 부드럽게 미소를 지었다. 굳이 넘어가도 될 작은 흠집까지 집어 한마디를 하고 난 뒤 마이크를 잡았던 손을 놓았다.

고 사장의 얼굴은 보기 좋게 일그러졌다. 재희의 얼굴은 보이지 않았지만 서윤은 확실히 알 수 있었다. 그는 지금 웃고 있을 것이다. 마주하면 가슴이 빠르게 뛰어 설렐 정도로 멋진 미소 말이다.

"이번에 고 사장님 측을 먼저 저격한 건 본부장님이시기 때문에 아마 어떻게든 꼬투리를 잡으려 들 겁니다. 아마 그쪽 라인 대부분이 그러겠지만, 우선 겸손하시는 게 좋을 것 같습니다."

잠시 쉬는 시간을 틈타 서윤이 작게 속삭이자 물을 마시던 재희가 고개를 옆으로 돌렸다. 그리고 귀를 한 번 파고 되물었다.

"겸, 뭐?"

"겸손."

못 알아듣는 척하면 가슴에 써 주기라도 할 태세였다. 그녀는 약간 흐트러진 재희의 옷매무새를 손보고 자료를 건넸다.

"웃는 낯에 침 못 뱉는다는 말은 괜히 나온 말이 아닙니다. 우리가 늘 그랬던 것처럼 공격적인 태세를 취할 거라고 생각한 사람들 뒤통수를 좀 칠 필요가 있습니다. 그래야 이쪽에서 하는 걸 가늠 못하고 갈팡질팡할 테고 그때, 본부장님께서 마무리를 하시면 됩니다."
"이게 뭔데."
"이번 총회에 새로 온 임원들에 대한 프로필입니다. 아직 본부장님에 대해 잘 모르는 이들은 괜한 오지랖을 부릴지도 모르니, 미리 선점하고 제압하셔야 합니다. 그래야 엉뚱한 소리가 나오지 않죠. 판단은 본부장님이 하셔야 합니다."

그 짧은 사이에 새로운 사람들의 프로필까지 작성한 서윤의 철두철미한 성격과 완벽주의에 혀를 내두른 그는 그녀의 턱 끝을 살짝 잡았다. 이런 모습은 늘 함께했던 예전을 떠올리게 해서 사람을 더 안달 나게 한다. 조금 기운 고개 끝으로 재희가 말했다.

"가끔 보면 넌 회장님을 닮았어. 회장님 밑에 너무 오래 있었던 거 아냐?"
"누구 밑에 오래 있어서 닮을 거라면 회장님 밑보다는 본부장님 밑이 아닐까 싶습니다마는."
"내가 이렇게 성격이 나쁘다고?"
"……싸우자는 거지."

결국 불만스럽게 한마디를 하고 그의 손을 탁 쳐 버리자마자 두 사람이 있던 휴게실 안으로 익숙한 목소리가 들려왔다.
"언제 보아도 사이가 참 좋으십니다."

언제나 그랬듯 차분한 목소리와 웃는 얼굴을 한 이지현 실장이었다.
"이 실장님."

동시에 인사를 받으며 고개를 숙인 지현은 조금 더 환하게 웃으며 말을 이었다.

"오랜만에 뵙습니다, 도련님. 아니, 서재희 본부장님. 나이가 드니 이렇게 자꾸 실수를 하네요. 이해해 주시기 바랍니다."

"어련하시겠습니까. 오랜만입니다."

말투는 날이 서 있었지만 분위기는 나쁘지 않았다. 악수를 통해 마저 인사를 나눈 지현은 곁에 선 서윤을 향해 만족스러운 웃음을 보였다. 갓 스물을 넘었을 때부터 데리고 있다 채 가듯 재희가 데려간 탓에 요즘도 가끔 아쉬워하는 그녀였다.

"항상 이렇게 비서를 대동해 함께 의견을 나눠 주시니 저희의 입지가 커지는 것 같아 내심 뿌듯하다고 해야 할까요."

"비서가 아니라 양서윤 실장이라 같이하는 겁니다."

"어머, 그런가요?"

"저는 그렇게 넓고 고운 마음씨를 가진 놈이 아니라서요. 그럼 먼저 가 보겠습니다."

대놓고 편애 의식을 보여 준 재희는 서둘러 끝인사를 했다. 같이 있으면 괜히 말리는 것을 방지하기 위해 서윤과 함께 나서려는데 지현이 먼저 초를 쳤다.

"간만에 만난 제 후배와의 인사를 설마 방해하시는 건 아니시겠죠? 하기야, 설마 그러시겠어요. 우리 본부장님이."

우리 애기, 우쭈쭈.

마치 그렇게 말하고 보는 듯했다. 유모와 보모를 몇이나 대동하고 있던 재희지만 유년을 지난 무렵부터 이미 서 회장의 비서였던 지현과 보내 온 시간이 많았다. 그러다 보니 볼꼴 못 볼 꼴을 다 보인 터라 재희에겐 다른 의미로 어려운 상대였다.

어쩔 수 없이 혼자 휴게실을 나선 재희에게 마지막까지 훈훈한 미소를 지은 지현은 전에 없이 긴장한 서윤을 돌아보았다. 젖살도 다 빠지지 않아 뽀얗던 뺨이 아직도 눈에 선한데 강산이 한 번 변하니 어여쁜 아가씨가 앞에 있었다. 지현은 여전한 미소로 고개를 끄덕이며 말했다.
"본인 자리, 잘 알죠?"
서론도 없는 본론에 '예?' 하고 반문하던 서윤의 안색이 하얗게 질렸다.
"회장님께서도 양 실장 많이 예뻐해 주신 것 기억해야 합니다."
"……."
"어느 위치에 있는지, 어떤 분 밑에 있는지 확실히 인지하면 좋겠어요. 우리가 서야 할 자리가 어디인지를."
황급히 손과 손을 맞잡은 서윤은 최대한 흐트러짐이 없어 보이도록 노력했다. 꿀꺽, 삼킨 침이 아프게 목구멍 뒤로 넘어갔다. 그리고 먼저 휴게실을 나서던 지현이 경고처럼 한마디를 더했다.
"이번 회의에선 다른 사람보다 회장님을 주시해야 할 겁니다. 회장님은 해일디자인을 꽤 탐내고 계시거든요."
기분이 좋지 못한 충고였다.

사실 재희는 여태껏 다소 오만한 태도로 회의를 진행해 오는 편이었다. 어린 나이와 낙하산 인사라는 타이틀에 던져지는 공격들을 대하기엔 이보다 더 좋은 방법은 없어서 선택한 방식이었다. 그래서 그를 향한 시선들은 이번에도 재희가 그럴 것이라 생각했다. 본래 오만한 이들은 조금만 틈을 비집어도 찌를 구멍을 찾기 쉬웠으니까. 그러나 그는 늘 사람들의 뒤통수치는 것을 무척 좋아했다.

"…… 그리고 많은 분들의 도움을 받아 오른 위치인 만큼 그만한 성과를 낼 수 있을 거라 말씀드릴 수 있습니다. 물론 다른 많은 임원분들께는 턱없이 부족하지만, 그건 이해해 주시리라 믿습니다."

재희는 서윤의 조언대로 최대한 겸손을 유지하며 진행했다. 칭찬과 덕담을 적절히 섞어 보여 주는 발표에 어떻게든 비집고 들어가 흠을 내려던 이들은 당황하며 합죽이가 되었다. 덕분에 재희는 무리 없이 마무리를 이어 나갔다.

"보시면 아시겠지만 상반기 매장 입점 수는 작년 대비 약 17퍼센트 증가했습니다. 더불어 매출 역시 증가해 약……."

하지만 모든 경우에는 허점이 있기 마련이었다.

"애초에 매장 수 자체가 많지 않은 상태에서 17퍼센트라는 수치가 과연 증가라는 말을 쓸 수 있을 정도가 되는지 모르겠군."

거의 다 온 마무리에 초를 친 건 다른 누구도 아닌 서 회장이었다. 예기치 못한 일침에 재희는 살짝 좁아진 미간을 겨우 감추며 대답했다.

"물론 여타의 의류 매장의 수와 비교하자면 아직 부족하지만 브랜드 가치 자체를 따져 봤을 때 이 성장은 차후 몇 배로 늘어날 거라 예상합니다."

"예상? 나는 여기에 가능한 기획을 가져오라 했지 동네 꼬마들이나 하는 선문답 놀이나 하자고 부른 게 아니야."

무언가 작정한 듯이 서 회장은 재희를 자근자근 물었다. 이 상황이 놀랍지만 고소하단 듯한 얼굴을 한 이들이 여럿이었다. 또 몇몇은 귀한 후계자를 대놓고 물어뜯는 모습을 당황스럽다는 듯이 보았다. 서 회장의 손이 스크린을 향했다.

"브랜드의 가치. 그래, 말이 좋아 가치지 현재 상황이 어떻지? 20, 30대 전용 브랜드라 해 놓고 정작 그에 관한 것 자체가 메리트가 없잖아. 이렇게 해서야 여타 프랜차이즈나 시장 옷가게와 뭐가 다른가. 해일디자인의 브랜드를 알리자고 해일그룹 자체의 브랜드를 도매가로 깎아내리자는 걸로밖에 보이지 않는데."

생각해 본 적 없는 꼬투리에 재희는 당혹스러웠지만 자신을 시험하는 것이라 생각하며 차분하게 대답했다.

"애초에 해일디자인의 모토는 모두에게 편하고 가깝게 다가갈 수 있는 부분입니다. 시장이 곧 해일이고 해일이 곧 시장입니다. 회장님께서 우려하시는 부분이 그런 것이라면 걱정하실 필요는 없습니다."

옳은 소리를 하고, 알맞은 답을 내놓았으나 감히 서충호 회장의 말에 반기를 드는 모양새였다. 대놓고 자신의 말을 부정한 재희에서 회장의 눈썹이 꿈틀거렸다.

"그래서 내가 하는 말을 받아들이지 못하겠다, 이건가."

분위기는 조금 더 험악하게 변했다. 회의장에 모인 사람들은 어쩌면 서 회장이 제 손자를 그리 마음에 들어 하지 않는 것일지도 모른단 생각의 씨앗을 품는 건 당연했다.

묘한 미소를 짓던 고준석 사장이 눈을 빛내다 짐짓 진지한 눈으로 서 회장을 말리는 듯했다.

"회장님, 일단 자리가 자리인 만큼 서 본부장을 그렇게 다그치시면 회장님께도……."

"무슨 소린가? 여기서 내 얘기가 왜 나와."

대번에 나온 성난 소리에 고 사장은 입가로 번질 뻔한 미소를 겨우 막았다. 본래 성정이 칼 같기로 유명한 서충호 회장이지만 그래도 하나뿐인 손자에게까지 그 칼을 드리울까 싶었던 것도 사실이다. 그러나 지금 대놓고 드러내는 서늘한 칼끝은 재희를 베고 찌르기에 충분했다. 아마 원하는 만큼의 성과를 내지 못한 것에 대한 실망감일 터. 그는 비릿한 미소를 감추지 못했다. 서 회장은 이를 못 본 듯 말을 이었다.

"그 많은 해일 식구들 중에 손꼽은 사람들이 모인 자리야. 그럴 만한 가치가 있어야 하는 법이지. 한데 왜 나와 서 본부장을 엮는 건가? 앞으로 공적인 자리에서 서 본부장과 내 관계를 올린다면 내가 먼저 가만두지 않을 줄 알아들."

침묵으로 가득한 회의장 안에 서 회장은 목을 가다듬고 미간을 잔뜩 찌푸렸다.

"감히…… 어디서."

다른 무엇보다 많은 이들이 있는 앞에서 제 말을 부정한 손자에 대한 실망감이 커 보였다. 그래서 나온 혼잣말을 모두가 듣고 말았다. 재희는 자신을 향한 명백한 저격에 순간 울컥 치미는 감정으로 대꾸했다.

"잘못 제시된 방향을 올바른 곳으로 바꾸는 것 또한, 제 몫이라고 생각합니다. 그 놀음이 한낱 인형판에 갇힌 인형이라고 할지라도."

"……."

"그 인형판 안에선 제가 주인입니다."

뼈가 깊이 박힌 한마디였다. 때 이르게 드러낸 듯한 이빨이 흉흉하게 서 회장을 공격했다. 많은 이들 앞에서 그것도 핏줄에게 저격을 당한 서 회장은 기가 막힌 듯 헛웃음을 짓다 사나운 눈을 하며 이를 드러냈다.

"……뭐가 어째?"

인형판이니 인형이니 말하는 것에서 선명한 가시, 뼈가 드러났다. 인형판의 인형이 곧 재희 저를 의미하는 것이라면 그 인형의 주인은 서 회장을 의미했다.

한참을 말없이 재희만 바라보던 서 회장은 겨우 긴 숨을 내쉬며 침착하게 대응했다. 그리고 손을 휘저었다.

"마무리해."

발표의 완전한 마무리를 하지 못하도록 끝내 버린 말이었다. 서 회장은 혀를 차며 아예 고개를 돌렸다. 재희는 말라 버린 입술을 물었다.

무려 8시간에 걸친 총회가 끝나고 아직 회의장에 남아 있던 서 회장은 타닥타닥 테이블을 손가락으로 괴롭히다 물었다.

"뭔가 눈치를 챈 모양이군."

"아무래도 그런 것 같습니다."

"일은 어디까지 진행되었지?"

"곧 강남 매장도 착공에 들어갑니다. 아마 한 달 안에 세 개의 매장이 모두 공사 완료될 것 같습니다. 몇몇 매장은 이미 사람을 보내 놓은 상태입니다."

만족하는 듯 고개를 끄덕인 서 회장은 쥐고 있던 볼펜을 손가락 위에서 돌리며 아무리 생각해도 기가 막힌 조금 전을 다시 생각했다.

곧게 말하던 완벽한 의지에 할퀴어진 상처가 욱신욱신했다. 못 보던 사이 꽤나 고약하고 재미있게 성장한 재희였다.

"주인이라."

빙글빙글 돌아가던 볼펜이 멈췄다. 그리고 이내 지현에게 명령했다.

"재희 불러들여."

긴 회의를 끝내고 회사 대신 집으로 향하는 차 안에서 서윤은 질책 아닌 질책을 건넸다.

"위험했어. 회장님 안색이 얼마나 안 좋으셨는지……. 자중해야 한다고 말했잖아. 주인이라니. 거기서 인형판이나 인형은 왜 나와?"

"기억 안 나? 엘리제에서 그 여자가 했던 말. 상부에 건의를 올리겠다잖아. 소속이 해일디자인이면 가장 최상부가 난데. 내 위에 누가 있어. 이상하지 않아?"

서윤의 눈이 조금 찌푸려졌다. 확실히 그건 자신도 이상하다 여긴 참이었다. 하지만 그런 건 섣불리 결론 내려서는 안 될 일이었다. 그녀는 침착하게 말했다.

"의심과 경계는 하되 섣부른 판단은 금물이야. 그리고 아주 틀린 말씀은 아니었어. 사람을 따지는 게 아니라 브랜드의 이미지를 올리는 것만큼 중요한 일도 없으니까."

"……너까지 그런 말 할래?"

서운함이 뚝뚝 묻어나는 말에 그녀는 분위기를 조금 바꿨다.

"나니까 하지. 나랑 회장…… 님은 네 편이니까."

"정말 그렇게 생각해?"

조금 차가워진 말에 서윤은 확신을 주지 못했다. 지금까지 분명 서 회장도 온전한 재희의 편이라고 여겼다. 하지만 오늘의 그는 달랐다. 또한 오늘 주인을 운운하던 재희의 행동은 반란이나 다름없었다. 핸들을 돌려 그의 오피스텔 쪽 도로로 빠진 서윤은 어깨만 으쓱였다.

아무리 재희라도 큰 행사 뒤에는 피곤할 수밖에 없는 법이었다. 지쳐 보이는 얼굴을 보며 그의 집까지 따른 서윤은 고된 듯 눈을 감고 등을 기댄 그에 잠시 고민하다 손을 뻗어 머리칼을 쓰다듬었다.

"퇴근도 했고, 오늘 정말 잘했으니까."

아무도 없는 걸 알면서도 이리저리 눈치를 보던 서윤은 몸을 숙여 재희의 이마에 입을 맞췄다. 양 비서에서 양서윤으로 돌아온 순간, 그는 기회를 놓치지 않고 그녀를 잡아당겨 제 무릎에 앉혔다.

"어우, 이럴 줄 알았어."

"알았으면 하지 말았어야지."

"나 화장했는데."

"충전, 충전이 필요해."

새가 모이를 쪼듯이, 뺨과 콧등, 이마에 차례로 입술을 대던 재희는 곧 립스틱 바른 서윤의 입술을 머금었다. 소리가 날 정도로 가볍게 이어지던 입맞춤은 어느새 소리마저 사라지도록 짙어졌다.

두 다리가 오므라들고 발끝에 힘이 들어가는 아릿한 키스에 어질어질할 지경이었다. 서윤은 팔을 들어 그의 가슴을 밀어내며 말했다.

"너도 나도 피곤해. 이만 가야겠어."

"자고 가."

"……응?"

"자고 가라."

분명 전에도 들었던 것 같은 말이었다. 그녀의 고개가 옆으로, 옆으로 기울었다. 이 말에 대체 무슨 뜻이 있는 것인지, 서윤은 잘 가늠되지 않았다.

천장을 한 번 보고 바닥을 한 번 보다 다시 천장, 다시 바닥. 그리고 돌고 돌아 마지막으로 재희의 얼굴을 본 서윤은 조심스럽게 물었다.

"나 안 아픈데?"

일전에도 아픈 것을 귀신같이 알고 데려갔던 순수함을 떠올리며 말했으나 그는 무심하게 고개만 끄덕였다.

"알아."

"아는데, 올라가자고 하는 건."

그답지 않게 과묵함이 이어졌다. 심각하게 눈을 찌푸린 그녀가 그를 올려다보았다.

"지금 그 말을 하는 서재희는 열일곱 서재희야, 서른 살 서재희야?"

재희는 무슨 농담 같지도 않은 말인가 싶었지만 경계와 의심으로 똘똘 뭉친 얼굴을 보니 괜히 하는 말은 아닌 듯했다. 희미하게 서린 그녀의 긴장한 눈빛을 보며 그는 어깨를 으쓱거렸다.

"스물둘 서재희."

열일곱도, 서른도 아닌 나이에 서윤이 눈썹을 위로 올렸다. 깜빡깜빡하는 눈을 보면서 재희는 그녀의 허리에 팔을 두르고 말을 이었다.

"군대 제대 직전, 북한 도발로 말년 휴가가 물거품이 돼서 5개월 동안 사제 냄새 한 번 못 맡았던 때."

"간다."

있는 힘껏 다리에 힘을 줘 일어서는 그녀를 더욱 강하게 안은 그가 가소롭다는 듯이 코웃음을 쳤다.

"새삼스럽게 이미 볼 거 다 봤잖아."

"난 봤지. 근데 넌 못 봤잖아."

당당하게 사실을 인정하고 오류까지 짚어내는 똑똑한 제 비서를 재희는 칭찬해 줄 생각이 없었다.

"이 기회에 보면 좋지. 왜, 씻겨 줘?"

그의 말이 끝나기 무섭게 서윤이 붉어진 얼굴로 손을 휘저었다.

"얼굴에 무슨 철판을 깔았나! 그렇게 쉽게…… 뭐야, 뭔데."

그러거나 말거나 서윤의 팔목을 잡은 그는 자신의 길을 찾아 걸었다.

"가자, 피곤하다."

"자, 잠깐만. 우리 일단 이야기를 좀 더 나누고."

"함부로 이 집 들어오지 말라니까, 들어왔으면 얌전히 있어."

"그거랑 이건 다르지!"

말 그대로 질질 끌려가고 있었다. 나름 힘 좀 쓴다는 서윤이었지만 별로 세게 끄는 것 같지도 않은 재희의 이끎을 막을 도리가 없었다. 제집처럼 드나들던 집이 나날이 위험도만 높아져 가는 가운데 어느새 그녀의 몸은 침대 한편에 고이 뉘어져 버렸다.

"아, 아니! 내가 지금은 마음의 준비가! 일단 좀 씻고!"

머릿속에는 온갖 청소년관람불가의 것이 가득했다. 서로 제대로 인연을 맺은 게 얼마 되지는 않지만 이런저런 마음의 펑풍질은 수년이었다. 더욱이 재희라면 당장이라도 넘쳐흐르는 화산 같은 심경을 가지고 있을 터. 이게 빠르거나 이른 일이 아닐 수도 있었다.

어차피 서로 만난다면 자연스레 이어질 일! 서윤은 온갖 상상 속에 일단 그를 받아들이기로 마음먹으며 두 팔을 활짝 펼쳤다. 본래 아프니까 청춘이라고 하지 않던가.

그러나 당장 단추라도 풀 거라 예상했던 것과 달리 재희는 별다른 말이나 꼬투리도 없이 그녀의 허리만 끌어안았다.

"할아버지한테 배신당하고 상처받은 네 남자 위로해 준다고 생각해."

예상 밖의 행동과 말을 잇고 눈을 감는 그가 보였다. 별별 생각을 다 한 것이 부끄럽긴 했지만 조금은 안도감이 들어 비로소 천장이 제대로 보였다. 괜스레 토닥토닥 다독여 주고 싶어졌다.

"배신이랄 것까지야."

배신보다 더한 것일 수도 있겠지. 그렇게 생각한 재희는 피식 바람 빠지는 소리를 내곤 더욱 힘을 주었다.

뭐라도 대답해 주고 싶었지만 마음에 걸리는 것이 한두 가지가 아니었다. 지현의 말이라든가, 해일디자인에 관심을 둔다던 서 회장이라든가. 그 말을 듣고 난 후 전에 없이 공격적으로 재희를 저격하던 서 회장의 모습 같은 게 모두 신경 쓰였다. 섣부른 결론을 내려선 안 되는 건 재희만이 아니었다. 그녀는 제 허리를 감싼 그의 팔을 토닥였다.

"지금은 그냥 좀 자. 며칠 제대로 못 잤잖아."

"제일 어려운 거다."

"뭐가 어려워. 이렇게 넓은 배로 안아 주는데."

퉁명스럽게 말하며 가슴을 툭툭 치자 옆에서 가만히 지켜보던 재희가 가만히 입을 열었다.

"부드럽다."

"응? 부드러워?"

순진한 물음에 조금 더 은밀하게 말을 잇는다.

"지금 나한테 닿은 너."

순간 온몸으로 번진 오싹함이 발끝과 머리끝까지 퍼졌다. 갑자기 나온 야릇한 한마디에 얼굴로 불이 번지는 듯했다. 어떻게 대응할지 몰라 허둥거리던 서윤은 얼른 엉덩이를 옆으로 빼며 파닥거렸다.

"……떠, 떠, 떨어져 봐."

"안 잡아먹어. 가만히 좀 있어라. 자라며."

부질없이 끌어안긴 몸이 안긴 건지, 안은 건지 모호한 자세가 잡혔지만 서윤의 머리론 한 가지 생각뿐이었다.

'뽕이라도 하나 더 넣어 볼걸.'

총회와 같은 자리에서 입는 승부용 속옷 속에 자리한 하나의 보정패드가 괜히 아쉬운 순간이었다.

재희는 정말 얌전히 팔만 두르고 있었고 덕분에 그를 찬찬히 살펴볼 수가 있었다. 예전부터 느꼈듯 잘생긴 얼굴이 조화를 이룬다. 곱다, 는 말이 나오는 이목구비는 다시금 사진 속 그의 어머니를 떠올리게 했다.

피곤함이 가득한 얼굴을 보면서 그녀가 다독였다.

"서재희는 너무너무 귀한 사람이야."

"너한테나."

"그렇다고 해도 상관없잖아."

재희는 짧은 웃음소리를 내고 다시 조용해졌다. 아무 생각이 들지 않게 되는 고요함이 가슴을 짓누르던 한마디를 떠올리게 만들었다.

'본인 자리, 잘 알죠?'

내 자리. 내가 있어야 할 자리. 너무나 많이 생각하고 도망치려 했었지만 결국 가져 버린 이 자리. 서윤의 입에서 짙은 한숨이 흘러나왔다.

"웬 한숨이야."

자고 있다고 생각했던 재희가 금방 눈을 뜨며 물었다. 그녀는 고개를 저었다.

"아니야."

그래, 어떻게 받아들인 자리인데. 지금 있는 그의 곁은 다른 걱정은 모두 뒤로 밀어 둘 만큼 따뜻하고 편했다. 서윤은 떨려 오는 제 가슴을 여실히 느끼며 몸을 옆으로 조금 돌렸다. 그와 시선을 맞추기 가장 좋은 자세였다.

어느새 재희의 품에 안기듯 그의 가슴에 이마를 대고 눈을 감자 그가 둘러 안은 팔에 좀 더 힘을 주며 말했다.

"혹시나 해서 말하는데."

"……"

"네가 가장 무서워하던 게 이미 해결된 것만 알아 둬."

"내가 뭘 무서워했다고."

"넌 내가 네 옆에 있는 걸 가장 무서워했어."

어쩌면 이렇게 부정할 수 없는 말만 콕콕 집어 말하는지. 괜히 입술을 한 번 비죽이며 모르는 척 대답하지 않자 재희는 더 당길 수 없을 것 같았던 그녀의 몸을 제 쪽으로 더욱 끌어안았다.

"이겨 냈잖아."

의식적으로 감았던 눈마저 번쩍 뜨이게 만드는 말이었다. 아무것도 묻지 않았고 아무것도 모를 사람이 가장 듣고 싶은 말을 보란 듯이 해 주고 있었다. 가슴 언저리가 뭉클, 젖어 들었다. 때론 너무 잘 알고 있어서 곤란하지만 모든 것을 알고 있기에 굳이 입에 담지 않아도 원하는 것을 찾아내는 긴 시간에 대한 보상이 감사했다.

아주 긴 시간 동안 함께한 것이 그저 이유 없이 보낸 헛된 시간이 아님을 말해 주는 것만 같아서 심장이 뜨거워졌다.

"그러니까 이제 아무것도 문제 될 거 없어."

그와 함께라면 걱정 따윈 아무래도 상관없을 듯한 기분이 들었다. 재희의 말처럼 분명 아무것도 해소되지 않았지만 두려울 것도, 무서울 것도 없다. 정말로 무서웠던 것, 받아들이기 힘들었던 건 이미 모두 이겨 냈으니까.

"달변가네, 떨리게."

또 한마디를 하고 말지만 목소리는 전에 없이 편해 보였다. 그의 품에서 나는 체취와 적당한 체온이 정말로 눈꺼풀을 무겁게 만드는 듯했다. 신기하다. 불과 얼마 전만 하더라도 함께 있으면 가장 긴장되고 어려운 상대가 재희였는데 이젠 누구보다 편하다. 아마 그가 이렇게 차근차근 만들어 주고 있는 거겠지만.

"이 실장님이 그러시더라고. 내 자리를 알아 가는 게 좋을 거라고."

꼭 고자질하는 것 같아서 그리 유쾌하진 않았지만 혼자 속 끓이고 싶지도 않았다. 재희가 혀를 찼다.

"쓸데없는 소리 할 것 같더니. 그리고."

"아니, 뭐, 특별한 말씀은 안 하셨어. 대충 정리하자면 헤어지란 거 아닐까 싶은데."

그의 눈이 찌푸려졌다. 대놓고 화를 내거나 짜증을 내고 있진 않았지만 그 비슷한 것을 겨우 참고 있는 것도 같았다.

"이 실장님이 아신다는 건 어쩜 회장님도 알고 계실지 모른다는 뜻이야. 대체 어떻게 이렇게 바로 아셨는지는 모르지만."

서윤의 찜찜함이 담긴 말에 재희가 조소했다.

"아침 말, 낮말, 밤 말까지 다 귀가 있으니 모를 리 없지. 그래서."

"그래서?"

"듣고 난 결론."

기승전결 알맞은 대화법에 서윤은 눈동자를 한 번 굴리곤 웃었다. 이런 상황에서조차 웃을 수 있는 건 이미 모든 것을 예상했던 것이기에 가능한 일일 것이다. 이런 일이 일어날 걸 알면서도 잡은 손이고 안긴 품이므로 그녀는 더 후회하지 않았다.

"나름 엄청 고민 중이었는데, 묻기도 전에 답해 줬잖아."

"……"

"재희 네 말이 맞아. 나한테 가장 힘들고 괴로웠던 건 네 마음을 받아들이는 거였어. 아무런 죄책감 없이 딱 서재희 너만 볼 수 있는 거. 그게 가장 어렵고 힘들었어."

살며시 당겨 오는 손길들이 부드러웠다. 칭찬하듯 머리칼에 입을 맞추는 게 느껴졌다.

"그걸 했는데, 다른 게 걱정될 리 없잖아."

보이지는 않지만 웃는 소리가 났고 재희는 세상에서 제일 듣기 좋은 목소리로 서윤을 보듬었다.

"이래야 내 비서지."

거기서 버스에서 내리지 않고 그대로 가 버렸다면 이 품과 이런 다정함은 없었을 거다. 아, 아아. 참…… 신기하다.

"너랑은 멜로도, 치정극도, 신파도 찍기 싫어. 그렇다고 신데렐라 이야기도 되고 싶지 않아. 욕심이라고 생각할지는 몰라도…… 그냥 그래. 나는, 그냥 이렇게 너랑 로맨틱코미디처럼 살고 싶어."

"그러면 돼."

"응. 계속 웃는 일만 있는 거. 결국 해피엔딩인 거. 그랬으면 좋겠다."

머리를 감싼 손에 힘이 들어가 이제 더 들어갈 틈도 없게끔 닿은 후에야 재희는 마지막처럼 한마디를 더했다.

"내가 그렇게 만들어. 무조건."

믿기 어려울 정도로 믿음직한 재희였다. 이런 사람이라면, 이런…… 남자라면, 내 전부를 줘도 좋을 것 같아.

누군가에게 기대고 바라는 것에 익숙하지 않은 서윤은 처음으로 늘 챙겨 주기만 했던 재희에게 기대고 싶다는 생각을 했다. 그저 양 실장, 양 비서에 불과하던 자신이 여자 양서윤이 되어 버리는 것처럼 가슴은 뜨겁고 몸은 달아오르며 심장은 벅차올랐다.

두 팔을 뻗어 재희의 등을 안고 고개를 조금 올린 그녀가 부끄럽지만 솔직하게 속삭였다.

"나…… 괜찮은 것 같아."

주어는 말하지 않았어도 분명 그가 알아들을 것이라 생각했다. 눈빛만 봐도 충분히 서로의 마음을 알 정도이니 이 정도는 아무것도 아니겠지. 꿀꺽, 침을 삼키고 괜스레 가빠진 숨을 겨우 감춘 서윤은 온 힘을 다해 재희를 받아들였다.

"너라면, 재희, 너라면…… 다, 좋아."

순간 재희의 팔이 허리를 감쌌다. 예상했지만 놀라며 경직된 서윤이 헛바람을 들이켰다. 어쩔 수 없는 제 촌스러움에 얼굴이 붉어질 때 그가 속삭였다.

"이번엔 몇 살로 할까."

"으응?"

"네가 원한다면, 아니. 내가…… 원하는 건 지금의 난데."

돌려 말하는 건 취미 아니라는 듯 직구를 던져 버린 재희는 아직 묶여 있는 머리 탓에 고스란히 드러난 하얀 목덜미에 입을 맞췄다.

오소소 올라오는 소름이 저릿저릿하게 전율을 선사했다. 한 번, 두 번. 이내 옷자락 근처를 누비는 손길에 서윤은 바삐 뛰는 가슴을 느꼈다. 그리고 확실하게 알 수 있었다.

아직 준비되지 않은 자신을.

"말했지만 나는 13년이야."

나직한 말에 그녀는 눈을 꼭 감고 허리춤을 헤매는 그의 손을 잡았다. 솔직하게 말하고 싶었다. 무리하는 건 재희도 바라지 않을 테니까.

"……앞으로 내가 쭉 함께 있을 건 지금의 서재희니까, 오늘 여기 있는 재희는 예전의 서재희여도 괜찮을 것 같아. 물론, 네가 해 줄 수 있다면."

부탁에 가까운 권유에 목덜미를 지분거리던 재희의 움직임이 멈췄다. 슬쩍 바람 빠지는 소리를 내며 웃는 것도 같았다. 그는 등을 보인 그녀를 바로 돌려 얼굴을 볼 수 있게 만들곤 말했다.

"잡아먹고 싶다, 양서윤."

유치한 말장난에 뺨이 화끈거렸다.

"이 침대에선 이번뿐이야."

"……응."

"다음은 없어."

짧게 끄덕이는 머리에 재희는 그녀의 눈을 가리고 '자라.' 하며 한마디를 더했을 뿐이었다.

조금 뒤, 재희는 제 팔에 머리를 기대 잠든 서윤의 모습을 내려다보았다. 참 잘도 잔다. 이렇게 자꾸 제 앞에서 잠이 들다 보면 조금이라도 남은 서로의 거리감이 사라지지 않을까. 그리고 언젠가 다른 누구의 곁에서도 잠들지 못하게 되지 않을까.

오직 내 곁에서만.

재희는 그녀의 입술에 제 입술을 댔다. 옅은 립스틱 향이 그녀로 범벅되어 유혹적으로 녹아내린다.

스물두 살의 자신은, 그녀를 어떻게 좋아할지도 구분 못하던 머저리였을 뿐이다. 어떤 식으로 사랑하는 이를 대해야 할지 몰라 머뭇거리기에 바빴던 겁쟁이에 불과했다.

그러나 후회는 않는다. 그렇게 겁쟁이였기에, 그런 머저리였기에 서윤을 함부로 대하지 않았고 그로 인해 지금이 있다.

"사랑해. 사랑해, 양서윤."

바람결에 스치듯 숨결에 흔들리는 서윤의 머리칼을 쓸어 넘기며 재희는 웃었다.

"죽을 만큼."

8. 너에게 이보다 더 많은

  총회는 끝났지만 그렇다고 바로 결과가 나오는 건 아니었다. 꼼꼼하게 따져 손익 계산을 해 어느 것에 더 힘을 실어 주느냐에 따라 한 해의 실적이 바뀌는 만큼 본사에서도 장고가 필요할 것이다.
  시일은 대략 일주일에서 보름 사이. 앞으로 회사에 머물 날짜가 얼마 남지 않은 서윤에겐 다행이다, 싶었다. 적어도 가장 중요한 일은 처리할 수 있게 된 것만으로도 만족하는 장기간의 인수인계였다.
  오늘도 서윤은 세심하게 윤찬을 가르치느라 바빴다.
  "좀 힘들겠지만 암기를 하는 건 어쩔 수가 없어요. 다른 건 크게 깐깐하지 않으시지만 바로 대답 못하는 건 별로 안 좋아하시니까. 아, 전에도 말했지만 스케줄 같은 경우는 못해도 일주일 치는 외워 놓는 게 좋아요. 그때그때 바로 변동을 확인할 수 있어야 해."
  "다른 건 몰라도 스케줄은 아직도 적응을 못하겠는데, 어떻게 달리 방법은 없을까요?"

기가 팍 죽어 묻는 윤찬에 서윤은 잠시 눈동자를 굴렸다.

"왜 없겠어요."

"아! 그럼 뭔가 좋은 방법이라도?"

기대감에 부푼 그에게 그녀는 방긋 웃으며 대답했다.

"외워질 때까지 계속 보면 돼요. 쭉, 반복해서."

"아……."

해맑은 대답에 할 말을 잃은 윤찬이 고개를 숙였다.

"이왕 보는 거 내 책상에 있는 건 다 봐요. 나중에 윤찬 씨가 다 할 일이니까."

"……."

급격히 늙어 가는 윤찬의 얼굴을 모르는 척 자리에서 일어서기 무섭게 사무실 안으로 영업팀 팀장이 들어섰다.

"본부장님 계십니까?"

"약속이 있으셔서 외출 중이신데, 급하신 일이십니까?"

"아닙니다. 매장 계약 해지 건 때문에 보고 올리는 거예요. 그냥 보시기만 하면 되는 거니까 오시면 전해 주십시오."

늘 있는 간단 보고에 고개를 끄덕이며 보고서를 한쪽에 놓자 돌아 나가려던 팀장이 한마디를 더했다.

"실장님이 먼저 보시고 둘러서 말씀해 주셔도 굉장히 감사하겠습니다."

"예?"

그 말만 남기고 다시 바쁘게 사라지는 그에 서윤이 조금 고민하다 보고서를 열었다. 먼저 보라고 하니 봐 주는 수밖에.

"뭐 문제 있나요?"

뭐든 배우려 나름 노력하는 윤찬의 물음에 서윤은 찬찬히 보고서의 그래프를 살피다 미간을 좁혔다.

"수는 크게 신경 쓸 정도는 아닌데, 해지를 한 곳들이……."

그녀는 서둘러 지난달 매장들의 매출이 적힌 자료를 찾았다. 빠르게 무언가를 확인한 그녀의 미간이 더욱 찌푸려졌다. 낯선 얼굴을 한 서윤에 윤찬이 눈만 깜빡이며 지켜보았다.

"적지만 매출이 상승하고 있는 곳들뿐인데 계약 해지를 한다는 게."

민감하게 생각할 문제는 아니지만 계약 해지 다섯 건 중 세 건이 꾸준히 매출이 오르는 매장이었다. 물론 매출이 상승한다고 해지를 하지 않는 건 아니다. 계약 기간이 끝나면 해지를 하고 수익을 개별로 가지기 위해 종종 해지증명을 보내오곤 한다. 이상한 건 아니었다. 하지만 평범하지도 않았다.

"뭔가 있긴 있는데."

있긴 한데 그것이 뭔지 확실하게 알 수 없다는 것이 사람을 가장 복잡하게 만들었다. 그녀는 긴 숨을 내쉬며 눈을 가늘게 떴다.

"엘리제."

그곳엔 얼마 전 다녀왔던 매장 엘리제도 함께 포함되어 있었다.

'회장님은 해일디자인을 꽤 탐내고 계시거든요.'

왜인지 이지현 실장의 짧은 충고가 떠올랐다.

총회의 결과가 나오기까지는 사흘 그리고 서윤의 인수인계를 미끼로 한 연장 근무도 2주 정도가 남았다. 총회가 있은 후 그간 남들은 한 달에 두세 번씩도 한다던 회식을 한 번도 하지 않았던 회식을 위해 본부장실과 같은 층에 위치한 경영전략팀과 함께 모였다.
 이번 회식은 총회를 마무리한 수고와 하지 못했던 서윤의 고별회였고 와글와글 모인 인원만 봐도 그녀가 얼마나 회사에서 입지가 좋았는지를 알게 했다. 막 자리를 깔아 놓고 가장 상석이 차기를 기다리는 사람들 사이로 뒤늦게 이 자리의 주인공 서윤이 도착했다.
 "늦어서 죄송합니다."
 "오셨어요?"
 "되게 오랜만에 뵙는 것 같아요, 실장님!"
 저마다 인사를 하며 반갑게 자신을 맞이하는 사람들의 틈으로 윤찬이 인도해 준 제 자리에 앉은 서윤이 머쓱하게 말했다.
 "너무 늦었죠. 미안해요. 먼저 드시라니까."
 "아닙니다. 주인공이 아무도 안 왔는데 어떻게 시작을 하겠습니까. 아, 그런데 본부장님은……?"
 당연히 후발대로 함께 올 거라 생각했던 재희가 보이지 않자 조심스레 묻는 전략팀 송 팀장이었다. 워낙에 변덕 넘치는 상관이라 안 온다고 하는 건 아닐까 하는 우려에서였다. 서윤은 웃으며 손을 저었다.
 "걱정 마세요. 잠시 들르실 곳이 있다고 하셨어요. 조금 있으면 오실 겁니다."

그렇게 말하는 서윤의 속은 꽤나 시끄러웠다. 제 말대로 재희는 들를 곳, 약속이 있어서 후에 오기로 했다. 그러나 어디로 간단 말은 하지 않았다. 지난 시간 동안 그녀가 모르는 약속을 잡아 본 적 없던 재희가 약속을 제대로 말하지 않았다는 소리였다.

"……제일 나쁜 습관이 든 건 나일지도 모르겠네."

이런 오만함이라니. 그녀는 고개를 저으며 한 잔 권유하는 송 팀장에게 감사히 잔을 내밀었다.

한 잔, 두 잔 오가는 술잔은 과하지 않았지만 간만의 분위기에 저절로 흥이 올랐다. 생긴 지 얼마 되지 않고 또 수장이 새파랗게 젊다 보니 자연스레 해일디자인은 젊은 직원이 많았다. 그래서 가장 많이 나는 나이 차이가 열다섯 남짓한지라 대부분 자유롭게 회식을 즐기는 중이었다. 더욱이 가장 높은 본부장이 없으니 더욱 여유가 넘치는 모양새이기도 했다.

서윤은 잔에 차오르는 맑은 알코올을 만족스러운 눈으로 지켜보았다. 자작은 옳지 않다며 주당으로 소문난 홍 팀장과 주거니 받거니 병을 기울이다 보니 어느덧 세 병을 넘겼다.

"어휴, 양 실장님 주량은 도저히 못 따라가겠어요. 벌써 각 일 병은 넘었는데 얼굴색 하나 안 변하시네."

송 팀장은 혀를 조금 내두르며 어느새 비어 있는 서윤의 잔을 채워 주었다.

"원래 아버지가 약주를 좋아하세요. 어머니도 꽤 잘하시는 편이거든요."

그저 허허 웃으며 고개를 돌리고 코끝을 찡긋거리는 서윤을 보던 송 팀장이 약간의 술기운을 가지고 말을 이었다.

"뭔가, 분위기가 많이 변하셨어요."

"응? 아, 본부장님이요?"

"아니요. 실장님이요. 절대 웃는 일 없는 분이신데, 많이 편해 보이세요."

"……제가요?"

서윤의 눈이 당황스러움으로 물들었다. 송 팀장은 히죽 웃으며 고개를 끄덕이며 말했다.

"뭔가 본부장님, 실장님 좀 닮았다고 해야 하나. 그래서 이런저런 소문이 많았어요. 양 실장님은 본부장님에 대해 모르시는 게 하나도 없고, 본부장님도 무조건 실장님만 찾으니까 아무래도 두 분이."

송 팀장의 웅얼거리는 술주정에 서윤의 눈이 구슬만큼 커졌다. 설마, 하는 사이 그가 배시시 웃었다.

"어떤 관계가 아니신가 하고."

잘 마시던 술이 입 밖으로 튀어나올 뻔했다. 후루룸, 입술까지 번진 액체를 입안으로 빨아들인 그녀는 꿀꺽 삼키며 더듬거렸다.

"그, 그런 소리가 있었는데, 왜 난 아예."

"다들 얼마나 입을 다물었는데요. 이번에 실장님 그만두신 이유도 헤어지셔서라고, 흡."

맙소사!

그러고 보니 지난번 윤찬도 뭔가를 말하려다 말았던 것 같았다. 정황상 딱 이런 내용이 아니던가. 설마 이런 황당무계한 소문이 돌 줄이야. 회사에 대한 소문 열에 아홉은 전부 꿰차고 있다고 생각했는데 모르던 하나가 사람을 이렇게 당혹스럽게 만들 줄 몰랐다. 게다가 이제는 사실이 되어 버린 것이니 말이다.

"물론 다시 도와주시는 거 보고 다들 오해한 걸 알았지만요. 하하하."

그가 호쾌하게 웃으며 술을 벌컥 들이켰다. 서윤은 머쓱하게 변명 아닌 변명을 했다.

"동창이었거든요. 제가 많이 도움을 받기도 했고…… 개인 사정상 조금 급하게 그만둔 것도 사실이지만. 굳이 이런 얘기 할 필요 있나요. 너무 사적인 얘기인데."

상대는 그냥 취중 하는 한마디였건만 괜히 찔려서 말이 길어졌다. 서로 마주하고 말없이 허허 웃는 사이, 그녀의 옆으로 누군가 털썩 주저앉으며 한몫 거들었다.

"이런 얘기 안 하면, 달리 할 얘기라도 또 있나."

불쑥 끼어든 말에 옆을 보자 넥타이를 당기고 있는 재희가 있었다.

"오셨습니까, 본부장님."

우르르 일어선 직원들이 일사불란하게 인사를 올렸다. 거나하게 취한 사람마저도 반짝 정신을 차리고 허리를 숙이는 것만으로도 그의 평판이 어떤지를 알게 했다. 재희는 손을 들어 그들을 앉게 하고 그녀 앞에 있는 잔을 가져갔다.

"사적인 자리에서, 사적인 이야기를 하는 건 당연하잖아. 안 그렇습니까?"

이유는 모르겠지만 제 편을 들어준 것 같은 재희 때문인지 아니면 점점 오르는 취기 덕분인지 송 팀장은 실실 웃으며 털썩 앉아 재희가 올린 잔에 제 잔을 부딪쳤다.

"맞습니다! 본부장님이 허락해 주시니 든든합니다."

짠! 맑은 소리 내며 마주친 잔에 시원하게 한 잔씩 마신 재희는 아무리 마셔도 적응되지 않는 맛에 미간을 좁히며 물었다.

"정확히 어떤 소문이었습니까? 왠지 흥미가 생기는데."

"예? ……아, 그게."

옆에 앉은 서윤이 빠르게 고개를 저었다. 괜한 소리 하지 말라는 뜻이었다. 송 팀장은 어색하게 머리를 쓰다듬으며 눈을 깜빡이며 말을 돌렸다.

"그, 그냥 뜬소문이었습니다. 안주 뭐 새로 드시겠습니까?"

"뜬소문이었습니까? 난 또, 나랑 양 실장이 서로 좋은 사이라고 생각들 하는 줄 알았는데."

"허…… 허허."

"그래서 양 실장한테 아무도 대시 안 하나 싶어서."

탁, 내려놓은 잔 안에 조금 남은 액체가 살짝 찰랑거렸다. 마주 앉은 송 팀장이 침을 삼켰다. 마주친 시선에 식은땀이 흘러 뒷목을 서늘하게 만들었다.

"혹시 누가 그러면 내가 물고 뜯을까 봐, 겁이라도 내나 했거든."

등골까지 오싹하게 만드는 서늘한 미소에 송 팀장은 울고 싶었다. 뭔가 말실수를 한 건 아닐까, 걱정 가득히 서윤을 보자 그녀는 새 앞 접시에 안주를 집어 재희의 앞으로 밀며 말했다.

"본부장님, 송 팀장 놀라니까 농담은 삼가 주세요."

"그럴까."

순순히 '그럴까.' 하고 접시에 놓인 것을 먹는 본부장의 모습이 전혀 재미없던 송 팀장은 술 대신 침만 꿀꺽 삼켰다. 그러다 필사적인 기세로 휴대폰을 집어 들고 일어섰다.

"아이고! 저, 전화가. 잠시 전화 좀 받고 오겠습니다."

그러곤 후다닥, 저 멀리 가 버리는 것이 누가 봐도 도망가는 모양새였다. 비단 그뿐만이 아니라 주변은 어느새 텅텅 비어 버렸고 남은 건 서윤 혼자였다. 재희의 미간이 술을 마신 것과 마찬가지로 찌푸려졌다.

"내가 벌레야, 뭐야. 왜 도망가."

"회식을 근무 연장으로 만들어서 야근수당 쳐줄 거 아니면 이해하세요. 그보다, 저번에 영업팀에서 올라온 보고서 보셨죠. 거기, 소금 좀."

"보긴 봤지. 참기름 부은 것밖에 없어. 이거 먹어."

여전히 미간은 좁힌 상태로 대답한 재희가 깨끗해 보이는 소금장을 건네준다.

"그런데 왜 아무런 말씀이 없으세요. 가장 큰 매장 몇 군데에 엘리제도 해지증명 보낸 모양이던데요. 그거 구운 마늘 아니에요. 이거 드세요."

"때 되면 해지도 하고, 연장도 하는 거지. 너무 구워졌잖아."

"편식은 금물입니다. 어쨌든 절대 그렇게 생각하시면 안 됩니다. 이건 해일디자인을, 아니 서재희 본부장을 무시하는 일입니다. 어떻게 초기부터 함께했던 매장들이 본부장님께 일언반구도 없이 내용증명만 보낸답니까."

"어차피 사업상 연결된 사람들이고, 친분으로 될 수 있는 것도 없는 것도 있는 법이야. 그 사람들에게도 사정은 있는 법이고."

"그 사정을 왜 본부장님이 신경 쓰셔야 합니까. 이대로 두시면 안 됩니다. 소문이라도 나면 모두 본부장님을 얕잡아 볼 겁니다."

들고 있던 젓가락을 내려놓은 그녀가 단호하게 말하고 잔을 채웠다. 이렇게 생각하는 게 과한 것일지는 모르지만 장기간 이어 온 인연을 함부로 한다는 건 상대를 함부로 하는 것과 같았다. 재희는 몸을 뒤로 조금 기울였다. 썩 재미난 주제가 아니라는 듯한 눈치였다.

"본다고 해서 내 식구들을 어떻게 할 수 있는 건 아니니까. 또, 꼭 그들만의 잘못은 아닐 수도 있지."

"제대로 내치고 본보기를 보여야죠. 비슷한 기미가 보이는 곳은 먼저 손을 쓰고 잡아 두는 게 필요합니다."

쭉 술을 마시고 턱 끝을 올린 서윤은 자신을 향한 그의 시선을 마주하며 다시금 매섭게 한마디 했다.

"나는 감히 누가 널 얕보고 무시하는 꼴은 절대 못 봐."

"서윤아."

제 상관을 무시하는 일은 죽어도 못 보겠다는, 아주 단호하고 단호한 태세를 한 방에 무너트리는 부름이었다. 순간 가슴에 불을 확 지른 듯 몸 여기저기 울긋불긋하게 꽃이 피는 듯했다. 재희는 가만히 고개를 돌려 서윤의 귓가에 속삭거렸다.

"서윤아, 양서윤."

"지금 뭐 하는 거야. 목소리 낮춰."

"사랑해."

옆으로 떨어지는 그녀의 허리에 과감히 팔을 둘러 당긴 재희는 경악에 가까운 표정을 즐기듯이 입술을 움직였다.

"정말 사랑해. 너무, 너무. 정말 미치도록."

"서재희!"

봇물 터진 것처럼 쏟아 내는 고백이 감당하기 어려울 만큼 버거웠다. 술을 마시지 않았다면 다들 의아하게 볼 정도로 붉어진 얼굴은 조금 있으면 팡 터지지 않을까 싶을 정도였다. 누가 볼까, 행여 알아챌까 허겁지겁 재희를 밀어냈다. 다 끝나 가는 마당에 구설수에 오르는 건 절대 사양이었다.

"나 그만둘 때까지는 절대!"

"봐. 너도 듣기 싫은 소리 계속 들으면 짜증 나지. 그러니까 그만해."

퉁명스럽게 말을 잇고 허리에 둘렀던 팔을 빼낸 재희는 그녀의 잔을 빼앗아 술을 채워 홀짝였다. 이제 일 얘기는 그만하라는 충격 요법인 모양이었다.

얌전히 술 한 모금만 마시는 그의 옆모습을 본 서윤은 복잡한 마음에 휩싸였다. 그리고 홧홧하게 타올랐던 가슴이 가라앉았다. 차갑게 식었다는 건 아니었다. 같지만 잔잔해졌을 뿐.

서로 좋다고 끌어안고 키스하고 마주 바라보게 된 지금 이 상황에서도 좋아한다는 말을 저런 식으로 말할 수 있는 건 본인의 마음이 저런 것으로 흩어지지 않는 단단함이 있어서일 것이다. 그 단단함은 아마 긴 시간 다져지고, 또 다져졌을 테지.

특별히 둘 중 누구 하나가 사람들에게 관계를 알리지 말자고 한 것은 아니지만 지금 당장 입 가볍게 알려서 좋을 것이 없음은 설명하지 않아도 알 수 있다. 워낙에 완벽한 공적 파트너인 두 사람의 사이에 사적인 이야기가 첨가되면 될 일도 제대로 되지 않는 법이니까.

그렇다고 사랑한다는 말이 듣기 싫은 소리란 뜻은 아니었다.

"넌 왜 그동안 한 번도 나한테 다시 말 안 했어?"

뜻밖의 질문에 재희는 놀란 눈을 하며 그녀를 돌아보았다. 지난 13년간 계속해서 가지고 있었던 마음이라면 한 번이라도, 술김에라도 말할 수 있었을 텐데. 모든 걸 청산하려던 제 마음과 같았던 의미일지 궁금해졌다. 서윤은 꼭 듣고 싶었다.

"지금까지 기다릴 게 아니라 먼저 말했으면 분명."

"넌 받아들였겠지."

지체 없이 나온 말에 그녀는 속이 상했다. 바보 같은 놈, 하고 욕해 주고 싶을 만큼.

"……그걸 알면서 왜."

"그리고 혼란스러워했겠지. 내 마음을 받아들인 게 죄책감 때문인지, 빚 때문인지. 아니면 정말 날 마음에 둬서인지."

한없이 제멋대로고 한없이 변덕쟁이이며 한없이 고약한 남자가 자신에게만큼은 너무나 다정하고 미련할 정도로 착하기만 하다. 그게 고마우면서도 한편으론 탓하고 싶을 정도로 바보 같아서 때려 주고 싶다. 어떻게 보답할 수 있을까 가늠할 수 없을 만큼 너무 고맙고, 너무 예뻐서.

새삼스럽게도 따스한, 부드러운 재희에게 가슴이 뛰었다. 옆에 놓인 그의 손을 꼭 잡고 싶었다. 아마도 술 때문일지도 모르겠다.

"그런 걸로 비교하지 마. 네가 지금 한 건 듣기 싫은 소리가 아니야."

재희가 다시 그녀를 보다 눈을 커다랗게 만들었다. 남들이 볼 수 없는 테이블 밑으로 서윤의 과감한 손이 재희의 손을 잡았다. 그녀는 눈을 아래로 내리깔다 올려다보았다. 술을 마신 것이라 생각하기 어려울 만큼 맑은 눈이었다.

"지금 네가 한 건 몰래, 나만 듣고 싶은 말이라고."

"……"

"늘…… 계속해서 듣고 싶은 소리야. 그러니까 함부로 남들 들을 수 있는 곳에서 하지 마."

재희는 가슴이 지나치게 뛰고 있다는 생각을 했다. 이대로 딱 터져 버리면 어쩌나 싶었지만 그래도 상관없을 듯했다. 지금 심장이 터져 죽는다면 그보다 더 훌륭한 죽음이 없을 테니까.

"너 그런 눈 할 때 진짜 섹시하니까, 다른 사람이 보는 거 싫어."

항상 보여 주던 철두철미하고 완벽한 양서윤이 아닌 어린아이 같은 투정 닮은 소리가 이어졌다. 하지만 그녀는 움츠러들거나 부끄러워하지 않았다. 지금 딱, 그에게 해 줄 수 있는 것이 떠올랐기 때문이었다.

오랜만에 예쁜 소리만 하는 서윤이 신기하면서도 옆에 나열된 술을 보니 이해가 갔다. 술을 꽤 잘 마시는 그녀지만 주량을 약간 넘긴 모양이었다. 어디 한번 가장 듣고 싶은 말을 들어 보자는 마음에 재희가 툭 말을 던졌다.

"왜?"
"그야 당연히."

다 알면서 묻는 건, 결국 재희도 저와 같은 마음이기 때문이리라. 그녀는 마음을 먹었음에도 잘 떨어지지 않는 입술에 눈동자를 굴렸다.

"사……."
"사."
"사, 사…… 사이좋게."

붉어진 뺨을 보는 그의 눈이 장난스러웠다. 그는 어느새 서윤의 입에서 나올 말을 기대하기보다 지금 이 상황을 즐기는 듯했다.

그는 젓가락으로 앞에 놓인 밑반찬 하나를 집었다.

"사이좋게 뭐. 쎄쎄쎄 하자고?"

놀리는 게 빤히 보이는 짓궂음에 서윤은 손부채질을 했다. 익숙하지 않은 말을 꺼내려니 어려운 업무를 잔뜩 안은 것보다 더 난감했다. 후우. 깊은 숨을 내쉬고 잠시 마음의 안정을 찾은 그녀는 이내 다짐하듯 부드럽게 입가를 올려 미소를 지었다.

"양서윤도 서재희를 사랑하니까."

툭.

그의 젓가락 사이에서 집었던 반찬이 떨어졌다. 재희의 눈이 일순 먹먹해졌다. 그 모습에 그녀는 고개를 한 번 위로 들었다 아래로 내리며 주먹을 쥐고 툭, 그의 팔을 쳤다. 귓불이 뜨끈뜨끈 붉었다.

"나도 그렇다고, 바보야."

양 실장도 양 비서도 아닌, 서 본부장도 재벌 서재희도 아닌, 그냥 서재희를 양서윤이 사랑한다. 그 짧은 한마디에 눈을 커다랗게 뜨고 자신을 담고 순간 숨을 멈춰 버리고, 기뻐서 어쩔 줄 모르는 얼굴을 숨기지도 못하고 큰 손으로 얼굴을 가리며 붉어진 얼굴 가득히 웃고 있는 서재희를.

짜르르 울리는 가슴의 고동 속에 그가 속삭였다.

"키스해도 돼?"

그녀는 웃으며 화답했다.

"안 돼."

단호한 말에 그가 '젠장.' 하고 중얼거렸다.

고독을 닮은 밤은 유독 서 회장에게 고요하게 다가왔다. 아주 늦은 밤은 아니지만 계절은 이미 이른 오후에도 해를 떨어지게 만들었고 잔뜩 어둠을 머금은 하늘은 도시의 하늘답게 별 하나 없이 어두웠다.

최고층 빌딩의 상층부, 대회의실과 가장 중요 자료들이 채워진 곳에 위치한 회장실은 대부분의 직원들이 퇴근하고 몇 안 되는 사람만 남아 아직 퇴근하지 않은 서 회장을 기다리는 중이었다. 본래 일주일에 두세 번 정도밖에 출근을 하지 않는 서 회장인지라 그가 출근을 하는 날이면 늘 자정 넘어 퇴근하는 건 당연한 일이라서 불평의 말은 없었다. 하기야 누가 대놓고 불평을 하겠냐마는.

"후우."

어찌 되었든 인적마저 드문 회장실 안에 안경을 아래로 내린 서 회장은 흔치 않게 한숨을 내쉬었다. 피로가 담긴 한숨이었다. 예전엔 몇 날 며칠 밤을 새워도 거뜬했던 몸이 하루하루가 갈수록 달라지는 것을 느끼는 그였다.

급격하게 변하는 몸 상태에 물을 마시며 뻑뻑한 눈을 문지르고 있을 때 노크 소리가 들려왔다. 듣기만 해도 누구인지 알 수 있는 노크 소리였다.

"회장님, 이지현 실장입니다."

굳이 알아듣지 못해도 이 시간에 회장실로 들어올 수 있는 건 수족 같은 지현밖에 없었다.

"들어오시게."

더부룩한 속에 한 번 더 물을 마시고 완전히 안경을 벗자 막 안으로 들어선 지현이 허리를 숙였다. 그리고 별다른 말이 없었음에도 먼저 팔에 든 자료들을 서 회장의 앞에 내려놓으며 보고했다.

"보고에 따르면 일단 서재희 본부장, 양 비서 모두 확실히 사안을 알아차린 모양입니다. 엘리제는 물론 여타 명동 및 안양, 인천 몇몇 개의 매장에 확인서를 받아 왔습니다. 아마 올해가 가기 전까지 3분의 1 이상 계약 해지가 될 것 같습니다."

그녀가 놓은 자료를 들어 간단하게 살핀 서 회장의 미간이 확 좁아졌다.

"3분의 1? 절반도 아니고 그것밖에 안 되나?"

"서 본부장이 어리다고 우습게 보는 사람은 거의 없었습니다. 더욱이 신의를 지키려는 사람도 많았습니다. 아, 가장 큰 매장인 강남 지점은 일언지하에 거절하더군요."

"그걸 그렇게 뿌듯하게 보고할 내용인가?"

저도 모르게 웃는 낯을 했던 지현이 얼른 허리를 세우며 시정했다.

"죄송합니다."

"됐어. 계획대로 진행해. 최대한 빨리 진행…… 쿨럭."

안에서 올라오는 고약한 속 기침에 급히 손으로 입가를 틀어막은 서 회장은 금방 핏대 오른 이마와 찌푸려진 콧등을 문질렀다. 날이 추워지고 밤이 깊어 꼭 속이 곯은 듯 텁텁했다. 길고 긴 숨을 내쉬자 빈 잔에 물을 채운 지현이 말했다.

"서 본부장이 찾아왔었습니다."

"딱 없을 때 찾아와 저 할 말만 하고 갔겠구만."

"시간이 없었던 것 같았습니다. 회식이라고."

물을 마시며 겨우 기침을 가라앉힌 서 회장은 코웃음을 쳤다.
"그래서, 뭐라던가."
"……그게, 토씨 하나 틀린 것 없이 그대로 전하라고 해서."
"해 봐. 제깟 게 뭐 얼마나 대단한 말을 했으려고."
코웃음을 넘은 비웃음에 지현은 곤란한 눈을 하다 몇 시간 전 찾아왔던 재희를 떠올렸다. 서 회장의 말처럼 그때를 맞춰 찾아왔다기보다는 주치의를 만나던 시간이라 엇갈린 것이었다. 서 회장이 없다는 말에 재희는 별 고민 하지 않고 그녀에게 다가와 말했다. 예나 지금이나 참 제멋대로인 자태 그대로.

'선약이 있어서 짧게 말할 테니까 토씨 하나 틀린 것 없이 그대로 전해요.'

바라보는 눈이 제 조부를 쏙 닮아 있어 지현은 그저 고개를 끄덕일 수밖에 없었다. 당돌하다 싶을 만큼 오만하게, 재희는 아주 짧게 말했다.

'지금처럼 내가 말 잘 듣고 얌전히 있길 바라신다면.'

"탐내지 마시라고."
"……하?"
아주 많은 것을 함축한 말이었다.
"건방진 놈."
서 회장은 창밖 아래로 비추는 수많은 불빛들을 보며 자리에서 일어섰다. 뒷짐을 지고 선 모습은 여전히 늠름하고 굳건했지만 속일 수 없는 아쉬움은 어쩔 수 없었다.

"날이 빠르군."

"……."

"아쉬울 정도로 빨라."

씁쓸함이 담긴 혼잣말이었다.

서윤은 무슨 일이 생기면 그것을 빼거나 뒤로 미루는 일은 하지 않았다. 본래 성실함도 있고 일에 대한 책임감이 높아서였다. 그런 성격이니 꾸준히 제 할 일을 맡아 긴 시간을 해 온 것이고 말이다.

그러나 그녀는 사회생활 10년 만에 엄청난 회의감과 위기에 직면한 상태였다. 지금껏 어떤 어려움이 왔어도 단 한 번도 '하고 싶지 않다'고 생각한 적 없는 그녀는 심각하게 고민 중이었다. 저 사자 우리 같은 곳을 들어가야 할까, 말아야 할까.

물론 서윤은 이미 답을 알고 있었다. 자신의 성격상 해야 할 일을 두고 돌아서는 건 있을 수 없는 일이라는 걸. 그저 이건 그만큼 하기 싫다는 것을 반증하는 것뿐이었다. 한층 더 무거워지는 듯한 가방을 고쳐 멘 그녀는 길게 숨을 고르고 바로 섰다. 그리고 눈앞에 있는 매장 '엘리제'를 올려다보았다.

"기억 못할지도 모르잖아, 안 그래?"

스스로를 그렇게 다독여 보며 고급스러운 매장을 훑었다. 그러나 안다. 여기 직원들은 자신을 100퍼센트 기억하고 있을 거라는 걸. 어떻게 잊을 수 있겠는가. 그, 엄청난 꼴들을.

이곳은 얼마 전 재희와 와서 진상 아닌 진상을 부리고 우주로 날아가도 모자랄 꼴을 보였던 바로 그 매장이었다. 한 달도 되지 않은 일이니 저 안에 있는 사람들이 잊어 주길 바라는 것 자체가 어불성설이었고 재희의 얼굴은 필사적으로 가렸지만 정작 자신의 얼굴은 모두 터 버린 곳이다.

"푸우우."

한 걸음, 한 걸음이 천근만근이었다.

이번에 다시 매장을 찾은 건 일전 재희 홀로 왔던 정식 감사의 2차 감사라 당당해도 되지만 그게 쉽게 될 리 없었다. 오늘 해지증명을 보냈던 매장만 세 개를 돌아다녔다. 그리고 재희와 갈라져 각기 매장을 돌고 이곳에서 만나기로 했는데 아직 그는 도착하지 않았다.

"……좋아. 침착하게, 뻔뻔하게 굴면 돼. 서재희 빙의다. 서재희에 빙의한다."

시간이 다가오니 먼저 가서 포석을 깔아 준비해야 할 임무가 있는 서윤은 마침내 마음을 다잡았다. 심신 수련하듯 심호흡과 함께 얼굴엔 영업용 가죽을 덮어쓰고 걸음을 옮겼다. 심장은 두근두근, 쿵쾅쿵쾅 난리가 났지만 겉으로 보기엔 철두철미한 회사원의 모습이었다.

한 발 한 발, 매장 안으로 들어서자 당연하게도 직원들의 눈이 그녀를 향했다. 그리고 모두가 침묵한 상황에서 카운터에 서서 장부를 보던 중년의 여성이 입을 떡 하니 벌렸다.

"허어?"

쏟아지는 시선들 중 가장 날카로운 시선을 한 여자는 다름 아닌 바로 그 여직원이었다. 재희와 서윤의 신혼부부 놀이와 길이길이 남을 흑역사의 순간을 코앞에서 지켜본 바로 그 여직원.

"기가 막혀서."

누가 듣건 상관하지 않는 듯 대놓고 날을 세운 여직원은 한쪽에 선 경호원들을 대동하며 서윤에게 다가왔다. 그리고 이글이글 타는 눈으로 먼저 쏘아붙였다.

"아주 상습적으로 오는 모양이시네. 왜 이번엔 혼자실까?"

"일단 제 말을 먼저……."

"블랙컨슈머 흉내라도 내시려고 그러나? 아니면, 그때 망가트린 피팅 룸 커튼 손해배상이라도 해 주려고 오셨나?"

무례한 행동이었으나 애석하게도 서윤은 그녀의 지금 이런 행동을 모두 이해할 수 있었다. 아마 아무리 성격 좋은 사람이라도 같은 상황이었다면 들어오기도 전에 끌어냈을지도 모르겠다. 서윤은 최대한 침착하게 설명을 하려 했다. 모든 상황을 말하라던 재희의 허락도 있었고 이 상황에선 그것 말곤 답이 없었다.

"그때 놀라셨던 것은 충분히 이해합니다. 이제 와 사과드리는 게 이해 가지 않으시겠지만 사실 저는."

"뭐, 사과? 이봐요, 지금 우리랑 장난하자는 거예요? 그날 그 꼴 보이는 바람에 이상한 소문 들어서 한동안 손님도 안 왔다고. 영업 방해 수준이었단 말이야, 알아들어? 그런데 무슨 낯짝으로 여길 다시 와!"

적잖이 화가 났는지 금방 언성을 높인 여직원은 속에 담긴 울화를 몽땅 쏟아 낼 모양으로 보였다. 워낙에 많은 일이 있어 바로 하지 못했던 제 탓을 하며 그녀는 다시금 여직원을 진정시키려 노력했다.

"그때는 정말 본의 아니게 피해를 드려 죄송합니다. 진심으로 사과드립니다. 혹 피해를 보신 것, 문제 될 수 있는 것에 대해선 정식으로 요청하시면 저희 측에서 배상해 드리겠습니다. 진심으로 사과드립니다."

"배상? 무슨…… 잠깐, 너 어디서 나왔어."

될 수 있는 한 재희가 오기 전에 일을 해결하고 진행하고 싶었던 서윤의 마음과는 달리 일은 점점 꼬여만 갔다. 마침 손님이 없을 때여서인지는 몰라도 여직원의 말버릇이 고약해졌다.

"말하는 게 그냥 진상이 아니네. 어디 매장에서 나왔어. 응? 염탐 좀 하고 오라고 누가 그래? 저번에도 그래. 그놈도 어디서 본 것 같더니 이 짓 저 짓 잘하고 다니는 놈들인가 보지? 괜히 난동 부려서 손님 떨어트리고 지금도 나 열 받게 해서 평판 떨어트리려는 거 아니야! 야, 너 뭔데. 어디서 나왔어?"

금방이라도 한 대 칠 것 같은 흉흉한 분위기에 서윤은 가방을 열어 지갑을 꺼냈다. 다른 말보다도 먼저 명함이라도 보여 주고 말을 하는 게 더 나을 것 같아서였다.

"일단 제 말을 듣고 나서 얘기하셔도 되지 않겠습니까? 저는……!"

그때 성큼성큼 다가온 여직원이 막을 틈도 없이 그녀의 가방을 낚아챘다. 순식간에 가방을 빼앗긴 서윤이 잠시 멍해진 틈에 여직원이 이를 갈았다.

"내가 이 일 한두 해 하는 줄 알아? 아마 녹음기라도 숨겨 온 모양인데 나 안창숙이야. 이 바닥에서 몇 년을 버텼는데 이런 수를 써?"

"이보세요. 매니저님!"

간신히 정신을 차린 서윤이 여직원, 창숙이 채 간 가방에 손을 뻗었다. 너무 황당해 이성적인 생각이 되지 않았고 몸싸움을 닮은 실랑이가 이어졌다.

창숙은 몇십 년째 이런 대형 매장에서 매니저 일을 하는 동안 동종업계의 견제를 밥 먹듯이 당해 봤다. 일부러 평판을 떨어트리고 매장을 더럽히는 듯한 못된 심보 가득한 라이벌들이 한둘도 아니었다.

사과한다 와 놓고 속을 뒤집고 험한 말이라도 오가면 그것들을 녹음해 짜깁기해서 고발을 하는 것도 수차례. 매장에서 난동 아닌 난동을 벌인 뒤 보란 듯이 다시 찾아온 서윤을 오해하는 것도 어찌 보면 당연했다.

그녀는 최대한 이해하려 노력하며 경고했다.

"후회하시기 전에 그거 주시는 게 좋을 겁니다."

"어디서 협박이야? 놔! 안 놔? 내가 너 그대로 보낼 줄 알아? 어디서 나온 년인지는 몰라도 내가 그냥 안……!"

잠깐의 틈을 타 가방과 옷을 잡은 서윤이 힘을 주었다. 그 손길에 창숙의 손이 홧김에 날아갔다. 철썩, 날카로운 소리에 싸하게 정적이 찾아왔다. 매장 안은 찬물을 끼얹은 듯 고요해졌고 들리는 건 서윤의 숨소리만이 유일했다.

"……하."

간신히 나온 숨결에 흠칫 몸을 떤 창숙은 당황해서인지 아니면 기선을 잡기 위해서인지 몰라도 사과 대신 변명하기에 급급했다.

"그, 그러게 누가 옷 잡으래. 내 잘못 아니야. 갑자기 잡아서는. 켕기는 거 없으면 그냥 열면 될 거 아니야? 잠깐, 혹시 이것도 수작 아니야?"

다시 앙칼지게 변하는 그녀의 목소리에 서윤은 잠시 정신을 차리기 어려웠다. 온몸에서 몰려든 통증이 뺨으로 모이는 건 그리 오래 걸리지 않았지만 정신을 차리는 건 그보다 더 오래 걸렸다. 금방 붉어지는 뺨 한편의 아픔보다 정신적 충격이 커서 잠시 넋을 잃은 것 같았다.

엎어? 그냥, 다…… 엎어 버려?

……라고 생각했으나 끄트머리에 남은 이성을 꿋꿋하게 잡았다. 아직 재희가 오지 않았다. 그가 오지도 않았는데, 상황을 파악하기도 전에 일이 틀어지면 곤란하다. 일이 틀어지더라도 먼저 해야 할 일을 한 뒤이어야 했다. 다행히 다년간 연마한 평정심이 빛을 발했다.

"그거 여시면 바로 고소 들어가겠습니다. 1층에 있는 CCTV만 하더라도 9개. 고장 난 것 없고 모두 석 달 이내에 출시된 신기종 기기로 오작동 한 번 없이 정기 검사를 받고 있죠. 그러니 이 시간 10분 전후로 영상에 불완전함이 있을 경우 일부러 고장 냈다고 여기겠습니다."

고저 없이 사무적인 목소리는 가방을 쥔 손의 힘을 슬그머니 빼게 하기에 충분했다. 냉정한 눈의 서윤이 손을 내밀자 창숙은 저도 모르게 가방을 건넸다. 서윤은 차분히 지갑을 꺼내 명함을 내밀었다.

"해일디자인 서재희 본부장 직속 비서 양서윤 실장입니다."

욱신욱신 아려 오는 뺨이 말을 할 때마다 더욱 아파 왔지만 그녀는 티 내지 않고 또박또박 말을 이었다.

"미리 연락드렸듯이 정기 감사로 인한 방문이므로 지금까지 보시던 장부, 매장 현황 및 기타 현황 자료 모두 가져와 주시겠습니까? 곧, 서재희 본부장님이 오실 예정입니다."

여직원은 상황을 이해하지 못한 듯 불안하게 눈을 깜빡였다. 그러다 방금 전 자신이 한 행동을 떠올리곤 하얗게 질려 더듬거렸다.

"……어, 저, 저기."

"명백한 폭행 행위를 하셨습니다."

차가운 읊조림에 덜컥 몸을 굳히는 게 보였다. 서윤은 속에서 치미는 열을 꾸역꾸역 내렸다.

"지금 한 대는 지난번 실례에 대한 책임으로 하겠습니다. 그때, 분명 이쪽의 불찰도 있었으니까요. 그때의 실수, 없던 일로 하신다면 이쪽도 단순 실수로 정리하겠습니다."

"예? ……아, 아아. 그, 그렇다면야."

눈에 띄게 안도하는 모습에 서윤은 탁탁 타들어 가는 속을 필사적으로 억눌렀다. 참자, 참자. 아직 재희가 오기 전이다. 문제를 해결하기도 전에 또 다른 문제를 만들면 정말 해야 할 건 흐지부지될 수밖에 없다.

그녀는 황급히 안으로 들어가는 이들을 보며 머리를 풀었다. 뺨이 생각보다 화끈거리는 것이 금방 붓거나 색이 변해 있을 듯했다. 재희가 보기라도 한다면……. 생각만 해도 몸이 떨린다. 서윤은 고개를 저으며 걸음을 옮겼다.

30분이나 늦게 도착한 재희는 미리 서윤이 준비해 놓은 장부들과 자료들을 살폈다. 그는 낮게 콧소리를 냈다. 그리고 그의 작은 움직임에도 움찔거리는 직원들은 저마다의 눈빛 대화를 나누는 중이었다.

"저 사람, 저번에 본부장이라고 했던 사람이잖아. 잠깐만, 그럼 진짜 그때 같이 쇼한 남자가 본부장이야?"

"딱 봐도 그렇잖아. 양말 하나 가지고 피팅 룸 들어갔던 진상들."
"신혼부부라고 하지 않았어?"
"저쪽이 비서니까 당연히 저 사람, 아니 저분이 그 진상 남자······ 아, 모르겠다."
"아니, 근데 왜 본부장이나 되는 사람이 비서랑 불시 감사를 해? 그렇게 연기까지 하면서? 진짜 변태야?"

수군수군. 귀를 간질이는 작은 소리들에 결국 재희가 한마디를 했다.

"그 이상한 짓 하던 신혼부부 변태 나 맞으니까 조용히 좀 해 줬으면 좋겠는데."

그렇게 말한 그는 보고 있던 자료를 내려놓곤 다리를 휙 꼬아 앉으며 말을 이었다.

"재미없네요."

알아들을 수 없는 말을 한 재희는 한참 전에 내놓았던 식은 커피를 마셨다.

"······예?"

당황한 창숙의 반문에 그가 어깨를 으쓱거렸다.

"누가 봐도 열심히 준비하고, 만들고 갖춰 낸 자연스러운 자료입니다. 뭐 하나 틈이 없이 완벽해요. 흠잡고 싶어도 그럴 곳도 없고 양. 말. 하나에도 가격이 잘 붙어 있어요. 후려치기 세일도 없고, 빼돌린 것도 없고 완벽 그 자체야."

어쩐지 양말에 힘을 실어 말한 것 같았지만 그것보다 중요한 건 칭찬하는 것 같은데 칭찬처럼 들리지 않는 그의 말이었다. 창숙은 눈을 찌푸리며 입술을 씰룩댔다.

"그럼 재미없는 게 아니라 훌륭하다고 말씀하시는 게 옳은……."
"오픈한 지 이제 두 달도 안 된 매장이 꼭 누가 오더를 내려놓고 그렇게 하라고 시킨 것처럼 말입니다. 누가 오더를 내렸을까. 나는 보고도 못 받았는데."

매장에서 내놓은 자료들은 정말 흠 하나 없이 완벽했다. 마치 아주 오래전부터 준비한 것처럼 체계적이었고 그 완벽함이 오히려 신경을 거슬리게 만들었다. 언제부턴가 조금 일그러진 낯을 한 창숙은 마른 입술을 쓸며 말했다.

"오랫동안 준비한 것인지라…… 본래 장부에서 새로 정리한 것뿐, 달리 숨기거나 감춘 건 없습니다. 그리고 아시다시피 저희는 해일디자인이 아니라 해일그룹 소속 매장입니다. 보고는 모두 그곳에……."

"예, 훌륭합니다. 숨기고 감춘 것 내놓으란 소리도 안 했는데 먼저 말까지 해 주는 이런 매장만 있으면 이렇게 나올 필요도 없겠어. 거기다 본사가 관리도 다 해 주니까 일감도 줄어들고."

"……."

"안 그렇습니까."

서윤은 눈을 동그랗게 뜨며 재희를 보았다. 대체 무슨 생각을 하고 있는지 알 수는 없지만 그는 여전히 여유로웠다. 어찌나 여유롭고 편해 보였는지 이어진 재희의 말에 다들 잠시 아무 말도 하지 못했다.

"그러니까 완벽한 이 매장은 앞으로 두 달간 문 닫습니다."

어디서 바람 소리가 들린 것 같았다. 경악할 소리를 아무렇지도 않게 하는 재희에 뒤늦게 알아들은 서윤만이 입을 쩍 벌리고 아무 말도 못하는 직원들을 대신해 그를 불렀다.

"본부장님?"

재희는 대답 없이 펜을 꺼내 들고 자료에 빨갛게 써 내려 갔다. 영, 업, 정······.

"너무 완벽하니까 계약 해지까지 남은 두 달."

"자, 잠시만요. 지금 뭐 하시는 겁니까?"

"영업 정지합니다."

옆에서 누가 뭐라 하건 영업 정지라는 글자를 쓰고 밑에 사인까지 마친 재희는 그대로 자리에서 일어났다. 창숙의 얼굴도 펜만큼 빨갛게 변했다.

"이렇게 멋대로 정하실 수 없습니다!"

"손님을 대하는 태도 및 직원 태도가 부적합하다고 판단해 최고 관리자가 정할 수 있는 사안입니다. 계약서에 명시되어 있는데 못 본 모양입니다."

"손님을 대하는 태도라니, 그걸 어떻게 안다고!"

"10만 원을 들건, 만 원을 들건, 하다못해 구경만 한다 해도 매장에 들어온 이상 손님입니다. 왕으로 대우하라고 요구했습니까? 적어도 손님으로 대해야 하는 것이 기본입니다."

그는 앉기 위해 잠시 풀었던 재킷의 버튼을 채우며 코웃음을 쳤다. 10만 원. 그건 일전 그들이 들고 왔던 액수였고 당시 직원들이 보였던 태도는 충분히 무례했다.

서윤은 머리가 조금 어지러웠다. 말이 두 달이지, 일주일만 쉬어도 손님은 발길을 돌려 버린다. 곤두박질 칠 매출이 눈앞에 그려졌고 그것을 모를 리 없는 창숙 역시 숨만 헐떡였다. 졸지에 휴직되기 직전의 직원들이 웅성거릴 때 총대를 멘 그녀가 소리쳤다.

"상부에 정식으로 건의하겠습니다!"

재희의 얼굴이 구겨진 건 창숙의 외침에 흔들린 테이블 위 커피가 쏟아졌을 때였다.

"일전 예고도 없이 찾아와 불시 감사, 아니 감시를 한 것 또한, 정식으로 건의할 겁니다. 과연, 다른 점주들도 이 소식을 듣고 가만히 있을까 참 궁금하군요."

단단히 화가 난 듯한 그녀의 얼굴에 서윤은 한숨을 삼켰다. 한번 잃은 신뢰가 다시 복구되기란 어렵지만 지금 상황에선 선택할 것이 없었다. 여기서 밀려난다면 이젠 머리 꼭대기 위에서 좌지우지하려 할 것이니까. 긴장감 속에 마른 입술을 살짝 적시던 차, 재희가 어이없다는 듯 되물었다.

"상부 건의?"

순간 무언가 압도당하는 듯한 기운이 쏟아졌다. 뒤에 선 서윤도 느껴질 정도의 저릿함이었다. 이럴 때의 서재희는 그녀가 아는 어리광쟁이가 아니라 본부장 서재희가 된다. 저도 모르게 고개를 숙이고 마는, 그런 철저한 사업가 말이다.

그런 기운을 코앞에서 받은 창숙이 당황한 듯 더듬거렸다.

"그, 그래요! 정식으로……!"

"해일디자인에서 나보다 잘난 놈은 없는데, 누구한테 하실 예정입니까?"

단칼에 말을 자른 그의 얼굴이 변했다.

"궁금하네. 그게 누군지."

"……."

"누가 또 있는 모양입니다."

냉기가 쏟아지는 재희의 눈은 누구도 쉬이 마주할 수 없었다. 차갑게 떨어진 그 서늘함에 창숙은 입술을 말았고 그는 비틀 듯 입꼬리를 올리다 고개를 옆으로 돌렸다. 바로 그 시선을 마주한 서윤이 눈을 깜빡였다.
"내가 할까, 네가 할래."
이해하지 못하고 고개를 갸웃거리는 그녀에 눈높이로 그의 손이 올라왔다. 검지가 가리키는 곳은 정확히 서윤의 뺨이었다.
"공적인 일 끝났으니까 이제 사적인 일 하겠다 이 말이야, 양서윤. 내가 손대기 전에 커튼 치워."
공사를 구분 짓고 바라보는 검은 눈에 등으로 오싹한 것이 스쳤다.
"다시 말해? 머리카락 귀 뒤로 넘기라고."
갸우뚱하던 고개가 그대로 멈춰졌다. 금방 사색이 된 이들과 함께 서윤은 평정을 유지하기 위해 애를 썼다. 대체 언제부터 알고 있었는지 모르지만 그녀는 한 걸음 다가서며 떨리는 목소리를 감췄다.
"제대로 상황 말씀드리겠습니다."
하지만 재희의 팔이 불안하게 휘젓는 서윤의 손을 잡아 제 쪽으로 당겼다. 그리고 곧장 서윤의 뺨을 가린 머리카락을 넘겼고 그의 눈이 싸늘히 식었다. 보는 사람 오싹하게 만드는 아찔하게 매서운 눈이었다.
꾹 다물린 입이 사람을 불안하게 만들었다. 혹여 재희가 여기서 화를 내거나 뭔가 거친 행동이라도 할까 무서웠다. 이 상황 때문에 혹시나 재희가 피해를 입을까 봐 걱정이 되었다. 하지만 입술이 떨어지지 않았다.

저도 모르게 꾹꾹 누르고 있던 속 안의 감정이 일렁거리고 있었다. 입을 열면 평생 해 본 적 없는 나약한 소리를 하게 될 것 같아서 어금니까지 꽉 깨물었고 그는 서윤의 붉은 뺨을 살짝 쓸다 말했다.

"네가 날 조금이라도 생각한다면 내가 그러는 만큼 널 좀 아껴."

"……."

"제발."

그는 깊은 한숨을 내쉬었다. 머리가 다시 멍해졌다.

정말 많은 것이 담긴 말이어서 서윤은 오히려 저가 먼저 미안하다고 말할 뻔했다. 모든 우선순위가 재희에게 있는 그녀에게 그의 한마디는 크게 다가올 수밖에 없었다.

일이 먼저라고, 재희의 이미지를 지켜야 한다고 아등바등 필사적으로 굴던 서윤은 사람들이 지켜보는 자리에서 다른 무엇도 신경 쓸 수 없었다. 어느새 그녀는 고개를 끄덕이고 있었다.

그가 잘했다는 듯 살짝 웃고 그녀의 머리를 쓰다듬었다. 점점 더 커져만 가는 재희의 믿음직한 손과 가슴에 서윤의 가슴이 자리 구분도 못하고 두근거렸다.

두 사람의 오묘한 분위기에 엘리제의 직원들이 바쁘게 수군거렸다. 그 와중에 매니저의 툭 찌른 손짓에 어쩔 수 없이 나선 젊은 남직원이 말했다.

"저기요, 지금 여기서 뭐 하는……."

"입 다물고 CCTV 가져와."

"……."

"당장."

말문을 막아 버리는 차가운 말이 모두의 신경을 곤두서게 만들었다. 조금 전까지 다정하게 섰던 남자는 없었다. 순식간에 전혀 다른 사람처럼 변한 그는 서윤으로서도 한 번도 본 적 없는 소름 끼치도록 매서운 서재희였다.

9. 만능 비서

"다음은, 엘리제로…… 모시면 될까요?"

잔뜩 주눅 든 윤찬의 물음에 조수석에 앉아 각 매장마다 챙겨 온 서류들을 확인하던 재희가 퉁명스럽게 말했다.

"몇 번이나 묻는 거야. 그렇게 센스가 없어서 뭘 하겠다는 건데."

"양 실장님이 못해도 세 번은 꼭 여쭈라고 말씀하셨습니다!"

"그 양 실장은 지금까지 그런 거 물어본 적 없는데 어디서 뻥을 쳐."

우렁찬 대답에 으르렁, 무섭게 대꾸했지만 윤찬은 결백했다.

"정말입니다! 본부장님은 변덕이 심해서 5초 전에 한 것도 바꿀 수 있다고 빼도 박도 못하게 확답을 받으라……."

빤히 바라보는 재희의 시선에 윤찬은 다행히 입을 다물었다.

일부러 나눠어 윤찬을 대동한 건 서윤의 생각이 아닌 재희의 의견이었다. 이제 일 좀 배워야 한다는 이유로 몇 개의 매장을 다니는 동안 윤찬은 10년은 늙어 있었다.

보고 있던 서류를 덮고 낮은 신음을 한 재희가 등을 기대며 물었다.

"정윤찬, 매장 현황표 열람한 적이 없다는 거 확실해?"

"아이 참, 몇 번을 물어보십니까. 정말입니다! 그런 거 열람할 시간도 없이 업무가 밀려 있습니다!"

"……너 자꾸 성질낸다?"

이글거리는 눈과 마주치지도 않았는데 오금이 저렸다. 얼른 입을 다문 윤찬을 두고 재희는 낮은 웃음을 흘렸다.

"나도, 양 실장도 거기다 너도 비서실에서 열람한 적이 없는데, 기록은 남아 있다…… 라."

눈빛으로 스치는 이채가 서늘했다.

"재밌네."

마지막 매장인 엘리제의 앞에 도착해 서윤이 몰고 간 회사 차를 본 재희는 가지고 있던 자료를 윤찬에게 넘겼다.

"회사에 가져다 두고 퇴근해."

약속 시간보다 30분이나 늦게 도착해 혀를 차며 곧장 매장 안으로 들어선 그는 멀리서도 한눈에 알아볼 수 있는 뒷모습에 입가를 올렸다. 이미 모든 준비를 마친 듯 긴장하고 선 직원들의 사이에 머리를 길게 푼 그녀는 사람들의 반응에 뒤를 돌며 정중하게 예의를 갖췄다.

"오셨습니까, 본부장님."

머리만 빼면 평소와 다를 것 없는 서윤의 인사에 그는 잠시 걸음을 멈추었다.

 모든 상황 설명이 끝난 듯, 그들은 혼란스러운 눈으로 재희를 바라보았다. 아마 말도 못할 해프닝을 벌였던 사람과 해일디자인 본부장이 동일 인물이라는 것을 믿을 수 없다는 듯한 눈치였다.

 그때 서윤의 손이 자연스럽게 머리를 쓸어 뺨을 가렸다. 누구도 이상하다 느낄 수 없는 행동이었으나 그 순간 재희는 귀신같이 알아차렸다.

 왜 머리를 풀고 있지? 지금껏 단 한 번도 업무 시간에 머리를 푼 적이 없는 서윤이 정식 감사의 자리에서 머리를 풀고 있다? 작은 의문이 만들어 낸 의심은 사라지지 않았다.

 시간이 지나고, 일에 집중하려 할수록 그녀의 가려진 뺨이 신경을 거슬리게 만들었다. 저런 머리를 할 수도 있고 별것 아닐 수 있다고 생각하면서도 쿡쿡 찌르는 것이 상황과 맞물려 결국 그의 분노를 터트리게 만들어 버렸다.

 "입 다물고 CCTV 가져와. 당장."

 누군가 침을 삼켰다. 그 소리가 들릴 정도로 고요해진 주변에 서윤은 잠시 멀어졌던 '공적公的 이성'을 되찾았다. 잠시 재희의 다정함에 홀려 비서가 아니라 여자가 되어 버렸던 그녀다. 그사이 그는 저로서도 본 적 없는 폭주에 시동을 거는 중이었다. 정확히 말해 재희가 서윤에게 보여 준 적 없는 것이지만.

 "안 가져와?"

 안하무인. 딱 그 꼴이었다. 일단 이런 강제적 방법은 그의 평판에 오점이 될 수 있기에 비서로서 재희를 막았다.

 "본부장님, 저는 괜찮습니다. 사소한 오해로 벌어진 일입니다."

"입 다물어, 양서윤."

이미 그는 공과 사의 구분을 없앤 후였고 무슨 말을 하건 더욱 기름만 끼얹을 뿐이었다. 새삼스럽게 예전 고등학교 때의 재희가 떠올랐다. 세상에서 가장 완벽한 듯 강렬하고 굳건하던 어린 모습이 왜 떠오르는지 모르겠지만 그때와 지금이 오버랩되었다.

제 도움 없이는 아무것도 하지 못하던 재희의 모습이 아니었다. 입을 꽉 다물 수밖에 없어 올려다보자 서윤의 뺨을 다시 감싸 엄지로 약하게 쓴 재희가 아프게 말을 이었다.

"너도 내 거 관리 못한 장본인이야."

질책하는 것도 같았고 안타까워하는 것도 같았다. 손끝에 닿은 감정이 고스란히 전해져서 막아야 하는 걸 알면서도 입술이 잘 떨어지지 않았다. 마음 한편으로는 자신을 이렇게까지 생각해 주는 그에게 고맙고 기뻐서, 잡을 수 없다는 것도 사실이었다.

또다시 묘한 분위기를 만들고 있는 두 사람의 분위기를 매장의 직원들은 당혹스러워하고 있었다. 어떻게 보면 부하 직원을 끔찍이 아끼는 상관의 것과 같았고 또 어느 면으론 제 여자를 감싸는 남자의 모습과도 같았다.

신혼부부 흉내를 내며 불시 감사를 왔던 건 연기라며, 오해할 것 없다던 서윤의 말을 모두 기억해서 더욱 혼란스러워 보였다. 오묘한 분위기에 어쩔 줄 모르며 갈팡질팡하는 사이 재희는 먼저 몸을 돌렸다.

"안 가져오면 내가 찾아."

"예? 아니, 그게."

성질대로라면 이미 이 매장을 다 뒤집어 놓은 후다. 누구인지 CCTV를 볼 것도 없이 하나하나 멱살잡이를 해서 밝혀낼 수도 있었다. 그러지 않는 건 지금껏 서윤에게 잘 길들여진 보람이 있어서라고, 말할 수도 있겠다. 물론 남들에겐 지금도 무척 충격적인 상황일 테지만.

엄청난 기세에 밀려나 옆으로 비켜서는 사람들의 모습에 서윤은 고민에 빠졌다. 고마우면서도 걱정이 되고 걱정하면서도 말리고 싶지 않은 이기심이 마구 싸우고 있었다.

안 그래도 많은 이들의 시기와 경계 속에 본사에 가지 못하고 계속 주변만 돌고 있는 재희였다. 작은 흠이 곧 그에겐 폭탄처럼 다가올 수도 있는 일이었고 서윤이 갑작스런 폭력에도 참은 이유가 거기에 있었다. 일을 크게 만들면 결국 손해 보는 건 그다.

훗날을 위해서라도 주변 관리를 해야 하는 마당에 흠집만 더하는 건 옳지 못했다. 이것이 저들을 감싸는 것이 될지라도 어쩔 수 없었다.

"아무리 본부장이라도 이렇게 함부로 하면 우리로서도, 컥!"

아니나 다를까, 그는 어느새 자신을 막아선 남자의 멱살을 휘어잡고 있었다.

"크, 크윽."

"움직이기 전에 나섰어야지, 그럼."

"본부장님!"

경악하는 이들의 눈에 서윤은 숨이 덜컥 막혔다. 다른 건 몰라도 폭력만큼은 어떻게든 막아야 한다. 어쩌면 해일그룹의, 아니 어쩌면 서 회장의 심복들이 있을 이 자리에서의 폭력이나 폭언은 고스란히 약점이 될 수 있었다.

잘만 돌아가던 머리가 딱딱하게 굳어 버린 것 같았다. 당장이라도 사람을 치기 직전인 재희에 허리라도 끌어안고 잡아당겨야 하나, 막막한 생각을 하던 서윤은 눈을 번쩍 뜨며 스스로에게 반문했다.
'……허리?'

초조함에 물들어 서로서로 눈만 마주치며 발을 구르는 이들의 사이로 그녀의 머리엔 한 가지 생각이 떠올랐다. 확실하게 지금을 정리할 수 있는, 아니 어쩌면 더 복잡하게 만들지도 모르지만 일단 최악은 막을 수 있는 방법이.

왜 갑자기 그 말이 생각났을까.

같은 공간, 같은 사람들이 있어서 그랬는지 모른다. 아마 그랬을 것이다. 그렇지 않고서야, 재희의 그 말이 떠오를 수는 없는 일이다.

'혼 자가 들어가는 건 다 좋잖아. 영혼, 약혼, 청혼, 신혼, 기혼, 황혼…….'

부드럽게 짓던 그의 눈동자가 선명하게 떠올랐다.

'결혼.'

그 단어가 떠오른 순간 서윤이 할 수 있는 건 하나뿐이었다.
"폭력 쓰는 사람하고는 결혼 못해!"
온 세상에 적막이라는 두 글자만 남아 버린 것처럼, 어떠한 소리도 들리지 않았다. 금방이라도 난투가 벌어질 듯 붉게 변했던 재희의 두 눈이 순박한 강아지의 동그란 동공으로 변해 그녀를 보았다.
깜빡. 한 번 깜박일 때마다 그의 눈동자가 반짝였다.
흘러가듯 나오는 무심한 말은 오히려 활활 타는 불을 꺼지게 하기에 충분했다. 거짓말처럼 멱살을 쥐고 있던 재희의 손에서 힘이 풀렸다. 그리고 서윤은 정신을 차렸다.

'내가 지금 무슨 짓을 한 거야?'

말을 터트려 놓고 얼른 입을 막아 봤지만 이미 뱉은 말을 다시 주워 담을 수는 없는 일이었다. 그는 한결 가벼워진 모습으로 말했다.

"리플레이."

고개만 절레절레. 흔들리는 그녀의 고개에 재희는 몸을 돌렸다.

"날 잡아 보자, 오늘."

"재희야!"

일단 내지른 말에 고맙게도 그의 움직임이 멈춰 주었다. 이미 주도권을 잡은 사람은 재희였다. 정말 아이러니한 상황이었다.

"일단 나가요. 나가서 차분하게 생각하고 얘기 좀 나눈 다음에 다시 오자고요. 예?"

어딘가 간절하기까지 한 말이었다. 재희는 어벙한 표정으로 자신을 보고 있는 직원들을 눈으로 싹 훑고는 입가를 씰룩거렸다.

"내가 왜. 불 질러도 속이 다 안 풀릴 마당에."

"본부장님."

"그럼 확실하게 말해. 너한테 손댄 새끼가 누구냐고. 그거 하나만 손본다잖아."

험한 말에 뒤에 서 있던 창숙의 몸이 떨렸다. 어쩐지 머리가 아파 오는 기분이었다.

"새끼 아니야. 아니니까, 손보지 마."

"장난쳐?"

이미 평범한 관계가 아님은 들통 난 후다. 그녀는 최악보다 차악을 선택하기로 마음먹었다.

천천히 재희에게 다가간 서윤이 그의 눈앞에서 손짓했다. 고개를 조금만 내려 보라는 손짓이었다. 참 고맙게도 재희는 고개를 내려 주었고 그녀는 살짝 발꿈치를 들어 속삭였다.

"가자, 좋은 거 해 줄게."

"……."

"진짜 좋은 거."

절대 거절할 수 없는 유혹이었다.

어쩔 수 없다는 듯 그가 한 발 물러섰다. 겨우 꺾인 재희의 기세에 모두가 안도했고 그건 서윤도 마찬가지였다.

"알았어. 먼저 나가."

이어진 말에 다시 경기 일으킨 듯 허리를 바짝 세워야 했지만 말이다. 서윤의 눈이 살짝 가늘어졌다. 그리고 그의 옷깃을 조금 잡으며 당겼다.

"같이 나가."

재희의 혀 차는 소리가 이어졌다.

"아무것도 안 해. 내 할 일 하고 간다는 거야."

"……."

"나 못 믿어?"

못 믿냐는 말에 목구멍까지 올라왔던 '너 같으면 믿겠어?'라는 말을 가라앉혔다. 감정과 별개로 사람의 성정이라는 것이 있는 법이니까. 하지만 이 자리에서 자신 말고 또 다른 누가 그를 믿어 줄까 싶어 이내 고개를 끄덕였다.

"믿어."

"그래, 먼저 나가 있어."

여기서 안 나가면 진전 없이 도돌이표가 이어질 듯했다. 미심쩍지만 어쩔 수 없었다. 끝내 한 번 더 믿는다는 말만 남기고 돌아서는 그녀를 엘리제의 직원 일동은 바짓가랑이라도 잡고 싶었다.

그러나 결국 서윤은 매장을 나서 버렸고 그녀가 밖에선 볼 수 없는 쇼윈도 저 멀리로 사라져 차 옆으로 가는 것을 가만히 지켜보던 재희의 입이 열렸다.

"5초 줄 테니 하나만 불러."

반말을 찍찍 내뱉는 그의 모습은 누가 봐도 오만하고 재수 없는 재벌 3세 그 자체였다. 영화에서나 나올 법한 그 현기증 나는 싸가지가 눈앞에서 보였으나 뭐라 반문할 수 없었다.

잘못에 대한 증거와 흔적이 너무 많았다. 그리고 상대는 다른 사람도 아닌 서재희였다. 그는 손가락을 들어 검지를 올리고 까만 눈으로 주변을 살폈다.

"내 여자 건드린 '그거' 딱 하나만."

'그거'라는 말이 사람을 지칭할 수 없는 단어였음에도 불구하고 사용할 수밖에 없었던 건 누구인지 모르는 재희가 험한 말 대신 고를 수 있었던 몇 안 되는 상냥한 단어였기 때문이었다. 그는 이내 하나하나 눈을 맞추기 시작했다.

"그럼 나머진 놔줄 테니까."

하나, 둘. 지나가는 눈길들 사이 딱 하나가 특유의 불안감을 갖고 파르르 떨고 있었다. 재희의 집요하기 짝이 없던 서늘한 광기가 한곳에 멈췄다. 알 수 없는 긴장감으로 공기마저 딱딱하게 얼어붙은 그때, 그의 오른쪽 입꼬리가 한쪽으로 올라갔다. 하얗게 변한 얼굴을 향해 재희의 눈이 휘었다.

찾았다.

그 눈이 그렇게 말했고 누군가 꿀꺽 침을 삼켰다.

"뭐 했어? 뭐 했는데 이렇게 늦게 나와?"
"아무것도 안 했어. 믿는다며, 거짓말이었어?"
"……그건 아니지만."
"빨리 타, 추워."

재촉에 어쩔 수 없이 조수석에 오르는 서윤과 동시에 차 안으로 오른 재희는 숨 돌릴 틈 없이 물었다.

"좋은 거 뭐."

이미 예상했던 서윤은 침착하게 대꾸했다.

"이따가. 일단 공으로 돌아가시죠."

어떤 말을 할지, 어떤 상황이 올지 주차장을 오면서 모두 생각했기에 지지 않을 자신이 있는 서윤이었다. 고맙게도 재희는 별다른 말없이 차를 출발시켰다. 심지어 한참을, 아니 목적지인 재희의 오피스텔 지하 주차장에 도착할 때까지 아무 말도 하지 않았다. 그것이 오히려 사람을 불안하게 만들어 눈동자만 굴리고 있을 때 재희가 한마디 했다.

"목 아프다."
"아프다고?"

채우려던 안전벨트가 휘리릭 제자리로 돌아갔다. 그는 좌석의 등받이를 뒤로 젖히며 심드렁하게 말했다.

"공으로 돌아가자며."

"그런 말 말고. 언제부터 아팠어? 요즘 겨울에도 황사가 온다던데 그것 때문인가?"

서윤이 얼른 가방을 뒤졌다.

"정말, 진작 말 좀 하라니까. 일단 약부터 먹어야겠다. 물 좀 사오……."

"넌 분명 전부터 날 좋아했던 게 맞아."

엄청난 소리를 아무렇지도 않게 하는 재희에 약을 찾던 손을 멈춘 서윤이 기가 막히다는 양 그를 돌아보았다.

"……그건 또 무슨 귀신 씨나락 까먹는 소리야."

"안 그러면 이렇게 신경 써 줄 리 없잖아. 생각해 보면 예나 지금이나, 너 나한테 하는 태도에 변한 게 없어. 내가 변한 게 없는 것처럼."

얼굴이 화끈거렸다. 뭐라고 대꾸하고 싶었으나 입술이 딱 붙어 버린 것 같았다.

"사람 애 타라고."

농담인 듯, 진담인 듯 아리송한 얼굴에 귓불이 잔뜩 붉어진 게 느껴졌다. 확답할 수는 없으나 그럴지도 모르겠다. 어렴풋하게 알고는 있었던 것도 같다. 늘 하던 대로 할 수 있는 건 서로의 마음을 터놓고, 터놓지 않았던 것의 차이일 뿐이니 말이다. 서윤은 차마 부정하지 못하고 어금니 물고서 짓씹듯 말을 이었다.

"애가 타는 김에 그냥 좀 바짝 말라 버리지 그랬니."

"몰라?"

"뭐가."

그의 손이 다가와 서윤의 풀린 머리카락을 쓸었다.

"다 타서 없어. 이미 오래전에. 그러니까 너 없으면 등신이지."

전기 오른 것처럼 짜릿한 손길에 서윤의 한쪽 눈이 깜빡여졌다. 흔들린 머리카락 때문에 살짝 비친 뺨이 여전히 붉었고 그는 당장 매장 안으로 들어가 죄다 뒤집어 버리고 싶은 것을 꾹 참으며 말했다.

"빨리 말해. 그래서 좋은 건?"

날 막을 수 있는 건 그거 하나다, 라고 말하는 듯했다.

더는 피할 수 없게 된 서윤은 괜히 가방의 실밥만 손톱으로 만지작거리다 살며시 고개를 돌려 아이처럼 순하게 웃어 보았다.

"안아 줄까? 머리도 쓰다듬으면서."

전혀 먹히지 않은 듯 무표정한 얼굴만 돌아왔다.

"내가 개냐?"

"……아, 그럼 밥 해 줄게. 나 밥 잘하잖아."

"음식은 역시 외식이라며."

일전 서윤이 아플 때 직접 끓인 죽을 마다하던 그녀의 한마디를 고스란히 써먹는 재희였다. 그녀의 눈이 찌푸려졌다.

"그걸 기억하냐, 쪼잔하게."

"뭐, 인마."

"좋아. 그럼 무릎베개."

이 정도면 크게 인심 쓴 거라고 말하는 듯한 표정에 그의 시선이 서윤의 다리로 향했다. 톡톡 다리를 치던 그녀가 저도 모르게 가방으로 다리를 가렸다. 재희가 손을 들어 서윤의 머리칼을 만지작거렸다.

"고1 때 뗀 걸 하는 건 사기지. 적어도 스물 대여섯 사이클은 가야 하지 않나?"

별거 한 것도 아닌데 몸 구석구석이 저려 오는 기분이었다. 이보다 더한 스킨십과 말장난도 많이 했는데 보는 시선 하나하나에 발가벗은 듯했다. 서윤이 입술을 벙긋거리다 말했다.
"인정하기 싫은데."
"싫은데."
"……네가 날 봐 주고 있었다는 걸 좀 알 것 같아."
 나름 용기를 낸 말에 재희는 아무런 말도 하지 않고 웃을 뿐이었다. 전에 없이 어른스러워 보이는 그의 모습에 그녀는 심호흡을 하며 그를 보았다.
"눈 감으면 할게."
"뭘 하려고."
 다 알면서 짓궂게 군다. 서윤은 몸을 세워 재희의 어깨를 짚고 다가섰다. 차 안에 있는 터라 여러 가지로 불편한 자세였지만 작은 차가 아니라 크게 어려울 것도 없었다.
"눈 뜨지 마. 진짜, 진짜 뜨지 마."
"할 거면 제대로 와서 해. 안 잡아먹어."
 정말 세상에서 제일 못된 사람이 아닐까 싶을 정도로 고약한 소리를 아무렇지도 않게 하는 재희였다. 서윤의 머뭇거림이 싫었는지 그는 단숨에 팔을 잡아당겨 버렸고 어쩌다 보니 끌려가게 된 그녀는 재희의 두 다리 위에 앉아 있었다. 차가 넓은 게 잘못이었다.
"조, 좁은데."
 그는 아무래도 상관없는지 눈을 감았다. 그의 눈이 감김과 함께 더 하고픈 불만을 삼킨 서윤의 입술이 재희의 입술에 닿았다. 약간은 마른 입술이 느껴졌다.
 달콤한 베이비키스. 그냥 한 번 스치듯 대고 떨어지려 했던 서윤이지만 가까이 느껴지는 향긋함에 저도 모르게 계속해서 머물렀고 어느새 그의 품 안에 가득 안겨 입술을 열었다.

"……으음."

정신을 차리기 어려울 정도로 깊어진 입맞춤에 서윤은 재희의 손이 안전벨트를 뽑아 당기고 있는 걸 뒤늦게 알아차렸다. 철컥. 알아차렸을 땐 사람 둘을 너끈히 묶는 벨트의 길이와 팽팽한 압박감만이 남아 있었다.

놀란 그녀가 얼른 몸을 뒤로 뺐지만 뻑뻑한 벨트가 그것조차 허락하지 않았다.

"뭐 하는 거야?"

"퇴로 막기. 벨트가 생각보다 길어서 다행이지?"

"아니, 갑자기 퇴로가 왜…… 읍!"

서윤의 입술 사이로 재희의 촉촉해진 혀가 파고들었다. 말캉한 혀가 느릿하지만 확실하게 그녀의 곳곳을 침범했고 그녀는 어찌할 바 모르고 고스란히 그 야릇하고 어지러운 침입을 받아들여야만 했다.

"잠깐, 숨이…… 웃!"

저도 모르게 나오고 만 에로틱한 비음에 놀랄 겨를도 없었다. 꽉 끌어안고 매만지는 손길에 머릿속이 금방 어지러워지고 있었다. 자세가 자세인지라 말려 올라간 치마에 아슬아슬하게 보이는 다리 위로 그의 손길이 이어졌다. 뜨겁게 달아오른 손바닥이 더, 조금 더 깊이 쓸어 주길 바라고 말았다.

당황스러웠으나 멈출 수가 없었다. 압박되어 꽉 달라붙은 가슴의 짓눌림마저 몸을 달궜다. 그녀의 손이 재희의 목덜미와 뺨을 연이어 쓸자 차분한 블라우스의 안으로 올라간 그의 손이 등을 쓰다듬고 등줄기를 타고 올라갔다.

"하…… 하으, 아, 안……."

안 된다고 말하고 싶었으나 어느새 말려 올라간 옷으로 인해 속옷이 재희의 눈에 들어왔다. 아래, 미치도록 그녀를 원하는 제 분신이 반응하고 있었다. 달콤한 향기를 머금은 것 같은 윗 가슴에 살포시 입을 맞췄다. 그리고 힘껏 빨아들이며 낙인처럼 붉은 멍울을 새겼다.

"아!"

짙은 비음과 망설임 없이 다가오는 그녀에 이성이 흔들렸다.

"……하아."

"으읏."

두 사람 모두 이곳에서 무슨 일이 벌어질 거라고는 생각하지 않았다. 서로의 첫 사랑을 이곳에서 그럴 마음이 없다는 것, 충분히 알고 있었다. 그러나 끝내고 싶지 않았다. 누군가 올까 두려운 주차장이라는 사실조차 잊은 것처럼.

더 진하게, 더욱 뜨겁게.

그의 열정적인 입맞춤과 손길, 아릿함이 주는 모든 것이 그녀를 공주가 된 것처럼 만들었다. 이 세상의 주인공이 된 기분이랄까. 재희가 멈추지 않길 바라는 듯 서윤의 팔이 제 가슴에 닿은 그의 머리를 감싸 안았다.

재희와 함께라면, 재희라면 어디에서라도 상관없어.

그 마음에 대한 답이었을까. 재희의 손이 결국 속옷의 후크에 닿았을 때였다.

Rrrrrr. Rrrrrr.

분위기를 와장창 깨트리는 전화벨 소리에 두 사람 모두 정신이 번쩍 들었다. 그와 동시에 단단했던 안전벨트가 풀려 버렸다. 아마도 헐겁게 잠겨 있었던 모양이었다.

 누구도 먼저 입을 열 수 없는 상황에서 서윤은 딱딱하게 굳어 감히 제 꼴을 내려다보지도 못했다. 지금 무슨 짓을 한 거지? 완전히 패닉 상태에 빠진 그녀를 보며 재희는 자제하지 못한 스스로를 질책하고 서윤의 옷을 내려 주곤 가슴에 안았다.

"제어 못했어. 이러려고 그런 건 아니었는데."

"……."

"미안하다."

 그의 잘못이 아니었다. 함께 동조하고 몸을 밀어붙인 건 그녀도 마찬가지였다. 서윤은 고개를 저으며 작게 말했다.

"전화 받아 줘."

"괜찮아."

"급한 일일지도 모르니까, 받아 줘."

 받아야 덜 부끄러울 것 같으니까. 아니, 대체 내가 여기서 뭘 한 거야? 잠시 패닉에 빠진 서윤을 보며 낮은 한숨을 쉰 그는 결국 서윤의 가방에 손을 뻗어 휴대폰을 가져와 들었다.

"왜."

-헉, 본부장님?

 윤찬의 당황한 기색 역력한 목소리에도 재희는 단호했다.

"본론."

-아, 예! 그러니까 이번 연도 총회에 대한 최종 결정 공문이 내려왔습니다. 바로 와서 확인해 주셔야겠습니다.

 말 잘 듣는 윤찬의 말에 재희의 눈이 가늘어졌다. 그리고 전화기 속 내용을 들은 서윤 역시 고개를 들며 그와 눈을 맞췄다. 기다리고 기다렸던 바로 그 순간이었다.

공문을 확인하는 재희를 보며 전에 없이 긴장한 듯 보이는 서윤을 따라 윤찬도 바짝 긴장해 있었다. 그 분위기 때문인지 파견되어 온지라 딱히 별 상관없는 지원까지도.

모두가 페이지를 넘기는 그의 손길에 집중했다. 얼굴을 봐도 달리 표정 변화가 없는 것이 공문의 내용이 작년과 별다를 게 없는 것인가 싶었다. 그렇게 10여 분이 지난 뒤, 쓰고 있던 안경을 벗어 패드와 함께 내려놓은 재희가 말했다.

"내일 아침부터 영업팀, 경영팀, 전략팀 다 모아서 회의 준비해. 길어질 것 같으니까 남은 스케줄들 정리하고."

평소와 다를 것 없는 어조에 윤찬과 지원은 서로를 마주 보다 자연스레 서윤을 보았다. 그들의 시선에 서윤은 차분하게 물었다.

"뭔가 문제 되는 다른 내용이 있습니까?"

"내년 해일디자인 본사 지원은 작년 4분의 1 수준도 안 될 거라는군."

별것 아니라는 양 등을 기대며 말하는 덕분에 '아아, 그렇습니까.' 하고 대답할 뻔한 윤찬이었다. 그건 서윤도 마찬가지였다. 제가 들은 것이 사실인지 아니면 단순한 농담인지 혼동된 듯 반문할 뻔했다.

일단 경악으로 물드는 눈을 깜빡이는 것으로 갈무리했다. 여기서 감정을 드러내면 괜한 긴장감만 선사할 뿐이었다. 그녀는 조심스레 재희를 불렀다.

"본부장님?"

그 안에 담긴 뜻을 읽어 낸 듯 그는 고개를 들어 눈을 맞추고 웃었다. 다른 손에 들린 서류형 공문을 팔랑팔랑, 흔든다.

"고맙게도, 총회가 무사히 끝난 것을 치하하기 위해 오찬 준비를 한다고, 초대까지 하시고…… 이걸 감사하다고 해야 하나, 아니면."

철저하게 준비해 준 엿 덩어리에 같이 엿을 얹어 주어야 할까.

결국 최악의 사달이었다. 어째서 딱 이 시기에 벌어졌는지는 모르지만 일전의 총회에서 서 회장이 보여 주었던 태도만으로도 이런 사태는 어느 정도 예감했었다. 더욱이 매장들의 갑작스러운 계약 해지나 '엘리제'에서 보여 주던 배짱 좋은 행동들까지 추측하기에 충분했다.

'주인' 운운해 대던 반란에 대한 벌인가.

하지만 순식간에 4분의 1의 수준의 지원이라니. 아니, 이건 지원이라는 이름을 놓는 것도 창피할 정도였다. 자회사 중 가장 밑바닥 수준의 지원이 아닌가.

서윤은 재희가 내려놓은 패드를 들어 바로 보이는 공문의 내용을 읽었다.

「……치중된 투자로 인한 사업 과열 및 경쟁 구도, 기업 간의 차별을 가라앉히기 위한 특별대책으로 여타 부족한 지원금은 해일그룹 내에서 독자적 투자를 통해 지원을 할 예정입니다. 하여 개별적 지원금은 정식 보고에 따라 지원할 것이며 이는 내부 회의를 통한…….」

"하."

결국 입에서 나온 건 허탈함을 담은 짙은 한숨이었다. 말만 번지르르했지 짧게 말하면 하나였다. 그리고 그 하나에는 두 가지의 뜻으로 나뉠 수 있었다.

즉, 너한테 돈 안 주겠다. 더욱이 마지막 해일그룹 내에서 독자적 투자를 하겠다는 것은 이만 너희들을 잡아먹겠다는 소리와도 같았다.

어느 쪽이건 간에 해일디자인에서는 결코 좋을 수가 없었다. 재희는 코웃음을 치며 말을 이었다.

"제대로 밟겠다는 의미겠지. 매장 계약 해지도 계속해서 늘어나고 있고, 그렇게 되면 헐값에 우리를 흡수할 수 있어. 계약상 엘리제 같은 매장은 계속해서 늘어날 테고 자금이 더 들어가야 하는데 현재 투자보다도 줄어들면 빚더미에 앉아 파산일 수밖에. 그 전에 있던 매장 관리도 버거워질 것 같고…… 새 계약은 아예 꿈도 못 꿔. 이대로 진행되면 올 스톱, 자회사가 아니라 아예 본사 내에서 굴릴 예정인 거야, 그 노인네."

"본부장님, 말씀을 삼가십시오."

누른다고 눌렀지만 감정적이 된 단어 선택이 튀어나온 재희였다. 서윤의 나지막한 경고에 혀를 한 번 찬 그는 손을 들어 휘휘 저었다.

"양 실장만 남고 다들 나가 봐."

갑작스런 축객령에 동그랗게 변한 눈들을 향해서 재희는 입가를 올렸다.

"보시다시피 내가 앞으로 누가 들어선 안 될 말을 함부로 할 거거든. 감당할 수 있으면 남든가."

어쩌면 더 험한 소리를 해 댈지도 모른다는 것을 내포한 말이었다. 한숨을 감춘 서윤이 남은 두 사람을 사무실에서 내보내고 그들이 나감과 동시에 말했다.

"회장님이 해일디자인을 탐내고 계신다고 이 실장님이 말씀하셨었어. 그땐 그게 정확히 무슨 뜻인지 알 수 없어서 말 못했는데 어쩌면 이 모든 게 회장님의 지시라면 그 말이 이해가 가. 그리고 강지원 주임이 우리 얘기가 본사에서도 심심찮게 오르내린다는 말도 했었고. 조짐이 좋지 않아."

"욕심이 났을 수도 있지. 주인 운운하고 나선 내가 당신 말을 안 들을 걸 눈치챘든가. 그것도 아니라면."

"……."

"이제야 딸 목숨 가져간 손자가 징그러워졌든가."

극단적인 결론을 내린 재희에 서윤이 황급히 고개를 저었다.

"절대 그럴 분 아니야. 알잖아."

"알았지. 지금까지는."

또렷한 눈으로 선을 긋는 그였다. 아니라고, 절대 아니라고 해야 하는데 말이 나오지 않았다. 재희는 고개를 숙였다 들며 조소했다.

"회장님 옆에 있는 간신배들이 몇인 줄 알아? 내가 이곳에 나와 있는 동안, 그분 옆에서 단 소리만 들었을 거라고. 아무리 회장님이라도, 일흔을 넘긴 분이야. 판단이 흐트러질 수 있겠지."

그가 길게 숨을 내뱉었다. 결국 이런 몹쓸 핏줄 싸움이 되어 버린 것이 서글프고 안타깝지만 호락호락하게 당할 수는 없었다.

"칼을 빼 들었으면 피는 봐야지."

단호한 말에 서윤은 하나만큼은 확실히 했다. 무조건 그를 따른다는 것 말이다. 그녀는 고개를 끄덕이며 말했다.

"일단 다시 재심을 요구해야 돼. 이 정도 결과는 부당하다 말할 수 있어. 만약 재심에서도 같은 결과가 나온다면 아는 인맥과 투자처들을 총동원해 빈 곳을 메워야…… 뭐 하는 거야?"

심각한 이 와중에, 해일디자인 설립 사상 최대 위기나 다름없는 이 판국에 재희는 본사에서 날아온 오찬 초대 공문서를 예쁘게 접고 있었다. 깔끔하게 비행기를 접은 그는 만족스럽게 각을 세운 뒤 획, 날렸다.

"어쨌든 일은 벌어졌고 다녀온 매장 전부 영업 중지 시켰으니 바로 입질 올 거야."

높이 떴다가 여유롭게 호선까지 그린 후 부드러운 착지를 선보이는 종이비행기에 잠시 시선을 빼앗겼던 서윤이 눈을 깜빡였다.

"뭘 해?"

"영업 중지."

"아니, 어느 매장? 엘리제 말하는 거지?"

"어디 보자, 하나…… 둘, 셋. 다섯 갠가."

그리고 다시 종이접기를 한다. 서윤은 파리하게 질려 버럭 소리를 지르고 말았다.

"그게 무슨 바보 같은 짓이야!"

"갑자기 엘리제를 만들면서 개별 투자를 한다고 할 때부터 의심했었어야 했어. 무슨 배경을 믿고 보고도 없이 운영하는지도, 안일하게 봐서는 안 되는 일이었고. 그런 곳이 하나둘 늘어나면 결국 그게 정설이 돼. 그러다 빼앗길 거라면 내가 밟아."

무척 단호하게 말하고 다음으로 접은 비행기를 순식간에 쥐고 우그러트린 재희는 그것을 쓰레기통에 던져 넣으며 말을 이었다.

"결국 망가져도 멍청하게 운영한 내 잘못이고, 내 죄인 거지. 대신 멀쩡하겐 안 뺏긴다, 이거야."

황당한 소리지만 충분히 이해할 수밖에 없는 처리였다. 한번 얕잡아 보이기 시작하면 끝도 없이 흠이 커져 이도저도 아닌 게 되고 만다. 저런 칼 같은 결단력이 재희가 젊은 나이로 지금까지 버텨 온 이유 중 하나였다.

"제대로 본보기를 보여야 한다고 한 건 양 실장이었던 것 같은데."

어떤 말이건 허투루 듣지 않는 성정도. 분명 어떤 식으로건 돌파구를 찾을 것임에 의심치 않으며 서윤은 잔소리를 버렸다.

"자, 퇴근 시간은 지났고 오늘 해 놓은 짓이 본사에 보고되려면 앞으로…… 길어도 열두 시간."

이제는 아예 세상에서 가장 편한 사람처럼 두 다리를 책상으로 올려 버린다. 그는 정말로 걱정이 없는 사람처럼 여유롭게 천장을 보다 중얼거렸다.

"당분간 없을 여유 시간인데 뭘 해 볼까."

"어딜 봐서 여유 시간이야. 누가 봐도 대책 강구해야 할 판인데."

"있을 때 잘하라는 말 몰라? 어차피 그쪽에서 어떻게 나올지 모르는 판국에 이런저런 수 싸움을 사서 할 필요 없어."

"하지만."

"전에도 말했지만 네가 나를 믿지 못하는 건, 결국 내가 그렇게 만든 일이야. 믿게끔 한 적 없으니까."

그는 가만히 눈을 아래로 떴다 그녀를 보았다. 생각이 많이 담긴 눈동자였다.

뺨을 맞아도, 모욕적인 상황을 맞이해서도 헌신적일 수밖에 없는 모습에 마음이 아파 심장이 뜨겁다. 13년간 재희가 서윤에게 길들여졌듯이 서윤 또한 저에게 길들여져 있었다. 저렇게 행동하는 게 프로그래밍된 것처럼.

때문에 상황이 어떠하건 서윤에겐 잠시의 여유가 필요하다는 게 재희의 결론이었다. 길어도 12시간 뒤 올 순간을 대비해서라도.

그는 두 손을 모아 깍지 껴 내려놓으며 부드럽게 웃었다.

"그걸 한 번에 바꿀 수는 없어도, 적어도 너한테 여유는 좀 가지게 할 순 있겠지."

"……."

"남들은 자는 시간 동안 우리도 오늘만 그래 보자고."

이따금 나오는 그의 한마디, 한마디에 말문이 막혀 버린다. 불안하게 두근거리던 가슴에 금방 재희가 채워져 눈만 깜빡거렸다.

"뭐 하고 싶어."

딱히 기대를 하고 물은 건 아닌 듯 그리 진지한 시선은 아니었다. 만약 일하자고 하면 여기서도 충분히 놀 거리를 만들어 낼 눈이랄까.

정말 대책 없는 말인데 이상하게 따르고 싶어지는 말이었다. 어쩌면 그간 함께했던 시간 동안 재희를 향한 무조건적인 신뢰라는 게 생겼을지도 모르고 또 믿고 따르면 답이 나온다는 결과물이 있어서 그럴 수도 있었다.

결과물이 곧 재희를 향한 자신의 마음이니. 평소의 그녀라면 딱 잘라서 대책을 찾아 자료실에 박히거나 바쁘게 전화를 돌리고 있었을 것이다. 먹는 것도, 마시는 것도 거부하고 파묻혀 뭐라도 도움 되는 것을 찾아 애썼을 모습이 훤하다.

하지만 '뭐 하고 싶어.'라는 말에 그녀답지 않은 어리광을 부리고 싶었다. 공사를 잊고 제 뺨을 만지며 스스로를 아끼라던 말이 가슴에 남아서일 수도 있었다.

"정말 이럴 때가 아니라는 거 아는데."

예상했던 말인 듯 반응 없는 재희를 보며 그녀는 마른 입술을 물다 말을 이었다.

"데이트하고 싶어."

전혀 기대하지 않았던 질문이기에 물어 놓고 휴대폰으로 맛집을 검색하던 재희가 놀란 눈을 하고 그녀를 돌아보았다.

"지금 그거 네 입에서 나온 말 맞지?"

"너무 그러지 마."

말하고도 좀 민망했던지 살짝 뺨을 붉힌 서윤이 한쪽 팔을 제 팔로 잡고 우물거렸다.

"분명 당장 뭐라도 해서 회장님이 어떻게 나오실지 예측해야 맞는 건데, 머리는 그렇게 말하는데 그러고 싶지 않아. 비교 자체가 안 되잖아. 너랑, 일."

그런 말 하는 것 자체가 부끄러워서 숨고 싶다고 얼굴에 다 쓰여 있건만 꿋꿋하게 해 주는 서윤에 재희는 웃음이 날 것 같았다. 나름대로 표현하고 말하려 애쓰는 것이 보여 딱 한 입만 꿀꺽 삼키고 싶을 지경이었다.

그는 자리에서 일어나 서윤의 머리를 쓰다듬었다. 머리 망가진다고 불평하면서도 손을 올리지 않는 게 귀여웠다. 그리고 이내 팔짱을 낀 재희가 고개를 끄덕였다.

"그래. 하자, 데이트."

"응, 데이트."

단어만으로도 설렘을 주는 건 흔치 않은 법인데 역시 누가 말하느냐에 따라 모든 게 달라지는 모양이었다. 재희의 훈훈한 미소에 홀려 마주 웃던 차, 그가 물었다.

"다 좋아. 그런데 그건 어떻게 하는 건데."

"몰라. 해 본 적 없는데."

달콤한 분위기에 고춧가루가 뿌려졌다. 두 사람 모두 일에 대해선 둘째가라면 서러울 전문가지만 연애에 대해선 5살 아이보다 모자란 게 사실이었다. 서윤이 먼 산을 보며 콧등을 씰룩거렸다.

"인생 헛산 것 같다. 첫 연애가 결국 너라니."

"배부른 소리 한다. 넌 처음부터 부정 출발이야. 처음부터 피니시 라인 밟고 시작한 거라고."

"내 마지막이 너라고 누가 장담해?"

"그렇게 귀여운 소리만 골라 하면 진짜 가만 안 둔다, 너."

핏대까지 올라오는 재희의 이마를 모르는 척 말했다.

"일단 이 옷부터 좀 벗자……. 아, 오해하지 마. 각. 자. 집에서 옷 갈아입자는 거니까."

"……오해 안 했다."

"안 했는데 왜 입맛 다셔."

순간 사무실을 후끈 달아오르게 만드는 터프한 눈빛이 멈췄다. 버리지 못한 아쉬움이 덕지덕지 묻어난 손에 괜히 같이 간지러운 기분이었다. 시각이 급해 잠시 잊었지만 그들이 차 안에서 무척 열정적인 행위를 한 지 고작 두 시간도 지나지 않았다.

급변하듯 몽롱, 말랑말랑해진 분위기에 머쓱하니 시선도 맞추지 못하고 두리번두리번거리는 서윤이었다. 오랜만에 참 여자다운 모습에 흐뭇해한 재희가 말했다.

"각자 가서 편하게 입고 두 시간 뒤에 나와."

"너희 집 앞으로 가면 되는 거지?"

"아니지."

"응?"

"데리러 갈게."

별것 아닌 말에 또다시 심장이 쿵, 뛰었다. 그러고 보니 이젠 다른 이유를 만들지 않아도 '데리러 갈게'라는 그 한마디만으로도 만날 수 있는 사이가 되었다. 정말 새삼스럽지만 늘 같은 것 같으면서도 달라진 것들이 하나둘 보였다. 그리고 거기서 다시 설렘이 이어진다.

또, 그 말에 그녀는 이렇게 말할 수 있게 되었다.

"기다릴게."

수줍게 얼굴을 붉히며.

회색, 검은색, 하얀색.

서윤이 대개 입는 옷차림의 메인 색상이었다. 직업적 특성 때문도 있지만 취향 자체가 무채색 계열이라 그간 볼 수 있던 것들이 대부분 그러했다. 때문에 재희는 아파트 바깥으로 나오는 서윤의 하늘하늘한 밝은 색 가득한 원피스에 재희의 동공이 잠시 확장될 수밖에 없었다.

나름 공들여 반묶음을 한 여성스러운 머리카락에 평소보다 훨씬 블링블링한 화장까지 딱 데이트를 위한 화사한 모습이었다. 곧 나간다는 말에 조수석 앞에 서서 그녀를 기다리고 있던 그는 부드러운 미소로 서윤을 반겼다.

"죽을래, 양서윤?"

나오는 말은 강편치를 날린 듯 엄청났지만.

기껏 열심히 꾸미고 나왔더니 보자마자 격한 말로 반기는 재희에게 서윤은 화를 내는 대신 뜨끔한 눈치를 보였다. 그리고 제 옷차림을 한 번 내려다보곤 조심스럽게 물었다.

"……옷 기억해?"

"못해 그럼? 지금 확 다 찢어 버려도 시원찮을 거 같은데."

새삼 그때의 기억이 다시 떠오르는 듯 이마의 핏대가 조금 더 선명해졌다. 지금 그녀가 입고 있는 건 지난번 얼굴도 모르는 맞선남과의 만남을 위해 입었던 옷이었다. 본래 정장밖에 없는 터라 큰맘 먹고 엄마가 사 준 옷이었는데 아무리 옷장을 뒤져 봐도 이만큼 세련된 옷이 없었다.

설마 기억하겠어, 하고 입고 나왔건만 저 집착 수준의 기억력은 보자마자 기억해 낸 모양이었다. 괜히 울컥한 마음에 서윤이 버럭 소리쳤다.

"이보다 예쁜 옷이 없는데 어떻게 해, 그럼!"

"그러니까 왜 그 예쁜 옷을 입고 쓸데없이 선 따위를 보러 나가."

"못 봤어!"

"못 봐? 안 본 것도 아니고 못 봐?"

"자꾸 그런 걸로 꼬투리 잡을래, 이!"

어쩔 수 없는 동갑내기라고, 팽팽하게 당겨진 끈 끝에서 아옹다옹거리던 서윤은 나름 갖춰 입은 차림으로 손톱 세운 자신을 깨닫곤 아차 싶었다. 잘 보이고 싶어서 입은 옷이지만 그의 마음에 들지 않는다면 아무 소용 없었다. 입으면서도 걱정했던 거니 열 내는 걸 멈추고 몸을 돌렸다.

"알았어. 갈아입고 올게."

그래도 괜히 시무룩하게 어깨가 내려가는 건 어쩔 도리가 없었다. 아쉬워하며 왔던 길을 다시 돌아가는 그녀의 손을 재희가 잡았다.
"됐어."
 그는 옅게 스민 질투를 모르는 척 서윤을 차로 끌었다.
"화났잖아."
"안 예뻤으면 화를 내겠어?"
"……아, 정말."
"얼른 타. 너 추워."
 이러다 손발이 다 오글오글 몰려 사라지겠다. 그러면서도 싫은 내색 하지 못하는 자신에 한탄하며 얌전히 따라갔다. 분명 얼마 전까진 서윤의 손에 재희가 이끌렸는데, 어느 틈엔가 그녀를 이끄는 건 재희였다.
 회사, 일, 외근이 아닌 다른 이유로 탄 재희의 옆은 여러 가지 생각을 하게 만들었다. 과연 어디로 갈까 기대감도 들고 만약 정하지 못했다면 어디를 가도 좋을 것 같았다. 저도 모르게 생겨나는 기대감으로 안전벨트를 하며 그를 보았다.
"우리 근데 진짜 어디로 가? 바다나, 놀이공원이나…… 영화? 아니면 밥?"
 막 출발하기 시작한 차의 움직임에 살짝 허리를 세우는 서윤을 잠시 보다 고개를 돌린 재희가 가볍게 대답했다.
"학교 갈 거야."
 어디든 좋다고 했지만 전혀 예상하지 못한 대답이 나오자 반문이 나올 수밖에 없었다.
"무슨 학교?"

"너랑 내가 같이 다녔던 학교가 둘은 아니잖아."

"아니, 그야 당연한 얘길…… 어? 설마 고등학교?"

이번엔 확신을 담아 묻자 그는 대답하지 않았지만 옅게 미소를 지었다. 예상했던 대로 차는 두 사람이 다녔던 고등학교로 목표를 정하고 시원하게 달렸다. 그들이 다녔던 학교는 서울이 아니라 지방에 있었고 갑자기 고속도로에 오르게 된 차에 서윤은 지금껏 한 번도 생각해 본 적 없던 의문을 꺼냈다.

"그런데 왜 위에서 학교 안 다니고 아래에서 다닌 거야? 원래 그쪽에 그러니까."

소위 재벌들이 다니는 그런 학교들은 대부분 수도권에 있는 것을 이 일을 하면서 알게 된 서윤이다. 해일그룹 정도의 대기업의 손자라면 당연히 인맥을 위해서라도 그런 곳을 다니기 마련이다. 지금 재희에게 아무런 인맥이 없는 건 그런 점에서도 있었다.

별 이유가 있을까, 싶어 간단하게 물어본 질문에 재희 역시 가벼이 대답했다.

"중학교 때 강제 전학 당해서 그냥 그 동네 고등학교 다녔지. 회장님도 아래 내려오셨고."

"어?"

어떻게 뭔가를 물을 때마다 예상치 못한 말만 자꾸 쏟아지니 머릿속이 과부하가 일어날 것 같았다. 머뭇머뭇 어쩔 줄 모르던 서윤이 '왜?' 하고 묻자 처음으로 그가 잠시 머뭇거렸다. 그리고 눈을 조금 찌푸렸다.

"싸워서."

헛바람을 헉 들이켰다. 해일그룹의 손자를 강제 전학씩이나 시킬 일이라니? 어쩐지 핸들을 잡은 재희의 손이 안절부절못하는 듯했다.

"싸웠다고 강제 전학까지 보내? 왜? 무슨 이유로?"

"......어디서 알았는지 어머니가 어릴 때 날 낳은 걸 알았어. 그래 봐야 열다섯, 열여섯 살 놈들이 뭘 알겠냐마는, 그땐 나도 어렸고. 또......"

말은 이어지지 않았으나 재희가 어떤 수난을 받았을지 서윤은 가늠이 갔다. 어리기에 잔인한 건 다른 누구보다도 그녀가 더 잘 안다. 그것으로 재희에게 상처를 줬던 자신이었고 그로 인해 이런 인연을 이어 오게 되었다.

정말 전혀 닮은 구석 하나 없다고 생각했는데 어쩜 이렇게 하나하나가 닮았을까. 아무런 말도 하지 않고 자신을 향하고 있는 서윤의 시선을 그는 다른 의미로 여겼는지 얼른 변명 아닌 변명을 했다. 얼마 전 매장 엘리제에서 서윤이 했던 말을 생각해서였던 모양이다.

"폭력 안 써. 그게 처음이자 마지막이었으니까 이상한 생각은......"

"잘했어."

운전을 하고 있어 돌아보진 못했지만 재희는 핸들을 잡은 손에 힘을 꽉 줄 정도로 놀랐다. 비꼬는 것이 아니라 정말로 그러하듯 한 번 더 반복해서 '정말 잘했어.' 하고 말한 그녀는 그런 그를 재미있다는 듯 보다 창문을 내려 차게 부는 바람을 입안 가득히 머금다 훅 불어 냈다. 밤바람이 계절을 쥐고 무척 차고 시렸지만 가슴속은 뻥 뚫리게 만들었다.

"전에 송 팀장님이 우리가 닮았다더라."

"그래?"

"응. 닮아 버렸나 봐, 우리."

자연스레 번지는 미소가 기분 좋게 밤빛을 타고 녹아내렸다.

"하긴 네가 보기엔 내가 네 어머니를 닮았고 내가 보기엔 재희 네가 네 어머니를 닮았으니까 당연한 건가?"

"지금은 안 닮았어. 더 예뻐."

진심인 듯한 말에 고마우면서도 그의 어머니에게 죄송했다. 하지만 기쁜 건 어쩔 수가 없었다.

"그럼 더 좋은데? 다른 사람 아니고 내가 널 닮았다는 말."

창틀에 턱을 괴고 밖을 향한 그녀의 목소리가 무척 편안하게 들렸다. 재희는 마저 제 쪽 창문을 열고 길게 숨을 터트렸다. 가슴이 울렁거리고 어지러울 만큼 따뜻해졌다. 그의 한 손이 입가를 쓸었다.

어머니를 닮았다 생각해 마음을 주었던 서윤이 자신을 닮아 간다는 말. 내가, 내 어머니를 닮았을지도 모른다는 생각을 갖게 되는 말.

서윤은 항상 그에게 감동을 주는 여자였고 시원하게 불어오는 바람은 내일의 걱정을 모두 날려 버리기에 충분했다.

낮엔 몰라도 자정에 가까워져 오는 시간이 되니 밤바람은 정말 시릴 정도로 차가워졌다. 예쁘게 보이고 싶다고 치마에 스타킹 하나, 거기다 구두까지 신은 서윤은 말 그대로 오들오들 떨었다.

"이렇게 입을 땐 그냥 집에서만."

"입으라고 해도 못 입겠어."

차 안에서 받았던 훈기를 금방 빼앗긴 몸은 어쩔 수가 없었다. 결국 혀를 찬 재희가 재킷을 벗어 그녀의 허리에 둘렀다.

"어! 이거 구김 가면 안 되는데!"

"너 감기 걸리는 게 더 안 돼."

나름 그의 집안 살림을 책임지는 입장에서 어쩔 수 없이 한 걱정을 단숨에 꼬깃꼬깃 접어 던져 버리는 로맨틱한 발언이었다. 누군가 다른 사람이 그랬다면 고약한 얼굴을 만들며 코웃음을 쳤을 말을 설렘 가득 들은 자신이 조금 자존심 상했던지 서윤은 앞으로 매듭짓는 재희의 손을 내려다보며 웅얼거렸다.

"……음, 굉장한 작업 멘트야."

"왜, 떨렸어?"

어쩜 민망한 소리를 잘도 해 댄다. 그녀는 대답하지 않고 먼저 단단하게 닫혀 있는 교문 앞 철문에 서서 꼬박 10년 만에 보는 운동장을 보았다. 솔직하게 말하자면 이곳 생활이 썩 재미있던 건 아니었기에 그리웠다거나 보고 싶었던 건 아니었지만 왜인지 신기하고 아련한 기분이 들었다.

"신기해."

때아닌 추억 속에 빠져 철문에 손을 올리고 틈 사이로 보이는 것 없는 운동장만 본 서윤이 헛웃음을 흘리며 옆으로 다가온 재희에게 말했다.

"어떻게 여길 올 생각을 해? 진짜 대단…… 어, 어어. 그렇게 막 들어가면."

옆으로 오는 줄 알았던 재희는 그녀의 말을 흘리며 교문 옆에 있는 경비실로 들어갔다. 그리고 야간 경비를 서고 있는 경비원과 몇 마디를 나누더니 곧 나왔고 경비원은 이내 목을 가다듬으며 굳게 닫힌 철문을 열었다.

"흠흠, 30분만입니다. 다른 이유가 아니라 오랜만에 온 졸업생들이라고 하니까…… 아, 괜히 건물 안으로 들어가면 바로 경보 울리니까 꿈도 꾸지 마시고. 시간 되면 플래시 흔들 테니까 알아서 나와요."

민망함이 든 한마디로 잊지 않은 걸로 보아 뭔가를 한 것 같지만 서윤은 괜히 물어 긁어 부스럼을 만들지 않았다. 때론 상관의 부도덕함을 인정할 줄 아는 것이 부하 직원의 덕목이 아닐까, 하는 전혀 돼먹지 못할 생각으로 고개를 돌린 사이 그녀에게 다가온 재희가 열린 문으로 이끌었다.

"들어……."

"참! 여기 학교니까 뭐 괜히 이상한 짓 하고 그러면 다 같이 죽는 거요!"

우렁차게 들려오는 말에 막 운동장 모래를 밟은 두 사람을 순간 어색하게 만들었다. 첫 시작부터 묘한 분위기가 이어졌지만 막상 운동장에 서니 조금 전까지 있던 잡생각은 싹 사라졌다. 그저 모래를 밟은 것뿐인데 발끝에서부터 머리끝까지 무언가가 진하게 올라오는 기분이었다.

"와……."

탄성을 지르고 선 서윤은 한 바퀴 빙 돌아 학교의 전경과 주변에 있는 높은 아파트들을 보았다.

"그대로야. 변한 게 있는지는 모르겠는데, 적어도 내 기억엔 변한 게 없어."

"그래?"

"응. 운동장도, 벤치도…… 건물도 그렇고."

이렇게까지 변하지 않은 걸 보면 적잖이 돈을 쓰지 않았구나, 싶었지만 졸업생의 입장에서는 고마울 정도였다. 그녀는 빠르게 걸음을 옮기며 폭폭 파인 흔적 가득한 운동장을 걸었다. 양쪽에 있는 페인트 벗겨진 축구 골대와 망 찢어진 그물, 살짝 오른쪽으로 휘어 있는 농구 골대도 그대로였다. 그렇다고 아주 확실하게 전부를 기억하는 건 아니었지만 대표적인 것들은 여전했다.

"저기 저 동상 기억해? 자정 넘어가면 책장 넘긴다고 유명했었잖아."

어느 학교에나 있을 법한 흔한 전설 중 하나인 책 읽는 소녀 동상에 대해 말을 하며 손짓하자 재희는 눈을 가늘게 뜨며 고개를 갸웃거렸다.

"이런 게 있었나."

"있었나라니. 그거 때문에 초등학생들도 몇몇 담 넘다가 걸린 것도 있었는데."

"궁금하면 지켜보든가. 자정 넘었으니까."

"……."

"혹시 알아? 진짜일지."

무심하게 휴대폰을 꺼내 시간을 확인시켜 주는 그의 친절에 뻗었던 손을 얌전히 내린 서윤이 몸을 돌렸다.

"……어, 이순신 장군님 동상도 여전하시네."

처음부터 얘기한 적 없다는 사람처럼 멀어지는 뒷모습에 재희는 피식 웃어 버렸다.

하나하나 참견하며 돌아다니다 온 구령대 계단은 지금껏 계속 모르쇠로 일관하던 재희도 모르는 척하기 어려운 곳이었다. 애초에 이곳 때문에 왔으니 모르는 척할 리도 없었지만.

서윤은 군데군데 이 빠진 흔적이 있는 구령대 옆 층 높은 계단을 보며 손으로 한 번 쓸었다. 운동회나 축제 때면 학생들이 벤치 대신 쓰던 계단은 두 사람에겐 또 다른 만남의 장소였다.

"아침마다 여기서 너랑 만났었는데."

교실에서 수군거리는 소리가 싫어 정했던 이름, 아침 만남의 장소. 그 사실이 알려지면서 이런저런 소리도 들었지만 그래도 하루 중 가장 아무 생각 없이 있을 수 있었던 곳이기도 했다.

하나하나 꼽자니 늘 같았던 것 같았음에도 너무 많은 것들이 떠올라 열거할 수가 없었다. 이제 와 생각해 보면 학창 시절의 마지막을 재희와 장식했다. 본의 아니게 졸업식에서 친구들과 찍은 단 두 장의 사진 중 하나가 재희와의 것이다.

마음 한구석이 애틋하게 물리고 있을 때 차가운 계단에 털썩 앉은 재희가 퉁명스럽게 말을 던졌다.

"그땐, 뭐 나만 좋았겠지."

귀여운 투정에 절로 미소가 나왔다.

"좋았어?"

"농담이지?"

꼬물꼬물 살짝 곁에 앉은 서윤은 고민하다 살포시 재희의 어깨에 머리를 기댔다. 전엔 감히 상상도 못했던 모습이었다.

"복 받았네, 나."

"알면 됐다."

"응. 정말로 그래. 학교생활이라고 하면 늘 나쁜 것밖에 없었는데…… 신기해. 이제 그런 것보다는 너랑 같이 있었던 것밖에 기억이 안 나. 그땐 그게 다 힘든 일이라고만 여겼는데."

따돌림을 당하기 싫었던 비겁한 양서윤이 서재희의 노예 소리

들으며 곁에 머물던 양서윤이 되었지만 전자보다 후자로 기억되어 참 다행이다 싶었다.

"지금 보니까 다 추억이 된 걸 보면……."

그건 아마 이 모든 게 네 덕분. 시린 바람도 따뜻해지게 만드는 네 덕분. 재희는 차갑게 식은 서윤의 손을 살며시 잡아 쥐고 입가로 가져가 입바람을 불었다. 호, 따스한 입김에 오감이 날이 선 듯 올라왔다. 그는 남은 손도 가져와 문지르고 데웠다.

"다른 거 다 기억할 필요 없어. 내가 했던 말, 나랑 같이 있던 거. 그것만 기억해도 뇌 용량 초과야."

서재희다운 위로라는 생각이 들었다. 다른 아픈 건 기억하지 말라고 다독이는 것과 같은 손길과 말이 입을 맞추고 싶을 만큼 사랑스러웠다. 재희의 사랑이 완성형이라면 서윤의 것은 현재진행형이었다.

지금도 계속 사랑하게 될 진행형.

"입이 삐뚤어져도 좋다곤 못해. 사실 따돌림 당하고 좋을 수는 없잖아. 안 그래?"

"……."

"그래도 외롭지 않았어."

바로 바라보는 눈이 참 좋았다. 흔들림 없는 시선에 늘 자신이 있다는 게 정말 기뻤다. 그녀는 부드러운 미소를 짓고 제 손을 감싼 재희의 손을 잡고 고개를 끄덕였다.

"내가 네 옆에 있었던 것도 사실이지만 결국 내 옆에 네가 있던 거니까."

너무 길게 돌아온 인연이라 해도 그것이 하찮거나 아까운 시간이 아니라고 할 수 있는 건 서로가 서로의 곁에 있었기 때문. 서윤의 도톰한 입술이 그의 뺨을 살짝 스쳤다. 달콤한 입맞춤에 재희는 헛웃음을 지었다.

"어떻게 그런 말만 하냐, 너는."

"어?"

"진짜…… 질리게 예쁘다, 양서윤."

버릇처럼 해 주는 예쁘다는 말에 눈동자를 잠시 굴린 서윤이 말했다.

"그거 알아?"

의아한 눈동자에 그녀가 씩 입꼬리를 올렸다.

"예쁘단 말은 들어도, 들어도 안 질려."

장난스러운 말에 재희는 고맙게도 따뜻한 제 손을 서윤의 뺨에 올렸다. 예고된 입맞춤을 향해 서서히 다가가던 입술은 그때 멀리 정문 쪽에서 비치는 플래시 빛에 멈춰졌다. 아쉬운 듯 멀어진 서윤이 일어서며 그에게 손을 내밀었다.

"가자."

멋진 손길에 혀를 찬 재희가 그 손을 잡고 일어섰다. 그와 동시에 계단 아래로 내려가던 서윤의 한쪽 발뒤꿈치가 찌르는 듯한 통증을 냈다.

"아!"

"왜 그래. 어디 아파?"

"아니, 구두가 새 거라."

운동장을 걸을 때부터 아파 오던 발이 잠깐 앉아 있던 사이에 부어 상처를 더욱 낸 모양이었다. 찌릿한 통증에 상처를 가늠하던 서윤은 혀를 내두르다 머쓱하게 말했다.

"원래 새 구두는 이렇게 한 번씩 피를 본다니까."

"피가 난다고? 봐."

"일단 가자. 아저씨 손전등 흔들다가 팔 떨어지시겠다."

멀리 춤추듯 흔들리는 플래시가 빨리 오지 않으면 신고라도 할 듯했다. 서윤이 다시 다리에 힘을 주자 재희가 바르게 계단을 내려가 다리를 굽히고 등을 보였다.

"업혀."

낯간지러운 배려라고 생각하던 어부바였다. 서윤의 눈이 서너 번쯤 깜빡여졌다. 그리고 곧 망설임 없이 그의 등에 업혔다. 거부 한 번 하지 않고 그대로 업히는 그녀를 업고 운동장을 가로지르며 재희가 물었다.

"싫다고 안 한다?"

"왜 싫어. 힐 신고 걷는 게 얼마나 죽을 맛인지 알아?"

"매일 신잖아."

"그건 하도 오래 신어서 괜찮아. 그 구두도 길들이는 동안 발이 얼마나 난리 났었는데."

재희의 보이지 않는 이맛살이 구겨졌다.

"몰랐어."

"몰라도 돼. 그건 일, 이건…… 음, 그래. 네가 잘하는 거."

"내가 잘하는 게 뭔데."

"뭐긴. 어리광이지."

끝까지 한 번 놀리고 만족한 듯 그의 목에 팔을 두르고 고개를 기댄 서윤은 눈을 감았다.

"여기 너무 좋아. 따뜻해."

다른 사람보다 높은 체온이 참 고마울 정도로 따뜻했다. 대롱대롱 움직이는 다리를 감싸듯 단단하게 안고 힘을 준 재희는 틈 없이 기대는 서윤에 길게 숨을 쉬었다. 변한 계절은 이 숨마저 흔적을 남기도록 만들었다. 하얀색 입김이 퍼져 사라질 때 서윤이 입을 열었다.

"그거 알아?"

"뭘."

"나한테 넌 이미 오래전부터 친구였던 것 같아. 좋아하고, 미워하는 걸 떠나서 서로의 모든 걸 아는 유일무이한 친구."

숨기고, 감추는 게 전부가 아닌 상대. 그토록 바라고, 그토록 원했던 친구.

항상 바랐는데 생각해 보면 가장 가까운 곳에 있었던 것을 이제 깨닫는다. 아프면 업어 주고 힘들면 손을 내밀어 주는 사람이 바로 곁에 있었다.

"있지, 재희야. 난 네 옆에 제대로 서고 싶어. 처음엔 정말 도망가듯 가는 거였어도 지금은 아니야. 이유가 있어. 가서 경영학을 제대로 배워 볼까 해. 언젠가 넌 해일을 이어받을 거고, 그럼 지금 내가 아는 것만으로는 절대 지금까지처럼 널 도와줄 수가 없어. 그러니까 난 서재희 여자 양서윤이고도 싶지만……."

"……."

"지금보다 더 많은 도움을 줄 수 있는 양서윤 실장이고 싶어."

주어는 말하지 않았지만 지금 말하는 것이 유학을 말하는 것임을 재희가 모를 리 없었다. 처음엔 그저 도망을 이유로 했다면 이제 그 이유는 재희가 되었다. 그를 위해, 서재희라는 남자를 위해서.

자신은 재희의 배경이 되어 줄 수 없다. 그건 아무리 노력해도 되지 않기에 그를 멀리했었던 거다. 하지만 배경이 될 수 없다면, 뒤에서 힘껏 밀어줄 수 없다면.

"그래야 누가, 너는 서재희와 어울리지 않는다고 말하면 나는 서재희와 어울리기 위해 노력했고, 열심히 했고 달려왔습니다. 그러니 나는 그 사람 곁에 있을 자격이 있습니다, 라고 말할 수 있을 거야."

재희의 따뜻한 손을 잡고,

"너무 많이 돌아왔으니까, 이젠 그냥 보이는 길만 걷고 싶어."

함께 같은 길을 걸을 수 있는 사람이 되고 싶다.

묻지도 않았던 말들이 끝나니 어느덧 차 앞이었다. 차 문을 열고 그녀를 좌석에 앉힌 재희는 문을 닫지 않고 다리를 굽혀 서윤을 올려다보았다. 그가 왜 이러는지 몰라 고개를 갸웃거리자 나지막한 목소리가 그녀를 불렀다.

"양서윤."

"응?"

"아직도 발 아파?"

재희의 손이 반쯤 벗겨진 서윤의 발을 잡고 물었다. 고마운 걱정에 서윤은 손을 흔들며 괜찮다 말해 주었다.

"아니, 지금은 괜찮······."

말을 맺기 전 마주한 그의 두 눈동자에 담긴 감정과 의미를 보았고 그것은 잠시 숨이 멎을 것 같은 번개가 내리치는 것과 같았다. 한순간 입과 코를 닫고 다른 모든 숨을 멈췄다. 시간이 멎은 것처럼 짙은 눈동자, 가지런한 콧날과 옅은 숨을 쉬는 입술만이 그림처럼 눈에 들어와 움직일 수 없었다.

서윤은 모든 게 멈추고 오직 단 하나, 심장만이 뛰고 있음을 알

왔다.

"아파."

아프게 뛰는 심장을 쥐고 그녀는 마른 입술을 이어 열었다.

"집까지, 못 갈 것 같아."

재희의 손이 느리게 뻗어져 서윤의 목덜미에 닿았다.

가장 확실하게 전해지는 그녀의 맥박이 그의 손가락 끝으로 전해져 심장까지 옮겨졌다. 두근두근, 이어진 박동이 조금도 다르지 않고 일치했을 때, 재희는 선명한 환희를 머금었다.

"다행이다."

미치도록 달뜬 밤이었다.

"너도 나랑 같아."

내가 너를 원하듯, 너도 나를 원하고 있어.

마침내 두 사람의 심장박동이 같은 속도로 뛰기 시작했다.

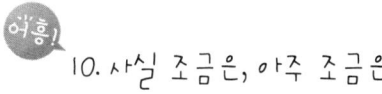

10. 사실 조금은, 아주 조금은

커다란 저택, 고고한 한옥의 거대한 저택은 5, 6년 전쯤까지 사용되었던 곳이다. 지금은 후에 은퇴한 서충호 회장의 노년을 위해 비워 둔 후에도 꾸준히 관리를 하고 있었고 10년 전 재희가 고등학교를 졸업하기 전까지 머물렀던 곳이기도 했다.

이곳은 서윤에게도 의미가 남달랐다. 악연이 되어 버렸을, 아니 그냥 거기서 멎어 버렸을 재희와의 인연이 시작되었고 처음부터 밑바닥을 보여 버린 곳이었다.

관리인은 당당히 여자를 데리고 온 재희에게 아무런 말도 하지 않았다. 그저 편하게 있다 가라는 말과 함께 완전히 집 밖으로 나가 버렸고 넓고도 넓은 저택에는 온전히 두 사람밖에 남지 않았다.

누가 먼저랄 것도 없이 눈이 마주쳤을 때, 서로의 입술을 탐했다. 예전 재희의 방이 있던 별채의 복도에서부터 시작된 키스는 불처럼 뜨거웠고 벼락처럼 짜릿했다. 몇 번이고 했던 키스와는 달랐다. 속에 있는 모든 것을 노출시키고 하는 것처럼 헐벗은 것만 같았다.

"재희야, 잠깐……."

 잠시 숨을 좀 골랐으면 좋겠건만 어느 틈에 원피스의 지퍼를 내리고 어깨 뒤로 넘기는 손길이 있었다. 바닥에 떨어진 옷자락이 무참히 발길에 밟혔지만 어찌할 방법은 없었다. 다급함이 고스란히 보이는 그의 달콤한 손길과 입술에 매료되어 다시 매달리듯 뒷걸음질을 하고 있었다.

 등을 감싼 팔이 열정적인 손길로 사랑한다 말하듯 쉼 없이 어루만진다. 평소에도 높은 체온의 손길은 꼭 뜨거운 것을 가득 쥐었던 것처럼 화끈거렸다. 덴 흔적처럼 낙인이 남을까 조금 겁이 날 만큼 달아올라 있었지만 그건 서윤도 마찬가지였다.

 마주한 입술이 감정을 담은 애틋함이 엉켰다. 멀어지기가 무섭게 당기는 손길에 늘어진 서윤은 정신을 차리니 제 발 아래 푹신한 이불이 놓여 있음을 알았다. 살짝 돌아온 이성에 그녀가 민망함을 갖고 우물거렸다.

"관리인 분이, 해 놓고 가신 거지?"

"할아버지 밑에 30년, 40년씩 있는 건 다 이유가 있는 거야."

 아무렇지도 않게 칭찬을 늘어놓고 서윤을 부드럽게 이불 위로 누인다. 어쩌다 보니 슬립 하나만 입고 누워 버리게 된 그녀는 제 다리 사이에 무릎 꿇고 선 재희를 보게 되었다. 아무것도 안 했는데 벌써 진이 빠졌다. 그러나 입고 있던 스웨터를 벗어 바닥에 던져 버리는 그에 다시 정신이 번쩍 들었다.

 재희의 맨몸은 수도 없이 본 것 같은데 이런 위치에서 보는 벗은 몸은…… 눈을 뗄 수 없을 만큼 아찔했다.
 저절로 숨이 거칠어져 손으로 입술을 막자 바지 버클을 풀며 몸을 아래로 뉘어 오던 재희가 입술 위에 있는 서윤의 손가락에 입술을 댔다. 촉, 귀엽게 닿은 입술이 간지러워 낮게 웃던 그녀는 손가락 틈으로 파고드는 말캉한 혀에 화들짝 놀랐다.
 이어지는 키스에 눈을 감고 슬립 안으로 파고든 손은 부드러운 살결을 훑어 내린다. 속옷 끈을 스치고 내려가 살짝 들어간 허리, 마른 배까지 어느 한 곳 놓치지 않고 매만지다 위로 올라간 슬립에 비친 속옷에 감춰진 소담한 젖가슴을 쥐었다.
 "훗……!"
 아직 별다른 느낌은 없지만 저도 모르게 나온 신음에 재희의 손이 멈췄다. 금방 걱정으로 물든 눈이 아프냐고 묻고 있었고 서윤은 낯선 상황에 익숙해지기 위해 숨을 고르다 고개를 저었다. 나이를 이만큼이나 먹어 놓고 풋사랑 놀음을 하는 건 사양이었다. 더 깊이, 짙은 사랑을 나누고 싶어 이곳에 함께한 이상 그녀는 눈을 뜨고 말했다.
 "좋아서 그래. 안 좋으면 도망갔어. 그러니까…… 걱정하지 마."
 어찌 보면 단호한 말에 묘한 웃음을 짓는 재희였다. 그리고 이마에 살며시 입술을 내렸다 천천히 콧등까지 내려와 입을 맞췄다.
 스르륵, 풀려 나간 속옷과 말려 올라가 벗겨진 슬립이 내는 소리가 야릇했다. 온전히 보이게 된 가슴은 단 한 사람에게는 세상에서 가장 아름다운 살결로 보였다. 당장이라도 맛보고 싶은 달콤한 과실만큼이나 유혹적으로 그를 흔들었다.
 "후."
 짙은 숨을 내쉰 재희가 손으로 차분히 가슴을 모아 쥐었다. 그의 손가락이 부드러운 가슴을 움켜쥐다 도톰한 정점을 스쳤다. 바짝, 아릿한 전율을 주는 쾌감에 두 손과 다리를 오므렸다. 허벅지 안으로 재희의 몸이 닿았고 그는 서두르지 않고 몸을 내려 그녀의 하얀 살을 탐했다.

숙인 몸에 도드라진 재희의 날개 뼈로 방황하듯 허공에 떴던 서윤의 손이 내려앉았다. 흠칫 몸을 굳힌 그의 아래가 단단하게 느껴졌다. 제 손길에 반응하는 그가 사랑스러웠다. 서윤은 마침내 길을 찾은 듯 뜨거운 몸을 손으로 쓰다듬었다.

길게 숨을 쉬며 조금 더 가까이 다가섰던 재희의 입술이 그녀를 머금는다. 살 내음을 가득히 채운 돋아난 가슴 끝을 바라고 또 바란 듯 거침없이 빨아들였다.

"아…… 하읍!"

예상했던 감각은 그 예상을 훨씬 뛰어넘었다. 속삭임만큼이나 은밀하고 신비로운 감각은 잠들어 있던 오감을 전부 깨워 예민하게 만드는 듯했다. 순간 나오는 몸부림을 닮은 뒤틀림에 재희의 손이 그녀의 두 팔을 잡고 머리 위로 올렸다. 본능적으로 손목을 꽉 쥐고 바쁘게 가슴을 탐한다.

"흐으, 아웃."

번지는 신음을 배경음악처럼 재희의 남은 손이 서윤의 아래로 내려가 단 하나 남은 속옷 속으로 파고들었다.

벌어져 있는 다리 사이에는 이미 단단해진 그의 육체가 있었다. 지금 당장이라도 온통 제 흔적으로 남길 수 있을 법한 본능이 솟아 있었지만 재희는 그답지 않게 신중하고 섬세했다. 행여 그녀가 다칠까 걱정하듯이 집요하고도 느린 손으로 은밀한 곳을 향한다.

이내 들어선 낯설고 무례한 침입에 서윤의 두 눈동자가 커졌다. 가슴을 희롱하던 재희의 입술이 그녀의 턱 끝을 빨며 숨을 헐떡였다.
"하아……."
"……!"
"뜨거워."
"아……!"
"내가 나한테 질투가 날 정도로, 뜨겁고…… 탐이 나."
"재, 재희…… 아윽!"
"다치게 하고 싶지 않아. 남들은 다 아프더라도, 넌 아프지 않았으면 좋겠어."

이 와중에도 간지러운 말로 사람을 녹이는 재희를 서윤은 벅차도록 받아들였다. 식은땀인지 아니면 진땀인지 모를 물기가 이마와 몸으로 송골송골 맺혔다. 벌어진 입에선 쉼 없이 들락날락 숨이 오갔고 그의 손이 그녀의 몸을 쓸었다.
"으응!"

손길이 닿았던 곳에 여지없이 닿는 촉촉한 입술. 이를 살짝 세워 물어 남기는 낙인. 재희가 주는 모든 흔적과 움직임이 이 순간에 익숙해지게 만들려는 배려가 담겨 있었다.

과감한 손길이 그녀를 다시금 달래고 안달 나게 만들었다. 서윤은 파르르 떨리는 몸과 정신으로 하나만을 생각해 냈다. 본능적으로 무엇이 필요하고 무엇을 원하는지 알았다.

온몸 구석구석 닿지 않은 곳 하나 없이 탐한 뒤 어느덧 그 역시 모두 벗은 몸이 되어 있었고 서윤은 아직 저를 달래느라 뜨거운 몸을 억누르는 재희의 머리를 감싸 안았다.

"빨리."

감추고 숨길 겨를이 없었다. 결코 혼자서는 풀어낼 수 없는 끝없는 간지러움과 열기가 단 하나를 바라고 있었다.

서툰 손길이 이따금 아픔을 안겼지만 그것은 중요치 않았다. 벌어진 다리 사이에 자신을 믿으라 바라보는 눈만으로 충분했다.

"……아!"

탄성 혹은 신음.

"아…… 읏."

"흐읏, 하…… 훗."

가득히 닿아 오는 그가 목구멍까지 차오르는 것처럼 느껴졌다. 벌어진 입으론 순간의 신음을 제외하곤 잠시 아무것도 내지 못했다. 쳐든 고개에 아래로 흐르던 땀이 잠시 거꾸로 흘렀다. 눈앞이 순간 흐려졌지만 그와 함께 잔뜩 올라온 핏줄과 굳어 버린 근육, 목석처럼 굳어 필사적으로 움직이지 않는 재희의 넓은 등과 가슴이 닿은 곳곳으로 느껴졌다.

긴장하고 어쩔 줄 몰라 하는 건 그도 마찬가지였다. 자신의 움직임 하나하나에 반응하며 달래는 손이 그랬다. 서윤은 조금 전과 마찬가지로 두 팔 가득히 재희의 등과 목을 끌어안고 속삭였다.

"사랑해."

닿은 곳, 파고든 그가 두 사람의 애틋함만큼이나 부풀어 그녀의 모든 곳을 양껏 채워 온다. 그 말이 도화선이 된 듯, 고삐 풀린 말처럼 재희의 눈빛이 변했다. 서윤의 몸을 안고 힘껏 키스한 후 박차를 가했다.

터져 나오는 신음을 모조리 삼키고 당장 목마른 사람처럼 거칠게 그녀의 입술을 탐한 그는 서윤을 안고 탐했다. 밀리고 구겨지는 이

불처럼 통증에 입술을 깨물던 서윤이 번개처럼 스친 찰나의 아찔함에 소리를 터트리자 재희는 멈추지 않고 그녀의 손에 깍지를 꼈다.

짐승이 그러하듯 오직 하나만을 위해 살아온 사람처럼 그는 제 모든 것을 퍼부었다. 가쁜 숨이 방 안을 채우고 재희는 저의 움직임대로 흔들리고 비틀리는 서윤을 불렀다.

"서윤아, 서윤아…… 서윤아."

안타까울 정도로 애절하게 그녀의 이름을 반복해 부른 그는 이뤄질 수 없다는 걸 알면서도 애원했다.

"나만 사랑해. 나만, 나만…… 제발 나만. 나만 사랑해 줘."

누구와도 나누고 싶지 않고 어떤 것도 조각내고 싶지 않은 서윤의 마음을 욕심냈다. 온전히 그녀를 가진 지금도 만족하지 못한 사람처럼 허리를 흔들며 온통 그녀를 저로 채웠다.

제발, 제발 양서윤. 나 말곤 그 누구도, 그 어떤 사람도.

"아무도…… 사랑하지 마."

족쇄를 걸어 버리듯 매서운 소유욕에 가슴으로 꽃이 피어올랐다. 부담으로 다가오기에 충분한 그의 감정이 그저 부족하다고 여겨졌다. 무서울 정도로 차올라 넘실거리는 심장께의 박동이 어그러졌다.

그리고 터져 오르는 신음의 끝에 재희의 전부가 서윤을 적셨다. 마르지 않을 샘물처럼 끝없이, 끝없이.

곤하게 잠이 들었다 작은 부스럭거림에 눈을 뜬 서윤은 한 치 앞도 보이지 않는 어둠 속에서 제 등으로 올라온 무게가 재희의 팔임을 어렵지 않게 알 수 있었다. 스물을 갓 넘겼을 무렵, 서울로 이사를 온 이후부터 혼자 자기 시작해서 낯선 소리에 금방 잠이 깨던 버릇 때문이었다.

 몇 시인지는 모르겠지만 아직 깊은 새벽이란 것은 알 수 있었다. 옆에서 고르게 내쉬고 있는 잠든 재희의 숨소리에 엎드려 있던 몸을 살짝 돌리던 그녀는 아직 이렇다 할 통증 없는 몸에 안도하며 어둠에 익숙해지는 눈으로 그의 얼굴을 보았다.

 잠이 든 건 그리 오래 지나지 않았다. 정말 버겁고 힘이 들어 울 듯이 그를 부르다 숨만 겨우 헐떡이던 그녀를 마지막까지 붙잡고 놓아주지 않던 재희는 가물가물하게 겨우 버티는 서윤에게 말했다.

 '바늘 도둑이 소도둑…… 되는 기분을 알 것 같다.'

 신음할 수밖에 없는 발언에 그녀는 필사적으로 잠에 들었다.
 어찌 되었든 잠깐이라도 푹 잠이 들었던 덕분인지 어딘가 아프거나 불편한 건 없었다. 열심히 몸을 움직여 저와 마찬가지로 엎드려 잠들어 있는 재희의 얼굴을 가만히 보다 손을 들어 입술을 만졌다.

 다른 의미는 아니었다. 그냥 일어나 달라는, 일어나서 나를 좀 봐 달라는 투정이었다. 고맙게도 몇 번의 움직임 없이 눈을 뜬 그는 어둠에 그녀의 얼굴을 찾지 못한 듯 아직 서윤의 몸에 올려놓고 있던 팔에 힘을 줘 당겼다.

 "엄마야!"

 금방 재희의 가슴에 안긴 서윤은 등과 엉덩이 부분에 닿아 있는 그의 손에 얼른 배에 힘을 주었다. 뒤늦게 바로 깨우지 말걸, 하고 후회했지만 곧 재희는 그녀의 이마에 제 이마를 비비며 물었다.

 "왜, 뭐 가져다줘? 아니면 씻을까?"

"……아니. 괜찮아."

워낙에 바쁘게 움직이다 보니 사랑을 나누고 그대로 잠이 들어 버린 터라 몸이 조금 찝찝하긴 했다. 그래도 일어나고 싶지 않아 고개를 젓고 '에라, 모르겠다.' 하고 팔을 뻗어 그의 목에 팔을 둘렀다.

바짝 닿아 온 살결이 말캉말캉하게 그를 자극했다. 끙, 앓는 소리를 내는 재희에게 매달리자 그가 몸을 바로 뉘었고 서윤 역시 그대로 함께 옮겨졌다. 몸이 움직여지며 둘렀던 팔이 풀리고 그의 몸 위로 상체를 세워 앉게 되었지만 훈기가 가득한 방이라 이불이 없어도 춥지는 않았다. 다만 짙은 어둠만 있을 뿐이라 생각했던 방 안에 미세하게 달빛이 들어오고 있어 그녀의 실루엣이 조금 드러날 뿐.

빤히 바라보는 재희의 시선을 느낀 서윤은 살짝 어깨를 움츠리고 가슴께를 가렸다. 그리고 눈을 마주치기가 민망해 고개를 살며시 돌리고 말했다.

"우리 정말 어떻게 해? 이제 몇 시간 안 남았을 거야. 회장님이 어떻게 나오실지도 모르겠고…… 이제 와 걱정해 봐야 늦었지만."

어차피 곧 다가올 일, 더 생각하지 않기로 한 것이지만 빤한 시선이 부끄러워 나온 변명이었다. 그것을 알아차린 듯 재희의 몸이 세워졌다. 서윤은 곧 몸에 닿아 오는 재희를 알고 확 얼굴을 붉혔다.

"이건 아니지."

"서윤아."

앞머리를 떼고 부르는 달콤한 부름에 긴장이 사르르 녹아 반사적으로 몸을 기댔다. 등을 쓰다듬고 아래로 내려와 꼬리뼈 부근에서 지분거리는 손길에 엉덩이를 들썩인 서윤이 무의식중에 대답했다.

"으응?"

"우리 둘 다 지금 벗고 있어."

"……으응."

다시 아래, 또 아래. 단단해진 그의 육체가 은밀한 곳 가까이 닿았다. 히익, 높은 소리를 내며 눈을 질끈 감자 재희의 속삭임이 귓가에 울렸다.

"그런데 가족 얘기가 나오면 어떨 것 같아."

"……."

"지금 할 말은 하나야."

몽롱했던 머리가 순간 자각하고 안으로 밀려드는 것에 다리에 힘을 줘 봤지만 이미 늦은 후였다.

"뭐, 뭐를. ……어? 잠깐, 너 지금…… 음……."

"왜 자는 척하는 사람을 굳이 깨게 만들어."

"척? 처억? 처…… 아!"

샌 비명을 지르고 등을 뒤로 젖히기가 무섭게 그가 귓불을 물고 말을 이었다.

"철야야, 양 실장."

검은 밤이 하얗게 새는 새벽이 되도록, 또다시 이어진 뜨거운 밤은 어찌 보면 현명한 선택이었을 것이다. 아무리 용을 쓰고 머리를 썼더라도 그날 아침 9시가 되기가 무섭게 회사로 찾아온 불청객, 아니 서충호 회장은 예상하지 못했을 테니까.

본부장실을 둘러보는 눈길에 어쩐지 계속 손이 저린 느낌이었다. 긴장감에 자꾸 타는 목으로 물 한 잔만 넣을 수 있다면 좋으련만 아쉽게도 지금은 움직일 수 있는 여건이 아니었다.

이미 업무는 올 스톱. 야릇한 철야로 인한 밤샘 후 출근한 뒤 불과 10분 전만 하더라도 뻑뻑해 자꾸 감기던 눈이 또렷하게 뜨고 자리에 앉은 두 사람을 보느라 바빴다. 아마 본부장실 바깥에 있는 사람들도 이 안의 상황을 서로 유추하느라 이리저리 바쁠 게 분명했다.

그야말로 숨 막히는 긴장감으로 팽팽해진 분위기에 꿀꺽 침을 삼킬 때 들고 있던 찻잔을 내려놓은 서 회장이 재희의 뒤에 선 서윤에게 말했다.

"양 실장이 내준 커피를 마신 게 꼬박 몇 년 만인지 모르겠군. 다른 건 몰라도 내 취향을 그대로 기억하고 있는 게 고맙네."

분위기가 풀어지길 바라고 한 말인지는 모르지만 침묵으로 가득했던 이곳에 물꼬를 트는 말로는 훌륭했다.

"감사합니다, 회장님."

"감사할 게 뭐 있나. 이제 내 식구 될지도 모르는데."

무언가 오묘한 뜻이 담겨 있는 듯한 말이었다. 지금까지 얌전히 앉아 있던 재희의 눈으로 서늘함이 스치고 그것을 코웃음으로 대한 서 회장은 무심함으로 가득한 표정으로 말했다.

"분명 최근까지 매장 입점 수가 상승했다는 보고를 들은 것 같은데, 내 알아본 바로는 그게 아닌 듯한데. 어떻게 된 일인가, 서 본부장?"

감정이 느껴지지 않는 목소리는 오히려 사람을 옥죄는 무언가가 있었다.

"오늘 아침에도 매장이 두 개나 계약 해지를 한 모양이던데."

"함부로 문서를 보시는 건 회장님이라도 자제하시는 게 어떠십니까."

"호오, 그래? 보란 듯이 줄어 가는 매장 생각도 않고 영업 중지를 내렸단 보고는 어떻게 변명할 참인가."

"아직 올리지 않은 보고를 아시는 걸 보니 역시 그 배짱들 뒤에는 회장님이 계셨던 모양입니다."

"그렇게 생각한다면 그게 답이겠지."

"지금 이 일에 개입하셨다고 시인하시는 겁니까?"

"모르는 일 아니었잖아. 안 그런가? 이제 와 알아낸 척 연기할 생각이라면 실망일세."

"실망이라면 저 역시 모자라지 않습니다."

"이 마당에 정시 출근한 본부장의 실책이라곤 생각하지 않는 모양이지?"

"그런 부분까지 신경 쓰시게 해 드렸다면 죄송합니다."

"죄송한 일만 늘어나는군. 불쾌해."

"……."

"한낱 본부장 따위가 말이야. '주인'이라는 말을 함부로 쓸 때부터 알아봤지만."

팽팽? 아니, 이미 끊어지기 직전의 줄 위에 위태롭게 서 있는 기분이었다. 이지현 실장은 본부장실 밖에 있으니 자신도 나가야 마땅한데 그 타이밍을 제대로 잡을 수가 없었다. 꼬투리를 잡아 연신 타박을 주고 있는 모습을 부하 직원인 서윤이 봐서 좋을 것이 없었다. 때문에 계속해서 나갈 틈만 찾는 그녀를 알았는지 길게 숨을 쉰 재희가 말했다.

"나가서 업무 보도록 해요, 양 실장."

서 회장이 있어 나오는 존댓말이 새롭기보단 안쓰러웠다. 일단 자리를 피하기 위해 허리를 숙였다.

"그럼 이만⋯⋯."

"뭐하러 나가나. 못 들을 사이도 아닌 것 같은데. 내가 잘못 알고 있나?"

어차피 여기서 듣지 않아도 들을 건데 뭐하러 나가냐는 뜻이었다. 역시 그는 두 사람의 관계를 훤히 알고 있었다. 괜히 저릿한 손발로 다시 피가 통하지 않아 하얗게 질려 갈 때 단호한 재희의 목소리가 들렸다.

"내 말 들어. 이만 나가 봐."

대놓고 서 회장의 말을 무시하는 명령이었다. 찌푸려진 서 회장의 미간을 모르는 척 재희는 뒤로 눈짓했다.

"가 봐."

이 상황에서 서윤은 선택을 해야 했고 이미 결정을 내린 후였다.

"이만 나가 보겠습니다."

하나 있던 타인이 나선 본부장실은 오롯이 조부와 손자의 다과 자리였다. 평소 나쁜 사이가 아닌 두 사람이라면 그간의 안부를 물어도 좋을 시간이었지만 지금으로선 불가능한 일이었다. 재희는 제 조부가 자신이 다져 놓은 해일디자인을 탐내고 비겁한 공작으로 야금야금 부수고 있다는 사실을 알아차린 후였다.

엘리제에서 연속된 매장 계약 해지의 뒤로 본사, 곧 서 회장의 힘이 있음을 알았고 그것은 영업 중지를 준 모든 매장에서 알 수 있었다. 자회사인 해일디자인은 한입에 삼키기에 충분한 서 회장이 있으니 그렇게 콧대를 세운 것이겠지. 그것을 아는 이상 결코 좋게 나올 수가 없었다.

그는 몸을 앞으로 조금 숙이며 전부 숨기지 못한 것을 비쳤다.

"대체 왜 이러시는 겁니까."

단도직입적으로 물어 온 질문에 서 회장은 아무런 대답 없이 감정이 느껴지지 않는 눈으로 지켜만 보았다. 재희는 회장을 대한다기보다 제 조부를 대하듯 하고 있었지만 개의치 않았다. 영악하게도 그것이 자신을 귀히 여기는 서 회장의 약점과 다름없음을 알기에 하는 것이기도 했다.

"무슨 일에서건 이유가 있어야 하죠. 아니, 이유는 몰라도 전조라는 게 있어야 합니다. 그런데 지금 회장님이 하시는 건 단순 변덕으로밖에 보이지 않습니다."

"그런데."

"뭐가 마음에 안 드십니까."

직구에는 직구. 꼭 닮은 두 사람의 대화 속에서 잠시 소강상태가 이어졌다. 서 회장은 거의 식은 커피를 잔 안에서 휘휘 흔들며 시간을 끌었다. 이내 안달이 난 듯 입술을 쓰는 재희의 움직임이 보임과 동시에 서 회장이 말했다.

"네놈의 선택이 잘못되었다면, 바꿀 게냐?"

"……."

"나와 해일을 위해 네가 선택한 것을 버리고 내가 쥐여 주는 선택을 할 수 있겠느냔 말이다."

선택이라는 말에 재희의 움직임이 딱딱하게 굳어 버렸다. '선택'이라는 단어가 '양서윤'이라는 뜻을 가지고 있음을 본능적으로 알아차리곤 입이 다물렸다.

"그 아이가 유학을 간다고 들었다. 그걸 마지막으로 끝낼 수 있겠어?"

솔직히 말해 놀랐다. 조부가 그것을 가지고 꼬투리를 잡을 것이라곤 1퍼센트도 예상해 본 적 없었기 때문에. 재희는 헛웃음이 나올 것 같았다. 서 회장은 무심한 눈길 그대로 말을 이었다.

"대놓고 말하마. 네가 본사로 들어오려면 도움이 될 만한 측근이 필요하지. 그렇다고 내가 해 줄 수는 없는 노릇이야. 그랬다간 본사가 아니라 여기 해일디자인에 있는 너조차도 용납되지 못할 테니까."

한 차례 차를 마시고 목을 가다듬은 서 회장이 말을 이었다.

"너와 짝이 될 만한 괜찮은 아이가 있다. 머리도 좋고 괜찮은 배경도 가지고 있지. 무리해서라도 널 본사로 데려다 놓으면, 충분히 도움이 될 아이다."

"……하."

헛웃음이 나왔다. 몇 번이고, 몇 번이고 터지듯 흘러나왔다.

결국은 그것이었다.

서윤이 그랬듯 제 조부 역시 똑같은 소리를 하고 있었다. 해일그룹 내의 권력 다툼이 짙어지고 있는 건 재희도 안다. 때문에 자신이 여전히 본사로 들어서지 못하고 있는 것 또한. 그리고 이 알력 다툼에서 가장 필요한 것이 힘을 실어 줄 배경이라는 것도 말이다.

가장 쉽게, 가장 간단하고 빠르게 배경을 만들 수 있는 것. 두말할 것도 없이 힘이 될 여자와의 결혼이었으나 재희에겐 이미 오래전부터 상관없는 일이었다. 서윤을 제 짝으로 여긴 이상 절대 이뤄질 수 없는 것이기에 욕심조차 내지 않고 해일디자인에 머물렀을 뿐이다.

그런데 설마 자신을 본사로 들이기 위해 제 할아버지가 그런 생각을 하고 있었을 줄이야. 도무지 믿기지 않았다.

기억을 더듬어 본다. 이런 일을 하기 위해 서 회장이라 해도 필요한 것이 있었을 것이다. 그렇다면 그건 언제부터였을까. 13년을 곁에 머물러도 지금까지 아무런 제지도 하지 않다가 이제 와서 벽을 만드는 건.

아마도 그건 자신과 서윤의 지지부진했던 관계가 청산되었던 때.

제 조부가 자신보다도 먼저 변제의 기일을 알 수 있는 건 당연한 일이었다. 그리고 두 사람의 이런 마음을, 아니 재희의 마음을 알고 있었다면…… 이 모든 것을 예상했었다면. 변제가 끝나던 바로 그때. 재희의 마음을 알고, 재희가 서윤을 포기하지 않을 것임을 알고.

서 회장은 몸을 뒤로 젖히며 가볍게 손짓했다.

"끝을 낼 수도 없고 아무것도 가진 것 없이 있는 건 배짱과 내 이름뿐인 네놈이 내가 있는 이 자리를 대신할 자격이 있느냔 말이야."

가진 것 하나 없는 주제에 왜 서윤을 선택했느냐는 질타 같았다. 가슴에 뜨겁게 불이 일었다.

서 회장의 손짓에 점점 작아지는 자신을 느끼며 재희는 목울대를 움직였다. 모든 것을 알고 있었다면 이 상황은 너무도 자연스러운 일이었다. 애초에 정해진 수순이라는 것 말이다. 아프게 넘어가는 침이 흔들리는 다짐을 깨우기엔 역부족이었다. 서 회장은 무심하게 친절을 가장한 압박을 이어 나갔다.

"양 실장은 너에겐 귀할지 몰라도 해일엔 무엇도 아닌 계집애다. 하지만 내가 아는 한 년 십수 년간 그 아이 하나만 알아 왔고, 또 절대 버리지 못할 테지. 그러니 나는 내가 버리지 못하는 것을 위해 이러는 것뿐이다. 자, 이 정도면 이유가 되었을까?"

조부는 다정하지만 해일그룹의 서충호 회장은 다르다. 그는 냉철하고 매서웠고 누누이 버릇처럼 말했듯 자리가 아니라 여겨진다면 혈육조차 내칠 수 있는 사업가였다.

버려졌다. ……몇 번의 흔듦과 경고, 협박의 끝에 결국 버려진 것 같았다.

할아버지가 손자 대하듯 같은 방법으로 자신의 입을 막아 버린 서 회장에 재희는 간신히 심호흡을 했다.

그는 두 주먹을 굳게 쥐고 눈을 빛냈다. 흔들림은 애초에 없었다. 단지 조금의 망설임이 있었을 뿐이다. 그 망설임도 선택에 대한 후회 따위가 아니라 제 조부를 저버릴 수 있는가에 대한 것이었다.

"더 여쭙지 않겠습니다."

어디 말해 보라는 듯 잔을 다시 드는 손길이었다.

"하지만 하나는 미리 말씀드렸습니다."

"……."

"탐내지 마시라고."

건방진 어조에 잔을 기울이던 움직임이 멈췄다. 서 회장은 조금 일그러진 표정을 감추지 않고 재희와 아주 많이 비슷한 눈으로 압박했다.

"내 것을 내가 탐내는 건 당연한 게 아닌가."

그야말로 꼭 닮은 두 사람이었다. 만약 지현이나 서윤이 있었다면 당장이라도 서로 닮았다며 고개를 끄덕였을 모습이었다. 재희는 강하게 몰려드는 기백에 주먹을 꽉 쥐며 맞섰다.

"저는 분명 말씀드렸습니다. 그리고 그걸 어기신 건 회장님입니다."

"그래, 멋대로 가져가 놓고 돌려주지 못하겠다고 떼를 쓰는 게로구나."

한순간에 재희의 말을 떼로 치부한 서 회장이 잔을 놓고 자리에서 일어났다.

"그럼 별 수 없지."

차분한 말에 함께 일어선 재희가 반사적으로 눈을 찌푸리자 서 회장은 부드럽게 미소 지었다.

"지우는 수밖에."

"회장님."

"능력도 없는 놈이 과분한 것을 쥐고 있는 꼴을 그냥 둘 수 없지 않겠나, 본부장."

"회장님."

거듭된 부름에 말해 보라는 듯 빤히 바라본다. 재희는 몸을 세워 말을 이었다.

"후회하실 겁니다."

"협박이라도 하는 게냐?"

"글쎄요. 저는 아직 어리고 젊고, 철이 덜 들어 모자란 놈 아니겠습니까."

경고인지 협박인지 모호한 말에 서 회장은 아무런 반응도 보이지 않다 곧 희미하게 입꼬리를 올렸다.

"그리 오래 걸리지는 않을 게야. 그러니 그동안 잘 여며 보시게나."

서 회장의 공작에 재희가 할 수 있는 선택은 두 가지였다. 하나는 그의 뜻을 받아들여 해일디자인을 해일그룹에 흡수시키거나 거부, 즉 반란을 벌이거나.

이 자리에 서 회장이 직접 온 것은 이것이 단순한 변덕이나 장난 따위가 아님을 말하기 위한 경고, 아니 협박이었을 것이다. 결국 목전에 칼이 드리워져 있었다.

홀로 남은 재희는 비어 있는 앞자리를 한참 동안 보고 또 보았다. 온갖 생각들이 머리를 채웠고 꽉 쥐어진 주먹은 이젠 부들부들 떨리기까지 했다.

배신감. 다른 누구도 아닌 제 조부에게 당한 배신에 심장이 저며 들었다. 그렇게 눈가에 선 핏발이 가득히 차오르고 있는 분노에 입술이 하얗게 되도록 세게 짓씹어 살짝 상처가 날 즈음 그의 뒤에서 가만히 안아 오는 손길이 있었다.

함께 나눈 사랑의 향기가 묻어난, 가까이하지 않으면 알 수 없는 저가 남긴 체취가 가득한 그녀의 손길이었다.

"미워하지 마."

언제 들어왔는지는 모르지만 낮은 속삭임으로 서윤은 아무것도 듣지 못하고 보지 못했음에도 재희에게 가장 필요한 말을 해 주었다. 뒷모습에서 느껴지는 그의 감정과 화를 그녀는 누르고 또 눌러 달랬다.

"너는, 너만큼은 그분을 미워해선 안 돼."

"······."

"그분을 원망하고 미워하는 만큼 네가 아파."

거짓말처럼 가라앉기 시작한 분노가 멀리 퍼져 흐려졌다. 꽉 잡혔던 주먹에선 힘이 풀리고 핏발이 섰던 눈은 감겼다. 빠르게 뛰던 심장까지 정상의 박동을 찾았고 그를 안고 그의 목덜미 곁에 살을 마주 대 박동을 느끼던 서윤은 안도하며 말을 이었다.

"아프지 마, 재희야."

"……안 아파."

"그럼 미워할 이유가 있다면 그 이유를 덮을 다른 이유를 찾아. 미워하지 않고 싫어하지 않아도 될 다른 기억을 찾아서 사라지게 만들어."

 재희를 안은 손에 조금 더 힘을 주어 감쌌다. 달콤하고 뜨거웠던 새벽의 황홀함의 잔재를 느끼듯이 그녀는 어느 때보다도 가깝게 느껴지는 재희에게 자신이 배우고 깨달은 것을 모두 비추었다.

"내가 널 사랑하고 이렇게 안아 줄 수 있는 건 너에게 받은 도움이 부끄럽고 창피해서 도망가려고 했던 그때를 덮을 이유가 있어서야. 그렇게 창피하도록 곁에 있었지만 곁에 있으면서 내가 받은 다른 것들이 널 떠날 이유조차 사라지게 할 만큼 크고 따뜻해서야. 그러니까 넌 그분을 미워하지 않을 이유를 찾아."

"……."

"나는 널 도울 거야."

 싸늘하게 자신을 스치던 서 회장의 눈빛을 떠올리면 가슴에 불안감이 남지만 서윤은 내색하지 않고 재희에게 제 따스함을 옮겨 주었다. 무섭고 힘들어도 외롭지 않을 수 있다는 게 얼마나 축복인지 알아주길 바라면서.

"네가 조금도 아프지 않도록."

그것을 알아주었는지 한참 동안 그대로 안겨 있던 재희가 그녀의 팔을 잡고 앞으로 당겼다. 그리고 저를 달랜 손에 고맙다는 듯 짧게 입을 맞추고 말했다.

"이번만큼은 내가 널 지켜."

"응?"

서윤의 도움을 받아서가 아니라, 서윤을 위해서. 감정에 치우친 표정이 아니라 늘 그랬던 여유로운 서재희가 당당하게 서윤을 안심시켰다.

"해 보자, 도박."

역시나 알아들을 수 없는 말이지만 그녀는 고개를 갸웃거리는 대신 웃으며 고개를 끄덕여 주었다. 자리에서 일어나 책상으로 간 재희는 집중할 때 쓰는 안경을 끼며 자리에 앉았다.

"다음 주가 오찬이었나."

"아, 응. 다음 주 월요……."

기운을 차린 것 같은 그를 반기며 말을 잇던 서윤은 월요일이라 대답하다 말고 말을 멈췄다. 말을 하다 마는 그녀에 고개를 들어 재희가 보았고 서윤은 표정 관리가 잘 되지 않는 듯 눈가를 찡긋거렸다.

"출근 마지막 날이야."

얼마 남지 않았다고, 공식적으로 그의 곁에 머물 수 있는 날이 얼마 남지 않았다고 시간이 말하고 있었다.

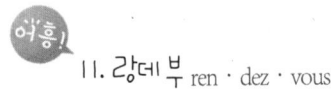

11. 랑데부 ren · dez · vous

 재희가 해일디자인을 맡게 되면서 떠났던 집은 고등학교 무렵 살았던 곳과는 달리 서양식 저택이었다. 전학을 가기 전까지 머물렀던 곳이고 또 대학을 다닐 때까지 살았다. 근래엔 못 왔어도 한 달에 한두 번씩은 꼬박꼬박 왔던 곳이라 살고 있지는 않아도 낯선 곳은 아니었다.
 원래도 지나치게 크다고 생각했던 공간은 여전했다. 고용인들이 대여섯 명 있긴 했지만 그들에게 각자 방을 주고도 방이 남을 정도로 큰 저택이니 말 다 했다.
 이른 아침에 준 물에 물방울들을 잔뜩 머금은 화초들이 싱싱한 기운을 뿜는 정원에서 적당한 꽃을 골라 다듬고 화병에 담은 김 집사는 저택으로 들어가 가장 안쪽에 위치한 식당으로 향했다. 그리고 늘 이 저택의 주인 혼자 앉던 식탁에 마주 앉은 서 회장과 그 손자의 사이에 놓았다.

향기가 약한 이름 모를 꽃이 삭막한 분위기를 조금 화사하게 만들어 주긴 했지만 그 꽃을 둔 감상은 없었다. 어찌 보면 험악하다 싶은 정도의 침묵이 그들 사이를 휘감았다. 기껏 놓인 꽃이 주눅 들어 보일 정도였다.

드르륵, 움직이는 카트 위에 두 사람을 위해 준비된 아침이 있었다. 취향도 같아서 가벼운 반찬 두세 개에 밥과 국밖에 없는 조촐한 식단이었지만 갓 조리한 티를 내듯 윤기가 흘렀다.

차례로 음식을 놓은 고용인들이 식당을 나선 후 가만히 지켜보던 서 회장이 숟가락을 들며 말했다.

"먹자."

왜 왔느냐는 말이나, 아침부터 무슨 일이냐는 등의 평범한 질문은 없었다. 불쑥 찾아와 맞은편에 앉은 재희를 힐끗 보곤 보던 신문을 마저 보던 서 회장이었다. 그리고 원래 함께 있었다는 양, 어제 있던 일은 없었던 것처럼 '먹으라' 말하고 있었다.

그 말을 듣는 재희의 태도도 크게 다를 게 없었다. 먹으라는 말에 숟가락을 들고 국을 떴다. 이내 두 사람 모두 밥을 들어 하나 가득 국에 말고 푹푹 몇 번 찌른 뒤 퍼먹었다. 꼭 닮은 모습에 멀리 혼자 섰던 김 집사가 부드럽게 미소 지었다.

"오토바이, 결국 안 사 주신 거 아십니까?"

케케묵은 이야기를 꺼내는 재희에 서 회장이 코웃음을 쳤다.

"그 나이 땐 면허증이 있어도 못 탄다고 하던 게 누구였는데."

"그럼 지금 타고 다녀도 상관없을 테니 허락하시는 겁니까?"

그렇게 말하고 숟가락에 가득 밥을 떠 입에 밀어 넣은 재희를 서 회장이 가늘어진 눈으로 보았다. 우적우적 전투적으로 밥을 씹어 꿀꺽 목구멍 뒤로 넘기는 모습을 찬찬히 훑어본다. 당장 달려와 일을 터트리진 않을까 싶을 정도로 화에 가득 찼던 어제의 모습과는 정반대였다. 어디서 조율이라도 받아 온 것처럼 여유로운 모양새에 코웃음을 친 서 회장은 무심하게 대답했다.

"내 허락이 필요한 사안은 아닌 것 같은데."

"회장님의……."

이제는 익숙해진 회장님이라는 호칭을 입에 담았던 재희는 말을 잠시 멈추고 다시 열었다.

"할아버지의 허락이 필요합니다."

말이 갖는 무게가 여실히 느껴지는 순간이었다.

나이 서른이 되어서 이제 와 오토바이 운운하고 있는 모양새가 고등학교 시절 바쁜 조부의 관심을 끌기 위해 괜한 소리를 하던 때와 그리 다르지 않아 보였다. 위험한 취미인 오토바이를 운운하는 재희에게 당장이라도 한 소리 퍼부을 듯 심기 불편한 표정을 짓던 서 회장은 끝까지 아무 말 하지 않았다. 그러나 타도 된다는 말도 없었.

이후 두 사람 사이에는 아무런 대화도 이어지지 않았다. 각자의 식사를 이어 나갔고 거의 동시에 숟가락을 놓고 슬쩍 눈을 맞췄다.

재희는 오랜만에 함께한 끼니에 만족한 듯 후련한 얼굴이었다.

"혈압 약 잘 챙겨 드시고 잠 잘 주무시고 계십시오."

먼저 자리에서 일어서며 인사를 건넨 그는 의심스러운 눈으로 향한 서 회장에게 허리를 숙였다.

"오찬 때 뵙겠습니다."

미련 없이 멀어지는 재희의 뒷모습에 시종일관 서늘하기만 하던 서 회장의 입가로 미소가 번졌다. 그리고 휴대폰을 들어 익숙한 단축 번호를 누르고 곧 들려온 지현의 목소리에 말했다.
"다시 들어오라고 해."

60일이라는 시간이 길다고 생각했다.

처음 재희가 두 달이라는 시간을 말했을 때 기가 막혀 본성이 툭 튀어나올 정도였다. 설마 그 시간들이 제 인생을 송두리째 바꾸어 놓을 줄은, 또 유수처럼 이렇게 지나가 버릴 것이라곤 아마 재희도 알 수 없었을 거다.

"실장님……."

손에 쥔 사원증을 내려다보는 서윤을 윤찬이 안타까운 목소리로 불렀다. 벌써 아쉬움이 뚝뚝 묻어나는 목소리였다. 옆에 함께 선 지원이 윤찬의 어깨를 다독였다. 서윤은 괜히 분위기를 이상하게 만든 것 같아 사원증을 내려놓고 손을 저었다.

"괜찮아요. 그냥 한 10년간 끼고 있던 거라."

그녀의 사원증은 안에 카드는 직급이 달라질 때마다 바꾸곤 했지만 겉에 있는 투명 케이스는 디자인이 바뀌었을 때 딱 한 번을 빼곤 쭉 써 왔던 것이었다. 그래서 손때가 가득 묻어 모서리는 곡선까지 졌을 정도였다. 그러나 지금 그녀의 목에는 임시 사원증이 걸려 있었다.

"마지막 날에 사원증도 잃어, 버리고…… 여러모로 저도 많이 달라졌나 봐요."

본인의 것이 아닌 임시 사원증을 목에 걸고 아쉬운 듯 웃어 버리는 그녀에 윤찬이 조심스럽게 물었다.

"정말 그만두셔야 하나요?"

"그래야죠. 계속해서 번복하면 오히려 이상한 사람이 될 거예요. 지금 이 두 달도 고깝게 보는 사람들이 있을 겁니다."

"하지만."

"윤찬 씨도 많이 적응되었고, 여기 강 주임도 많이 도와주고 있으니 더 문제 될 건 없어 보여요. 나 대신이 아니라 한 사람의 비서로 열심히 해 줬으면 좋겠어요. 그리고 가장 큰 행사는 다 해 주고 가는데 뭐가 그렇게 걱정이에요."

"그래도 저는 본부장님에겐 늘 부족하기만 해서. 거기다 회사가 워낙 뒤숭숭하니까…… 실장님이라도 계신다면."

"아이참, 괜찮다니까?"

마지막 날을 맞이한 건 서윤인데 다 큰 사내가 금방이라도 울 듯 눈가가 붉었다. 마음이 여리고 착한 사람이라 오히려 재희를 다루기에 쉬울 것이다. 재희는 강한 사람에겐 한없이 강하지만 약한 사람에겐 더할 나위 없이 약하고 다정한 사람이니까. 물론 그것을 약한 사람이 잘 느끼지 못해서 탈이지만 말이다.

삑.

-양 실장, 안으로.

호랑이도 제 말 하면 온다고 불쑥 울린 인터폰 소리에 서윤은 어깨를 으쓱거렸다. 그리고 따뜻한 물 한 잔을 가지고 안으로 들어가기 전 윤찬을 향해 말했다.

"걱정 말아요. 나를 믿는 만큼, 본부장님을 믿으면 됩니다."

본부장실 안으로 들어선 서윤은 바쁘게 움직이고 있는 재희에게 다가갔다.

"매장 입점 현황표가 없어. 일단 그걸 좀 찾아야겠는데."

"그건 그래프가 아니라 차트로 정리되었다고 말씀드렸잖습니까."

전에 없이 바쁜 그의 바로 옆 파일을 뽑아 건넨 그녀는 이른 새벽부터 바쁘게 움직이느라 흐트러진 재희의 옷매무새를 가다듬었다. 마지막으로 그녀가 가져다준 물을 마시며 찾아 준 자료를 보고 있는 그의 늘어진 넥타이를 쥐고 한숨 쉬었다.

"왜 이걸 매셨습니까? 같은 넥타이 연달아 매지 마시라니까."

"잠깐 맨 건데 바로 내놓긴 그렇잖아."

따뜻한 물을 넘기며 안 그래도 조금 따끔했던 목을 만지던 재희는 순간 든 이질감에 고개를 돌렸다. 느슨해졌던 넥타이를 바르게 조이고 멀어진 그녀는 시계를 확인하고 있었다. 그는 조금 기운 고개로 물었다.

"내가 이걸 맨 걸 네가……."

"벌써 열한 시입니다. 출발하시죠."

결전의 시간이 코앞이었다.

이번 오찬은 매해 있던 총괄회의의 마지막 수순이었다. 사전회의가 본래의 뜻은 둘째 치고 힘든 일을 하기 전에 영양 보충이라도 하라고 모이는 자리라면 힘든 일정을 끝내고 모두 수고했다며 노고를 치하해 주는 자리였다.

매년 참석하는 오찬에서 재희는 늘 가십거리이자 눈길을 끄는 사람이었다. 많은 이유가 있겠지만 꼬리표처럼 따라붙는 출신과 놀라운 성과를 낸 것에 대한 질투 어린 시선들이었다. 그러나 올해는 달랐다. 그를 바라보는 눈과 말들에는 매서운 가시와 비웃음 그리고 더욱 심해진 입놀림이었다.

서 회장의 비호를 받던 서재희가 버림받았다.

지난 총회에서 보인 서 회장의 행동과 직접 해일디자인까지 찾아가 보인 날 선 태도들은 이미 모든 곳에 퍼진 후였다. 발 없는 말이 천 리를 간다고 없는 발마저 만들어 낼 법한 수많은 추측들이 오갔다.

열여덟의 어린 어미의 밑에서 미혼모의 아이로 태어난 출신도 모를 아이. 아무리 핏줄이라 하더라도 서 회장도 더는 받아들일 수 없는 것이라는 이야기가 주축이었다. 서른이 되어서도 짝이 없고 그것을 받아들일 생각조차 없이 독불장군처럼 구는 그를 포기할 수밖에 없다는 것. 주변의 수많은 입김과 회유에 노쇠한 서 회장이 서재희를 대신할 후계자를 찾기 위해 이때까지 본사로 불러들이지 않고 또 그가 맡고 있는 해일디자인을 쥐려 한다는 것까지 파다하게 퍼져 나갔다.

"여자 셋이 모이면 접시가 깨진다고 그랬지."

자신을 안주로 놓은 주제에 아닌 척 고상을 떠는 이들을 보며 재희는 피식 웃었다.

"남자는 둘만 있어도 건물이 무너질 거야."

"……."

"아주 말로는 눈으로 여자들 임신시키겠어. 지들이 신이야."

"크흡, 풉."

이 상황에서조차 하고픈 말을 걸쭉하게 내뱉는 재희에 서윤은 저도 모르게 터져 나온 웃음을 황급히 막았다. 몇몇은 이 이야기를 들은 듯 그를 뚫을 듯 노려보았지만 재희는 보란 듯이 어깨를 으쓱이며 무시했다.

"식사 준비가 끝났으니 들어오십시오."

시기 좋게 불러들인 서버의 말에 재희의 무거운 엉덩이가 들렸다. 들어가기 싫다는 듯 표정은 썩 좋지 않았지만 역시나 도망치는 법을 모르는 그는 성큼성큼 걸음을 옮겼다. 멀어지는 재희의 뒷모습에 서윤은 빠르게 다가가 잡았다. 의아한 듯 돌아보는 그의 눈에 서윤이 마른 입술을 열었다.

"네 뜻대로."

자신을 향한 시선에 서윤은 잠시 심호흡을 하고 재희를 올려다보았다. 재희는 이번 일만큼은 온전히 제 뜻대로 일을 진행했다. 항상 곁에 있던 자신의 도움 없이, 오롯이 홀로. 때문에 결과가 어찌 되든 상관없었다.

자신이 없는 첫걸음. 그건 제가 없어도 된다는 의미가 아니라, 망설임이나 의심 없이 믿을 수 있고 기댈 수 있는 사람이 되었음을 의미하기에 서운함은 없었다. 그러니 재희의 나아가는 한 걸음이 있는 이 순간에 용기를 줄 수 있는 것만으로도 충분했다. 다른 사람들이 모두 들어가 비어 버린 홀을 잠시 둘러본 그녀는 확실하게 말했다.

"넌 우리의 주인이니까."

노예 따위로 비교하는 말이 아니었다. 주인主人. 우리를 이끄는 우두머리. 서윤은 일부러 재희가 하는 일에 손을 대지 않았다. 그가 제 조부와 맞서는 최초의 순간에 다른 이들의 손은 필요치 않았다. 그저 믿고 따르는 것. 망설이지 말라는 단호한 말에 재희의 손이 그녀의 뺨에 올랐다. 그리고 스치듯 빠르게 입을 맞추고 코끝이 마주 닿을 정도로 가까운 거리에서 속삭였다.
"기다려. 금방 끝낼 테니까."
그렇게 말하고 안으로 들어서는 그의 등이 너무도 든든하고 커 보였다.

아까운 음식들이 식어 간다.
갓 굽고 갓 찌고 갓 무쳐 낸 신선하고 맛있는 요리가 주방장의 마음을 애태우기 충분하게 바짝 말라 버렸다. 냄새마저 앗아 가게 되는 긴 시간, 그들은 총회의 결과를 가지고 더없는 결정이었다며 서 회장에게 박수를 치고 있었다.
본래 늘 이 오찬의 중심이 되어 사람들의 시기질투를 반찬으로 밥을 먹던 재희는 한순간에 끈 떨어진 퇴물 취급을 당했다. 서 회장의 총애, 눈에서 벗어났다는 이유만으로도 그를 향한 태도는 당연한 것처럼 보였다.
"역시나 회장님이라고밖에 생각되지 않는 현안이십니다. 각각 적재적소로 지원된 결과에 따라 우리 해일 가족이 한데 똘똘 뭉친 것 같습니다."
고 사장의 스케일 큰 사탕발림에 너도나도 그 줄을 잡는다. 적당히 무르익은 분위기 탓인지, 아니면 더 어떻게 꼬리를 칠 것이 없어서 그러는지 몰라도 지금까지 없는 사람인 양 대우하던 재희를 입에 올리기 시작했다. 물론 주어 없이 이어진 대화였다.

"누군가를 편애하지 않는 것, 공사 구분에 전과 다르지 않는 모습에 다들 얼마나 회장님을 존경하고 있는지 모르실 겁니다."

콕 집어 서 회장이 재희에게서 등을 돌리기 시작했음을 알리는 말이었다. 서 회장은 무심히 답했다.

"당연한 일을 입에 올릴 필요는 없지."

대놓고 재희를 저격하는 말에도 그는 무심했다. 고 사장은 히죽 미소를 지었다. 잠시나마 서 회장과 재희가 무슨 연기라도 하는 건 아닌가 싶었으나 총회의 결과는 물론 지금 보이는 모습에서까지 확실히 알 수 있었다. 그들이 틀어져 있음을.

"맞습니다. 사실 아직 여물지 못한 아이에게 너무 큰 장난감을 쥐여 주면 탈이 나기 마련입니다. 계속해서 고쳐 주고 만들어 주고 달래 주고. 한두 가지 어려운 게 아니지 않겠습니까. 요즘 박스들 보면 나와 있잖아. 몇 세부터 몇 세까지 사용하세요, 라고."

감탄이 나올 정도로 훌륭한 비꼼이었다. 본래 이 바닥에서 세 치 혀만큼 중요한 게 없었다. 말 한마디로 천 냥 빚을 갚는다는 것은 결코 괜한 소리가 아니다. 그리고 말 한마디로 천 냥 빚을 지는 것도 순식간이다.

고 사장은 애초에 재희를 마음에 들어 하지 않았다. 혈족이 없는 서충호 회장의 밑에서 자신이 차기 회장이 될 것임을 믿어 의심치 않았던 그다. 있는 것이라곤 강제 전학이나 당하는 어디 씨인지도 모를 외손자 하나. 심지어 하나뿐인 딸의 배를 가르고 태어난 지독한 놈이니 절대 마음 줄 수 없으리라 생각했다. 거기다 뿌리부터 천천히 해일그룹을 키워 낸 서 회장이라면 꼭 필요한 자신을 배신하지 않으리라 여겼을 거다.

늙어 가는 회장과 오른팔인 자신. 노쇠한 회장의 곁에 있는 건 어리고 어린 손자 하나.

그러나 재희가 하나둘씩 사업에 두각을 드러내기 시작했다. 그룹 내에 들어오기 전, 자택에서 서 회장과 독대하며 경영을 배워 나가고 있음을 알게 되었고 이따금 서 회장이나 이지현 실장을 통해 보내오는 사업 수완은 서 회장 그 이상이었으며 가장 중요한 것은 서 회장은 단 한 번도 제 외손자를 아끼지 않은 적이 없다는 것이었다.

재희를 본사로 투입하자는 결론이 나오기 직전 그것을 해일디자인으로 바꾼 것은 고 사장이었다. 가장 멀리에 두고 경계하며 차근차근 서 회장과의 가지를 쳐낼 요량이었다. 그리고 마침내 그 노력이 빛을 발한 순간이었다.

"아이들에겐 순서라는 것이 있습니다. 꼭대기에서 시작해 봐야 떨어지는 것밖에 모르게 되죠. 모자란 것은 배우고, 부족한 것은 채우고."

청산유수 말을 잇던 고 사장의 시선이 재희에게 돌아왔다. 그는 승리자의 미소를 지었다.

"안 그런가, 서 본부장?"

지금까지 서 회장의 앞에선 내보인 적 없던 완벽한 적대감이었다. 대놓고 드러낸 본심에는 이미 해일그룹을 손에 쥔 듯한 욕심도 담겨 있었다. 당연한 수순이라 여겼다. 늙어 가는 노인의 곁에 마지막으로 있을 것은 본인이라 여겼다.

탁.

홀로 오찬으로 나온 음식들을 하나하나 맛보고 깨끗하게 비워낸 후 젓가락을 내리는 소리였다.

"훌륭하네요. 아주 맛있습니다. 사전회의 때는 영, 별로더니 주방장님이 굉장히 신경 쓰셨던 모양입니다."

과녁이었다면 고슴도치처럼 온갖 화살을 고스란히 맞았을 재희는 물 한 모금으로 입을 헹구고 입가를 닦으며 말을 이었다.

"맛있는 식사도 대접해 주셨으니, 재미난 이야기라도 드려야겠죠. 뭐로 할까…… 뭘 얘기해야 재미가 있으시려나. 아, 그래."

"……"

"회장님이 주신 이 인형판, 이만 버려야겠습니다."

가볍게 이어진 말에 모두 침묵했다. 머리 위로 물음표 하나씩 그린 것처럼 눈만 동그랗게 뜨고 있었다. 인형판? 인형이라니. 다행히 그 뜻의 의문은 오래가지 않았다.

"대충 주식 팔고, 물건 팔고. 영업 마무리하면…… 뭐 평범하게 10년 용돈쯤은 나오지 않겠습니까."

장난감이 곧 해일디자인을 말하고 있음을 알아차린 이들의 눈으로 핏대가 올랐다. 기함할 말을 꺼내고 등을 기댄 재희는 다리를 휙 꼬고 앉고는 삐딱하게 고개를 기울였다.

"안 그렇습니까? 더 얻어먹을 것도 없고, 맛도 없는 밥상에 앉아 모이 달라는 새 새끼 흉내는 그만하고 싶어서 말입니다."

"지금 무슨 소리를 하고 있는지…… 알고나 하는 건가, 서재희 본부장?"

"10년 지나면…… 그래."

돌아오는 물음에 대답도 않고 정말로 생각하듯이 손가락으로 의자 팔걸이를 두드리다 입꼬리를 들어 올렸다.

"새 인형들 좀 가져 볼까 싶은데."

새 인형을 말하며 자연스레 옮겨진 시선이 서 회장으로 향했다. 그에 대한 뜻이 곧 해일그룹임을 알게 된 순간 고 사장을 필두로 대노하며 자리를 박차고 일어났다.

"이 건방진 새끼가!"
"감히 회장님께! 회장님, 참으시면 안 됩니다!"
"더 듣고 계실 이유 없으십니다!"
"저 미친놈 당장 끌어내!"
"누구라도 들어와서 저 자식을······."
"다들 잊으셨나 봅니다."

길게 숨을 내쉬고 자리에서 일어선 재희는 천천히 서 회장이 있는 자리까지 다가갔다. 그리고 식사가 자리한 테이블에 걸터앉으며 손을 움직였다.

"아무리 용을 써서 내 아버지가 어떤 쓰레기였는지 유추하고 내 어머니가 미혼모였다는 걸 말해도, 내가 저기 계신 회장님의 귀한 딸을 죽이고 태어난 놈이라 해도······ 회장님이 날 내치려 손을 쓰고 등을 돌렸다고 해도. 여러분이 아무리 나서서 나 대신 회장님을 보필한다고 해도."

그가 아주 예쁘게 미소를 지었다.

"그럼에도 불구하고."
"······."
"나 서재희가 여기 있는 노인의 하나뿐인 핏줄이라는 걸."

미소가 무색하게 나온 오만방자한 말에 결국 전부를 뒤엎었다. 욕설까지 난무하기 시작한 소란이 벌어졌지만 재희는 떠들썩해진 주변에 아랑곳 않으며 서 회장과 눈을 맞추고 말을 이었다.

"먼저 건드신 건 회장님입니다. 저는 제 밥그릇 뺏기도록 배운 적 없고, 그렇게 가르치지도 않으셨지 않습니까."

완벽한 반란反亂. 반역反逆.

늑대 새끼는커녕 여우도 되지 못한 양이 벌인 반란.

이 자리에 있는 모든 사람이 같은 생각을 하고 있었을 것이다. 그 누구도 한 적 없던 반역 행위를 손자라는 놈이 모든 이가 있는 곳에서 대놓고 하고 있었다. 그것은 패기라고도 객기라고도 표현할 수 없었다. 미친 짓이었다.

서 회장은 침착하게 숨을 고르고 있었다. 잠시 혈압이 급격하게 상승한 것 같았지만 잘 챙겨 먹은 혈압약이 한계점을 넘지 않게 도와준 듯했다.

차분하게 앞에 놓인 물을 마셨다. 꾸역꾸역 넘어가는 물소리가 식당을 채웠다. 긴장으로 가득히 물든 곳에 살아 있는 건 단 두 사람인 것 같았다. 서 회장은 쥐었던 물 잔을 내려놓다 손에 힘을 주어 쥐었다.

"오냐오냐하던 것이 설마 이렇게 될 줄은 미처 몰랐구나."

전에 없는 노기는 손자에게 당한 것에 대한 분노인지, 타인의 앞에서 당한 수모 때문인지는 알 수 없었다. 다만 재희는 여전히 여유로웠다.

"회장님의 실책이시죠."

"네가 이렇게 나오고도 내가 그곳을 가만 둘 것 같으냐."

"그 또한 회장님의 실수가 될 겁니다."

"철저히, 내가 할 수 있는 모든 방법을 가지고 빼앗아 주마."

전쟁과도 같은 두 사람의 대화는 재희가 휴대폰을 꺼내 드는 것으로 잠시 소강상태에 접어들었다. 이내 번호를 누르고 전화를 건 그가 짧게 한마디를 했다.

"들어와."

사람들은 당연히 서재희의 양, 서윤이 들어올 것이라 생각했다. 그러나 안으로 들어선 건 품에 무언가를 든 낯선 인물이었다. 낯선 이를 보는 순간 서 회장의 눈이 파르르 떨렸다.

"죄, 죄송합니다."

식당 안으로 들어온 건 본사 소속의 비서이자 현재 해일디자인으로 파견된 강지원 주임이었다. 눈에 띄게 변한 서 회장의 안색에 모인 이들의 눈이 흔들렸다. 표정으로 봐도 서 회장이 동요하고 있음을 알 수 있었다.

재희는 손을 뻗어 지원이 내민 자료들을 받았다. 그리고 무심히 확인하며 말을 이었다.

"재미있는 일을 진행하셨습니다. 설마, 그 작은 회사에 이런 걸 놓으셨을 줄은 몰랐거든요."

가장 먼저 테이블에 놓인 건 지원에 대한 이력서와 그녀가 지금껏 해일디자인 내의 아이피로 본사로 보낸 메일 및 메시지들이었다.

"고약한 종자를 심어 놓으셨을 줄은 몰랐는데 말이죠."

누군가 신음 소리를 냈다. 아주 성질 나쁜 것이 가장 먼저 나와 버렸다. 동종업계나 라이벌 간에 스파이가 숨겨지는 것은 공공연한 비밀 중 하나였다. 예상은 하지만 절대 들켜선 안 될 것. 그것이 들키는 순간 단순히 사람만 잃는 게 아니게 된다. 이미지 하락은 물론이거니와 그것으로 인한 법적 조치도 감수해야 했다.

이곳에 있는 자들이 모두 서 회장의 비호를 받고 있는 대상이 아니라면 당장이라도 물고 뜯었을지도 모를 일이었다. 물론 그것으로 서 회장을 잡아 끌어내릴 수는 없는 것이지만 제 손자에게까지 스파이를 붙인 서 회장의 평판이 하락하는 건 당연한 일이었다.

실망감에 나온 신음, 그러나 그건 끝이 아니었다.

"그간 올라가지 않은 보고를 어떻게 아시게 되었는지 도통 알 길이 없었습니다. 심지어 올라갈 필요가 없는 보고조차 아시고 직접 찾아오기까지 하셨죠. 이것으로 보면 충분히 예측이 가능한 일입니다. 자회사를 감시하기 위한 본사의 인원을 파견이라는 목적으로 투입, 그것을 통해 기밀 사항이 전부 본사로 유출되어 막대한 손실이 일어났으며 이로 인해 관련 매장들이 속속들이 계약을 해지하고 있습니다. 더욱이 본사의 개입으로 회사와 점주 간의 신뢰도가 곧바로 손실로 이어졌으니 저희 쪽에서도 그냥 둘 수는 없었습니다. 애석한 일이죠."

매장 계약이 해지되기 시작한 시기는 지원이 파견되었던 때와 맞물렸다. 마치 날개라도 단 것처럼 온갖 곳에서 계약 해지 요청이 날아왔고 그 요청은 기이하게도 늘 서윤이나 재희가 없던 때에 들어왔다.

재희는 지독할 정도로 집요하게 해지 내용증명을 보낸 매장들을 찾았다. 하나하나, 없어도 별 무리가 없을 정도로 작은 매장까지 모두 잡아냈고 서윤을 엘리제에 보냈던 그때, 그곳에서 몇 개의 작은 매장은 그런 내용증명을 보낸 적이 없음을 알게 되었다.

본사에서조차 알기 어려운 작은 매장의 해지 계약서까지 조작할 수 있는 건 그것을 열람할 수 있는 사람이었다. 자신은 물론 서윤과 윤찬도 열람한 적 없는 상세매장현황표가 비서실에서 열람

된 기록이 있었다. 아무렇지도 않게 지나갈 수 있는 그 상황을 기억하고 있던 재희가 강 주임이 이지현 실장의 직속 부하 직원임을 알아내기까진 그리 오래 걸리지 않았다.

하나하나 반론할 수 없는 사실들이 나열되었다. 서 회장은 부들부들 떨리는 눈으로 어금니를 세게 물었다. 그리고 사납게 말을 이었다.

"그건 어느 나라 소설이지?"

"소설이라니요. 본사 개입, 그것도 회장님 독단적 개입으로 인해 파견된 비서가 여기에 있고 매장 계약 해지를 원하는 내용증명도 있습니다. 거기다 회장님 본인께서도 증거를 주셨습니다."

"……."

"지난 4년간 이어진 지원을 4분의 1 수준으로 하락시킨다는 공문. 누가 봐도 이건 대놓고 나온 저격입니다."

결국 인내심을 발휘하며 참아 내던 서 회장이 자리에서 몸을 일으키며 테이블을 세게 내리쳤다. 전과 반대로 완전히 분노한 서 회장은 맹수처럼 거세게 외쳤다.

"모함 따위로 감히!"

늘 침착한 서 회장의 본 적 없는 모습에 고 사장은 일이 나쁘게 돌아가고 있음을 본능적으로 느꼈다. 기본적으로 자신이 지지를 받는 건 서충호 회장이라는 굳건한 기둥의 가장 중요한 주춧돌이라는 사실 때문이었다.

무너지고 있는 서 회장의 모습을 보여서 좋을 것은 아무것도 없었다. 함정이었다. 이 모습 자체가 인정하고 있는 것이고 총회 결과가 뒤바뀔 수도 있었다.

"회장님, 여기서 이러시면 안 됩니다. 일단 자리를 다시 마련하시고."

"노골적인 처사에 저희는 최선의 방법을 찾아 노력하는 것뿐입니다, 회장님."

재희는 어떻게든 서 회장을 말리려 그의 팔을 잡고 있는 고 사장의 손을 잡고 강제로 떼어 냈다. 그리고 몰아치듯 서 회장의 눈을 보고 쏟아부었다.

"엘리제를 해일디자인 측에 묶어 두고 엘리제 자체의 수익을 자체 수정해 횡령, 세금 추징을 피하셨습니다. 거기다 각 매장의 건물을 매입하시는 것도 사비가 아닌 회삿돈으로 처리하신 것 같더군요. 적어도 몇 년은 끌고 갈 일이 되겠죠. 알아보니 이건 아무것도 아니더군요. 다음은……."

어떻게 숨기고 있었는지 의문이 갈 정도로 속사포처럼 쏟아 내며 하나하나 자료를 테이블로 던지듯 내려놓던 재희는 마지막 남은 가장 두꺼운 자료를 내려놓을 듯하다 멈췄다. 과연 저 두꺼운 것에 무엇이 들어 있을까. 모두가 긴장 속에 숨 쉬는 것조차 멈추고 그를 보던 때에 재희의 목소리가 한 톤 높아졌다.

"여기까지가 서재희 본부장이라면."

평소 그의 모습으로 돌아와 여유 넘치게 손에 쥔 그것을 흔들었다.

"이다음은 손자 서재희가 아는 것들인데."

듣는 사람의 속을 뒤틀어 버리기에 충분한 아주 고약한 행태였다. 이곳에 모인 이들 전부가 저보다 연배가 높은 선배라는 사실을 잊은 것처럼 그는 그들을 손바닥에 놓고 좌지우지해 대고 있었다.

지금까지 말한 것들로도 천하의 서 회장조차 한동안 음지에 숨어 살아야 할 만큼 타격이 큰 것들이었다. 해일그룹은 서민과 가장 가까운 곳에 있는 기업 중 하나이기에 어느 누구도 해일의 중심인 서 회장을 이렇게까지 몰아치지 못한다. 그건 곧 해일을 치는 일과 진배없기 때문이었다.

결코 해선 안 될 일을 저 미친놈이 아무렇지도 않게 하고 있었다. 심지어 더 큰 것을 손에 쥐고서 이곳에 모인 사람들을 조롱하듯이.

"이게…… 어디서 나온 걸까. 어디에서, 어느 집에서. 어느 방에서…… 누구의 손에서."

하나하나 스무고개를 하듯이 움직이던 시선이 다시 서 회장에게 닿았다.

"뭐가 쓰여 있을까."

서 회장의 몸이 더없이 떨려 오고 있었다. 바들바들, 병이 난 사람처럼 배신감에 휩싸여 순식간에 늙어 버린 눈으로 더듬거렸다.

"서, 설마 어제 찾아왔던 게."

맙소사. 고 사장은 늙은 입에서 나온 바보 같은 소리에 머리가 어지러웠다. 숨기고 또 숨겨야 할 사실을 보란 듯이 본인의 입으로 토해 내는 서 회장을 밀쳐 버리고 싶을 지경이었다. 재희가 서 회장의 집을 찾아갔었다는 사실이 알려지면서 식당은 웅성거림으로 뒤덮였다.

"괜한 수작이야. 회장님이 그럴 리 없다는 건 자네들도……."
"하지만 저기 서 본부장 손에."
"없으리란 보장도 없고."
"아니라면 다행이지만 정말이라면."

한번 편승된 분위기는 거짓말처럼 고착화되어 변하지 않았다. 순식간에 해일에 쓸려 버린 것처럼 모두 안달 난 얼굴을 했다. 고 사장은 고작 뭔지도 모를 파일 하나를 쥐고 선 어린놈에게 밟히고 있음을 저도 모르게 인정하고 있었다.

"서재희."

저것이 서 회장의 손에 있던 비밀문서라도 된다면 이곳에 있는 모두가 약점을 쥐어 잡혀 버린 것일지도 몰랐다. 해일의 모든 것을 알고 있는 서 회장의 전부가 담겨 있을지도 모를 그 손에 시선을 잡히고 초조하게 다음 말을 기다렸다.

기선은 빼앗기고 남은 건 오롯이 재희의 몫이었다. 목이 빠져라 자신의 다음 말을 기다리는 이들을 뒤로하며 그가 물었다.

"더 할까요, 할아버지?"

함락당한다.

견고하던 서충호라는 거대한 나무에 금이 갔다. 그것도 손자의 도끼질에.

어떻게 생겨 먹은 핏줄이건 간에 재희의 말처럼 '핏줄'이라는 것이 가진 힘과 핏줄이기에 알 수 있는 정보들은 그것이 아닌 자들에게 힘처럼 휘두를 수가 있다.

"잘 기억하셔야 할 겁니다. 나는 이곳을 가질 수는 없어도 전부 찢어 버릴 수 있는 미친놈이라는 거."

경고와 같은 한마디에 모두 입을 다물었다. 그들은 두 사람을 남기고 자리를 떠날 때까지 침묵하며 귓가를 울리는 재희의 으르렁거림을 본의 아니게 곱씹어야만 했다.

오직 말, 말 하나로 이뤄 낸 성과는 그야말로 쾌거였다. 순간을 보자면 작은 흠에 불과할지라도 장기적으로 보자면 오늘의 각인은 훌륭한 매개체가 될 것이다.

현재 재희의 등은 진땀으로 잔뜩 젖어 있었다. 겉으론 뻔뻔하게 나섰지만 연배 높은 이들의 기세를 홀로 대하며 맞서는 것은 결코 쉽지 않았다. 만약 서 회장이 맞장구 같은 태도를 보여 주지 않았다면 진작 휘말려 질려 버렸을지도 모른다.

서 회장은 자리에 앉아 한동안 미동도 하지 않고 있었다. 고개를 숙이고 생각을 하는 건지 아니면 뭔가 다른 것이 있는 건지 소리조차 내지 않았다.

재희는 사납게 몰아친 자신의 행동을 후회하진 않았다. 다만, 정말로 바라는 건 단 하나였다. 그는 굳은 얼굴의 서 회장을 돌아보며 지금까지의 당돌하고 오만했던 모습을 버리고 깊이 허리를 숙였다.

"지금까지 말한 것, 내놓은 것 전부 드리겠습니다. 아무것도 하지 않고 얌전히 살라면 그렇게 하겠습니다. 그러니까 딱 하나만 부탁드립니다, 회장님. 양서윤······."

아직 그녀에게 상처가 없다. 아직, 아무런 흠도 없다. 그리고 앞으로도 무조건 그녀는 자그마한 상흔조차 남아선 안 된다. 이미 많은 상처를 받고 곁에 머물러 줬던 서윤이다. 더 이상 그녀에게 아픔을 주고 싶지 않았다.

"제발 빼앗지 말아 주십시오."

간절한 음성으로 애원하듯 한참을 깊이 허리 숙이고 있던 재희가 덜컥 겁이 나기 시작한 건 발작하듯 서 회장의 등이 움직였을 때였다.

"큭."

"……회장님?"

자신의 무례하고 도발적인 행동에 서 회장의 몸에 무리가 간 것은 아닌가 싶었다. 조심스러운 부름에도 서 회장은 아무런 말이 없었다. 그저 다시 간헐적으로 소리를 낼 뿐.

"큭, 크큭. 크크큭."

"회장님!"

정말로 큰일이 난 건 아닌가, 기겁하며 황급히 무릎을 꿇고 아래에서 서 회장의 안색을 살피려던 재희는 의자를 탕탕 치면서 시작된 그의 웃음소리에 멍해졌다.

"하하하! 아하하!"

어찌나 호탕하고 시원한 웃음소리인지 듣고 있는 사람마저 덩달아 가슴에 울림이 전해질 정도였다. 서 회장은 정말 한참을 그렇게 웃고 난 후 겨우 진정하며 여전히 무릎을 꿇고 자신을 보고 있는 재희의 머리를 쓰다듬었다.

더없이 다정하고 부드러운 조부, 그 자체였다.

"아주 똑같구나, 똑같아. 어쩜 이리 둘이 닮았을까. 그 세월이 어리다고 비껴간 게 아니었던 모양이지? 건방지고 고약한 것까지 아주 딱 닮았어."

"……예?"

"강지원 주임까지 알아낼 줄은 몰랐는데 말이야. 양 실장이나 좀 건드릴 요량으로 보냈던 것인데 설마 그걸로 아주 맛있게 물어뜯어 줬어, 고맙게도."

도통 알 수 없는 자신의 모습에 아무런 말도 하지 못하는 재희를 두고 서 회장이 목청을 크게 높였다.

"이 실장!"

기다렸다는 듯 안으로 들어온 지현은 강지원이 안고 왔던 것만큼의 자료와 문서들을 안고 있었다. 그녀는 인사를 잊지 않고 허리를 숙인 뒤 다가왔다. 서 회장은 손을 들어 휘휘 저으며 말을 이었다.

"이 자리에서 고 사장 편에 있던 놈들 색출해서 관리해. 이도 저도 아닌 박쥐같은 놈들은 쳐내야 나중에 편할 테지. 하나도 빠짐없이 보고 올려서 다 집어내. 그리고 빠른 시일 내로 목 쳐."

"곧 시행하겠습니다, 회장님. 아, 그리고 이거."

명을 받고 살짝 묵례를 한 지현이 곧 눈만 껌뻑이고 있는 재희의 앞쪽 테이블에 그것들을 놓았다.

"……뭡니까?"

겨우 일어서서 지현이 내려놓은 것들을 본 재희가 물었다. 그녀는 상냥하게 대답했다.

"어제 아침, 양서윤 실장이 두고 간 자료들입니다."

"어제 아침?"

황급히 돌아간 시선이 서 회장을 향하며 흔들렸다.

"어제 아침은 분명 저와 식사를……."

"아무도 없다고 말한 적은 없던 것 같은데."

'왜 이걸 매셨습니까? 같은 넥타이 연달아 매지 마시라니까.'
'잠깐 맨 건데 바로 내놓긴 그렇잖아.'
'내가 이걸 맨 걸 네가…….'

그제야 떠오른 아귀가 맞는 서윤과의 대화에 말을 멈춰 버린 재희에 지현은 기다렸다는 듯이 공손한 태도로 설명을 이었다. 내려놓은 것들을 하나하나 펼치며 설명하는 게 꼭 재희가 했던 그것과 같았다. 어쩐지 놀리는 기분이었다.

"양 실장이 지금껏 가지고 있던 회사 내부에 관련된 자료, 본사에서 근무할 때 가지고 있던 정보와 인맥 리스트. 거기다 도련님에게 도움이 될 수 있는 거의 대부분의 일급 서류를 모두 쥐고 있었습니다. 지금 도련님이 내놓은 것들만큼 무서운 무기죠. 만약 도련임과 양 실장 두 사람이 각자 준비한 이것들을 함께 내놓았다면 분명 회장님께 큰 타격을 드렸을 겁니다."

처음부터 서윤이 서 회장이 아닌 재희를 위해 이 회사에 들어온 것을 모두 간과하고 있었음을 알게 된 순간이었다. 처음부터 그녀는 조언 따위 필요하지 않은 프로였다.

어제의 일을 떠올리듯 서 회장은 낮은 웃음과 함께 말했다.

"둘이 같이 와서 사람 몰아치지 않은 걸 다행이라고 해야 하나. 아니면 둘 다 따로 떨어져선 반밖에 되지 않는다고 아쉬워해야 하나. 어쨌건 맞춰 주기 어찌나 민망하던지. 거참."

"고생 많으셨습니다, 회장님. 역시 회장님이십니다."

지현이 묵례하며 진심으로 감탄했다. 불과 두 달 만에 재희를 본사로 들이는 것은 물론 재희가 그럴 만한 가치가 있는지 확인하고 거기다 불순분자까지 한 번에 솎아 냈다. 최근에서야 서 회장의 속내를 알 수 있었던 지현 역시 도무지 따를 수 없는 수완에 존경심만 들 뿐이었다.

"결국 양 실장이 내 편이 아니라는 것만은 확실히 알았지. 행여나 내가 네놈에게 적이 될까 숨죽이고서 준비했던 거야. 혹시 모를 오늘을."

서 회장은 이른 아침 찾아와 조용히 저가 모은 모든 것을 내놓으며 '협박'하던 서윤을 떠올렸다.

주눅 들 만도 한데 흔들림 없이 눈을 마주하고 재희와 다르지만 같은 말을 했다.

"......이것이 제가 할 수 있는 모든 방법입니다."

"예전부터 준비했다는 것으로밖에는 보이지 않는데."

"서재희 본부장이 본사 내에서 입지가 얕다는 것을 안 후부터였습니다. 그것을 회장님이 직접 도우실 수 없다는 것도 알고 있었고요. 때문에 저는 제 방식으로 본부장을 도울 방법을 찾은 것뿐입니다."

그녀는 거짓 따위, 어떠한 기교나 꾀 따위는 부리지 않았다. 저가 할 수 있는 범위를 벗어난 최선과 최상의 손잡이 없는 칼날을 쥐고 줄 위에 선 사람처럼 모든 것을 내걸었다. 서 회장은 예기치 못했던 많은 제 흠집들을 바라보다 매섭게 일갈했다.

"감히 은혜를 이따위로밖에 갚지 못한단 말인가."

가장 큰 아킬레스건을 건드리며 순식간에 헤집어 놓으려는 손아귀에 서윤이 흔들릴 거라 생각했다. 그러나 서윤은 어떠한 조그마한 흔적조차 입지 않았다. 아니, 애초에 상처 따위 없었던 것처럼 단단하게 말할 뿐이었다.

"그 은혜는 제 부모님이 입은 겁니다."

"......뭐라?"

"제 은인은 회장님이 아닌 재희입니다. 처음부터 제 주인은 재희였고 때문에 저에겐 이것이 옳은 선택이고 유일한 대책일 뿐입니다, 회장님. 이것이 회장님의 털끝 하나라도 건드려 재희에게 간 회장님의 노기를 저에게 조금이라도 옮길 수 있다면, 그것으로도 충분히 가치 있는 일이라고 생각합니다."

서윤은 심호흡을 하며 주머니에서 무언가를 꺼내 내밀었다. 쭉, 내밀어진 것은 낡은 사원증이었고 그 사원증 카드 안에 각인된 사진은 갓 스물이 되기도 전에 찍은 서윤의 사진이었다.

"저의 10년을 드리겠습니다."

10년. 그녀가 해일그룹에 몸을 담은 그 세월이었다. 서 회장에겐 별것 아닌 시간이지만 서윤에겐 인생의 3분의 1이었고 그것은 곧 전부와 같았으리라.

"저는 이제 곧 회장님의 아래도, 서재희 본부장의 아래도 아니게 됩니다. 제가 회사에 남아 있는 것 자체가 해가 된다면 다신 그렇게 되지 않도록 하겠습니다. 미련 없이, 절대 발도 딛지 않겠습니다."

살짝 떨린 목소리 끝에 고개를 들어 올린 서윤은 더 이상 흔들리지 않았다.

"다음엔 양 실장이 아닌 양서윤으로 다시 찾아뵙겠습니다."

"설마 쌍으로 찾아와 나를 이렇게까지 물 먹일 줄은 몰랐지만 아주 좋아. 아주, 마음에 들어."

진심으로 그렇게 생각하는 듯 서 회장은 고개를 끄덕이며 웃고 있었다. 저 웃음에 도대체 무엇이 담겨 있는지 알 수가 없었다.

이것이 시험이라면 무엇을 위한 시험이었나. 그렇다면 왜 서윤까지 들먹였던 걸까. 아무리 예측해도 나오지 않는 해답에 재희가 혼란 가득한 눈으로 물었다.

"이 실장이 회장님께서 해일디자인을 원한다고……. 그러니까 지금 이게……."

재희의 찌푸려진 미간에 지현은 제가 서윤에게 했던 말을 떠올렸다. 그리고 방긋 웃으며 어깨를 으쓱거렸다.

"말 그대로입니다. 해일디자인이 곧 도련님과 양 실장이었으니까요. 회장님은 아주 오래전부터 도련님은 물론 양 실장을 탐내셨거든요. 언제나 본사로 들어오길 기다리고 계셨습니다."

얄미움 그 자체, 완전체인 지현이었다. 머리가 지끈거려 오기 시작한 재희가 서 회장을 보며 억울한 듯 눈을 찌푸렸다.

"……대체 무슨 생각이신 건지 이제 좀 알려 주시죠?"

"쯧, 알고 싶으면 내일 양 실장…… 아니, 서윤이랑 같이 와."

굳이 '서윤이'라고 지칭한 말에 더욱 혼란스러워졌지만 차곡차곡 준비되어 있는 자료를 다시 보자 말로 형용할 수 없는 무언가에 가슴이 벅차올라 미칠 것만 같았다. 그리고 이곳으로 들어오기 전에 했던 서윤의 말을 떠올렸다.

'네 뜻대로.'

'넌 우리의 주인이니까.'

서로가 마음을 확인하건, 확인하지 않건 그녀는 언제나 자신을 위해 움직였음을 다시 한 번, 아니 제대로 깨닫는다. 온전한 믿음을 보이며 늘 뒤에서 저를 지켜 주던 서윤을 알아 버린 순간 목구멍이 틀어막혀 몸마저 굳어 버리는 듯했다.

항상 혼자 그녀를 원한다고 생각했다. 자신을 바라보지 않는 서윤을 조금은 원망하기도 하고 안타까워하면서 지독한 짝사랑을 이어 나갔다. 하지만 결국 그녀 또한 자신을 긴 시간 바라만 보았을 것이다.

이미 아주 먼 오래전부터 서윤의 손이 제 등에 뻗어 있었음을 깨닫자 미치도록 서윤이 보고 싶어졌다. 바로 저 문 뒤에서 자신을 기다리고 있을 그녀가.

재희는 인사를 하는 것도 잊고 몸을 돌려 밖으로 나서려 했다. 그런 그를 서 회장이 잡았다.

"잠깐, 그다음이라는 게 뭔지나 말해 봐. 대체 어디서 뭘 찾은 게냐."

금방 문 앞까지 와서 문고리를 잡은 재희는 아직 제 손에 들려 있는 자료를 파일에서 꺼냈다. 그리고 그대로 바닥에 흩뿌리듯 떨어트렸다.

"오토바이 타도 되느냐 여쭸을 때, 그때 회장님은 회장이 아니라 제 할아버지셨습니다."

"……."

"된다고 말해 놓고 결국 사 주지 않으셨던 고등학교 때와 다를 게 없는…… 그걸 타고 다치면 어쩌나 걱정하는 그런 할아버지."

서 회장이 헛웃음을 흘렸고 재희가 말을 이었다.

"도박이었을 뿐입니다."

떨어지는 자료, 아니 종이에는 아무것도 적혀 있지 않았다. 순백의 용지만이 바닥을 수놓듯 흩뿌려졌고 서 회장은 물론 이 실장까지 한 방 먹은 얼굴을 했다. 재희는 입꼬리를 당겨 웃으며 말했다.

"회장님이 아니라 할아버지가 제 곁에 계시다는 도박."

그는 더 망설이지 않고 문을 열었다. 머릿속엔 오직 한 사람밖에 남지 않았다.

키스를 해야지. 안아 줘야지. 그리고 미친 듯이 사랑한다 속삭여야지.

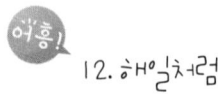
12. 해일처럼

달콤하게 너에게 속삭인다. 사랑해, 사랑해, 사랑해.
지금껏 하지 못하고 목구멍에서 삼키고 짓누르던 그것들을 오늘이 마지막인 듯, 내일이 없듯 그렇게.
두 눈을 마주하고 아무런 말없이 바라만 보는 재희를 서윤은 가만히 함께 지켜보았다. 꼭 몇 년 못 만난 사람들처럼 서로를 보며 수만 가지의 말 대신 눈빛으로 대화했다.
얼마나 많은 생각을 가지고 있었을까 생각하면 가슴 한쪽이 아려 왔다. '비서'라는 자신의 자리에서 저가 할 수 있는 전부를 내놓고 든든하게 뒤를 받쳐 주고 있었다. 세상 어디에도 없을 오직 자신만을 위한 사람이란 사실을 더욱 뿌리 깊게 깨닫게 되었다.
어떤 누구와 맞서도 두렵지 않을 소중한 동반자라는 의미가 새겨진다. 전부가 등을 돌려도 오직 그녀만은 제 곁에 머물 거라는 확신에 차오르지 않을 것 같았던 심장의 넓은 그릇이 가득히 채워져 마침내 넘쳐흐른다.

재희는 먼저 무슨 말을 꺼내야 할지 입안에서 맴도는 것들을 고르고 골랐다. 그녀가 한 모든 것이 전부 사랑스럽고 완벽해 어떤 것부터 고맙다고 감사 인사를 해야 할지 가늠이 되지 않았다. 그렇게 서윤의 팔을 잡고 마른 입술만 물다 겨우 떠오른 한마디를 하려 할 때 그녀가 먼저 입을 열었다.

"잘했어."

자신이 하고 싶은 말을 대신 해 버리는 서윤의 욕심에 잡고 있던 그녀의 팔을 조금 더 당겼다. 조금 더 가까이 오게 된 서윤은 살짝 긴장한 듯, 부끄러운 듯 눈을 아래로 내렸고 그는 그녀의 뺨에 손을 올리며 물었다.

"뭘 했는지도 모르면서?"

엄지로 부드럽게 뺨을 쓸며 묻자 서윤은 고개를 저었다.

"잘했을 거잖아. 하고 싶은 거, 할 수 있는 거 다 했잖아."

"……"

"그러니까 잘못되었어도 상관없어. 난 네 옆에 있어."

제가 할 말에 망설임은 없다는 양 숙였던 고개를 들고 눈을 맞춘 서윤이 뺨에 닿은 재희의 손에 제 손을 올리며 눈을 감았다.

"언제까지고 쭉."

더 이상의 긴말은 필요하지 않았다. 그녀라는 자체가 사랑할 수밖에 없는 대상임은 이미 오래전부터 당연한 일이었다. 그는 긴 숨을 내쉬고 한 걸음 물러났다. 그리고 오른손을 들어 그녀에게 내밀었다.

"손."

"손?"

"주라."

꼬마가 제 여자 친구에게 말하듯 수줍게 뻗어진 손에 서윤은 잠시 갸웃거리다 웃음을 터트리고 말았다. 그리고 내밀어진 손을 잡고 환하게 웃었다.

"뭐야, 별것도 아닌 걸 가지고."

이제 내민 손에 주저하지 않게 된 싱그러운 미소와 따뜻한 시선에 깍지를 껴잡은 손을 더욱 세게 쥐었다. 이내 재희는 경배하듯 잡은 그녀의 손을 올려 손등에 키스했다.

'넌 우리의 주인이니까.'

올곧은 믿음을 주던 한마디의 응원이 저에게 날개를 달아 주었다. 홀로 맞섰지만 혼자가 아니라는 것을 알게 했다. 이기고 지고를 떠나 어떤 순간에서라도 곁에 있어 줄 사람, 내 주인.

"내 주인은 너야."

동그랗게 변한 눈동자가 당황스러움으로 물들었다.

"성공한 반란은 반란이 아니라 혁명으로 기록돼. 기록은 승리한 사람의 몫이니까."

아직 이해하지 못한 서윤이 눈만 깜빡이자 재희는 그녀를 놓아 주며 이마에 입을 맞췄다.

"왕 바뀌었다고, 인마."

발칙한 양의 반란은 결국 혁명이 되었다. 그럼에도 상관없이, 그것을 받아들이고 무릎을 꿇을 수 있는 건 별것도 아닌 걸 특별하게 만들어 주는 사람이 바로 양서윤이라는 여자라는 걸 이미 알고 있기 때문이다. 그것이면 되었다. 그녀가 곁에 있는 것만으로도.

"네 후원을 해 주마."

서 씨 집안사람들은 역시나 특이, 아니 특별했다. 남들이 꼼꼼하고 세심하게 기승전결을 만들 때 이 집안사람들은 언제나 '결결결결'로 이야기를 진행한다. 이미 그것에 매우 익숙해져 있는 서윤이었지만 그렇다고 늘 태연하게 대할 수 있는 것도 아니었다.

"무슨 말씀이신지."

흔해빠진 반문으로 서 회장의 말에 대답을 대신했고 서 회장은 이해한다는 듯 고개를 끄덕이며 그녀의 앞으로 무언가를 내밀었다. 내려다보니 정말로 서 회장의 인감이 찍힌 후원 동의서였다.

"유학 준비를 한다고 들었다. 재희에게 이리저리 휘말려 제대로 준비한 것도 없을 테니 내가 도와주고 싶어서 그래. 특별히 준비를 시작한 것 같지도 않고, 적어도 혼자 준비하는 것보다는 나을 거야."

가슴이 잠시 빠르게 뛰었다. 순간 눈앞으로 눈물이 나올 것 같아 입술을 세게 깨물자 곁에서 지켜보던 재희가 서윤의 팔을 잡았다.

"볼 필요 없어. 나와."

크게 실망한 듯 제 할아버지를 노려본 뒤 서윤을 이끄는 재희였다. 두 사람의 모습에 황당해진 서 회장이 어이없다는 양 미간을 좁혔다.

"뭐 하는 게야, 지금? 내가 뭘 했다고."

"회장님 대체!"

화를 참지 못한 재희가 버럭 소리를 질렀다. 설마 했지만 이런 고리타분하고 오래된 관습 따위를 보일 줄 몰라 실망이 이만저만이 아니었다. 서 회장은 정말 이해할 수 없다는 양 두 사람을 보았다. 서윤은 잡혀 있던 팔을 빼며 물기 어린 목소리를 겨우 잠재우고 말했다.

"회장님이 말씀하시는 이게, 그러니까…… 재희의 옆에서 사라져 달라는 말씀을……."

"자, 잠깐. 잠깐. 뭐라고?"

대뜸 놓인 후원 이야기에 유학 이야기. 누가 봐도 재희 곁을 떠나라는 뜻이었기에 보였던 두 사람의 행동이었다. 서 회장은 어처구니가 없어 안 그래도 찌푸려진 표정을 더욱 구겼다.

"그건 또 무슨 헛소리야. 저놈은 몰라도 양 실장이 그러면 곤란하지! 설마 쓸모없는 걸 닮아 가는 건가? 양 실장답지 않게 무슨 그런 소릴 하고 있어?"

"예?"

멍한 얼굴로 저를 보는 모습에 서 회장은 한숨을 쉬었다. 서윤이라면 금방 알아차릴 수 있을 거라 생각했건만 재희와 다니며 어딘가 나사가 빠진 모양이었다. 서윤을 위해서라도 재희와 함께 다니지 말라고 하고 싶은 것을 꾹 참았다. 그래 봐야 손해 보는 건 제 손자일 테니까. 혀를 찬 그는 의심의 눈을 거두지 않는 재희와 당황한 듯 보이는 서윤에게 차근차근 설명했다.

"자네도 알겠지만 나는 재희를 보란 듯이 도와줄 수 없어. 실력이나 재능을 막론하고 조금만 눈치를 줘도 사방에서 난리를 칠 거야. 나도 재희가 영 모자란 놈이라면 욕심내지 않아. 하지만 알다시피 이놈은 다른 건 몰라도 돈을 만지는 재주가 있어. 사업가인 내가 그걸 모르는 척하는 건 죄란 말이네. 그래서 자네를 후원하 겠다는 거라고. 너무 오래 걸렸어. 양 실장 자네가 단번에 저놈을 내쳤어야 나도 제대로 도울 것 아닌가. 거기다 재희 저놈이 다시 양 실장을 잡는 바람에 일이 더 꼬였단 말이지."

만약 재희가 서윤의 유학을 도와줬다면 서윤이 재희에게 떨어 졌을 것이고 그렇다면 서윤에게 일련의 상황을 알려 좀 더 일을 쉽게 만들 수 있었을 것이다. 그런데 재희가 그렇게 꽉 잡고 고집 부릴 줄은 몰랐다. 그 바람에 재희와 한 몸 수준인 서윤과 접촉점 을 찾기가 어려워졌고 서 회장은 두 사람과 싸우게 되었다. 물론 그래서 더욱 극적인 효과를 얻었지만.

서윤은 전혀 상상하지 못했던 상황에 불현듯 지나간 이들을 떠 올렸다. 그리고 설마 하는 마음으로 물었다.

"그럼 혹시 이 실장님이 저에게 하셨던 말이나, 강 주임이 괜히 본 사 이야기를 흘린 것도 모두 저희가 본사에 척지게끔 하신 건가요?"

느닷없이 본사 얘기를 하던 지원이나 서 회장이 해일디자인을 탐낸다던 지현의 말들. 아귀가 맞아떨어지는 지난 일들에 헛웃음 이 났고 서 회장은 웃음을 그렸다.

"여우들 앞에서 서툰 여우 짓은 소용없는 법. 여우 앞에선 늑대 가 되어야 하는 법이야. 제대로 물어뜯고, 씹어야 여우들이 겁을 먹는 게지."

이제야 이해를 하기 시작한 듯 눈빛이 달라지는 서윤에 서 회장 은 손을 들어 제 말에 좀 더 확신을 담았다.

"내가 아주 오래전부터 가르치고 돌본 자네라면 내가…… 그래, 소위 말하는 배경이 될 수 있지. 하필 딱 우리 해일그룹과의 관계도 마무리가 된 마당에 자네의 능력이나 실력을 감히 누가 모자라다 하겠는가. 그러니 난 양 실장, 아니 서윤이 너를 직접 후원하고 싶다는 거다. 더 이상 해일 직원도 아니니 특정 인물만을 편애한단 잡소리도 없을 게야."

재희를 내쳤어야 했다는 의미가 거기에 있었다. 어떻게든 손자와 연결이 있는 서윤이 그와의 연결 고리를 끊어 낸 후에야 서 회장 본인이 제대로 개입할 수 있다는 말이었다.

"서윤이를 통해 절 돕겠다고 말씀하시는 겁니까?"

"돕는다……."

재희의 물음에 말을 늘이던 서 회장은 낮게 웃었다.

"말은 정확히 해야지. 서윤이를 통하는 게 아니라 결국 서윤이가 널 돕는 거다."

말인즉 결국 서윤이 재희를 제대로 도우라는 소리였다. 대놓고 말하지만 않을 뿐, 서 회장은 재희를 품에 두고 계속해서 지켜보고 어루만지는 보이지 않는 배경이었단 말이다.

그렇게 중요하고 또 서윤을 망설이게 만들었던 파벌, 집안, 정략을 통한 결혼을 모두 필요치 않게 만드는 제일의 배경을 단숨에 처리하는 손속에 감탄이 나올 지경이었다. 도대체 언제부터 저 모든 것을 생각했던 걸까 싶을 정도였다. 결국 재희와 서윤이 용을 쓰고 뜀박질을 해도 결국 '서충호'라는 손바닥 위가 아니었을까.

서 회장은 등을 소파 등받이에 기대며 말을 이었다.

"재희는 어려. 출신까지 보자면 뭐 하나 제대로 해일그룹을 이어받을 자격이 되지 못해. 내가 된다고 해도 이사진에서 반기를 들 거야. 몰아친다고 될 일도 아니지. 모래성에 올라서 봐야 결국 무너지기밖에 더하지 않는가."

"……"

"그리고 나는 늙었네. 지치고, 힘없이 지켜보는 것밖에 할 줄 모르는 늙은이. 아직은 괜찮을지 몰라도 빠른 시일 내에 나는 물어뜯길 거야. 자식도, 다른 혈육도 없이 어린 손자 하나만 둔 내가 별거 아니라는 걸 놈들은 꽤 빨리 알아차릴 거니까. 이 실장."

늘 서 회장의 곁에서 그를 보필하고 있는 지현이 한 걸음 다가서며 늘 그랬듯 침착한 어조로 말했다.

"회장님은 현재 기관지 및 위장, 대장과 더불어 각 관절에 이상이 생겼습니다. 특히나 눈으로는 점차 증상이 진화가 되어 수술이 불가피할 것으로 예상됩니다. 게다가 기관지는 각종 염증으로 인해……."

"지금 그게 무슨 소리야."

재희의 심장이 그 어느 때보다 덜컥 주저앉았다. 그는 금방 하얗게 질린 얼굴로 조부를 보았다. 그저 태산처럼 크고 초원처럼 광활하다고만 여겼던 제 할아버지의 얼굴이 주름과 검버섯이 피어 노인의 모습으로밖에 보이지 않는다는 것을 알아차렸다.

"설마 어디 크게 아프신 거였습니까? 그래요? 그래서 갑자기 이런 일을 벌이신 겁니까?"

"노화 증세입니다."

"그러니까 그게 무슨…… 노화?"

"예. 눈은 백내장이 조금 오신지라, 하지만 수술하고 일주일이면 금방 쾌유 가능하십니다."

이래서 한국말은 끝까지 들어야 한다고 했던가. 금방 민망해진 재희를 서윤이 몰래 다독였다.
"건강검진을 봉으로 받는 줄 알아?"
"……하아."
 안도하며 가슴을 쓸어내린 재희가 고개를 푹 숙였다. 이깟 민망함은 아무래도 좋았다. 곁에 서윤이 없는 것을 상상할 수 없듯 서 회장이 없는 것도 상상할 수 없었다.
 그렇다고 해서 서 회장이 건강하단 뜻은 아니었다. 최근 들어 현저하게 나빠진 몸 상태는 예전으로 돌아갈 수 없다는 걸 말해 주고 있었다. 아무리 노력해도 모르는 게 사람 일이고 그 경우의 수가 매일매일 늘어가는 건 어쩔 도리가 없었다. 그러니 모르는 놈들에게 뜯기기 전에, 제 손자에게 뜯기는 게 그가 할 수 있는 가장 올바른 선택이었다.
 모두의 앞에서 어린 손자에게 속절없이 물어뜯기는 모습을 보인 것만으로도, 왕좌의 주인이 바뀔 수도 있다는 인식을 심어 주기에 충분했다. 아직 모자란 것은 많지만 그 인식이 각인된다면 재희는 자연스럽게 해일의 주인이 될 것이다.
 모든 것이 정해진 수순처럼, 완벽하게 짜인 각본이었던 것이다.
"그리고 이만큼 보여 준 재희 네가 본사로 들어오는 것을 누가 막을까. 해일디자인은 앞으로 계속 본사에서 지속적으로 관리를 할 거야. 해일디자인을 자네들보다 잘 아는 사람들은 없어. 그러니 '본부장'인 네놈이 와서 한번 잘 맡아 봐."
 심지어 본사에서 해일디자인을 건드리고 엘리제와 같은 매장들을 세운 것들도 이유가 있었다는 것이다. 해일디자인에 묶여 있는 재희를 너무도 자연스럽게 본사에 들일 수 있는 것. 거기다 현재 본부장의 직책을 가지고 있으니 본사에서도 당연히 직급을 유지할 수 있을 것이다.

그간 서 회장이 보여 주었던 모습들을 이제야 이해할 수가 있었다. 재희가 도박을 했듯, 그 역시 재희에게 도박을 걸었던 거다. 재희는 머뭇머뭇 속에 담긴 말을 망설였다. 서윤에겐 그리도 쉽게 나오는 솔직함이 조부의 앞에선 잘 나오지 않았다. 그때 서윤이 입을 열었다.

"감…… 감사합니다, 회장님."

진심이 가득히 담긴 목소리로 두 손을 모아 입가를 가렸던 서윤은 몸을 세워 허리까지 깊이 숙였다.

"정말 감사드려요. 정말, 정말…… 감사드립니다."

뭘 어찌하더라도 재희에게 걸림돌이 될 수밖에 없는 자신을 아무 조건 없이 받아 준 서 회장의 마음과 늘 걱정하고 미안해하고 있던 마음을 달래는 도움이 더할 나위 없이 감사했다.

재희의 일을 제 일처럼 여기며 거듭 감사의 인사를 하는 서윤을 보던 그가 입을 열었다.

"들었을지 모르지만 서윤이 너는 내 딸아이와 무척 많이 닮았었다. 지금은 다르지만 그땐, 놀라울 정도로 닮아 있었어."

이미 재희에게 몇 번이나 들었던 이야기라서 크게 놀라지는 않았지만 서 회장까지 그런 생각을 하고 있었다는 건 놀라웠다.

서 회장은 아직도 열일곱 살 때의 서윤을 선명하게 기억하고 있었다. 얼굴 자체를 얘기하는 건 아니었다. 이끌리듯, 마음을 줄 수밖에 없도록 하는 '닮음'이 있었다. 그때를 상기하듯 그는 차분히 말을 이었다.

"그때 넌 정말로 예뻤다. 네 부모를 생각하는 마음, 주눅 들지 않는 모습. 그 모든 것에서 알았지. 이렇게 강하고, 이렇게 예쁜 아이가."

"……."

"우리 재희 짝이 되었으면 좋겠다고."

서윤과 재희의 눈이 동시에 흔들렸다. 이미 오래전부터 그런 것을 생각했다는 것이 그저 신기하고 놀라울 뿐이었다. 이내 서 회장은 재희에게조차 보인 적 없던 따스하고도 부드러운 목소리로 그녀를 불렀다.

"애야."

목소리가 가지고 있는 다정함에 서윤은 순간 눈앞이 흐려졌다. 왜인지는 모르지만 '애야' 하고 불리자마자 가슴이 덜컥거렸다. 그녀의 잔떨림 때문인지 곁에 선 재희가 가만히 어깨를 잡아 왔다.

"얼마나 많은 고생을 했는지, 얼마나 많이 힘들었는지 다 안다."

자꾸 몸이 아래로 가라앉는 기분이었다. 제자리에 있어야 할 심장이 자꾸만 아래로, 아래로 내려가 처지는 듯 무겁게 느껴졌다. 바라보는 시선에 담긴 위로와 격려에 서윤은 떨리는 손을 마주 잡고 간신히 입술을 벙긋거렸다.

"……저는."

왜일까.

부모님의 앞에서도 보인 적 없었던 굵은 눈물방울이 아래로 뚝 떨어졌다. 딱 한 방울의 눈물이었지만 그것에 담긴 게 무엇인지 알 수 있었다.

약해 보여선 안 되고 늘 강해야 했던 그녀였기에 꿋꿋하게, 억지로 버텨 냈다. 후에 재희의 품에서 무거웠던 짐을 하나씩 내려놓으며 여유라는 것을 찾았지만 스스로가 재희에게 짐이라는 생각

속에 그 또한 쉽지 않았다.

하지만 지금 제 앞에서 고생했다고 말하는 사람은 다른 누구도 아닌 서 회장이었다. 지켜 줄 필요 없는 단단하고 강인하고 애석하게도 부모님보다도 더 든든한…….

힘들었다고, 사실 많이 지쳐 있었다고 어리광부리고 싶을 만큼 어른이었다. 재희조차도 가질 수밖에 없던 공백 기간에 서 회장만큼은 늘 바라보고 있었던 거다. 그녀의 고민과 힘겨움, 지친 모습 모두를.

한 방울, 다시 또 한 방울 눈물이 났다. 다가온 서 회장이 아직 떨고 있는 그녀의 손을 잡고 천천히 다독였다.

"너는 참 좋은 아이다."

"……."

"내가 본 누구보다 성실하고 착한 아이지."

백 마디의 칭찬도, 어떤 물질적 선물도 필요 없을 진심을 표현한 서 회장은 옅은 미소를 지으며 말을 이었다.

"고생했다."

모든 힘들었던 순간이 햇빛을 가리는 커튼을 젖히듯 화사해졌다. 그녀는 끝내 뚝뚝 떨어지는 눈물을 막지 못하고 이어지는 서 회장의 말에 오열하며 몸을 숙였다. 그런 서윤을 재희가 세게 끌어안았다. 가슴에 번지는 톡톡한 눈물이 느껴졌고 서 회장은 고개를 끄덕였다.

"곁에 있어 줘서 고맙구나."

이제 그만 쉬어도 돼.

그렇게 말하는 것 같았다. 그것은 세상에 둘도 없을, 재희는 물론 자신 또한 하지 못할 지난 13년에 대한 보상이었다.

쉬이 눈물을 멈추지 못하는 서윤을 제 방에 누이고 한참 뒤에야 돌아온 재희는 지현이 내온 따뜻한 차 한 모금을 마시고 있는 조부에게 물었다.

"언제부터였어요?"

힐끗, 눈길 한 번 주고 만 서 회장이 무심히 차를 마셨다.

"뭘."

"서윤이를 제 짝으로 염두에 두신 것 말입니다. 분명 해일에 아무것도 아닌 사람이라고 말씀하셨었습니다."

다른 건 다 이해했지만 재희로서도 하나 신기한 건 서 회장이 너무 쉽게 서윤을 받아들였다는 것이다. 아니, 말을 들어 보면 최근이나 몇 년 전도 아닌 처음부터 그녀를 염두에 두고 있었다는 것이라 의아할 수밖에 없었다.

들고 있던 찻잔 안의 찻물이 살짝 소용돌이를 쳤다. 빙글빙글 돌아가던 소용돌이가 멈췄을 때 그가 입을 열었다.

"……네 어미가 네 아비를 만난 건 네가 서윤이를 처음 만났었던 딱 네 나이였지."

아련하게 먼 기억을 회상하며 감은 서 회장의 눈앞으로 어린 딸이 좋아하는 사람이라며 데려왔던 때를 떠올렸다. 순수하고 맑았던 딸이 순식간에 망가져 가는 것을 보면서 한때의 치기라 여겼었다.

설마 온갖 상처덩어리가 되어 돌아올 줄은 몰랐다. 그 어린 나이에 만난 사람이 한순간의 향락이 아니라 인생을 좌지우지해 버리게 될 거라고는. 떠올리면 상처와 후회로 가득한 그때에 서 회장은 눈가를 찌푸리며 손으로 앞을 가렸다. 가슴이 후비듯이 아파 왔고 그런 모습을 보는 재희는 주먹을 세게 쥐며 어금니를 물었다.

"어렸어. 어렸기 때문에 무시했어. 설마 그 어린놈이 배가 불러 오면서도, 그것 때문에 온갖 나쁜 짓을 해 대면서도 지우겠단 말 하나 하지 않는 것을 보면서 깨달았다."

가만히 눈을 뜨고 재희를 바라보는 시선에 아픔이나 후회는 없었다. 비록 딸은 잃었지만 잘 자라 준 손자가 있음에 감사하는 눈동자였다.

"어리다고, 덜 살았다고 감히 무시해선 안 되는 것을."

"……."

"내가 만약 네 어미가 부렸던 고집을 받아 줬더라면 어떻게 되었을까. 어쩌면 지금 네놈 옆에 그 아이가 있지는 않았을까. 내 욕심과 고집이 이겨서 네 곁에서 어미를 빼앗은 것이 되어 버린 것 같다고. 그래서 늘…… 미안하다고."

재희는 떨려 오는 제 손을 힘을 주어 막았다. 아닌 척, 모르는 척, 괜찮은 척 살아왔지만 반대라고 생각했다. 조부의 곁에서 하나뿐인 딸을 빼앗아 갔다고 늘 미안했었다. 그 미안함이 제 어머니를 닮은 서윤을 찾았고 그녀로 인해 치유받아 오며 자라는 동안 그렇게 자라는 재희를 보며 서 회장 역시 치유받고 있었다.

"넌 네 엄마를 참 많이 닮았어. 예전보다 지금이 더, 훨씬. 아마 그 아이가 네 나이쯤 되었더라면 지금과 비슷하지 않았을까. 물론, 사내놈과 뭐가 같겠냐마는. 나 역시 이런 허울 좋은 성보다는 좋은 사람 하나가 더 귀하게 되었으니까."

재희가 서윤에게서 어머니를 보았듯 서 회장은 재희에게서 딸의 모습을 보았다. 아픈 순간이 사라질 순 없어도 기억하는 것을 원망하지 않게 될 수 있게 된 것도 모두 흘러간 시간 덕분이었다.

"너에게도 고맙구나. 좋은 사람, 좋은 짝을 찾아서. 네 엄마가 못한 것, 모두 해 주고 볼 수 있게 해 줘서."

"……."

어머니의 나이를 넘어 어른이 된 재희의 모습, 그것만으로도 감사했다.

"이렇게 내 옆에 있어 주는 것만으로도 재희 너는 충분하다. 그러니 무엇도 겁내지 마라. 돈, 권력 그게 다 무슨 소용이 있어. 곁에 한 사람이라도 있는 게 가장 중요한 거다, 재희야. 그러니 때론 감정이 아니라 그 사람을 진정으로 이해할 필요도 있는 법이야. 내 말 명심해."

마음을 전해 주는 고마운 말들에 그저 헛웃음이 흐른다. 서윤을 놓치지 말라는 조언이 방금, 재희를 괴롭히던 마지막 문제의 해답을 주었다. 그는 '감사하다'는 말 대신 투정 어린 욕심을 부렸다.

"저는 욕심이 많아서 하나로는 부족합니다."

"……."

"둘."

찌푸린 미간을 보며 어릴 때의 그것처럼 장난스럽고도 환히 입가를 올려 웃었다.

"무조건, 둘이어야 합니다. 그러니 그때까지 계속 계십시오. 어디 가실 생각 말고."

다 큰 녀석의 어린 소리에 가슴이 뜨겁게 열이 오른다. 이젠 지켜 줘야 할 대상이 아니라 지켜 주는 한 사람의 남자가 되었음을 알 수 있었다.

다 컸구나. 이제 더 이상 어리지 않구나.

스치듯 머리를 채운 말에 서 회장은 지금껏 단 한 번도 꺼낸 적 없던 이야기를 입에 올렸다.

"네 애비."

어쩌면 처음일지도 모른다. 이렇게 대놓고 단어를 입에 올린 적은. 서 회장은 손으로 마른세수를 하듯 한차례 내리며 말을 이었다.

"원한다면 알려 주마. 어디 있는지, 어떤 인물인지."

재희는 아무런 말없이 잠시 조부를 바라보았다. 그의 입에서 어떤 말이 나올지 긴장하듯 지현은 침을 삼켰고 서 회장은 눈조차 깜빡이지 않았다.

얼마나 더 시간이 지났을까. 그리 오래 지나지는 않았을 것이다. 이미 답이 나와 있는 질문이었기 때문에.

"'아버지'는 '할아버지'로 충분합니다."

"……."

"찾고 싶었다면 찾았을 거고, 필요했다면 먼저 나섰겠죠. 양서윤에게 10년 넘게 매달린 것처럼 어떻게든. 그런데도 이렇게 있다는 건 필요 없다는 뜻입니다."

마음에 남았던 마지막 응어리마저 모두 녹아 버렸다. 재희는 그 어느 때보다 제 엄마와 꼭 닮은 미소를 지었다.

"저는 이미 다 가졌습니다."

다른 대답은 필요 없다는 듯 묵례를 하고 재희는 서재를 나섰다. 톡, 닫힌 문소리에 눈을 깜빡인 서 회장이 곁에 선 지현에게 물었다.

"이 실장은 저게 무슨 뜻으로 들리나?"

그녀는 미리 준비한 듯 답했다.

"제겐 '할아버지, 사랑합니다.'로 들립니다."

낯간지럽지만 듣는 만큼 커진다는 진심.
"역시 그렇지?"
흐뭇한 미소가 들어 올린 찻잔 안의 찻물에 비쳤다.

 재희를 위해, 그리고 그녀 자신을 위해 정한 결정에 고집을 부릴 수 있었던 건 이유를 몰랐기 때문이었다. 이보다 더 좋은 기회는 오지 않을지도 모른다. 돈을 떠나 지금과 같은 시간과 상황은 다시 오지 않으니, 이 기회는 이것으로 끝일 거다. 그렇다면 서로에게 좋은 단 하나의 방법이 남아 있다.
 복도를 걷던 재희의 걸음이 빨라졌다. 어느새 서윤이 있는 제 방까지 온 그는 약간 가빠진 숨으로 그새 잔뜩 부은 눈으로 자신을 보는 그녀가 견딜 수 없을 만큼 사랑스러웠다.
 이 방에 앉아 자신을 기다리고 있는 모습에서 확신에 확신이 더해져 정답이 되었다.
 저렇게 펑펑 울 정도로 힘들었으면서 힘들단 내색 한 번 제대로 하지 않았던 서윤이 서운하면서도 안타까웠다. 더불어 곁에 있던 자신이 그녀의 마음을 온전히 안아 주지도, 달래 주지도 못했다는 것이 미안했다.
 마음 편히 웃을 수 있는 상대가 되었으니, 이젠 다른 사람이 아닌 오직 제 가슴에서 울 수 있게 해 줄 때였다.
 그는 재촉하지 않는 걸음으로 서윤이 앉은 침대 맡에 앉았다. 빨간 코끝을 가지고 아직 물기 어린 눈을 한 그녀가 부끄러운 듯 얼굴을 가리며 웅얼거렸다.
 "많이 놀랐지. 나도 모르게, 그냥 막 갑자기 나와 버려서."

뭐가 그렇게 서럽다고 펑펑 울어 댔는지 다시 생각해도 부끄럽고 창피했다. 하지만 응어리 남은 것 하나 없이 후련해서 아마 다시 그때로 돌아간다고 해도 그렇게 바보같이 울어 버렸을 것 같다.

두 다리를 모으고 앉아 배시시 웃는 그녀의 눈에 재희는 마른 입술을 열어 그녀만이 들릴 수 있는 작은 목소리로 입을 열었다.

"다른 건 다 말했던 것 같은데 정작 가장 중요한 말을 못한 것 같다."

또 무슨 이상한 말을 하려는 건가 싶어 의심의 눈으로 보던 서윤은 전에 없이 진지하고 깊은 눈동자에 입가를 막았던 손을 내렸다. 그가 아래로 내려간 서윤의 손을 꽉 쥐었다. 이제 이 손을 쥐는 이가 오직 저 하나이길 바라는 아주 이기적인 생각과 함께.

"회장님 말씀대로 유학 가. 이보다 좋은 기회는 없어. 이지현 실장도 회장님 후원받아서 자랐다고 들었어. 그러니까 다른 생각 말고 네가 하고 싶은 걸 해."

유학이라는 말에 서윤은 뭔가 마음 한구석이 꼬이는 기분이 들었다. 무슨 말을 하려고 이러나 싶더니 이 와중에 유학 얘기를 하는 게, 솔직히 말해 마음에 들지 않았다.

"……그거야."

후련했던 가슴에 또 다른 무게가 더해지는 기분이었다. 사실 이런 기분을 느끼는 것 자체가 잘못된 것임을 안다. 항상 먼저 유학 이야기를 꺼내고 초를 쳤던 건 자신인데 또다시 재희의 입으로 유학 이야기를 들으니 자꾸 눈이 아래로 깔렸다.

"그러려고…… 그랬어. 가려고 전부터 마음먹었으니까. 너도 저번에 가라고 했었잖아."

억지에 가깝게 말을 잇고 속상한 속내를 숨겼다. 괜히 소심하게 나와 버리는 목소리를 가다듬으며 입가를 가렸다. 그를 위해 가기로 한 일이고 분명 몇 번이고 다짐한 일인데.

좋은 기회라는 말에 전혀 동의할 수 없는 제 이기적인 마음이 스스로 생각해도 고약하고 나쁘다. 꼭 어린애처럼 축하니 늘어져서 구시렁구시렁, 중얼거렸다.

'이게 뭐야, 이게. 굳이 지금 유학 얘기를 할 필요는 없었잖아. 누가 안 간다고 그런 것도 아니고. 뭐, 그렇게 말하면 내가 너 때문에 못 갈 것 같아, 하고 남을 줄 알았나 보지? 이거 왜 이래? 나 양서윤이야. 갈 거다, 갈 거야. 가지 말라 그래도 갈!'

"서윤아."

……갈 거야, 라고 입술 끝까지 나왔던 말이 부름 한 방에 쏙 들어갔다. 확 움츠르든 발가락을 알아차릴까 두 다리 가슴까지 모았다. 재희는 다 안다는 듯, 알고 있다는 듯 입가에 미소를 두고 그녀를 보았다.

가슴의 고동이 온몸으로 퍼졌다. 보고 있는 것만으로도 얼굴이 붉게 달아오르게 만드는 시선은 처음이었다. 아무런 말도 없고 그저 부르기만 했는데 심장이 뛰었다.

두 팔 가득 뻗어 자신을 안아 주고도 남을 듯한 넓은 가슴을 가진 남자의 모습으로 그가 말을 이었다.

"아무런 이유가 없어도 옆에 당당히 있고 싶은 건 너 혼자가 아니야. 널 데리러 가는 일, 네 손을 잡는 일, 너를 안는 일, 널 사랑한다고 말할 수 있는 전부가 당연한 일이어야 돼. 그게, 내가 내린 답이야."

재희의 두 손이 뺨을 쥐고 제 쪽으로 당겼다. 키스라도 하려는 것일까 하고 눈을 동그랗게 뜨고 숨을 멈추자 그는 코끝까지 다가온 입술에 달콤함을 머금었다.

"이젠 내가 네 옆에 있을 거니까."

"······재희야."

그는 그녀의 바람을 늘 그랬듯 들어주지 않았다. 따스한 온기를 가득 담은 높은 체온의 손이 서윤의 뺨을 잡고 속삭였다.

"결혼하자."

살며시 안아 오는 팔의 힘에 서윤의 눈이 조금 전보다 훨씬 더 커졌다. 곧이어 귓가를 통해 심장을 울리는 고백이 이어졌다.

"같이, 살자."

그것은 인생 세 번째 고백이자 첫 번째 프러포즈였다.

쾌청하게 맑은 날씨에 구름 한 점 없이 파란 하늘은 계절의 서늘함을 잠시나마 잊을 수 있게 해 주었다. 헐벗은 나무들도 오늘만큼은 따뜻한 햇살 아래 느긋하게 찜질을 하고 있었고 그 화사한 햇살은 토요일 퇴근 시간을 코앞에 둔 해일디자인의 본부장 비서실에도 비쳤다.

오랜만의 따뜻함을 만끽하는 막바지 업무 시간의 여유를 즐기고 있던 두 비서가 심각한 대화를 나누고 있었다. 아니, 정확히 한 사람은 심각했고 다른 한 사람은 곤욕스러움을 겨우 감추며 억지로 듣고 있었을 뿐이지만.

"어쩌면 저는, 양 실장님을 짝사랑했던 건지도 몰라요."

헉 소리 나올 고백이라 생각하며 코를 쓱 닦은 윤찬은 두 손을 모아 그 위에 이마를 올렸다. 홀로 진지한 선언이었다.

"......"

"제가 본 여자 중에 양 실장님만큼 멋있고, 끝내주게 프로페셔널한 분은 없거든요. ......왜 그렇게 보십니까?"

할 말을 잃은 지원이 그의 물음에 순간 솔직하게 말하고 말았다.

"그냥 불쌍해서, 아니 그게 아니라."

실수인 척 얼른 얼버무렸지만 이미 윤찬은 그 말을 모두 들은 후였다. 그러나 그는 여전히 흔들리지 않는 눈치였다.

"강 주임님은 모릅니다. 그간 실장님이 얼마나 절 챙겨 주셨는지. 어쩌면 아무 허무맹랑한 소리가 아닐지도 몰라요. 아니, 분명. 만약 강 주임님이 조금만 더 빨리 여기에 배속되셨으면 양 실장님이 더 많이 챙겨 주셨을 거예요."

"하아."

자신이 서 회장의 스파이 아닌 스파이였다가 재희에게 걸려 해일디자인으로 배속되었음을 모르는 윤찬의 속없는 소리였다. 어차피 이미 재희가 본사로 들어가기로 이야기가 진행되는 만큼 손해 볼 것은 없지만 제대로 저당 잡힌 꼴이라 좋을 것도 없었다.

그 속사정 모르고 헛소리를 해 대고 있는 윤찬이 한심해 지원은 고개를 옆으로 돌려 버렸다. 그녀가 그러거나 말거나 홀로 심각하던 윤찬은 이내 고개를 들며 다짐했다.

"역시 고백해야겠어요."

"누구한테 고백을 해요?"

약 0.1초 만에 고백 대상이 대놓고 물어보는 상황에 다짐이 와르르 무너져 버렸지만.

"실장님!"

60일이라는 기간이 끝나고 사원증까지 내놓은 후 비로소 맞이한 진정한 여유와 자유는 생각보다 훨씬 더 허무하고 시시했다. 청춘의 일부를 바쳐 가며 보낸 시간이라 이에 대한 감정은 별 수 없었다. 크게 비어 버린 자리는 밥이나 잠으로는 채우기 어려운 것이었고 그래서 윤찬의 반가움이 고마울 정도였다.

"보고 싶었어요. 진짜, 엄청…… 엄청!"

"……우리 나흘 만에 보는 건데. 아무튼 반겨 줘서 고마워요. 강 주임도요."

누가 보면 한 몇 달 만에 보는 것이라 여길 정도의 반가움이 부담스러웠지만 기분 나쁘진 않았다. 이젠 일에 많이 능숙해져 처리가 조금 늦고 약간의 잔실수는 있어도 한 사람 몫을 톡톡히 하고 있는 윤찬이었다.

윤찬은 잠시 눈앞에 보인 서윤을 훑곤 괜스레 얼굴을 붉혔다. 더이상 직원이 아니니 정복을 갖춰 입을 필요가 없어 가벼운 평상복 차림인 그녀는 늘 각이 서 있던 모습이 아니었다. 누가 봐도 무르익은 여자였고 사랑을 하면 예뻐진다는 말처럼 분위기가 부드러워져 좀 더 다가서기 가까워졌다.

"윤찬 씨?"

말이 없는 그를 부르자 퍼뜩 정신을 차리며 괜스레 손을 휘저었다.

"아, 저 본부장님은 공장 쪽에 문제가 생겨서 사흘 전부터 지방에 내려가 계세요. 공장 쪽에서 갑자기 파업 사태가 일어나서……."

"윤찬 씨, 내부 일을 그렇게 말씀하시면 곤란합니다."

금방 제지를 당하고 시무룩하게 늘어진 윤찬이었다. 지원은 떨떠름한 얼굴을 한 서윤에게 사과했다.

"죄송합니다. 회사 내부 사정이라, 이해해 주십시오. 물론 이미 알고 계시겠지만."

"아니에요. 앞으로도 본부장님 잘 부탁드릴게요. 두 사람만 믿어요."

말은 그렇게 하지만 새삼 현실을 깨닫는 기분이었다. 서 회장에게 본사로 들어오라는 말을 듣긴 했지만 일단 이곳과는 완벽히 정리가 되었다. 때문에 이젠 관계자가 아닌 타인이 되어 버린 거다. 남들이 알기 전에 알았던 것들을 들을 수 없는 처지가 된 기분이란 뭐라 표현하기 어려운 미지근함을 닮았다.

"그런데 오늘은 무슨 일이세요? 혹시……."

내가 걱정돼서? 와 같은 기대감에 부푼 그의 얼굴에 어쩐지 미안해 볼을 긁적이며 잠시 말하기를 머뭇거렸다. 그러고 보니 아직 윤찬은 자신과 재희의 관계를 모르는 눈치였다. 지원이야 이미 아는 모양이었지만. 이걸 이제 와 어떻게 말할까 머뭇거리는 사이 지원이 나서 말했다.

"본부장님은 곧 오실 테니 안으로 들어가시면 됩니다. 저희는 이만 퇴근하도록 하겠습니다."

생각지 못한 도움에 말할 기회는 놓쳤지만 오히려 저 과하게 반짝이는 눈을 피할 수 있게 되어 다행이었다.

"고마워요."

살짝 고개를 숙이고 안으로 들어서는 서윤에 슬쩍 윤찬을 본 지원이 한마디를 더했다.

"결혼 축하드립니다."

그 순간 머리를 세게 맞은 듯 충격에 빠진 윤찬의 얼굴을 모르는 척 서윤이 다시금 묵례를 하고 안으로 들어섰고 윤찬은 입술을 벙긋거리다 다급하게 물었다.

"결혼이라니요? 결혼? 결혼이요? 누가요? 누가, 누구랑요?"

"예예. 누구랑 누가 합니다."

"뭐, 뭐야. 뭔데!"

방음 하나는 끝내주는 본부장실 안으로 들어가는 바람에 바깥의 소란을 듣지 못한 서윤은 닫힌 문을 등 뒤에 두고 긴 한숨을 내쉬었다. 결혼 축하라니. 아직 대답도 하지 못했는데 어디서 들은 건가 싶었다.

그날, 재희의 프러포즈에 서윤은 금방 대답할 수가 없었다. 망설임 따위가 아니라 너무 놀라서 말하는 방법을 잊었다는 게 옳았다. 그걸 무슨 뜻으로 받아들였는지 몰라도 그는 그녀를 뒤로 밀어 이불 속에 집어넣고 말했다.

'지금 대답하지 마. 심장 터져.'

그러곤 얌전히 집까지 데려다주더니 대뜸 출장을 가 버렸다. 일부러 잡은 출장이 아니라 갑자기 터져 버려 어쩔 수 없었던 일이다. 물론 전화 통화에 문자까지 꼬박꼬박 했지만 왜인지 프러포즈에 대한 대답을 해 달라 말하지 않아 어영부영 오늘까지 와 버렸다. 서윤은 연거푸 긴 한숨을 내쉬었다.

사무실은 주인 없이 사흘이나 비어 있었음에도 어질러진 것 없이 깔끔하고 정돈이 잘되어 있었다. 그것만으로도 또 마음이 이상해지고 두근거려 입술을 마르게 했다.

"이젠 정리도 잘하네, 다들."

저 없으면 뭐 하나 제대로 할 줄 아는 것 없을 것 같던 사람들이 비어 있는 제 자리를 잘 채워 주고 있다는 것이 눈에 보였다. 그녀가 하던 방식대로 꼼꼼하게 정리된 모양새에 사무실을 한 바퀴 빙, 걸어 본 서윤은 주인 없이 며칠을 보낸 의자까지 왔다. 그리고 잠시 아무도 없는 주변의 눈치를 보다 살포시 앉아 보았다.

털컥 의자에 앉아 허리를 세우니 비로소 보이는 재희의 시선. 넓고도 넓은 사무실이 한눈에 들어오며 더욱 넓게 느껴지는 사무실의 기운에 순식간에 압박이 느껴졌다.

생각해 보니 보고를 올리는 입장에선 창가, 즉 벽과 가까운 본부장의 책상 가까운 곳에서 한정된 공간만 보지만 보고를 받는 재희는 사람들의 뒤로 보이는 넓은 공간을 그대로 눈에 담았을 걸 생각하니 더 앉아 있기가 어려웠다.

자리가 주는 엄청난 기세에 얼른 자리에서 일어난 서윤은 헛웃음을 흘렸다.

"자만은 내가 했네. 이런 자리인 줄도 모르고."

뒤늦게 알아 버린 새로움에 혀를 차며 책상을 쓸었다. 괜히 먼지가 있는지도 확인하고 이리저리 보다 눈에 띈 아주 미세한 이질감을 콕 집으며 방긋 웃었다.

"볼펜을 이렇게 놓으면 어떻게 해. 가장 자주 쓰는 것대로 정리를 해야지."

남들은 전혀 신경 쓰지 않을, 심지어 재희마저도 잘 모를 순서를 떠올리며 순식간에 볼펜을 정리하는 그녀였다. 그러다 보니 건드리지 않아도 될 정리 잘된 것들까지 입맛에 맞게 치웠다. 그렇게 뭐에 홀린 사람처럼 책상을 닦고 본부장실 내 탕비실까지 들어섰다.

얼마나 시간이 지났을까. 탕비실을 넘어 책장에 앉은 먼지까지 톡톡 털어 줄 맞춰 정리를 하는 그녀의 귀로 문 열리는 소리가 들렸다. 화들짝 놀라 쥐었던 책을 떨어트리며 고개를 돌리기가 무섭게 시야가 막혔다. 거기다 숨 막히게 만드는 강한 힘에 발뒤꿈치까지 들렸다.

"윽! 재, 재희야."

어쩌다 보니 프러포즈 받고 처음 마주하게 된 얼굴을 어떻게 볼지 고민하던 게 무색하게 먼저 안아 오니 고맙기도 하면서 한편으론 걱정도 되었다. 안은 건 재희인데 어깨에 고개를 묻고 미동도 않는 것이 꼭 위로받길 원하는 사람처럼 느껴졌다.

"재희야?"

조심스럽게 그의 이름을 부르고 뒤꿈치를 내리며 조금 몸을 떼어 내자 한눈에 봐도 까칠한 얼굴이 보였다. 피로로 가득한 낯빛을 보니 다른 모든 것은 사라지고 걱정만이 남았다. 그녀는 간신히 면도만 한 듯 보이는 재희의 뺨을 두 손으로 감쌌다.

"못 잤구나. 밥도 제대로 못 먹었어."

"응."

"밥 먹는다고 그랬잖아. 전화할 땐 괜찮아 보여 놓고 이러면 어떻게 해. 속상해서 정말."

"미안."

"많이 힘들었어?"

"피곤해서 그래. 출장 같은 거에 너 없던 건 처음이니까."

"……윤찬 씨를 데려가지 그랬어. 아니면 강 주임이라도."

"그냥 나 좀 안아 봐."

그러곤 다시 고개를 묻고 숨을 내쉰다. 몸집도 큰 남자가 잔뜩 지쳐 기대 오는 것이 뭉클하면서도 고맙고 또 안타까워 서윤은 그의 등을 감싸 안았다. 안도하듯 숨을 내쉰 재희가 귓가에 말했다.

"보고 싶었어."

"……."

냉기가 느껴지는 몸은 재희가 코트도 챙겨 가지 않았음을 알게 했다. 늘 따뜻했던 손도 차가운 것이 장갑도 없었을 거다. 무엇 하나 제대로 챙긴 것 없이 맨몸으로 버텼을 사흘을 떠올리자 그녀는 머릿속이 차곡차곡 정리가 되었다.

보고 싶었다는 말, 그 말에 조금의 거짓도 없이 같은 마음을 가졌다. 다른 말은 전혀 필요하지 않았다. 보고 싶었다. 고작 3일을 못 봤음에도 하루하루가 고되어 이곳을 찾아올 만큼. 아마 하루만 더 길었으면 재희가 있는 출장지로 내려갔을지도 모른다.

그 정도로 함께 있는 게 익숙해졌기에 서로의 체온은 너무나 당연한 일이 되어 버렸다.

바보 같아.

사실 고민하고 말 것도 없는데. 정말 당연한 일이었는데.

서윤은 살짝 눈을 감으며 지나가듯 흘러가는 한마디로 말했다.

"안 갈래."

질문이 뭔지도 모르는 답변이었다. 푹 숙이고 있던 재희의 고개가 옆으로 돌아갔다. 그녀는 그의 눈을 저와 똑똑히 맞추고 말했다.

"좋은 기회야. 정말 좋은 기회인 거 아는데. 그래서 정말 많이 생각했어. 오히려 그때 회장님이 부르신 걸 다행이라고 생각했거든. 좀 더 제대로 생각하고 너한테 대답해 줄 수 있을 거라고 생각해서. 그런데 갑자기 출장이나 가 버리고, 나 없으니까 금방 이렇게 일이 생겨서."

"……."

"아냐, 이거 변명이야. 나 없어서 그러는 게 아니라 그냥 있을 수 있는 건데 이유 만든 것밖에 안 돼."

"양서윤."

"너랑 떨어지기 싫어. 생각해 보니까 나 너랑 떨어져 본 적이 없는데 내가 네 옆에 없다는 게 상상이 안 가. 꼬박 13년이야. 군대 갔을 때도 매주 찾아갔고, 너 대학 다닐 때도 일주일에 두 번씩 만나러 갔어. 거기다 이젠 사흘도 싫은데 내가 어떻게."

이내 숨 막히는 키스가 이어졌다. 말하던 것들을 전부 잊을 정도로 순식간에 다가온 아찔한 키스였다. 속절없이 벌어진 입술 사이로 파고든 혀가 뿌리까지 빨아들이며 핥고 말아 올렸다. 이따금 부딪히는 치아가 낯선 소리를 냈지만 그는 힘껏 그녀를 안고 먹어 치우듯 입을 맞췄다.

금방 기운을 빼앗겨 버린 듯 뒷걸음질을 치다 걸린 소파에 힘없이 무너지는 서윤의 위로 올라탄 재희는 넥타이를 당겨 빼내고 다시 쏟아지는 키스를 퍼부었다.

"아읏…… 재희야, 내 말을 잠깐만 더. 흡."

말문을 막아 버리는 열렬한 키스는 그의 손이 그녀의 옷자락을 위로 올려 드러난 뽀얀 가슴을 움켜쥐었을 때였다.

"하윽!"

속옷 위로 부풀 듯 올라온 하얀 살결에 이를 세워 물고 제 흔적이 남은 것을 본 후에야 팔에 힘을 줘 그녀를 아래 두고 내려다보았다. 당장이라도 터질 듯 뛰어 대는 심장 소리가 누구의 것인지 구분이 가지 않을 정도로 컸다.

"……바보야, 이렇게 갑자기 달려드는 게 어디 있어."

"아무도 없어."

"그래도 여긴 회사……."

말은 그렇게 하면서도 슬그머니 재희의 와이셔츠의 단추를 푸는 손이 야무졌다. 회사건 뭐건 이제 막 타오르는 불길이 이성을 희미하게 만드는 듯했다.

잠시 이걸 막아야 하나, 싶었지만 정말 알 게 뭐람. 이제 자신은 이곳의 직원도 아닌걸. 잘못이라면 재희에게 있다며, 손을 움직였다. 예전의 서윤이라면 상상도 못할 일이었다.

재희는 그때까지도 그녀의 손이 제 단추를 풀고 속살이 드러날 때까지도 아무런 말없이 지켜보다 입을 열었다.

"누가 너 혼자 보내."

"으응?"

"말도 안 되는 소리 마."

단추를 꼼지락거리던 손을 멈추고 올려다보자 재희는 눈짓으로 제 왼쪽을 가리켰다.

"더 벗기기 전에 내 왼쪽 재킷 안주머니에 있는 거 꺼내."

거기에 꼭 더 벗기기 전이라는 사족을 붙였어야 했나 싶지만 얌전히 재킷을 뒤적거렸다. 곧 그녀의 손에 딸려 나온 건 작은 쪽지였다.

"……이게 뭐야?"

"네가 갈 곳에 마련한 아파트 주소."

멍하니 올려만 보다 고개를 옆으로 기울였다. 뭐라고, 서재희? 그는 의문 가득한 눈에 입꼬리를 올리며 몸을 내렸다. 다시 부드러운 손길이 온몸을 스치자 소강상태였던 열기가 바싹 타듯 홧홧거렸다. 드러난 가슴 끝을 훑어 서윤의 정신을 쏙 빼놓은 재희는 정신 차릴 틈도 없이 옷자락을 벗겨 냈다.

성실하게 말을 잇는 것도 잊지 않았다.

"본사로 들어가기 전에 이곳 일을 확실히 마무리하면 그쪽에 당분간 건너가 있을 수 있을 것 같아. 그래도 너 가고 보려면 3개월은 걸리겠지만 몇 년씩 너 혼자 안 둬. 그동안 잘 기다리고 있어. 헛짓거리 했단 말 조금이라도 들리면 유학이고 뭐고 강제 소환인 것만 알아 두고."

"……"

"그대로 어디든 가둬 두고 안 내보내, 너."

오금을 저리게 만드는 살벌한 집착마저 달콤하다. 간지러운 감각이 배 속 코어에서 시작되어 온몸으로 퍼져 나갔다. 어질어질할 정도의 옅은 쾌감이 점점 더 강렬하게 번졌다. 그 와중에 서윤은 현실적인 문제를 꺼냈다.

"내 대답도 안 듣고 지금 며칠 만에 이걸 다 준비했다는 거야? 거절했으면 어쩌려고? 나 그때 제대로 대답 못했잖아."

낮은 코웃음 소리가 들렸다. 재희는 제 밑에 깔려 촉촉해진 서윤의 곳곳에 흔적을 남기며 말을 이었다.

"안 받을 리 없지."

"……웃."

"양서윤이 나를 놔줄 리 없잖아."

어찌나 오만한 소리인지 괜히 심술이 날 정도였다.

"그걸 네가 어떻게 알아."

"내가 모르면 누가 아는데."

말문 꼭꼭 다물게 되는 자신만만한 말에 입술이 다물렸다. 헐벗듯 앞섶이 열려 속살을 드러낸 옷자락 스치는 소리가 야릇했다. 점점 더 말을 하기 어려워지는 짜릿함에 두 다리를 오므리자 금방 그의 몸과 닿았다. 톡, 뜨거운 그가 금방이라도 그녀를 파고들 듯 단단해졌다.

"후우…… 널 이해하니까. 그리고 널 믿으니까. 넌, 대답만 하면 돼."

붉어진 얼굴 이곳저곳을 달래듯 쓸고 입 맞추기를 반복하던 재희는 참지 못하고 나직하게 말을 이었다.

"귀여워."

"돼, 됐거든. 웃."

"진짜야. 귀여워. 귀여워 죽겠다."

꼭 안은 품이 달콤해서 아무 생각도 나지 않았다. 그녀는 점차 달아오르는 숨결을 느끼며 투정처럼 중얼거렸다.

"……3개월도 길어."

"알아. 말만 꺼내도 숨 막혀."

"집 팔아 버릴 거야."

"말했다. 딴 짓 하면 너한테 가장 소중한 거 가만 안 둬."

"나한테 소중한 게……."

나한테 소중한 게 뭐냐고 물으려다 입을 다물었다. 답은 이미 나와 있는 문제였다. 그녀에게 가장 소중한 것,

"……정말."

그건 바로 서재희.

결국 서윤은 모두 포기한 듯 웃어 버리며 팔을 들어 그의 목을 안았다. 그리고 과감히 제 몸을 재희의 몸에 포개며 귓불을 물고 말했다.

"못 이기겠어."

"그래서 대답."

점점 더 본능에 충실해지는 짙어진 목소리가 한계를 보여 주었다.

"나랑 살래, 결혼할래."

머리카락 사이로 파고드는 큰 손이 쓰다듬듯 감싸며 제 쪽으로 당긴다. 서윤은 기분 좋은 목 울림을 드러내며 아주 작고 은밀한 목소리로 속삭였다.

"사랑할래."

이내 깊은 환희가 그들을 삼켰다.

에필로그 1. 반란의 끝

　서재희라는 남자는 세상에서 가장, 적어도 양서윤이 아는 남자들 중에서는 가장 오만한 사람이다. 때론 그 오만함과 남보다 부족한 재수 없음이 남들에게 척을 지곤 하지만 어쨌든 그마저도 사랑하게 된 지금에선 그것 또한 장점이라 생각하고 있었다.
　어디에서도 주눅 드는 법 없는 사람이라 그 쟁쟁한 총회에서 말발 하나로 제 자리를 꿰찬 사람이 바로 서재희다. 때문에 그녀는 죽기 전까지 재희가 긴장을 하거나 겁을 내는 혹은 뜸 들이는 모습은 절대 볼 수 없을 거라 생각했다.
　때문에 지금 보고 있는 모습에 적응할 수가 없었다.
　하지만 서윤에게도 지금 이 상황은 여러모로 있을 수 있을까, 싶었던 상황이었다. 자신이 부모님의 앞에 결혼하고 싶은 상대를 데려올 거라곤 상상도 한 적 없었다. 하물며 그 상대가 재희라는 건 더더욱.

서윤의 엄마는 조금, 아니 꽤 많이 놀란 눈치였다. 처음보다야 나았지만 자꾸 힐끔힐끔 재희를 보는 것이 아직 놀란 가슴을 다 정리하지 못한 듯했다. 아빠는 뭔가 깊은 생각을 하듯 입 한 번 떼지 않고 있을 뿐이었다.

한참이 지난 후에야 마음의 정리를 한 듯한 엄마가 아빠 대신 먼저 입을 열었다.

"사실 좀 놀랐어요. 애가 유학 준비를 한다고만 알고 있었지, 설마…… 거기다 서재희 씨는 생각해 본 적이 없었거든요. 어제도 회사원이고, 동갑이라고만 말해 줘서."

뭔가 주눅이 든 듯 힐끔거리는 시선에 서윤이 한숨을 쉬었다. 재희를 데려오기 전, 만나는 사람이 있고 그 사람이 동갑내기라는 것만 겨우 말해 줬다. 재희가 해일그룹 서 회장의 손자라는 것을 알고 있으니 말하면 부담을 얹어 줄까 말을 아꼈는데 어쩔 수가 없는 모양이다.

"놀라게 해 드려 죄송합니다."

"아, 아니에요. 죄송할 것까지야."

얼른 손사래를 치고 쭈뼛쭈뼛 손을 내린다. 그 모습이 어찌나 불편해 보이던지 서윤이 조심스레 말을 꺼냈다.

"아무거나 좀 물어보세요. 이름이나 얼굴은 알아도, 이 사람에 대해선 다들 잘 모르시잖아."

이미 알 만한 건 다 알아도 정작 가장 중요한 걸 모르니 좀 물어봐 줬음, 하는 마음에서 거들어 보았다. 그러나 엄마는 그 재촉이 당혹스럽기만 했는지 또 한참 머뭇거렸다.

"서윤이가 선을 보지 않은 것도, 어떻게 보면 그쪽 때문일 수도 있겠네요."
 그러곤 한 말이 재희에겐 금기어인 선 얘기였다. 엄마 역시 사람 소개시키는 자리에서 절대 하지 말아야 할 말을 꺼낸 실수를 깨닫고 헛바람을 들이켰다. 맙소사. 조용히 고개를 옆으로 돌리며 마음 가득히 재희에게 사과를 던질 때 그가 말했다.
 "놓치면 마지막일 것 같아서 잡았습니다. 죄송합니다."
 차분하게 설명하는 재희에 서윤의 눈이 동그랗게 변했다. 그의 성질을 너무 잘 알고 있는 그녀로서는 저 침착함이 그저 놀라웠다.
 "아…… 그래요?"
 진심을 담은 사과에 긴장 어린 엄마의 얼굴이 살짝 풀어졌다. 여전히 재희는 긴장한 듯 보였지만 실수하지 않기 위해 꿇고 있는 무릎에 올린 손에 좀 더 힘을 주었다. 어쩐지 안쓰러울 지경이었다.
 "그냥 걱정이 커요. 서로 좋다는데 우리가 뭘 어떻게 막겠냐마는…… 그래도. 그래도, 워낙에 차이가 나니까. 물론 내 딸이 모자라다는 말은 아니에요. 다만 우리가 부족해서."
 사람에 대해 묻지 않고 이런저런 고민부터 늘어놓는 엄마가 조금은 야속했다. 사실 부모님은 재희와 그녀의 계약으로 빚이 반이나 탕감된 사실을 모른다. 그저 서 회장의 보은으로 반으로 깎인 것 정도로만 알고 있었다. 그건 재희와 서 회장 두 사람이 원한 것이었기에 직접 말할 수는 없는 일이었지만 그것을 빼고라도 서윤은 그간 어떤 일이 있었고 또 어떤 도움을 받았는지 모두 말해 주고 싶었다. 또 서 회장이 어떤 도움을 주었는지도.
 결국 찾아온 침묵에 입이 바짝 마른 서윤이 나섰다.
 "엄마, 아빠. 너무 많은 일이 있었는데요, 사실 재희가."

"정말 많이 고생시켰습니다."

뚝 말을 끊고 재희가 입을 열었다. 무척 긴장한 상태라 이마 끝에 살짝 맺힌 땀방울도 보였다. 그는 오래 생각해 온 말인 듯 잠시 숨을 고르다 말을 이었다.

"남들은 하지 않아도 될 고생과 수고를 어릴 때부터 제 고집과 이기심으로 서윤이를 힘들게 했었습니다."

"······."

"어쩌면 지금도 제 욕심에 서윤이를 힘들게 하는 걸지도 모른다는 생각, 하고 있습니다. 그러면서도 힘들어도, 아파도 또 울더라도 제 옆에 있어 달라고 매달렸습니다."

재희는 말을 하면 할수록 머릿속에 차오르는 지난날에 차마 그녀의 부모님과 눈을 마주칠 수 없었다. 하나하나 따져 보자면 너무나 많은 고생을 시켰다. 0부터 10까지, 무엇 하나 서윤의 손이 닿지 않은 곳이 없었을 정도로.

제 마음이 부담스러울 걸 알면서도 그래도 옆에 있으라 붙잡았고 충분한 믿음을 주지 못해 늘 홀로 필사적으로 움직이게끔 만들었다. 이미 그것만으로도 재희에겐 평생 갚아야 할 빚이 있다. 그는 가만히 옆에 앉은 서윤을 보다 허리를 깊이 숙였다.

"충분히 많이 힘들게 했습니다. 그러니, 더는 아프지 않게 하겠습니다."

꼭 절이라도 올리는 사람처럼, 과하게 굽힌 허리에 엄마는 연이어 당황하며 '어머, 어쩌면 좋아!'를 연발했다. 서윤은 재희의 굽은 등과 조아리듯 내린 머리를 보면서 가슴이 뭉클해지고 눈 끝이 시큰해졌다.

누구에게도 굽힌 적 없던 무릎, 머리. 그 단호한 자신감을 저를 위해 벗어던진 재희가 세상 누구보다 자랑스럽고 멋있었다.

"결혼 허락해 주십시오."

재희의 손끝이 잘게 떨리고 있었다. 서 회장의 앞에서의 그녀처럼. 역시 똑같다, 싶은 마음에 서윤은 두 손을 모으고 고개를 숙였다.

얼마나 시간이 지났을까. 긴 시간 동안 입을 열지 않았던 아빠가 대뜸 말을 던졌다.

"역시 그때의 그 학생은 서재희 씨였군요."

듣는 사람들은 전혀 이해 못할 말을 해 놓고 아빠는 홀로 고개를 끄덕이고 있었다.

"어디서 본 얼굴 같은데 잘 떠오르지가 않아서 실례지만 계속 혼자 생각하고 있었습니다. 그런데 맞는 것 같네요. 그때, 날 도와줬던 학생이."

"……그게."

"몇 번이나 창립 기념일에 있을 수 있는 고등학생을 찾아 달라고 부탁했지만 못 찾는다고 하는 바람에 제대로 감사 인사도 못했는데. 이렇게 나타나 주려고 한 거였어."

재희는 살짝 곤란한 눈치를 보였다. 그리고 힐끗 서윤의 눈치를 보다 짧게 끄덕였다. 서윤은 고개를 갸웃거리며 두 사람을 번갈아 보았다.

"무슨 얘기예요, 그게?"

"왜 본인이 날 도운 걸 말해 주지 않았습니까?"

"그건……."

"돕다니요. 언제를 말씀하시는 거예요?"

"둘이 만난 적 있어요?"

"가만히 좀 있어 봐. 서재희 씨 얘기 좀 듣게."

엄마와 서윤의 번갈은 끼어듦을 막은 아빠는 계속하라는 듯 손짓했다. 재희는 마른 입술을 적시듯 입술을 말아 물었다가 천천히 말했다.

"기억하실 줄 몰랐습니다."

"그 정도 기억력은 됩니다."

"그런 뜻이 아니라, 워낙 오래된 일이고 제대로 얼굴을 마주친 적이 없어서였습니다. 사실 특별히 감추고 숨길 생각은 아니었습니다. 단지, 그때 그곳에 계시던 분이 서윤이의 아버님이라는 사실을 알았기 때문입니다."

"그게 문제가 될 수 있었습니까?"

"지금은 몰라도 그때의 서윤이에겐 그것마저도 빚이라고 생각되었을 테니까요. 더는 서윤이에게 짐을 얹어 주고 싶지 않았습니다."

도통 알아들을 수 없는 이야기의 연속에 가슴이 답답해졌다. 그러나 엄마는 이미 뭔가 눈치를 챈 듯 크게 놀라며 입가를 막았고 홀로 이야기에 끼어들지 못한 서윤만이 고개만 이리저리 돌릴 뿐이었다.

그때, 아빠의 몸이 세워졌다. 그것을 따라 시선을 올리며 당황한 서윤이 허둥지둥거릴 때 아빠는 금방 몸을 낮추고 조금 전 재희처럼 허리를 깊이 숙였다.

"고맙습니다!"

"아버님!"

"아, 아빠?"

놀란 재희가 아빠를 세우려 했지만 바위처럼 꿈쩍도 않은 아빠는 가슴에서 우러나오는 감사 인사를 더했다.

"서재희 씨가 그날 도와주지 않았다면, 어쩌면 저는 크게 다쳤을지도 모릅니다. 만약 더 크게 다쳐서 몸이 불편해졌다면 내 아내, 내 딸 모두 이보다 더 힘들어졌을 겁니다."

답이 없는 생활고와 밀려드는 독촉장에 마지막 지푸라기라도 잡는 심정으로 회사를 찾아갔었다. 하필 창립 기념일이 있던 날, 로비로 들어서기가 무섭게 허름한 차림의 그를 사람들이 잡았고 정식 인원이 아닌 아르바이트생 몇몇이 뒤편으로 데려가 구타를 시작했다.

그 바람에 팔다리에 금이 가고 휠체어 신세까지 졌던 때, 그나마 그 상황을 무마시켜 주었던 어느 한 소년이 있었다. 양복을 입은 귀한 집 자식으로 보이던 소년은 저가 누구라는 말 한마디 없이 발길질을 막아 주었고 무어라 소리치던 것을 마지막으로 까무룩 정신을 잃었다.

깨어나니 병원이었고 소년은 당연히 없었다. 애석하게도 찾을 길이 없어 늘 마음에 두고만 있었던 그 소년이 이렇게 서윤의 짝이라며 찾아올 줄은 꿈에도 생각한 적 없던 아빠는 상체를 세우고 두 손으로 재희의 손을 덥석 잡았다.

"고맙습니다. 그때 그 순간만으로도, 서재희 씨가 어떤 사람인지는 충분히 알 수 있습니다. 재벌이니 뭐니는 아무 상관 없어요. 내가 아는 누구보다 강한 남자니까. 그러니 우리 서윤이를 나 대신 지켜 줄 수 있을 거라고 생각합니다. 또, 내 딸이 선택한 사람이라면 분명 우릴 실망시킬 리 없어요."

"아버님, 저는. 저는……."

"그거면, 그…… 그거면…… 흡."

"서윤 아빠, 제발."

"아빠, 쪼옴."

인사 시키러 온 자리에서 갑자기 결혼식장에서 사위에게 딸 손 건네주는 모양새가 된 기분이었다. 평소 보이지 않던 눈물까지 보이는 아빠에 서윤은 재희를 향해 이해하라고 말하려다 엄청난 것을 보고야 말았다.

"뭐야, 서재희. 너 왜 눈물 맺혀? 뭔데, 뭐야. 뭔데!"

재희의 눈에 맺힌 눈물 한 방울을 말이다.

그렇게 두 사람은 한참 동안 손을 잡고 있었다. 엄마와 서윤이 억지로 떼어 놓을 때까지.

분명 좋은 결말을 얻은 것 같았지만 이상하게 찝찝했다. 집을 나올 즈음엔 부모님은 재희를 '서 서방'이라고 불렀고 재희는 '장인어른, 장모님'이라고 불렀다. 너무 이르지 않느냐는 서윤의 말에 세 사람은 그녀를 정 없는 사람이라 비난했다. 서윤은 저도 모르게 회장님에게 이를 거란 소리를 내지르기까지 했다.

그래도 일단 화기애애하게 끝난 인사에 재희를 주차장까지 데려다주는 길, 곰곰이 생각하던 서윤은 마침내 아주 먼 기억의 단편을 떠올렸다.

"그래! 그때 너 학교에 안 나왔었어."

"그때가 언젠데."

"그날 말이야. 너랑 내가 너희 집에서 만났던 날. 열일곱 살 때."

"……그걸 어떻게 알아."

"말했잖아. 사과하러 갔었다고."

두 손을 허리춤에 올리고 미간을 좁히며 말하자 재희가 헛웃음을 흘렸다.
"진짜였냐?"
"그럼 진짜지. 설마 안 믿었어?"
"믿었으면 그런 제안도 안 했다."
"하긴 그렇긴 하지만……. 아무튼 그때 네가 학교에 있었으면 난 사과는 할 수 있었겠지만 우리 아빠는 많이 다쳤을 거야. 어쩜 정말로 무섭게 나쁜 일이 일어났을 수도 있어. 대체 왜 말 안 했어? 그러면 나는…….."
"말했잖아. 어차피 너한텐 그게 다 짐이었을 거라고."
부정할 수 없는 말이었다. 소소한 것들 전부, 재희에게 받는 모든 것이 빚이라고만 생각했던 때였다. 재희는 피식 웃곤 서윤의 손을 잡았다. 그리고 깍지를 껴 당기고 어깨에 팔을 둘러 안았다.
"그런 것 다 필요 없이, 나는 널 좋아했고 고백했어. 그리고 차였지."
"……."
"다른 건 상관없어. 말했던 것처럼, 너는 나만 보면 돼. 이제 와 그런 건 아무 상관 없는 일이야."
사람과 사람이 이렇게 마주 안아 포옹을 하는 건 심장이 없는 오른쪽 가슴에 서로의 심장박동을 새겨 주기 위해서인 듯했다. 꼭 몸에 심장이 두 개가 된 듯, 똑같은 박동이 전해졌다. 한 몸이 된 따스한 기분 속에 서윤은 남은 팔로 재희의 등을 안았다.
"역시 너한텐 미안하다는 말보다는 고맙다는 말을 하는 게 맞아. 정말 고마……."

이제는 습관처럼 할 수 있게 된 고맙다는 말을 꺼내려는 그녀의 말을 재희가 막았다.

"그거 말고."

"말고?"

"그건 이만 됐으니까, 내가 가장 듣고 싶어 하는 말만 해."

또 무슨 말인 걸까, 하고 고개를 들어 올리던 서윤은 아래를 내려다보는 재희의 시선과 마주치곤 바로 해답을 찾았다. 저도 모르게 저절로 미소가 번졌다.

"사랑해."

재희의 입가에도 그녀와 닮은 미소가 새겨지듯 그려졌다.

"내가 가장 소중하게 여기는 서재희, 정말 사랑해."

"나도. 나도 사랑해, 양서윤."

숨기는 것 없이, 감추는 것 없이. 그 무엇이건 아무래도 상관없이. 재희는 못 참겠다는 듯 서윤의 이마에 입을 맞췄다. 그리고 차례로 콧날과 콧등, 윗입술에 다다르곤 저에게 숨결을 내주는 도톰한 입술을 머금었다.

양서윤의 모든 것은 달콤하다. 늘 그랬듯이.

오직 두 사람만이 주인공인 로맨틱코미디의 결말은 두말할 것도 없는 해피엔딩이었다.

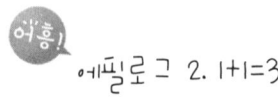 에필로그 2. 1+1=3

"윤, 네가 뭘 모르는 모양인데 나 정말 괜찮은 남자야. 우리 집이 동양인을 싫어하는 것도 아니고 형님은 집안 이어받아야 해서 어렵겠지만 난 차남이라 너와 진지하게 만날 수도 있다고. 아니, 진지하게 만나고 싶어. 윤이라면 나 결혼도 생각할 수 있어."

알렉스는 무척 진지해 보였다. 손에 든 꽃다발과 깊이 있는 눈이 그의 진심을 보여 주고 있었다. 서윤은 만난 지 3개월 된 같은 대학의 같은 과에 재학 중인 알렉스를 올려다보았다. 키가 190에 가까워서 한참을 올려다봐야 겨우 얼굴이 보인다.

그녀는 훅, 한숨을 쉬고 최대한 침착하게 입을 열었다.

"미안한데, 내가 한 천 번쯤은 말하지 않았어?"

"……."

"나 남자 친구, 아니 결혼할 사람 있다고. 결혼이 코앞이라 아마

조만간 같이 살게 될 거야. 같이 산다고. 알아들었어? 네가 말하는 대로 나는 동양인이고 동양인 중에 한국인…… 아니지. 한국인도 갈 것 없이 나는 내 남자 친구와 결혼할 생각이라 동거를 하려는 거야. 알겠어?"

 침착하자. 침착하자, 양서윤. 여기서 성질대로 행동했다가는 긁어 부스럼만 만든다.

 자신에게 첫눈에 반했다며, 지난 3개월간 끈질기도록 쫓아다니는 알렉스는 약간의 스토커 기질을 빼면 나쁜 녀석은 아니었다. 거기다 독일에 온 지 고작 3개월 만에 그녀가 이렇게 대화를 나눌 수 있을 정도로 독어를 배울 수 있던 것도 알렉스 덕분이다. 물론 한국에서도 잠자는 시간 줄여 가며 공부를 하긴 했지만 줄기차게 말을 걸고 따라다니는 알렉스를 쫓아내느라 저절로 말이 늘어 버렸다.

 이 애쓰는 마음을 아는지 모르는지 알렉스는 피식 웃으며 어깨를 으쓱거렸다.

 "그런 말은 아무 이유도 못 돼. 윤, 동거는 아무것도 아니야."
 "나는 아무것도 아닌 게 아니라니까."
 "그래도 난 너 포기 못해. 넌 내 운명이야. 너처럼 완벽한 여자는 본 적 없어. 어떤 남자가 오건 널 반드시 뺏어 올 거야."

 간당간당하던 인내심이 툭, 끊겨 나간다. 재희로 인해 단단해졌던 철심 같은 인내심이란 것이 먼 이국에서 끊어졌다.

 "죽을래?"
 "……윤?"
 "정신 나간 소리 할 거면 공부나 해. 조별 점수 깎아 먹지 말고. 그리고 이 어린놈의 자식이, 너 지금 나랑 몇 살 차이가 나는 줄 알야? 열 살이야, 열 살! 내 나이가 벌써 서른하나라고! 만으로 쳐도 인마, 내가 서른인데! 어디서 너, 너, 거려?"
"유, 윤?"
"안 가? 가! 그리고 너 내가 '누나'라고 부르라고 했지. 한 번만 더 반말해 봐. 진짜 확 진짜!"
"윤, 아니 누, 누나."
"가!"
불처럼 쏘아붙인 말에 알렉스가 날 듯이 도망쳤다. 저러고 또다시 돌아올 걸 알기에 쫓아가는 대신 어깨를 축 늘어트리며 고개를 저었다. 햇볕 쨍쨍한 독일의 여름이 야속했다.
"나는 왜 맨날 꼬여도 이상한 놈들만 꼬이는 거지."
"원래 캐릭터 강하면 강한 사람끼리 꼬이는 거야."
기다렸다는 듯 거드는 목소리에 흠칫 놀란 서윤이 고개를 돌렸다. 그리고 눈을 가늘게 뜨며 물었다.
"내 잘못이라고?"
"내 잘못이 아닌 건 확실하지. 구경 잘했다, 야. 태교에 좋은 구경거리였어."
"……언제 왔어?"
"방금. 들어가자, 나 목 말라."
맑은 미소를 보이는 민정을 따라 근처 카페로 들어간 서윤은 시켜서 가지고 온 주스를 민정의 앞에 놓으며 눈짓했다.
"몇 달이야? 이제 곧 막달이던가?"
"응. 얼마 안 남았어. 그래서 실컷 괴롭혀 주고 있지. 아주 재밌단 말이야. 요즘 그 인간이 얼마나 고분고분한지 몰라. 그 성질 다

죽은 게 너무 고소해."

본인 남편 이야기를 어찌나 얄밉게 하는지 서윤은 웃음이 나왔다. 저러면서도 서로 죽고 못 사는 사이임을 알기에 그녀는 주스를 한 모금 마시며 말을 이었다.

"신기하다. 설마 오민정이 애 엄마가 될 줄이야."

"나도 신기해. 결혼 안 하겠다고 도망쳐 왔더니 여기서 배부를 줄은."

"너희 어머니 놀라시는 얼굴이 눈에 선하다. 다니엘 씨는?"

"스튜디오에. 다음 달에 잠깐 이탈리아 다녀오거든. 요즘 엄청 바빠."

"능력자야, 정말. 어떻게 다니엘 울프가 네 남편인 건데."

"사돈 남 말 한다. 나는 뭐 서재희가 그런 호구인 줄……."

"호구 아니거든."

"호구지 그럼. 그게 호구가 아니고 뭔데."

"호구가 아니라 순애보!"

"……얼씨구."

결국 제 남자 자랑으로 끝난 설전을 마무리하며 다시 소소한 이야기를 시작했다. 딱히 생산성 있는 대화는 아니었지만 독일에 온 후 이 몇 달간 전에 하지 못했던 것들을 하고 있는 서윤에겐 다 중요한 시간이었다.

한참 대화를 나누다 떠올랐는지 민정이 말했다.

"이가영 이혼했더라? 세 번째라던가. 이번에 한국 잠깐 들어갔을 때 동창회라고 해서 가 봤거든. 뭐, 여전하더라고."

정말 오랜만에 듣는 이름에 서윤은 무심히 흘렸다.

"흐응, 그래?"

"그 지랄 맞은 성질 버리기 전엔 절대 자리 못 잡지. 고등학교 졸업하자마자 시집가더니 파란만장해, 아주."

확실히 가영의 주변에 친구는 많았지만 매번 그 친구들이 바뀌었던 것 같다. 이 친구, 저 친구. 사람은 많아도 깊이 사귀는 이 하나 없이. 그때를 생각하고 나니 어쩐지 아련한 기분이었다. 서윤은 물기가 서린 잔을 손가락으로 문질렀다. 뽀득뽀득 듣기 좋은 소리가 났다.

"지금 생각해 보면, 그 나름대로 친구 사귀는 방법이 아니었나 싶기도 해. 돈이건 뭐건…… 결국 이가영도 어렸으니까."

"성인군자 납셨네. 그래서 뭐, 용서한다고?"

"용서는 무슨. 그냥 좀 이해는 한다 이거지. 내 아는 사람이 그러더라. 사람은 자기가 선택할 수 있는 범위에서 가장 좋은 선택을 하려고 한다고. 그래도 그게 100퍼센트 완벽할 수 없으니까 상처가 생기는 거고, 그래서 이해라는 말이 있는 거라고."

이내 서윤은 웃어 버렸다.

"0.1퍼센트쯤은 이해해."

모든 걸 과거로 넘겨 버리는 아주 후련한 얼굴에 민정은 예쁘게 마주 웃었다.

그렇게 해가 뉘엿뉘엿 저물어 갈 즈음이 되어서야 서윤이 먼저 정신을 차리고 짐을 챙겼다.

"맞다, 나 집에 가서 집 치워야 해! 재희 방 도배 어제 겨우 끝났단 말이야."

"아아, 이번 주에 서재희 온다 그랬지?"

"응. 이거저거 할 게 많아. 나 먼저 갈게."

허겁지겁 짐을 챙기고 일어서는 친구를 보던 민정이 그녀에게 물었다.

"아직도 미안해? 그때 생각하면."

그때라는 말이 아주 멀고도 먼, 그날 복도에서의 일을 말하고 있음을 알았다. 매몰차게 상처 주었던 그날을. 서윤은 망설이지 않고 대답했다.

"여전히 고마워. 그때 생각하면."

"하, 하하."

"날 끝까지 포기하지 않아 줬으니까."

그림자 하나 없이 깨끗한 미소에 민정은 어쩔 수 없다는 듯 손을 흔들어 주었다.

3개월, 무려 3개월 만에 만나는 재희였다. 그는 서윤이 유학을 오기 전까지 반년간 해일디자인의 일을 정리하고 본사로 들어갔다. 그리고 당당히 해일디자인을 본사 내의 다크호스로 자리매김하고 단기간에 모두의 신임을 얻어 무려, 독일에 지사를 세웠다.

정말 엄청난 추진력과 기가 막힌 수완이었다. 독일에서 각광받는 어패럴과 공동 경영권을 체결해 독일 내에 자리를 잡은 후 손수 그곳을 키워야 한다는 이유로 독일 파견을 나섰다. 본사에 들어가건 말건, 이미 내정된 일처럼 미리 준비했던 모양인지 너무도 자연스럽게 서윤의 곁으로 오게 된 재희에 서 회장은 질린다는 얼굴을 했었다.

대체 언제 이런 것을 전부 준비했냐는 말에 재희는 그녀를 바라보며 짧게 말해 주었다.

'넌 너한테 가장 좋은 선택을 했고, 난 나한테 가장 좋은 선택을 했

을 뿐이야.'

그러고 보면 꽤 전에 자신에게 유학을 가라고 말하던 그였다. 너무 아무렇지도 않게 말을 해서 오히려 서운했었는데 설마하니 이런 계획을 만들었을 줄은 몰랐다. 저 없는 곳에서 무럭무럭 성장한 재희가 고맙기도 하고 왜인지 섭섭하기도 했던 서윤이다.

어쨌든 정말 너무너무 보고 싶은 재희가 바로 이번 주에 온다. 너무 바빠서 3개월간 사진이나 영상통화로밖에 보지 못했지만 그 못 본 시간을 보상받듯 이번에 들어오면 적어도 한 달은 독일에 있을 예정이라고 했다. 그러니 방을 제대로 치워야 했고 도배를 하느라 더러운 방을 꼼꼼하게 정리할 생각으로 걸음을 바삐 움직였다.

"윤."

"엄마야!"

알렉스였다. 그는 어딘가 비장한 얼굴로 그녀의 앞을 가로막고는 팔을 잡았다. 서양인 특유의 짙은 눈매에 순간 압도되어 당황한 서윤을 알았는지 알렉스가 단어 하나하나에 힘을 주며 말했다.

"아무리 생각해도 난 널 포기할 수가 없어. 사실 너라면 날 있는 그대로 알아줄 거라고 생각했지만…… 그게 안 되더라도, 날 돈 때문에 만난다고 해도 상관없어. 난 널 사랑하니까."

"……허."

정말 이보다 더 기가 막힐 수가 있을까. 그녀는 쉼 없이 나올 것 같은 한숨을 꾹 누르고 잡혀 있는 팔에 힘을 주었다.

"놔. 일단 놓고 얘기해."

"말 안 하려고 했는데."

"그럼 하지 말고 봐. 안 궁금하거든?"
"내가 누군지 알아? 나 leben 차남이야. 레벤. 레벤 알지?"
생소한 단어에 서윤이 잠시 미간을 좁히며 생각에 빠졌다. 그리고 단어 뜻 대신 머리에 남은 하나를 떠올렸다. 글을 배우기 위해 시킨 신문에서 종종 나오던 중소기업의 사명社名이었다.
"아아, 거기."
"그래. 이 지역에서 가장 잘나가는 비누 회사 차남이라고."
나름의 커밍아웃이랄까. 숨겨 왔던 자신의 비밀을 내놓는 비운의 왕자처럼 알렉스는 애틋하게 말을 이어 왔다.
"날 선택해. 그럼 절대 후회 없을 거야. 고생시키지도 않을 거고……."
단지 듣고 있는 서윤은 이놈을 어떻게 해야 잘 떼어 낼 수 있는가를 고민하고 있을 뿐.
그것을 도와주듯 평소에는 잘 울리지 않는, 사실 거의 딱 한 사람에게만 울리는 전화가 울렸다.
"윤, 전화는 무시해. 내 말 들어."
나름 강압적인 말에 그녀는 깔끔하게 알렉스의 말을 무시해 주었다. 역시나 액정에는 재희의 이름이 떠 있었고 서윤은 환하게 웃으며 전화를 받았다.
"여보세……."
-이 시간에 왜 집에 안 있고 돌아다녀. 해지기 전에 무조건 들어가라고 했지.
"으응? 나 지금 집에 가는 중…… 근데 나 집에 없는 건 어떻게 알아?"

영상통화도 아니고 음성통화만 한 사람이 그것을 어찌 아나 싶어 묻자 무언가 지독히도 낮고 맹수처럼 매서운 목소리가 이어졌다.

-그 새끼 뭐야.

아뿔싸.

-뭔데 널 만지는데.

등골이 오싹해지는 낮은 으르렁거림에 서윤은 휴대폰을 내리고 주변을 둘러보았다. 아니나 다를까 멀지 않은 그녀의 집 앞에서 긴 다리를 이용해 빠르게 다가오고 있는 재희가 보였다. 무려 3개월 만에 만나는 제 연인이었다.

……해후의 기쁨을 나눌 겨를 없이 활활 타는 그를 막아야 했지만.

"너 어떻게 벌써 여기에…… 아니, 잠깐만. 네가 생각하는 그 무엇도 아니야. 진짜 전혀, 전혀 아니니까 누, 눈! 눈 무서워, 눈!"

"뭐냐고 물었다."

조금 있으면 앞에 있는 알렉스를 모조리 씹어 줄 태세였다. 섣부른 변명은 일만 어렵게 만들 터, 서윤은 솔직하게 말했다.

"내가 좋대."

"……하."

이어지는 한국어에 알렉스가 연신 '윤? 윤?' 하고 불렀지만 대답할 겨를이 없었다.

"일단 말로 하면 충분히 알아들을…… 뭐 해? 어디다 전화하는 거야?"

"이 실장님, 접니다."

"이 실장님은 왜? 왜 전화를."

"독일 레벤이 어떤 곳인지……."

유아독존. 대꾸도 없이 전화를 이으며 그 와중에 아직 알렉스에게 잡힌 서윤의 팔을 가차 없이 떼어 낸 재희는 어금니를 꽉 깨물고 선명한 독일어로 말했다.

"아니, 됐습니다. 알 필요 없습니다. 그냥 지금 지시대로 하시면 됩니다."

경악한 서윤의 얼굴 대신 유려한 독일어를 구사하며 사람을 토막 낼 듯한 시선으로 알렉스를 보는 재희였다.

"전부 사들이십시오. 주식, 건물 가릴 필요 없이 다. 거기 있는 땅까지 얼마를 부르건 사서."

그의 눈이 말하고 있었다. 이건 리얼이라고.

"없애 버려요."

"으아악!"

비명처럼 나온 서윤의 외침에 재희의 기세가 잠시 가려졌다. 뱀 앞에 놓인 쥐처럼 꼼짝도 못하고 선 알렉스까지 흠칫 놀라는 사이 휴대폰을 빼앗아 간 그녀가 전화에 대고 외쳤다.

"실장님, 실장님! 이거 농담이에요! 얘가 취했어! 취해서 그러는 겁니다!"

심장이 벌렁벌렁거렸다. 재희라면 정말로 그럴지도 모른다는 사실이 그녀를 이렇게 필사적이게 만들었다. 자기를 믿어 달라고, 좀 더 기대라고 말하던 서재희는 대체 어디로 갔을까. 잠시 침묵하던 휴대폰 속 지현이 나지막이 조언했다.

―……야생에서 날뛰는 맹수는 주인이 잘 관리해야 합니다, 양 실장.

꿀꺽 침을 삼키며 여전히 사나운 재희를 본 서윤은 앞으로의 숙제이자 업보와 같은 평생 업무를 끌어안았다.

"명심하겠습니다."

다행히 지현이 이성적인 사람이고, 충분히 재희의 불같은 성정을 아는 터라 무난하게 넘어갔지만 한국말을 모르는 알렉스는 눈동자가 지진이라도 난 듯 흔들리고 있었다. 얼굴도 모르는 동양인 남자가 회사를 없앤다는 말과 압도적인 기세에 어린 청년이 깔끔하게 짓눌린 현장이었다.

서윤은 두 손을 들어 어색하게 웃었다.

"농담이야, 농담. 그러니까 이만 가. 그런데 이 사람 진짜 무섭거든? 일단 다음에 얘기를······."

"그 손목 잘라 버리기 전에 꺼져."

이번에도 말을 톡 잘라 버린 재희가 으름장을 놓았다. 그리고 잠깐의 틈도 없이 상대는 알아듣지도 못할 한국말을 퍼부었다.

"안 꺼져? 손 내놔."

"으······ 으아악! 야쿠자! 마피아! 으아악!"

알아듣지는 못했어도 분위기 파악은 한 모양이었다. 부리나케 도망가는 알렉스의 뒷모습을 보며 서윤은 내일이면 조직폭력배와 사귄다는 소문이 돌 자신을 어렵지 않게 떠올릴 수 있었다.

"난 한국인이야, 이 새끼야!"

마지막까지 훌륭하게 한마디 던져 주는 재희를 바라보며 그녀는 손으로 얼굴을 가리고 말을 이었다.

"어디 가서 한국인이라고 하지 마. 부탁할게."

들은 건지, 못 들은 건지 대답 없이 서윤을 보는 그였다. 어찌 되었든 이 막무가내 행동에도 요만큼도 밉지 않은 걸 보면 자신도 중증은 중증이었다. 그녀는 내일 일은 내일 생각하기로 하며 몸을 완전히 재희에게로 돌렸다. 그리고 하지 못했던 만남의 기쁨을 다시금 맞이하려 했다.

"어떻게 벌써 왔어? 이번 주에 온다고······."

그건 그 역시 마찬가지였나 보다. 단숨에 그녀의 허리를 끌어안고 제 쪽으로 당겨 안은 재희는 마치 물속에 빠졌다 숨을 토해 내듯 입을 맞춰 왔다. 너무도 아찔하고 애틋한 키스에 눈을 질끈 감았다가 살며시 뜬 서윤은 깊이 감긴 그의 눈에 다시 눈을 감았다.

벌어지는 입술 사이로 엉켜 오는 달콤한 서로의 향기에 흠뻑 취했다. 꽤나 개방된 서양이라도 한 번씩 힐끗거릴 정도의 진한 키스가 서서히 멈추고 코끝이 닿는 가까운 거리만큼 떨어진 재희는 늘 고팠던 그녀의 뺨을 쓸며 속삭였다.

"설명 필요해?"

"······아니."

다른 남자와의 관계는 의심 따위 하지 않는다. 그런 것쯤, 절대 그럴 리 없다는 걸 안다. 그저 괘씸한 마음을 가진 상대를 징벌할 뿐. 그는 너무도 보고파서 매일 밤, 아니 매일 하루 24시간을 괴롭게 한 서윤의 눈을 하염없이 바라보았다.

여전히 그녀는 예쁘다. 아름답다. 사랑스럽다.

"미치겠어, 지금. 죽겠다고."

확 서윤을 끌어안아 버리고 목덜미에 코끝을 대며 재희는 애처롭게 말을 이었다.

"보고 싶어서 돌아 버리는 줄 알았어. 3개월이야. 100일. 100일이

나 못 봤다고. 이런 미친 짓 나 다신 못 해. 안 해. 어떻게 널 혼자 보낼 생각을 했지? 내가 미친놈이야. 내가, 내가 정신이 나갔어. 어떻게 내가 너 없이."

과분할 정도의 사랑이었다. 맹목적이고 올곧기만 한 사랑. 애초에 뒤를 돌아본다거나 흔들림 따위는 없었을 것만 같은 그였다. 그녀가 힘들었던 만큼 재희 역시 아주 많이 저를 보고파 했다는 생각에 서윤은 일렁이는 눈앞에 웅얼거렸다. 잘 버티고 버텼는데, 영상통화를 보고도 꾹 참았던 눈물인데 막상 눈앞에 있으니 꾸역꾸역 비집고 나오려 했다.

"울리지 마. 나 안 울려고 했단 말이야."

이렇게까지 사랑해 주는 재희가 너무도 사랑스러워서 등을 꽉 안고 눈을 감았다.

너의 순애보와 너의 신뢰와 너의 마음이 나의 행복을 만들어. 너라는 사람이 내 미래를 웃게 해.

"미안, 울릴 거야."

한참 감상에 빠져 있던 그녀의 생각을 멈춘 건 어울리지 않는 사과였다. 이해 못한 서윤이 눈을 깜빡였다.

"……응?"

"오늘 철야야."

손목을 잡고 집으로 향하는 걸음에 멍하니 따르던 그녀는 철야라는 말에 뇌리를 스치는 기억을 떠올렸다. 순식간에 빨갛게 변한 얼굴로 서윤이 입술을 뻐끔대다 몸에 힘을 주었다. 끼익, 멈춰진 몸도 잠시, 이내 끌려간다.

"잠깐만! 나, 나 이제 직원 아닌데! 재희야! 서재희!"

"그래, 나도 사랑해."

"아니, 그게 아니라. 재희야? 재희야아아!"

목멘 외침을 해 봐도 돌아오는 것은 사랑한다는 말뿐. 반복되는 '사랑해'라는 말과 열린 문 안으로 들어서기가 무섭게 닿아 오는 뜨거운 몸에 끝내 서윤은 함락당했다.

그날은 두 사람이 1+1=3, 새로운 식구를 만든 역사적인 날이었다.

마침

 작가 후기

안녕하세요, mimong입니다.

이렇게 올해가 가기 전에 새로운 글로, 새로운 아이들로 인사하게 되어 정말 반갑고 기쁩니다.

〈양의 반란〉은 유쾌하고 재미있게 써 보자!를 목표했던 글입니다. 초반 과거 부분에서 로코임을 말씀드렸음에도 믿을 수 없다던 많은 분들의 의아함이 떠오릅니다. 아무래도 극 전체를 끌고 나가야 할 부분이라 무게감이 좀 없잖아 있었던 것 같아요. 저의 부족함에 반성합니다. ㅠㅠ

이 글을 쓰면서 재희와 서윤이가 서로 같은 동등한 입장이 되어 보이길 바랐습니다. 동갑내기답게 서로 열심히 까고(?) 물고 뜯고 그러다 이해하는 과정을 그려 보고 싶었어요. 그러다 보니 제 부족함과 모자람을 여실히 느낄 수도 있었습니다. 많은 조언과 충고, 많은 분들의 도움으로 책이 나오게 되어 더없이 기쁩니다. 참, 목차 부분에 재희가 서윤이에게 보내는 메시지가 있었는데 모두 눈치채셨나요?^^

모든 것을 떠나 정말 즐거운 글이 되셨기를 바랄 뿐입니다. 즐거우셨다면, 저는 행복할 것 같습니다.

그럼 저는 더 열심히, 더 즐거운 글을 보여 드릴 수 있도록 노력하겠습니다! 다음 글에서 꼭 다시 뵙겠습니다. 감사합니다!

-양의 해의 마지막 달 '양의 반란'에서 미몽 드림